Alonan Doyle

셜록 홈즈 전집 3

셜록 홈즈의 모험

셜록 홈즈 전집 3
셜록 홈즈의 모험

초판	1쇄 발행	2012년 12월 10일
개정판	1쇄 발행	2020년 6월 1일
	8쇄 발행	2023년 12월 30일

지은이	아서 코난 도일
옮긴이	박상은
펴낸이	한승수
펴낸곳	문예춘추사
편 집	구본영
마케팅	박건원
디자인	박소윤

등록번호	제300-1994-16
등록일자	1994년 1월 24일
주소	서울시 마포구 동교로27길 53 지남빌딩 309호
전화	02-338-0084
팩스	02-338-0087
블로그	moonchusa.blog.me
E-mail	moonchusa@naver.com

ISBN	978-89-7604-150-0 04840
	978-89-7604-147-0 (세트)

셜록 홈즈 전집 3

Sherlock
Holmes

셜록 홈즈의 모험

아서 코난 도일 지음 | 박상은 옮김

문예춘추사

일러두기

1. 외래어 표기법에 따르면 홈즈Holmes는 '홈스'로 써야 하나 이 책에서는 독자들에게 익숙한 '홈즈'로 표기하였습니다.

2. 원서에 쓰인 인치, 마일, 야드, 피트, 파운드 등의 단위는 우리에게 익숙한 센티미터, 미터, 킬로미터, 킬로그램, 그램 등으로 환산하여 표기하였습니다.

3. 최대한 원문에 가깝게 번역했으나 우리 정서에 맞지 않는 부분은 문장을 다듬었습니다. 또한 낯선 단어나 해석이 필요한 구절에 역주를 달아 독자들의 이해를 도왔습니다.

4. 다양한 작가의 그림을 실어 보는 재미를 살렸습니다.

1. 보헤미아의 스캔들

1.

셜록 홈즈는 그녀를 언제나 '그 여성'이라고 불렀다. 내가 기억하기로 홈즈가 그녀를 다른 호칭으로 부른 적은 한 번도 없었다. 홈즈가 보기에 그녀 앞에서 다른 모든 여자들은 빛을 잃어버렸다. 그렇다고 해서 홈즈가 아이린 애들러에게 연정 비슷한 감정을 품었던 것은 아니다. 인간의 모든 감정, 특히 연애 감정은 홈즈에게 방해가 될 뿐이었다. 냉정하고 완벽하게 균형 잡힌 그의 마음은 그런 감정을 받아들일 수 없었다. 내가 보기에 홈즈는 전례를 찾아볼 수 없을 정도로 완벽한 추리와 관찰 능력을 가진 기계였지만 연애에 관해서는 완전히 문외한이었다. 그런 다정하고 달콤한 기분에 대해서 진지하게 이야기한 적이 한 번도 없었으며 반드시 비아냥거림과 비웃음을 섞어서 이야기하곤 했다. 그런 냉소적인 시선은 관찰자에게는 참으로 바람직한 것이었다. 인간의 동기와 행동을 가리고 있던 베일을 끌어 내리는 데 아주 탁월한 능력을 발휘하니 말이다. 하지만 그것도 훈련된 추리가에게는 방해물에 지나지 않았다. 복잡하고 섬세하게 움직이는 마음에 그런 감정이 스며들면 혼란이 일어나 정확하게 행동할 수 없게 되기 때문이다. 홈즈 같은 사람에게 감정의 변화가 생기는 것은 정밀한 기계에 모래 알맹이가 들어갔다거나 성능 좋은 돋보기에 금이 간 것보다 훨씬 더 커다란 문제를 일으킬 것이 뻔하다. 그런 홈즈에게도 특별한 여성이 있었다. 세상 사람들에게는 정체불명의 수상한 여인으로 알려져 있는, 그런데 이제는 고인이 된 아이린 애들러가 바로 그 주인공이다. 이제부터 홈즈와 아이린 애들러의 만남을 이야기하려 한다.

그 무렵 나는 홈즈를 만날 기회가 그리 많지 않았다. 내가 결혼하면서 우리 둘 사이가 멀어졌기 때문이다. 나는 결혼이 가져다주는 행복감과 처음으로 한 가정의 주인이 된 내 주변에 일어나는 여러 가지 소소한 일들에 마음을 빼앗겼다. 하지만 홈즈는 자유분방한 성격으로 세상과 귀찮은 관계를 맺기 싫어했으므로 변함없이 베이커 가의 집에서 낡은 책더미 속에 파묻힌 채, 사건이 없을 때면 집 안에 들어앉아 무료함을 달래기 위해서 코카인을 주사하고 몽롱한 상태에 빠져 있었다. 그러다가 사건이 일어나면 무서운 기세로 조사에 착수하는 그런 날들이 되풀이되었다. 그는 여전히 범죄 연구에 몰두했는데 뛰어난 추리력과 놀라운 관찰력으로 단서를 쫓았으며, 경찰이 포기하고 있던 사건의 단서를 추적하여 끝내 수수께끼를 풀어냈다. 나도 때때로 홈즈가 활약했다는 소식을 들을 수 있었다. 트레포프 살인 사건 때문에 러시아의 오데사라는 곳으로 초대받아 갔고, 실론 섬의 트링코말리에서 앳킨슨 형제가 일으킨 무시무시하고 기괴한 사건을 해결하기도 했으며, 네덜란드 왕실에서 부탁한 일을 멋지게 해치웠다는 이야기도 들은 적이 있었다. 하지만 홈즈의 대활약 정도는 신문을 읽은 사람이라면 누구나 아는 소식이었고, 나는 오랫동안 그를 만나지 못했으므로 그 이상은 알 수 없었다.

그러다가 1888년 3월 20일, 나는 다시 그를 만날 수 있었다. 군의관을 제대하고 다시 개인 병원을 운영하기 시작한 나는 왕진을 나갔다가 집으로 돌아가는 길에 우연히 베이커 가를 지나게 되었다. 그리운 하숙집의 문을 보자, 그 무시무시했던 〈진홍색 연구〉 사건과 아내에게 청혼했던 일들이 떠올라 더 이상 치밀어 오르는 감정을 억누를 수 없었다. 홈즈가 요즘에는 그 천재적인 재능을 어떻게 사용하고 있는지도 몹시 궁금했다. 2층을 올려다보니 램프가 환하게 밝혀져 있었다. 커다란 홈즈의 그림자가 창가에 두 번 비쳤는데 고개를 숙이고 손을 뒤로 돌려 잡은 채 방 안을 돌아다니는 모습이었다. 홈즈의 기분이나 버릇을 모조리 꿰고 있는 나에게 그 모습은 그가 지금 어떤 상태인지 말해 주었다. 그는 또 사건을 맡은 것이 분명했다. 아마도 코카인이 가져다주는 황홀경에서 깨어나 새로운 일에 열중하고 있는 모양이었다. 나는 초인종을 누르고 예전에 홈즈와 둘이 살던 방 안으로 들어갔다.

홈즈의 태도는 쌀쌀맞았으며 변변한 인사 하나 건네지 않았다. 하지만 그것은 평소와 다를 바 없는 태도로, 그는 좀처럼 기분을 드러내 보이지 않았다. 그래도 내가 찾아왔다는 사실을 마음속으로 기뻐하는 눈치였다. 홈즈는 부드러운 눈빛으로 나를 바라보며 팔걸이가 달린 의자에 앉으라고 손짓했다. 그리고 담뱃갑을 던져 주더니 술병과 소다수 제조기가 있는 곳을 손가락으로 가리켰다. 그런 다음, 난롯불 앞에 서서 생각에 잠긴 듯한 특유의 표정으로 나를 뚫어지게 쳐다보았다. 홈즈가 입을 열었다.

"자네, 결혼 생활이 만족스러운 모양이군. 예전에 우리가 만났을 때보다 3.5킬로그램 정도 몸무게가 늘었지?"

"3킬로그램이야!"

내가 대꾸했다.

"그런가? 조금 더 생각한 뒤에 이야기할걸 그랬어. 아주 조금 더 말일세. 그런데 다시 병원을 시작했나 보군. 그런 계획은 들은 적이 없는 것 같은데."

"그럼 어떻게 알았지?"

"눈으로 보고 머리로 추리해 낸 거지. 그뿐만 아니라 자네가 얼마 전에 내린 비에 흠뻑 젖었었다는 사실, 자네 집에 아주 조심성 없고 야무지지 못한 가정부가 있다는 사실도 알고 있다네. 어떤가?"

"홈즈, 자네한테는 정말 당할 수가 없군. 만약 자네가 수백 년 전에 태어났다면 틀림없이 마법사로 몰려서 화형당했을 거야. 그래, 정말로 지난 목요일에 시골길을 걷다가 비에 흠뻑 젖어서 집으로 돌아왔네. 하지만 옷을 갈아입었는데 어떻게 그걸 추리할 수 있었는지 도저히 알 수가 없군. 가정부 메리 제인에게는 두 손 다 들었어. 아주 구제불능이거든.

아내도 견디지 못하고 결국에는 내보내야겠다고 말했다네. 그런데 그 사실은 또 어떻게 알았는지 정말 신기할 따름일세."

홈즈는 혼자 껄껄 웃더니 두 손을 비벼 댔다. 길고 가느다란 손가락이 매우 섬세해 보였다.

"아주 간단한 일이지. 우선 자네 왼쪽 구두의 안쪽을 보게나. 난롯불이 비치는 부분 말이야. 그곳 가죽에 긴 흠집 여섯 개가 나란히 나 있는 게 보이지? 그건 구두 바닥 옆에 묻은 진흙을 털어 내다가 어떤 조심성 없는 사람이 만들어 낸 흠집일세. 금방 알아볼 수 있지. 거기에서 두 가지 사실을 추리할 수 있네. 하나는, 아주 궂은 날씨에 자네가 밖에 있었다는 사실이고, 또 다른 하나는 구두에 흠집을 낼 정도로 조심성 없는 런던 가정부의 표본 같은 사람이 자네 집에 있다는 사실이지. 그리고 자네가 다시 병원을 개업했다는 것도 바보가 아닌 이상 아주 간단히 알 수 있어. 요오드포름 냄새를 풍기고, 오른쪽 검지에는 초산 때문에 검은 얼룩이 생기지 않았나. 게다가 여기 청진기가 있다고 말이라도 해 주는 듯이 실크해트[1] 한쪽 끝부분이 불룩하게 부풀어 올랐고. 그런 신사가 방 안으로 들어왔는데 개인 병원을 차린 의사라는 것을 꿰뚫어 보지 못한다면 내가 얼마나 머리가 나쁜 사람이란 말인가?"

홈즈의 추리가 너무 간단한 나머지 나는 웃음을 터뜨리며 이렇게 말했다.

"자네의 설명을 듣고 있으면 언제나 너무 간단해서 그 정도는 나도 식은 죽 먹기로 해낼 수 있겠다는 생각이 들어. 그런데 막상 혼자 해 보면 전혀 감도 못 잡겠어. 자네에게 하나하나 추리 과정에 대한 설명 듣지

---

1) silk hat. 남자가 쓰는 정장용 서양 모자.

않으면 도통 영문을 모르겠다니까. 시력이라면 나도 자네에게 지지 않을 만큼 좋은데 말이야."

"당연하지."

이렇게 대답한 홈즈는 담배에 불을 붙인 뒤, 팔걸이가 달린 의자에 털썩 주저앉으며 말을 이었다.

"자네는 사물을 보기만 하고 관찰하지는 않아. 사물을 보는 것과 관찰하는 것은 전혀 다른 일이지. 예를 들어 보세. 자네는 현관에서 이 방으로 오르는 계단을 수도 없이 봤겠지?"

"물론 그렇지."

"몇 번 정도?"

"글쎄, 수백 번 정도 되지 않을까?"

"그럼 그 계단이 몇 개인지 알고 있나?"

"몇 개냐고? 모르겠는데."

"그렇겠지. 자네는 보기는 해도 관찰하지 않았기 때문일세. 내가 하고 싶은 말도 바로 그거야. 난 계단이 총 17개라는 사실을 정확히 알고 있네. 나는 눈으로 보면서 관찰도 하고 있으니까. 그건 그렇고, 자네는 내가 맡은 사건에 흥미가 있고 그중 몇몇 사건은 기록으로 남겼을 정도이니 이번 사건에도 틀림없이 흥미를 느낄 걸세."

홈즈는 책상 위에 펼쳐 두었던, 분홍빛이 도는 두꺼운 종이로 만들어진 편지지 한 장을 내게 던져주었다.

"조금 전에 막 배달된 편지일세. 소리 내서 읽어 주겠나?"

그 편지에는 날짜는 물론이고 보내는 사람의 주소와 이름도 적혀 있지 않았다. 내용은 다음과 같았다.

오늘 밤 7시 45분에 매우 중요한 문제로 상의할 것이 있어 어떤 신사가 선생님을 찾아뵐 것입니다. 얼마 전 선생님이 유럽의 한 왕가를 위해서 하신 일을 보면, 이번 사건처럼 중대한 일도 안심하고 맡길 수 있는 분이라고 확신합니다. 선생님에 대해서는 여러 분야의 사람들에게 말을 들었습니다. 제발 앞서 말한 시간에 댁에 계시기를, 그리고 찾아뵙는 사람이 복면을 하고 있어도 이해해 주시기를 바랍니다.

"정말 이상한 편지로군. 홈즈, 대체 무엇 때문에 이러는 것 같은가?"

"나에게는 아직 어떤 자료도 없네. 자료도 없이 이론을 세우는 것은 치명적인 실수를 불러오는 법이지. 그렇게 하면, 사실에 맞는 설명을 찾아내는 대신에 미리 만들어 둔 설명에 맞도록 사실을 왜곡하게 된다네. 지금은 우선 이 편지에 대해서만 생각하기로 하세. 이 편지를 통해서 어떤 추측을 할 수 있겠나?"

나는 편지의 필적과 종이 질을 유심히 관찰했다.

"이 편지를 쓴 사람은 상당한 부자일 걸세. 왜냐하면 이렇게 질 좋은 종이라면 한 다발에 반 크라운 이하로는 살 수 없을 테니까. 뻣뻣하고 딱딱한 게 조금은 특이한 종이로군."

나는 홈즈가 쓰는 방법을 따라해 보았다.

"특이하다는 말은 정확해. 영국에서 만든 종이가 아니야. 불에 한번 비춰 보게나."

홈즈의 말대로 해 보니 종이 속에 새겨진 알파벳이 보였다. 대문자 'E'와 소문자 'g'가 한 묶음으로 적혀 있었으며, 그 다음에 대문자 'P', 그리고 대문자 'G'와 소문자 't'가 한 묶음으로 적혀 있었다.

"무슨 뜻일까?"

홈즈가 내게 물었다.

"종이를 제작하는 사람의 이름일 걸세. 그게 아니라면 머리글자를 합쳐 놓은 상호겠지."

"아닐세. 'Gt'는 독일어 '게젤샤프트Gesellschaft'의 약자로 회사를 뜻하는 말일세. 영어에서 '회사Company'를 'Co'로 줄여 쓰는 것과 마찬가지야. 그리고 'P'는 독일어의 '종이Papier'를 나타내고. 남은 건 'Eg'인데 이건 지명일 거야. 대륙 지명 사전을 한번 찾아보세."

홈즈가 책장에서 갈색 표지로 된 두꺼운 책을 꺼내 왔다.

"'이글로Eglow', '이글로니츠Eglonitz'……. 아, 이거야. '이그리아Egria'의 약자였네. 보헤미아 지역으로 독일어가 사용되고 있는 지방 도시로군. 칼스바트와 가까운 곳이지. 사전에는 이렇게 적혀 있네. '보헤미아 출신의 오스트리아 장군 발렌슈타인이 살해된 곳으로 유명하다. 또한 유리 공장과 종이 공장이 많다.' 하하! 어떤가? 이를 통해서 무엇을 알 수 있겠나?"

홈즈가 승리감에 눈을 반짝이며 뿌연 담배 연기를 뿜어 올렸다.

"이건 보헤미아에서 만든 종이로군."

내가 말했다.

"그렇다네. 그리고 이 편지를 쓴 사람은 독일인이야. 문장에 어색한 곳이 있지 않았나? 영어라면 동사가 먼저 와야 하는데 깜빡하고 문장의 가장 끝에 가져다 놓았네. 프랑스 사람이나 러시아 사람도 이렇게는 쓰지 않아. 그러니까 이제 문제는 보헤미아에서 만들어진 편지지를 사용하고, 얼굴을 가리려고 복면을 하고 올 독일인이 바라는 것이 대체 무엇일까 하는 걸세. 이런, 우리가 이야기를 나누는 사이에 벌써 주인공이 나타난 모양이군. 이제 우리의 의문도 시원하게 풀릴 것 같네."

그 순간, 날카롭게 울리는 말발굽 소리와 보도 가장자리에 마차 바퀴가 닿아 긁히는 소리가 밖에서 들려왔다. 뒤이어 초인종을 거칠게 누르는 소리가 들렸다. 홈즈는 휘파람을 불었다.

"소리로 봐서 쌍두마차로군."

그러고는 창밖을 내다보며 말을 이었다.

"아, 역시. 아담하고 멋진 사륜마차에 말들도 훌륭해. 한 마리에 150기니는 하겠는걸. 이번 사건의 내용은 어떨지 몰라도 액수는 꽤 클 것 같네, 왓슨."

"홈즈, 나는 그만 가 보는 게 좋겠지?"

"아니, 그럴 리가 있겠나? 거기 있어 주게. 내 옆에 보스웰[2]이 없으면 도무지 힘이 나지 않으니까. 그리고 이번 사건은 틀림없이 재미있을 거

---

2) James Boswell(1740~1795). 영국의 전기傳記작가. 영국의 문학자인 사무엘 존슨 박사의 전기를 썼다.

야, 놓치면 후회할 걸세."

"하지만 자네 의뢰인이······."

"걱정할 것 없네. 나는 자네의 도움이 필요하고, 그건 곧 의뢰인에게도
자네가 필요하다는 소리니까. 자, 왔네. 저 의자에 앉아서 주의 깊게 살
펴보게나."

손님은 무겁고 느린 발걸음으로 계단을 올라 복도를 걸어왔다. 그는 문
앞에서 잠깐 멈춰서더니 쿵쿵 하고 아주 커다란 소리로 문을 두드렸다.

"들어오십시오!"

홈즈가 말하자, 키가 2미터는 되고
도 남을 거구의 사내가 방 안으로 들
어섰다. 영웅 헤라클레스처럼 다부지
고 늠름해 보이는 몸이었다. 사치스럽
고 화려한 옷을 입고 있었는데, 영국에
서라면 악취미라는 말을 들을 만한 과
한 차림이었다. 우선 소매단과 목깃에
폭 넓은 아스트라한[3] 가죽을 댄 더블
코트를 입었고, 안쪽에는 불타는 듯 새
빨간 비단을 댄 짙푸른 망토를 둘렀다.
목 앞에는 번쩍번쩍 빛나는 녹주석 브
로치를 달았고, 장딴지 중간 부분까지
오는 구두 너머로는 푹신푹신한 모피
가 보였는데 그것으로 머리부터 발끝

3) astrakhan. 카라쿨 양의 모피로, 러시아의 아스트라한 지방에서 많이 산출되어 이러한 명칭을 붙였다.

까지 요란스러운 사치를 마무리 지었다. 손에는 챙 넓은 모자를 들고 있었으며, 얼굴 윗부분이 가려지는 검은 복면을 두르고 있었다. 복면은 이마와 눈을 덮고 광대뼈까지 가릴 만큼 큰 것이었는데 방에 들어서는 순간, 그의 손은 얼굴 부분에 있었다. 아마도 방에 들어오는 순간 그것을 착용했고 복면을 잘 둘렀는지 확인한 듯했다. 얼굴 밑부분을 보니 두꺼운 입술은 처져 있었고 턱은 곧고 길었다. 고집스러울 정도로 의지가 강한 사람처럼 보였다.

"편지는 받아 보셨겠죠? 이곳을 찾아뵙겠다고 적혀 있었을 겁니다."

남자가 굵고 갈라지는 목소리로 물었다. 그의 영어에는 독일어 억양이 매우 강하게 묻어 있었다. 의뢰인은 우리 두 사람을 번갈아가며 바라보았다. 누구에게 이야기해야 좋을지 몰라 당황스러운 모양이었다.

"앉으십시오."

홈즈가 입을 열었다.

"이쪽은 제 친구인 왓슨 박사입니다. 가끔 시간을 내서 사건 해결을 도와주기도 하죠. 실례지만, 성함을 여쭤 봐도 되겠습니까?"

"폰 크람 백작이라 불러주시오. 보헤미아의 귀족입니다. 선생의 친구분은 더할 나위 없이 중요한 문제를 밝혀도 괜찮을 만큼 분별력 있는 훌륭한 신사겠지요? 그렇지 않다면 선생하고만 이야기하고 싶습니다."

나는 자리에서 일어나 밖으로 나가려 했다. 그런데 홈즈가 내 손목을 잡고 의자 쪽으로 당기면서 이렇게 말했다.

"저희 둘이 들을 수 없다면 아예 듣지 않겠습니다. 제게 이야기하실 내용을 이 친구에게 숨기실 필요는 없습니다."

백작이 넓은 어깨를 들썩였다.

"할 수 없지. 그렇다면 앞으로 2년 동안은 이 일을 절대 다른 사람에게 말하지 않겠다고 두 분 모두 약속해 주십시오. 맹세를 받아야겠소. 2년이 지난 다음에는 이 일이 알려져도 문제될 것이 없습니다. 하지만 지금으로서는 유럽 전체가 발칵 뒤집힌다고 해도 과장이 아닐 만큼 큰 문제입니다."

"약속하지요."

"저도 약속하겠습니다."

홈즈가 말했고 이어 나도 약속했다.

"그리고 이처럼 복면을 쓴 것도 이해해 주십시오. 제게 이 일을 맡긴 어떤 지위 높은 분이 얼굴을 감추라고 하셔서 복면을 했습니다. 방금 전에 말씀드린 이름도 사실은 본명이 아닙니다."

그 이상한 손님이 말했다.

"그건 이미 저도 알고 있습니다."

홈즈가 무뚝뚝하게 말했다.

"매우 복잡하고 미묘한 사정이 있어서 그러는 겁니다. 이 사건이 세상에 알려지면 한 유럽 왕실의 명예가 실추될 것입니다. 할 수 있는 한 모든 예방책을 동원해서 그런 일이 일어나지 않도록 막고 싶습니다. 정확하게 말씀드리자면 보헤미아 왕국의 유서 깊은 왕실, 오름슈타인 가에 얽힌 문제입니다."

"그것도 알고 있습니다."

홈즈는 이렇게 중얼거리며 팔걸이가 달린 의자에 몸을 깊숙이 묻고 눈을 감았다. 유럽에서 가장 날카로운 추리력을 소유했으며 열정에 넘치는 사립 탐정이라는 소개를 받고 왔는데 이처럼 축 늘어지고 단정치 못한 홈즈를 보자 손님은 어이가 없는 모양이었다. 천천히 눈을 뜬 홈즈는 거구의 손님을 답답하다는 듯이 바라보며 말했다.

　"폐하께서 자기 사건임을 인정하시고 저에게 친히 말씀해 주신다면 더 큰 힘이 되어 드릴 수 있습니다."

　깜짝 놀란 손님은 의자에서 벌떡 일어나 마음에 커다란 동요가 생긴 듯 빠른 걸음으로 방 안을 서성였다. 그러다가 포기했는지 얼굴의 복면을 거칠게 벗어 바닥에 내동댕이치며 외쳤다.

　"그렇다! 바로 내가 보헤미아의 왕이다. 대체 왜 그 사실을 숨기려 했겠는가?"

　"글쎄, 왜 그러셨을까요? 저는 폐하가 방으로 들어와 말씀하시기 전부터 카셀-펠슈타인 대공이자 보헤미아의 국왕이신 빌헬름 고츠라이히 지기스문드 폰 오름슈타인이시라는 사실을 알고 있었습니다."

　홈즈가 조용히 말했다. 이상한 손님은 그제야 의자로 돌아가 앉더니 하얗게 튀어나온 이마로 손을 가져갔다.

"하지만 이해해 주기를 바란다. 나는 스스로 이런 일을 처리하는 데 익숙하지 않다. 하지만 사안이 사안인 만큼 다른 사람에게 모든 것을 털어놓고 문제를 해결해 달라고 하면, 약점을 잡혀 나중에 문제가 될지도 모른다. 이건 그만큼 중대한 문제니까. 그래서 그대와 직접 상의하려고 프라하에서 여기까지 몰래 찾아왔다."

"이제 그 이야기를 들려주시죠."

이렇게 말한 홈즈는 다시 눈을 감았다.

"간단히 말하자면 이렇다. 지금부터 5년 전, 나는 한동안 바르샤바에 머문 적이 있는데 그때 아이린 애들러라는 강렬한 여인을 알게 되었지. 유명한 여자이니 그대도 이름을 들은 적이 있을 것이다."

"왓슨, 미안하지만 내 색인에서 찾아봐 주지 않겠나?"

홈즈가 눈을 감은 채 중얼거리듯 말했다. 색인은 홈즈가 여러 인물이나 사건에 대한 요점을 적어 정리해 둔 메모를 가리켰다. 그가 오랜 세월에 걸쳐 만들어 온 것으로, 이것만 찾으면 어떤 인물이나 사건을 바로 조사할 수 있었다. 그때도 유대 랍비에 관한 항목과 심해어에 대한 논문을 쓴 해군 중령에 관한 항목 사이에서 아이린 애들러의 경력을 금방 찾아낼 수 있었다.

"잠깐 보여 주게나."

홈즈는 이렇게 말하고 색인을 읽기 시작했다.

"흠, 1858년 미국 뉴저지 출생. 테너와 소프라노의 중간인 콘트랄토 가수, 흠! 스칼라 극장 출연…… . 음! 바르샤바 왕실 오페라의 프리마돈나…… . 굉장하군! 지금은 오페라 무대를 떠나 런던에서 살고 있음. 그랬군. 폐하께서 이 젊은 여성과 알게 되어 복잡한 관계를 맺고 나중에 문제가 될 만한 편지를 보내셨군요. 그래서 그걸 되찾고 싶으신 것이지요?"

"정확히 맞혔다. 그걸 어떻게…….”

“그 여자와 비밀리에 결혼이라도 하셨나요?”

“아니다.”

“법률적으로 문제가 될 만한 서류를 건넨 적이 있었나요?”

“없었다.”

“그렇다면 폐하께서 왜 걱정하시는지 모르겠군요. 이 여자가 협박할 목적으로 폐하의 편지를 사용하더라도 그것이 정말 폐하가 보낸 편지라는 증거는 전혀 없지 않습니까?”

“필체가 증거가 될 것이다.”

“흉내 낼 수 있습니다.”

“내 왕실 전용 편지지를 사용했지.”

“훔쳤겠지요.”

“내 봉인이 찍혔는데?”

“위조할 수 있습니다.”

“내 사진도 가지고 있다.”

“돈을 주고 사면 됩니다.”

“우리 둘이 같이 찍은 사진이다.”

“이런, 그건 문제가 됩니다. 폐하, 왜 그런 경솔한 행동을 하셨습니까?”

“내가 제정신이 아니었다.”

“정말 큰 실수를 하셨군요.”

“그때 나는 아직 왕세자였다. 한창 젊을 때였지. 이제야 겨우 서른이 됐으니.”

“그건 무슨 일이 있어도 찾아야 합니다.”

“나도 시도해 봤지만 전부 실패하고 말았다.”

"돈을 주는 겁니다. 사들이세요."

"그 여자가 팔지를 않아."

"그럼 훔치는 건 어떻습니까?"

"벌써 다섯 번이나 시도했다. 두 번은 도둑을 고용해서 애들러의 집을 샅샅이 뒤지게 했고, 여행 중에 짐을 빼앗아 털어보기까지 했다. 길목을 지키고 있다가 그녀를 덮친 적도 두 번이나 있었지. 하지만 모두 실패했고 사진은 아직도 찾지 못했다."

"흔적도 없었다는 말입니까?"

"어디에서도 찾을 수 없었다."

"살짝 재미있는 문제로군요."

홈즈가 웃으며 말했다.

"하지만 내게는 웃을 일이 아니다."

"정말 그렇겠지요. 그 여자는 사진으로 무슨 짓을 할 생각일까요?"

"나를 파멸시킬 거라는군."

"어떻게요?"

"나는 곧 혼사를 앞두고 있다."

"그 이야기는 저도 들었습니다."

"상대는 스칸디나비아 국왕의 둘째 딸인 클로틸드 로스만 폰 작센-마이닝겐 공주다. 그쪽 왕실의 가풍이 엄격하다는 건 그대도 들어서 알고 있으리라 믿는다. 그 공주도 성격이 매우 예민하여 내 행적에 조금이라도 이상한 점이 있으면 이 혼담은 바로 깨지고 말 것이다."

"애들러는 뭐라고 했습니까?"

"그 사진을 저쪽 왕가에 보내겠다더군. 그 여자라면 정말로 보내고도 남지. 아무렴. 선생은 모르겠지만 아이린은 내면이 강철 같이 강한 여자다. 매우 아름다운 여성의 얼굴을 가지고 있지만 마음은 어떤 남자에게도 지지 않을 만큼 결단력이 강하지. 내가 다른 여자와 약혼하고 결혼하는 꼴을 보느니 무슨 짓을 해서라도 깨뜨리려 할 것이다.”

“공주에게 아직 사진을 보내지 않은 게 확실합니까?”

“확실하다.”

“어떻게 아십니까?”

“약혼을 발표하는 날 저쪽으로 보내겠다고 했으니까. 발표 예정일은 다음 주 월요일이고.”

홈즈가 하품 섞인 목소리로 말했다.

“아, 그럼 아직 사흘의 여유가 있군요. 안 그래도 바로 조사하고 싶은 중요한 일이 한두 가지 있었는데 아주 잘 됐습니다. 폐하께서는 당분간 런던에 계시겠지요?”

“당연히 그래야지. 폰 크람 백작이라는 이름으로 랭엄 호텔에 묵고 있다.”

“그럼 조사 상황에 대해서 전보를 드리겠습니다.”

“그렇게 좀 해 주게. 걱정이 돼서 견딜 수가 없으니.”

“사진을 찾는 데 드는 비용은 어떻게 하실 겁니까?”

“전부 그대에게 맡기겠다.”

“모든 것을?”

“그 사진을 찾을 수만 있다면 내 왕국의 한 지방을 떼어 주어도 좋다고 생각하고 있을 정도라네.”

“당장 일에 착수하는 데 드는 비용은요?”

왕은 망토 밑에서 섀미가죽으로 만든 묵직한 주머니를 꺼내더니 탁자 위에 올려놓았다.

“금화 300파운드와 지폐 700파운드가 들어 있다.”

홈즈는 수첩을 한 장 찢어 영수증을 써서 왕에게 건네주었다.

"그 여자의 주소는 뭡니까?"

홈즈가 물었다.

"세인트 존스 우드의 서펜타인 대로에 있는 브라이어니 저택."

홈즈가 주소를 받아 적었다.

"한 가지만 더 여쭙겠습니다. 사진은 캐비닛판[4]입니까?"

"그렇다."

"그럼 폐하, 이만 돌아가셔서 편안히 주무십시오. 곧 좋은 소식을 드릴 겁니다. 그리고 왓슨, 자네도 잘 가게나."

왕의 사륜마차가 거리를 달리기 시작했다. 그 소리를 들으며 홈즈가 말했다.

"왓슨, 내일 오후 3시에 여기로 와 주게. 이 작은 문제에 대해서 자네와 이야기를 나누고 싶거든."

2.

다음 날, 나는 오후 3시에 딱 맞춰 베이커 가의 집을 방문했다. 하지만 홈즈는 외출했고 아직 돌아오지 않은 상태였다. 하숙집 여주인의 말에 따르면 홈즈는 아침 8시가 조금 지나서 집을 나섰다고 했다. 나는 난로 옆에 앉았다. 홈즈가 몇 시에 돌아오든 기다릴 생각이었다. 나는 이미 홈즈가 조사하는 이 사건에 깊은 흥미를 느끼고 있었다. 예전에 기록했던 두 가지 범죄 사건에 비하면 이번 사건에는 그 사건들에 서려 있던

---

4) cabinet. 약 11×17센티미터 크기의 사진.

섬뜩하고 기묘한 부분은 없었지만, 사건 자체가 재미있을 뿐만 아니라 의뢰인의 신분이 아주 높다는 점에서 흔히 볼 수 있는 사건이 아니었다. 그리고 내가 관심을 갖게 된 이유는 단순히 사건이 재미있어 보여서만은 아니었다. 홈즈가 사건의 정황을 완벽하게 파악하고 정확하게 추리해 나가는 모습 자체가 멋진 구경거리였다. 그가 일하는 방식을 연구하고, 어려운 문제를 신속하고 명쾌하게 풀어 나가는 방법을 지켜보는 것은 큰 즐거움이었다. 나는 언제나 홈즈가 어떤 사건이든 척척 해결하는 모습만을 보아 왔다. 그래서 그가 실패할 수도 있다는 사실은 꿈에도 생각지 않았다.

4시 가까이 되자 문이 열리더니 술 취한 마부가 방 안으로 들어왔다. 머리카락은 엉망으로 헝클어져 있었으며, 수염이 덥수룩한 얼굴은 새빨갛고, 옷은 너덜거려서 초라하기 짝이 없었다. 나는 이미 홈즈의 뛰어난 변장 실력에 익숙해졌다고 생각했지만 이 꾀죄죄한 마부를 세 번이나 거듭 들여다보고 나서야 그가 내 친구임을 알아챌 수 있었다. 홈즈는 내게 고개만 까딱해 보이고는 침실로 들어갔다가 5분쯤 뒤에 나왔다. 평소와 다름없이 트위드로 만든 신사복을 입은 말쑥한 차림이었다. 그리고 두 손을 주머니에 넣은 채 난로 앞으로 두 다리를 길게 뻗더니 우스워서 견딜 수 없다는 듯 웃음을 터뜨렸다.

"아, 정말!"

이렇게 외친 홈즈는 다시 웃음을 터뜨리더니 결국에는 의자 위에서 몸을 축 늘어뜨리고 말았다.

"왜 그러나?"

"일이 정말 재미있게 돌아가고 있어. 내가 오전에 무슨 일을 했는지 자네는 모르겠지? 특히 오후에 마지막으로 무슨 짓을 했을 것 같나?"

"그야 나는 모르지. 하지만 아이린 애들러의 평소 습관을 알아보거나 살고 있는 집을 살피고 왔을 거라고 생각은 하네만?"

"정확히 맞혔네. 그런데 정말 재미있는 건 그 다음이었지. 들어 보게나. 아침 8시 조금 넘어서 일자리를 잃은 마부처럼 변장하고 집을 나섰다네. 말을 다루는 사람들은 상대방을 생각하는 마음이나 동료 의식이 놀랄 만큼 강해. 자기들끼리는 감추는 게 없어. 그러니까 그 사람들 사이에 들어가면 알고 싶은 건 무엇이든 알 수가 있다는 소리지. 나는 바로 브라이어니 저택을 찾아갔어. 한적하고 세련된 건물이었네. 뒤쪽에 정원이 있고, 정면은 바로 도로와 닿아 있어. 2층 건물이고. 안으로 들어서는 문에는 자동 잠금 장치가 달린 특허 자물쇠가 달려 있더군. 현관 오른쪽은 멋진 장식으로 꾸민 커다란 거실일세. 바닥까지 닿을 듯한 큰 창이 달려 있지. 그 창에는 어린애라도 열 수 있을 아주 간단한 영국식 자물쇠가 달려 있었고. 건물 뒤쪽에는 마차를 넣어두는 창고 지붕에서 바로 손이 닿을 만한 곳에 복도의 창이 있다는 점 말고는 특별할 것이 없었네. 나는 집 주위를 돌며 다양한 각도에서 자세히 조사했지만 특별히 눈에 띄는 점은 없었다네.

그런 다음 길을 따라 슬슬 돌아다녀 보니 생각했던 대로 뒤뜰 담을 따라서 난 좁다란 길에 마구간이 있었다네. 마부가 말을 돌보고 있기에 그를 잠깐 도와줬지. 그에 대한 보답으로 2펜스와 혼합 맥주 한 잔, 그리고 파이프에 독한 살담배를 두 번 넣어주더군. 거기다 덤으로 내가 알고 싶어 하던 아이린 애들러의 정보를 전부 얻었다네. 그 정보를 얻기 위해서 아무 흥미도 없는 동네 사람들 대여섯 명의 이야기도 들어야 했지만."

"그래, 아이린 애들러에 대해서는 뭐라고들 하던가?"

"그게 말이지, 그 동네 남자들은 전부 애들러 때문에 제정신이 아닌 것 같아. 서펜타인 대로의 마부들은 입을 모아 그녀가 이 세상에서 가장 아름다운 여자라고 칭송하더군. 애들러는 가끔 콘서트에서 노래를 부르는 것을 빼면 조용히 살고 있다고 하네. 그리고 매일 5시에 마차를 타고 외출을 했다가 정각 7시면 저녁을 먹으러 돌아온다는 거야. 무대에 출연할 때를 제외하면 다른 시간에는 거의 나가지 않고. 그녀를 찾아오는 남자는 딱 한 명밖에 없는데, 뻔질나게 드나드는 모양이야. 얼굴은 잘생겼고 피부는 거무스름한 건장한 남자라더군. 하루에 한 번은 꼭 찾아오고 때로는 두 번 찾아오는 경우도 있다고 하네. 이름은 갓프리 노턴이고 법무 협회에 소속된 변호사라네. 마부를 친구로 두면 얼마나 도움이 되는지 이제 알았겠지? 그들은 서펜타인 대로에서 노턴을 자주 태웠기 때문에 모르는 것이 없었지. 마부들의 이야기를 전부 듣고 나서 나는 다시 한번 브라이어니 저택 쪽으로 돌아가 부근을 서성이며 앞으로 어떻게 할 것인지 작전을 짰네.

갓프리 노턴이라는 사람은 이번 사건에서 상당히 중요한 변수가 될 것 같아. 변호사라는 점에 무슨 의미가 있을 듯해. 애들러와 이 남자는 어떤 관계일까? 그렇게 자주 애들러를 찾아가는 이유는 뭘까? 애들러가 변호를 부탁한 것일까? 아니면 단순한 친구? 그것도 아니면 애인? 만약 노턴이 애들러의 변호사라면 사진은 그에게 맡겼을 거야. 친구나 애인이라면 그렇게 하지 않았겠지만. 이 문제의 답에 따라서 내 수사방침이 달라질 걸세. 이대로 브라이어니 저택에서 조사를 계속해야 할지, 법무 협회에 있는 노턴의 사무실에 주의를 기울여야 할지 말야. 이건 참으로 미묘한 문제야. 덕분에 내 수사 범위도 넓어져 버렸네. 너무 자질구레한 것까지 설명해서 자네가 조금 따분했을지는 모르지만 사건의 정황을 알려면 자네도 조금 어려운 문제를 알아둘 필요가 있네."

"모든 신경을 집중해서 자네 이야기를 듣고 있네."

내가 대답했다.

"어쨌든 내가 그 문제로 고민하고 있을 때였네. 이륜마차 한 대가 브라이어니 저택 앞에 멈추더니 그 안에서 신사 한 명이 뛰어내렸네. 아주 잘생겼는데 피부는 거뭇했고 구레나룻을 기르고 있었지. 매부리코가 유난히 눈에 띄었는데 조금 전에 이름을 들은 노턴이 분명했네. 매우 다급한 일이 있는 모양이더군. 마부에게 기다리라고 소리치더니 문을 열어준 가정부를 떠밀 듯 집 안으로 뛰어들었다네. 집 안의 구조를 잘 알고 있는 사람처럼 보였어.

그는 30분 정도 집 안에 있었네. 방 안을 서성이며 흥분한 듯 이야기하고 손을 내젓는 모습이 거실 창문을 통해서 가끔 보였네. 여자의 모습은 전혀 보이지 않았어. 그러다가 남자는 왔을 때보다 더 다급한 모습으로 밖으로 나왔네. 마차에 오르더니 주머니에서 금시계를 꺼내 들여다보더군. 그자가 외쳤다네.

'악마만큼이나 빨리, 전속력으로 달리게! 우선 리젠트 가의 그로스 앤 핸키 상점에 갔다가 엣지웨어 대로의 세인트 모니카 교회로! 20분 안에

가면 반 기니를 주겠네!'

노턴 씨가 탄 마차는 떠나 버렸다네. 내가 뒤를 쫓아야 할지 말아야 할지 망설이고 있을 때 골목에서 작고 멋진 사륜마차가 나타났다네. 얼마나 서둘렀는지 마부는 코트의 단추를 반밖에 채우지 않았고 넥타이도 옆쪽으로 비뚤어져 있더군. 마구도 무엇 하나 제대로 걸려 있는 것이 없었다네. 이 마차가 현관 앞에 도착하자마자 여자가 밖으로 나와 마차에 뛰어오르더군. 바로 그때 잠깐 여자의 얼굴을 볼 수 있었는데 과연 남자들이 목숨을 걸 만한 미인이라며 너스레를 떨 정도였어. 여자가 외쳤네.

'존, 세인트 모니카 교회로 가요! 20분 안에 도착하면 반 파운드를 줄게요.'

이런 좋은 기회는 다시 찾아오지 않을 걸세, 왓슨. 마차를 따라 뛰어가야 할지, 아니면 여자가 탄 마차 뒤에 매달려야 할지 고민하고 있는데 마침 다른 마차가 한 대 오더군. 내 꼬락서니가 말이 아니었기에 마부는 망설이듯 나를 훑어봤다네. 하지만 나는 그가 퇴짜 놓기 전에 마차로 뛰어올랐지. 그리고 나도 똑같이 외쳤네.

'세인트 모니카 교회까지. 20분 안에 도착하면 반 파운드를 주겠소.'

그때가 11시 35분이었다네. 거기서 무슨 일이 있을 것이라는 사실은 확실했지.

마부는 바람처럼 마차를 몰았다네. 내 평생 그렇게 빠른 말을 타 본 건 처음이었어. 그래도 앞서 출발한 마차 두 대를 따라잡을 수는 없었지. 내가 도착했을 때 이륜마차와 사륜마차는 모두 교회의 문 앞에 서 있었고 지친 말들이 온몸으로 열기를 뿜어내고 있었네. 나는 마부에게 서둘러 삯을 지불하고 교회 안으로 들어갔지. 안에는 내가 뒤쫓던 두 사람과 하얀 가운을 걸친 사제 한 사람이 있었어. 사제가 두 사람에게 무슨 말을

건네고 있는 듯했네. 세 사람은 제단 앞에 모여 서 있었고. 나는 우연히 교회에 들어온 한가로운 사람처럼 옆의 통로로 어슬렁어슬렁 걸어갔네. 그러자 세 사람이 일제히 나를 바라보더군. 깜짝 놀랐지. 그때 갓프리 노턴이 서둘러 내게 달려왔네.

'오, 주여! 감사합니다. 마침 잘 오셨습니다! 정말 고맙습니다. 자, 이리 오세요!'

'왜 이러십니까?'

내가 물었네.

'이리 오세요, 어서, 어서요. 3분이면 됩니다. 그렇지 않으면 법적으로 무효가 되어 버린다고요.'

나는 제단까지 질질 끌려가다시피 했네. 문득 정신을 차리고 보니, 귀에 대고 속삭이는 말을 그대로 따라 하고, 전혀 알지도 못하는 일을 맹세하고 있더군. 그러니까 나도 모르는 사이에 미혼 여성 아이린 애들러와 독신 남성 갓프리 노턴의 비밀 결혼식에서 증인 노릇을 하고 있던 걸세. 식은 눈 깜짝할 사이에 끝났고 신랑과 신부가 양쪽에서 내게 인사를 했어. 사제는 정면에서 나를 바라보며 빙그레 웃고 있었지. 정말 이렇게 어처구니없는 경우는 태어나서 처음 당했네. 조금 전에 그렇게 웃어 댄 것도 그 일이 생각나서였지. 아무래도 결혼식이 약식으로 치러지는 까닭인지 누군가가 증인으로 서지 않으면 식을 거행할 수 없다고 사제가 거절한 모양이야. 그런데 운 좋게도 마침 내가 나타난 덕분에 노턴은 입회인을 찾으러 거리로 뛰어나가지 않아도 됐지. 신부가 감사의 뜻으로 1파운드짜리 금화를 주더군. 기념으로 시곗줄에 달아 놓아야겠어.”

“정말 뜻밖의 일이 벌어졌군. 그 다음은 어떻게 됐나?”

내가 물었다.

“그 순간 내 계획이 엉망이 될 위험에 놓여 있다는 사실을 깨달았지. 두 사람이 바로 신혼여행을 떠날지도 모르니까. 그래서 나도 빨리 손을 써야겠다고 생각했어. 그런데 두 사람은 교회 문 앞에서 헤어져서 남자는 법무 협회로, 여자는 자신의 집으로 돌아가더군. 헤어질 때 여자가 이렇게 말했네.

‘평소와 다름없이 오늘도 마차를 타고 5시에 공원으로 나갈게요.’

내가 들은 건 그게 전부였네. 두 사람은 서로 다른 방향으로 마차를 달려 그곳을 떠났고 나도 준비를 하러 집으로 돌아온 거지.”

“준비라니?”

“차가운 고기와 맥주 한 잔.”

홈즈는 이렇게 말하더니 벨을 울렸다.

"너무 바빠서 아무것도 먹지 못했다네. 하지만 오늘 밤에는 더욱 바쁠 거야. 왓슨, 자네가 조금 도와줬으면 하는데."

"기꺼이 도와주지."

"법을 어기는 일이라도?"

"상관없네."

"잡혀갈지도 모르는데?"

"명분만 확실하다면 상관없네."

"아, 물론 명분이야 두말할 것도 없지."

"그럼 자네 말대로 하겠네."

"자네가 꼭 도와줄 거라고 생각했네."

"그런데 대체 무슨 일을 하려는 건가?"

"터너 부인이 음식을 가져오면 자세한 이야기를 들려주겠네."

홈즈는 부인이 가져온 간단한 요리를 허겁지겁 먹어치우며 말을 이었다.

"자, 별로 시간이 없으니 먹으면서 이야기하겠네. 이제 곧 5시야. 지금부터 2시간 안으로 현장에 가 있어야만 하네. 아이린 양, 아니 노턴 부인은 7시에 집으로 돌아오니까. 우리는 그 시간에 맞춰서 브라이어니 저택에 가 있어야 하는 거지."

"그래서 어떻게 할 생각이지?"

"그건 내게 맡겨 두게나. 이미 모든 준비는 끝났어. 단, 한 가지 일러둘 말이 있네. 무슨 일이 있어도 자네는 절대로 끼어들어서는 안 돼. 알겠나?"

"중립을 지키라는 말이지?"

"아무것도 하면 안 돼. 조금 불쾌한 일이 일어나겠지만 그래도 상관해서는 안 되네. 그 일이 일어나면 나는 집 안으로 실려 들어갈 거야. 그리고 4, 5분 뒤에 거실의 창문이 열릴 테고. 자네는 그 창문 바로 옆에서 기다려 주면 되네."

"알겠네."

"밖에서 내 모습이 보일 테니 주의해서 봐 주기 바라네."

"그렇게 하지."

"그리고 내가 이런 식으로 손을 들면, 자네는 나한테 받은 물건을 방 안으로 던지고 '불이야!' 하고 소리치게. 알겠나?"

"잘 알겠네."

"그리 위험한 물건은 아니야."

홈즈가 주머니에서 시가처럼 생긴 긴 두루마리를 꺼냈다.

"배관공들이 흔히 쓰는 발연통인데 저절로 불이 붙도록 양 끝에 뇌관을 심어 두었네. 자네는 이걸 던지기만 하면 돼. 그리고 불이 났다고 외치면 구경꾼들이 몰려들어 부산을 떨 거야. 그러면 자네는 길 끝까지 빠져나와서 나를 기다리고 있게나. 나도 10분쯤 뒤에 그곳으로 갈 테니. 무슨 말인지 알겠지?"

"처음에는 그냥 지켜보고 있다가 창문 옆으로 다가간다. 자네를 보고 있다가 신호를 받으면 이걸 던지고 불이 났다고 외친다. 그리고 길 끝까지 빠져나와서 자네를 기다리면 되는 건가?"

"그래."

"알았네. 맡겨 두게나."

"고맙네. 이제 시간이 된 것 같군. 지금부터 연기할 새로운 역할을 준비해야겠네."

홈즈는 침실로 들어가더니 얼마 지나지 않아 다시 모습을 드러냈다.

챙 넓은 검은 모자에 헐렁한 바지를 입고 하
얀 넥타이를 맨, 다정하고 정직해 보이는 비
국교도파[5] 사제의 모습이었다. 그는 친절
한 미소를 띠고 다정하고 인정 많은 눈빛
으로 나를 바라보았다. 영국의 명배우인 존
헤어가 아니고서는 연출할 수 없는 분위기
였다. 홈즈는 그저 옷만 갈아입는 것이 아
니라 새로운 역할에 따라 표정, 태도, 마음
까지도 자유자재로 바꾸었다. 홈즈가 범죄
전문가가 되는 바람에 연극계는 뛰어난 배
우를, 그리고 과학계는 날카로운 이론가를
잃은 셈이다.

　우리는 오후 6시 15분을 조금 넘은 시각
에 베이커 가의 집에서 나왔는데 예정보다
10분 일찍 서펜타인 가에 도착했다. 주위에
는 이미 땅거미가 내려앉고 있었다. 여주인이 돌아오기를 기다리면서
브라이어니 저택 앞을 어슬렁거리고 있자니 마침 가로등에 불이 들어오
기 시작했다. 브라이어니 저택은 홈즈의 짧은 설명을 듣고 내가 상상하
던 모습 그대로였다. 하지만 주변은 내 생각만큼 그렇게 조용하지는 않
았다. 오히려 조용한 지역의 좁은 통로치고는 놀라울 정도로 활기가 넘
쳤다. 길모퉁이에는 초라한 차림의 남자 몇몇이 서로 낄낄대며 담배를
피우고 있었다. 가위 가는 사람은 숫돌을 돌리고 있었으며, 두 근위병은

5) Nonconformist. 영국에 살면서 영국 국교회의 관행을 따르지 않는 각종 신교도를 가리킨다.

젊은 하녀에게 수작을 걸고 있었다. 그리고 옷을 잘 차려입고 담배를 입에 문 채 거리를 서성이는 청년들도 있었다. 함께 집 주위를 서성이다가 홈즈가 입을 열었다.

"이보게, 왓슨. 둘이 결혼한 덕분에 사건은 오히려 간단해졌다네. 그 사진은 두 사람 모두에게 영향력을 발휘할 수 있어. 우리 의뢰인이 공주에게 그 사진을 보이고 싶지 않은 것처럼 그 여자도 갓프리 노턴에게 그것을 보이고 싶지 않을 거야. 그런데 문제는 그 사진을 어디에 숨겼느냐 하는 거지."

"허, 정말이지 어디에 숨긴 걸까?"

"설마 가지고 다니지는 않겠지. 캐비닛판이라면 너무 커서 여자들 옷 속에는 숨길 수 없어. 게다가 왕이 언제 사람들을 시켜서 몸을 뒤질지 모른다는 것도 잘 알 테고. 이미 두 번이나 그런 일을 당했으니까. 그러니 애들러가 그것을 가지고 다닐 리는 없네."

"그럼 어디일까?"

"그녀의 은행 금고나 변호사, 두 군데를 생각해 볼 수 있겠지. 하지만 나는 둘 다 아니라고 보네. 여자들은 천성적으로 비밀을 좋아해서 혼자서만 감추려 드는 법이니 다른 사람에게 넘기지는 않았을 거야. 자신이 가지고 있다면 마음이 놓이겠지만, 실업가 같은 남자들에게 넘겨주면 뒤에서 손을 쓰거나 정치적인 압력을 가할지도 모르니까. 그리고 애들러는 2, 3일 안으로 그 사진을 사용하려고 생각했던 여자라는 사실도 기억하게. 그러니 손 닿는 곳 어딘가에 사진을 두었을 거야. 그렇다면 역시 그녀의 집 안이라는 이야기가 되네."

"하지만 도둑들이 두 번이나 집 안을 뒤지지 않았나?"

"흥! 녀석들이 제대로 뒤지기나 했겠어?"

"그럼, 자네는 어떻게 찾아낼 생각인가?"

"찾아낼 생각은 없네."

"그럼 어떻게 하겠다는 거지?"

"상대방이 사진을 숨긴 위치를 말하게 하는 거지."

"그걸 말해 주겠나?"

"말하지 않고는 못 배기게 만들어야. 가만, 마차가 오는 소리가 들리는군. 애들러의 마차야. 그럼, 내가 말한 대로 확실하게 해 주게나."

그 순간, 거리 모퉁이를 돌아 들어오는 마차의 불빛이 보였다. 조그맣고 세련된 사륜마차가 브라이어니 저택 입구에 멈춰 섰다. 그때 모퉁이에 있던 부랑자 중에 하나가 마차 문을 열어 주고 동전을 얻으려고 마차

쪽으로 달려들었다. 하지만 그는 같은 목적으로 달려오던 다른 부랑자에게 밀려 넘어지고 말았다. 곧 격렬한 싸움이 벌어졌다. 그런데 두 근위병이 한쪽 부랑자 편을 들자 가위 가는 사람이 화를 내며 또 다른 부랑자의 편을 들기 시작했고 그 바람에 소란은 더욱 커졌다. 하필이면 그때 마차에서 내린 숙녀는 순식간에 주먹과 지팡이가 오가는 난투극에 말려들어 버렸다. 홈즈는 여자를 지키기 위해 치열한 몸싸움 속으로 뛰어들었다. 홈즈가 간신히 그녀 옆까지 갔나 싶었는데 비명과 함께 얼굴에서 피를 뚝뚝 흘리며 쓰러져 버렸다. 그 모습을 보고 두 근위병은 서둘러 도망쳤으며, 부랑자들도 반대 방향으로 도망갔다. 그러자 이번에는 난투극에 끼어들지 않고 지켜보고 있던 멋진 청년들이 모여들어서 여자를 도우려다 부상을 당한 홈즈를 살펴보기 시작했다.

아이린 애들러는 급히 현관의 계단을 올랐다. 하지만 계단 꼭대기에 오르자 그 자리에 멈춰 서서 그 아름다운 모습을 현관 불빛에 드러내며 거리 쪽으로 몸을 돌렸다.

"그분이 많이 다치셨나요?"

"죽었습니다."

몇몇 사람이 대답했다.

"아니, 아직 죽지는 않았어."

다른 사람이 외쳤다.

"하지만 병원으로 옮길 때까지는 못 버틸 것 같은데."

"용감한 사람이었어요. 이 사람이 없었으면 숙녀분은 지갑과 시계를 전부 털렸을 거예요. 그 사람들은 무자비한 강도들이라고요. 아, 아직 숨을 쉬어요."

어떤 여자의 목소리도 들려왔다.

"길바닥에 눕혀 둘 수는 없지. 아가씨, 이 사람을 댁으로 데려가도 괜찮겠습니까?"

"거실로 모시고 오세요. 편안한 소파가 있으니까요. 이리 오세요."

홈즈는 천천히 그리고 엄숙하게 브라이어니 저택 안으로 옮겨져 길거리 쪽으로 난 방에 눕혀졌다. 나는 홈즈가 말한 대로 창문 옆으로 가서 그의 모습을 지켜보았다. 방 안에는 램프가 밝혀져 있었으며, 커튼도 열려 있었기 때문에 소파에 누워 있는 홈즈의 모습이 훤히 들여다보였다. 그때 홈즈가 자신의 연기에 죄책감을 느끼고 있었는지 나로서는 알 길이 없었다. 하지만 나는 부상자를 성심껏 간호하는 이 아름다운 여인을 두고 음모를 꾸미고 있다는 사실에 대해 지금까지 한 번도 느끼지 못한 강렬한 부끄러움을 느꼈다. 그렇다고 해서 홈즈와 약속한 역할을 포기한다면 나는 용서받지 못할 배신자가 되는 셈이었다. 나는 마음을 독하게 먹고 외투 속에서 발연통을 꺼냈다. 그리고 우리가 그녀에게 상처를 주려는 것이 아니라, 그녀가 다른 사람에게 상처를 주려는 것을 막는 것이라고 생각하기로 했다.

홈즈가 소파에서 일어나 숨이 막혀 맑은 공기를 쐬고 싶어 한다는 듯한 몸짓을 했다. 곧장 가정부가 달려와서 창문을 활짝 열어젖혔다. 그와 동시에 홈즈가 손을 올리는 것이 보였다. 신호였다. 나는 즉시 발연통을 방 안으로 던졌고 큰 소리로 외쳤다.

"불이야!"

내가 그렇게 외치자마자 주변 사람들 모두 소리 높여 '불이야!'를 외쳤다. 신사, 하인, 가정부 가릴 것 없이, 옷차림과 상관없이 모든 사람들이 '불이야!'를 외쳤다. 방 안에서 자욱한 연기가 뭉게뭉게 피어오르더니 창밖으로 흘러나왔다. 사람들이 이리저리 뛰어다니는 모습이 얼핏 보이더니 불이 난 게 아니라며 사람들을 진정시키는 홈즈의 목소리가 들렸다. 나는 소리 지르는 사람들 속을 헤치고 나와 거리 모퉁이까지 도망쳤다. 그리고 10분 뒤에 홈즈가 나타나 우리는 서로의 팔을 잡고 소동이 벌어진 현장에서 빠져나왔다. 그제야 안심이 되었다. 얼마간 홈즈는 아무 말도 없이 서둘러 발걸음을 옮겼고, 엣지웨어 대로로 나가는 조용한 골목으로 접어들자 드디어 입을 열었다.

"아주 잘했네, 왓슨. 대단한 활약이었어. 모든 일이 잘 풀려 가고 있네."

"사진을 찾았나?"

"숨겨 둔 곳을 알아냈지."

"어떻게 찾아낸 건가?"

"내가 말한 대로 그 여자가 알려 줬다네."

"대체 어떻게 된 건지 도대체 알 수가 없군."

홈즈가 웃으며 말했다.

"자네에게 숨길 생각은 조금도 없네. 아주 간단한 일이었지. 그 거리에 있던 사람들이 전부 내가 동원한 사람들이었다는 건 자네도 이미 눈치챘겠지? 하룻밤만 고용하기로 계약했어."

"그건 나도 짐작하고 있었네."

"나는 붉은 물감을 녹여 손바닥 안쪽에 숨기고 있었지. 그리고 싸움이 시작되자마자 뛰어들어서 쓰러졌네. 그때 손을 얼굴로 가져가서 가엾은 구경거리가 됐지. 낡은 수법이야."

"그것도 대충은 눈치채고 있었네."

"그리고 나는 집 안으로 실려 갔어. 그 여자도 거절할 수는 없었을 거야. 달리 방법이 없었을 테니까. 게다가 내가 제일 미심쩍게 생각했던 거실로 나를 데리고 갔네. 사진은 틀림없이 거실이나 침실 중 한 곳에 숨거 두었을 거라고 생각했고 거기를 확인해 보기로 마음먹고 있었네. 나를 소파에 눕히기에 숨이 막히는 척하며 창문을 열게 해서 자네에게 기회를 준 걸세."

"그게 어떤 도움이 됐단 말이지?"

"아주 큰 도움이 됐네. 여자들은 자기 집에 불이 나면 본능적으로 가장 중요하고 소중한 물건이 있는 곳으로 뛰어간다네. 그건 도저히 억누를 수 없는 충동이야. 나는 지금까지 여자들의 그런 본능을 몇 번이고 이용한 적이 있지. 가짜 달링턴 스캔들 사건 때도 그랬고, 앤즈워스 성 사건 때도 큰 도움이 됐지. 결혼한 여자는 아기가 있는 곳으로, 미혼 여성은 보석 상자가 있는 곳으로 달려가지. 그런데 오늘 만난 그 여자에게 가장 중요한 것은 우리가 찾는 사진일 거야. 그래서 난 그녀가 가장 먼저 그 사진을 숨겨 둔 곳으로 달려갈 것이라고 생각했네. '불이야!'라고 외치는 자네의 외침은 정말 그럴 듯했어. 그 연기를 마시고 사람들의 외침을 들으면 아무리 무쇠같고 침착한 여자라도 당황할 수밖에 없겠지. 애들러도 내가 예상했던 반응을 보여 줬다네. 오른쪽 벨과 연결되어 있는 끈 바로 위에 판자가 연결된 부분이 있는데 그 뒤쪽에 사진을 숨겨 두고 있었어. 그 여자가 바로 그쪽으로 달려가서 사진을 절반 정도 꺼내는 모습을 내 눈으로 확인하고 왔네. 내가 불이 아니라고 외치자 그녀는 사진을 제자리에 돌려놓고는 발연통을 힐끗 쳐다보더니 방 밖으로 뛰어나가서 아직 돌아오지 않았네. 나는 자리에서 일어나 대충 핑계를 대고 그 방을 빠져나왔어. 당장 사진을 가져갈까 생각했지만 마부가 방으로 들어와 나를 빤히 쳐다보기에 나중에 찾으러 오는 게 안전하겠다고 판단했지. 조급하게 서두르다가 괜히 일을 망칠 수도 있으니까."

"그래, 앞으로 어떻게 할 건가?"

내가 물었다.

"조사는 이제 끝났네. 내일 보헤미아 왕과 함께 애들러를 찾아갈 생각이야. 괜찮다면 자네도 같이 가 주지 않겠나? 우리는 거실로 안내를 받아 거기서 애들러가 나올 때까지 기다릴 걸세. 하지만 그녀가 나왔을 때우리는 사진과 함께 사라지고 없을 거야. 자신의 손으로 직접 그것을 찾는다면 폐하도 무척 기뻐할 걸세."

"그럼 언제 찾아갈 생각인가?"

"아침 8시에. 그녀는 그때까지도 자고 있을 테니 방해받지 않고 처리할 수 있을 거야. 그리고 서둘러야 하는 이유가 한 가지 더 있네. 결혼했으니 그녀의 생활과 습관이 완전히 바뀌어 버릴지도 모르거든. 한시바삐 폐하에게 전보를 쳐야겠어."

베이커 가에 도착한 우리는 하숙집 문 앞에서 멈춰 섰다. 홈즈가 주머니에서 열쇠를 꺼내려는 순간, 지나가던 사람이 말을 걸어왔다.

"셜록 홈즈 선생님, 안녕하세요?"

사람들 몇 명이 거리를 지나고 있었는데, 말을 걸어온 것은 빠른 걸음으로 우리 앞을 지나쳐 간 긴 외투를 입은 가냘픈 청년인 듯했다.

"언제 들어 본 목소리인데."

이렇게 말한 홈즈는 가로등이 희미하게 비추고 있는 거리를 뚫어져라 바라보았다.

"그게 누구였더라."

3.

그날 밤, 나는 베이커 가에서 묵었다. 그리고 다음 날 아침, 둘이서 아침으로 커피와 토스트를 먹고 있는데 보헤미아 왕이 방 안으로 뛰어들었다.

"벌써 손에 넣었는가?"

왕은 홈즈의 어깨를 붙들고 뜨거운 눈빛으로 그의 얼굴을 들여다보았다.

"아직 아닙니다."

"가능성은 있는 건가?"

"충분히 있습니다."

"그럼 어서 나가자. 도저히 가만히 있을 수가 없구나."

"마차를 불러야 합니다."

"아니, 내 사륜마차가 우리를 기다리고 있다."

"그거 잘됐군요."

우리는 밑으로 내려가 다시 한 번 브라이어니 저택을 향해 출발했다.

"아이린 애들러가 결혼했습니다."

마차 안에서 홈즈가 말했다.

"뭐, 결혼을 했다고? 언제?"

"어제 했습니다."

"그럼, 상대는?"

"노턴이라는 영국인 변호사입니다."

"아이린이 그런 사람을 사랑할 리가 없는데."

"저는 그녀가 노턴을 사랑하기를 바랍니다."

"어째서?"

"그러면 앞으로 폐하께서 골머리를 앓을 염려가 없어지기 때문입니다. 그녀가 남편을 사랑하고 있다면 폐하에게는 더 이상 애정이 없을 겁니다. 폐하를 사랑하지 않으니 폐하의 결혼식을 방해하려 들지도 않겠지요."

"그건 그렇군. 아! 하지만……, 그녀가 나와 같은 신분이었다면 가장 멋진 왕비가 될 수 있었을 텐데!"

왕은 다시 기운 없는 모습으로 돌아가 서펜타인 대로에 도착할 때까지 아무 말도 하지 않았다. 브라이어니 저택의 문은 열려 있었고 돌계단 위에 중년을 넘긴 여자가 서 있었다. 그녀는 비웃는 표정으로 우리가 마차에서 내리는 모습을 지켜보더니 이렇게 물었다.

"셜록 홈즈 씨가 맞으십니까?"

"내가 홈즈입니다."

홈즈는 깜짝 놀라서 의심스러운 눈초리로 그녀를 바라보았다.

"역시 그랬군요! 당신이 여기에 오실 거라고 부인께서 말씀하셨습니다. 부인은 주인님과 함께 아침 5시 15분 기차로 채링 크로스 역을 출발하여 유럽 대륙으로 떠나셨습니다."

"뭐라고?"

놀라움과 분함으로 얼굴이 하얗게 질린 홈즈가 휘청거렸다.

"부인이 영국을 떠났다고요?"

"두 번 다시 돌아오지 않을 겁니다."

"혹시 편지 같은 걸 남기지 않았나? 아, 모든 게 끝장이군."

왕이 갈라지는 목소리로 말했다.

"한번 봅시다."

홈즈가 그 가정부를 밀쳐 내다시피 하며 거실로 뛰어들었다. 왕과 나

도 그의 뒤를 따라 들어갔다. 가구가 여기저기 흩어져 있었으며, 선반
도 전부 떼어 놓은 상태였고, 서랍은 전부 열려 있었다. 그 숙녀는 떠나
기 전에 황급히 짐을 꾸린 듯했다. 벨 끈이 있는 곳으로 달려간 홈즈는
조그만 문을 열어 손을 안으로 집어 넣었다. 그 안에서 사진 한 장과 편
지가 나왔다. 이브닝드레스를 입은 아이린 애들러의 모습이 찍힌 사진
이었다. 편지의 겉에는 '셜록 홈즈 선생님께. 오시면 읽어 보시기 바랍니
다.'라고 적혀 있었다. 홈즈는 서둘러 봉투를 뜯었고, 우리 셋은 그것을
읽기 시작했다. 지난밤 12시에 쓴 것으로 내용은 다음과 같았다.

> 셜록 홈즈 선생님
>
> 정말 훌륭한 솜씨였습니다. 저를 완벽하게 속이셨습니다. '불이야!'라
> 는 외침을 들었을 때만 해도 조금도 의심하지 않았습니다. 하지만 그 직
> 후, 스스로 비밀을 폭로해 버렸다는 사실을 깨닫고 곰곰이 생각하기 시작
> 했습니다. 저는 이미 몇 달 전에 선생님을 조심하라는 주의를 들었습니
> 다. 만약 국왕께서 누군가에게 부탁한다면 틀림없이 선생님에게 의뢰가
> 들어갈 것이라고 했지요. 그리고 선생님의 주소까지 알려 주었습니다. 그
> 럼에도 불구하고 저는 선생님께서 알고 싶어 하시던 것을 스스로 알려 드
> 린 꼴이 되어 버렸습니다. 수상하다는 생각이 들고 나서도 그렇게 친절하
> 고 다정한 사제님이 나쁜 사람 같지는 않았습니다. 하지만 선생님도 아시
> 다시피 저는 배우로 활동했습니다. 남자로 변장하는 것은 식은 죽 먹기
> 입니다. 덕분에 지금까지도 남자 옷을 입고 거리로 나가 자유롭게 행동할
> 수 있었습니다. 저는 마부인 존에게 선생님을 감시하라고 일러두고 2층
> 으로 뛰어 올라갔습니다. 주로 산책할 때 입는 남자 옷으로 갈아입고 밑
> 으로 내려가니 마침 선생님이 돌아가고 계시더군요. 그래서 선생님의 뒤

를 밟았습니다.

그리고 댁 앞까지 가서 그 유명한 셜록 홈즈 선생님이 사건에 관여했다는 사실을 확인했습니다. 실례인 줄은 알았지만 선생님께 인사를 건네고 남편을 만나러 법무 협회로 갔습니다. 우리는 선생님처럼 무서운 분이 노리고 있으니 도망치는 게 상책이라고 생각했습니다. 그러니 내일 저를 찾아오셔도 선생님을 기다리는 것은 빈집 뿐일 것입니다.

선생님의 의뢰인에게 사진은 걱정하지 말라고 전해 주시기 바랍니다. 지금은 훨씬 더 좋은 분과 서로 사랑하고 있으니까요. 폐하께서도 하고 싶은 일을 하셔도 될 거예요. 지난 날 불장난했던 여자가 뭘 방해할 일은 없을 테니까요. 그 사진은 제 몸을 지키는 무기로 삼아 가지고 가겠습니다. 앞으로 폐하께서 무슨 일을 하시든 이것만 있으면 저는 안심할 수 있으니까요. 그 대신 다른 사진을 하나 놓고 갑니다. 폐하께서 원하신다면 기꺼이 드리겠습니다. 그럼 안녕히 계십시오, 셜록 홈즈 선생님.

아이린 노턴 (옛 이름 아이린 애들러)

"정말 대단한 여자야. 아, 정말 대단해!"

세 사람이 편지를 전부 읽고 나자 보헤미아 왕이 탄식하듯 외쳤다.

"내가 말한 대로 현명하고 야

무진 여자가 아닌가? 틀림없이 훌륭한 왕비가 될 수 있었을 텐데. 아, 나와 신분이 다르다는 사실이 참으로 안타깝기 그지없구나."

"제가 보기에도 이 숙녀는 폐하와 너무나도 다른 부류의 사람인 것 같습니다."

홈즈가 비아냥거리듯 말했다.

"의뢰하신 일을 만족스럽게 해결하지 못해서 죄송합니다."

"그게 무슨 말인가? 나는 아주 만족스럽네. 그녀가 약속을 지키리라는 건 누구보다도 내가 잘 알고 있다. 그러니 그 사진은 이미 태워 버린 것이나 마찬가지지."

"그렇게 말씀해 주시니 저도 마음이 놓입니다."

"그대에게는 말로 표현할 수 없을 정도로 큰 신세를 졌다. 원하는 게 있으면 말해 보라. 이 반지는……."

왕은 손가락에 끼고 있던 뱀처럼 생긴 에메랄드 반지를 빼더니 손바닥에 올려놓고 앞으로 내밀었다.

"폐하께서는 제게 이 반지보다 더 소중한 것을 가지고 계십니다."

홈즈가 말했다.

"무엇이든 말해 보라. 그게 무엇인가?"

"이 사진입니다."

왕이 깜짝 놀라며 홈즈를 바라보았다.

"아이린의 사진 말인가? 그대가 원한다면 그대에게 주도록 하지."

"감사합니다, 폐하. 이제 모든 일이 끝났군요. 황공하오나 폐하께서도 즐거운 아침 맞이하시기를 바랍니다."

이렇게 말한 홈즈는 가만히 고개를 숙였다. 그리고 보헤미아 왕이 내민 손은 쳐다보지도 않고 나와 함께 집으로 돌아왔다.

이것은 보헤미아 왕국을 위협한 스캔들이자 셜록 홈즈의 교묘한 계획이 한 여인에게 무참히 깨져 버린 이야기이다. 홈즈는 여자들이 현명하지 못하다며 곧잘 비웃고는 했지만, 이 사건이 벌어진 다음부터는 그런 이야기를 하는 것을 들어보지 못했다. 그리고 아이린 애들러나 그 사진에 대해서 이야기할 때면 홈즈는 언제나 '그 여성'이라는 영예로운 호칭으로 불렀다.

2. 빨강 머리 연맹

작년 가을 어느 날, 나는 친구 셜록 홈즈의 하숙집을 찾아갔다. 그는 나이 지긋한 신사와 열심히 이야기를 나누고 있었다. 뚱뚱하게 살이 찐 그 신사의 얼굴은 붉었고 머리카락은 불타는 듯 빨갰다.

"손님이 계셨군. 미안하네."

대화를 방해한 것 같아서 사과를 하고 다시 밖으로 나가려 하는데 홈즈가 자리에서 벌떡 일어나 나를 방 안으로 잡아끌더니 문을 쿵 하고 닫아 버렸다.

"마침 잘 왔네, 왓슨."

홈즈가 기쁘다는 듯이 말했다.

"손님과 이야기하고 있지 않나?"

"그렇다네. 그것도 아주 중요한 이야기를 하고 있지."

"그럼 나는 옆방에서 기다리겠네."

"그럴 필요 없어."

이렇게 말한 홈즈는 빨간 머리카락의 신사에게 나를 소개했다.

"윌슨 씨, 이 친구는 내 동료입니다. 지금까지 해결한 대부분의 사건에서 내게 도움을 주었죠. 당신의 의뢰한 사건을 해결하는 것도 도와줄 겁니다."

윌슨이라 불린 뚱뚱한 신사가 의자에서 엉거주춤 일어나 가볍게 머리를 숙였다. 퉁퉁하게 살이 오른 눈꺼풀 속에 있는 자그마한 눈이 나에게 무엇인가를 묻는 듯했다.

"그 소파에 앉게나."

홈즈는 이렇게 말하고 자신도 팔걸이가 달린 의자로 돌아가 앉았다. 그리고 양손을 세우고 손가락 끝을 맞대 산처럼 만들었다. 그가 생각에 잠길 때면 늘 취하는 동작이었다.

"이보게, 왓슨. 자네도 나처럼 뻔하고 지루한 일상과 관습을 벗어난 특이한 일들을 좋아하지? 자네가 그동안 내 수사 기록을 열심히 작성해서 펴내 준 사실을 통해서도 알 수 있네. 이렇게 말해도 될지 모르겠지만, 내 모험담에 갖가지 장식까지 붙여 주고 말일세."

"나는 자네가 해결한 사건이 너무 재미있어서 그랬을 뿐이네."

"언젠가 내가 이런 말을 한 적이 있지? 메리 서덜랜드 양이 의뢰한 간단한 사건을 조사하기 전이었을 거야. 신기한 일이나 깜짝 놀랄 만한 사건을 찾고 싶다면 실제 우리 생활 속에서 찾아야 한다고 말일세. 왜냐하면 현실은 그 어떤 공상보다도 훨씬 더 기묘하고 예측할 수 없는 것을 보여 주니까."

"그랬지. 미안하지만, 그때 나는 그 의견에 동의할 수 없다고 말했네."

"그래, 왓슨. 그때는 그렇게 말했지만 결국에는 내 의견에 따르게 될 걸세. 그렇지 않다면 신물이 날 정도로 실제 사례를 자네에게 보여 주지.

그러면 자네의 논리도 내 생각에 동의하지 않고는 배기지 못할 거야. 어쨌든, 오늘 아침에 여기 계신 제이베스 윌슨 씨가 오셔서 어떤 이야기를 들려주셨는데, 근래 보기 드문 신비로운 사건이 될 것 같아. 내가 늘 말했던 것처럼 가장 기괴하고 보기 드문 사건은 큰 범죄보다는 오히려 작은 사건 안에 숨어 있는 경우가 많지. 범죄가 일어났는지도 모를 일 속에 숨어 있는 경우도 있고. 윌슨 씨가 의뢰한 사건도 지금 들은 이야기만으로는 범죄가 있는지 잘 모르겠지만, 사건의 추이를 보면 내가 지금까지 들어 온 사건들 중에서도 매우 특이한 사건이라고 할 수 있을 것 같네.

윌슨 씨, 죄송하지만 다시 한 번 처음부터 이야기를 들려주시겠습니까? 이 친구가 첫 부분을 듣지 못했고, 이야기가 실로 묘해서 나도 세세한 부분을 다시 한 번 들어 보고 싶습니다. 평소에는 사건의 경위를 듣고 작은 힌트를 얻기만 하면, 내 머릿속에 저장된 과거에 발생한 여러 사건들 중에서 비슷한 사례를 찾아내 그것을 참고해서 해결 방안을 세우곤 합니다. 그렇지만 이번 사건은 유례를 찾을 수 없을 정도로 특이해서 어떻게 해야 할지 감도 잡히지 않는군요."

뚱뚱하게 살이 찐 빨강 머리의 의뢰인은 조금 자랑스럽다는 듯 가슴을 펴더니 두꺼운 외투의 안쪽 주머니에서 지저분하고 꼬깃꼬깃한 신문을 꺼내들었다. 그리고 머리를 앞으로 내밀어 무릎 위에서 신문의 주름을 펴면서 광고란 쪽으로 시선을 떨어뜨렸고, 나는 그동안 그 남자를 유심히 살펴봤다. 홈즈에게 배운 대로 신사가 입고 있는 옷과 태도를 통해서 무엇인가를 알아내려 했던 것이다.

하지만 아무리 쳐다봐도 머릿속에 떠오르는 것은 거의 없었다. 눈앞에 있는 사람은 뚱뚱하고 거드름을 피우며 굼떠 보이는, 어디에서나 흔

히 볼 수 있는 평범한 영국 상인이었다. 조금 헐렁한 회색 줄무늬 바지에 그다지 깨끗하다고는 말할 수 없는 검은 프록코트를 입고 있었는데 코트 단추는 아랫단추만 빼고 전부 풀어져 있었다. 빛바랜 갈색 조끼 위에는 놋쇠로 만든 앨버트형 굵은 시곗줄이 늘어져 있었는데 그 끝에 네모난 구멍이 뚫린 조그만 금속이 장식으로 달려 있었다. 그의 옆에 있는 의자 위에는 닳아빠진 중산모와, 주름진 벨벳 목깃이 달린 낡은 갈색 외투가 걸려 있었다. 아무리 관찰을 해 봐도 머리카락이 불타는 듯 빨갛다는 것과 억울함에 찬 불만스러운 표정을 짓고 있다는 것 말고는 특별히 알아낸 것이 없었다.

셜록 홈즈는 그 날카로운 눈으로 내 의도를 단번에 알아차렸다. 그리고 내가 좀 알려 달라는 눈길로 그를 바라보자 살며시 웃으며 고개를 설레설레 저었다.

"이분은 예전에 손을 사용하는 육체노동에 종사했고, 코담배를 좋아하며, 프리메이슨[6] 회원이야. 그리고 중국에 다녀온 적이 있으며, 최근에는 글씨를 상당히 많이 쓴 듯하네. 내가 확실하게 말할 수 있는 것은 이 정도일세. 나머지는 잘 모르겠어."

이 말을 듣고 윌슨은 깜짝 놀라 의자에서 벌떡 일어나 검지로 신문을 누른 채 홈즈를 바라보았다.

"홈즈 선생님! 그걸 어떻게 아셨습니까? 제가 손을 사용하는 노동을 했다는 건 어떻게 알았지요? 사실 제가 돈을 벌기 시작할 나이에 처음 한 일은 배 만드는 목수 짓이었습니다."

"손을 보고 알았습니다. 오른손이 왼손보다 훨씬 더 크지 않습니까? 오른손을 많이 사용하는 일을 했기 때문에 왼손보다 오른손 근육이 더 발달한 거죠."

"그렇군요. 그럼 코담배는? 그리고 제가 프리메이슨 회원인 건 또 어떻게 아셨습니까?"

"그것을 일일이 설명하면 현명한 손님에게 실례가 될 테니 생략하지요. 게다가 당신은 프리메이슨의 엄격한 규칙에도 불구하고 삼각자와 컴퍼스로 만든 장식 핀을 가슴에 달고 있으니까요."

"이런, 깜빡했습니다. 그렇다면 글씨를 많이 썼다는 사실은?"

"오른쪽 소매 깃부터 위쪽으로 약 12센티미터 정도 되는 부분까지 번들번들 빛나고 있군요. 그리고 책상에 닿는 부분인 왼쪽 팔꿈치에 만질만질한 헝겊을 댔으니 달리 생각할 길이 없습니다."

"그건 그렇군요. 그럼 중국에 다녀온 것은?"

"오른쪽 손목 바로 위에 물고기 문신이 보입니다. 그건 중국에서만 새

6) Freemason. 1717년, 런던에서 결성된 세계적인 민간단체. 세계 평화와 인류애를 달성하는 것을 목적으로 한다.

길 수 있는 것이지요. 문신에 대해서도 조금 연구한 적이 있고, 관련 잡지에 글을 발표한 적도 있었습니다. 게다가 물고기 비늘을 그렇게 아름다운 분홍빛으로 물들일 수 있는 독특한 기술은 중국에만 있고요. 게다가 시곗줄에 중국 동전을 끼워 놓았으니 금방 알 수 있죠."

윌슨이 실망스러운 미소를 지었다.

"아하, 난 또 뭐라고! 처음에는 아주 어려운 방법을 사용해서 알아낸 줄 알았는데 이야기를 듣고 보니 뭐 별거 아니었군요."

"이보게, 왓슨. 내가 쓸데없이 구구절절 설명한 것 같군. '미지의 것은 모두 위대해 보인다.'라는 말도 있는데 이렇게 일일이 설명하다가는 미미한 나의 명성도 곧 사그라지겠어. 그건 그렇고, 윌슨 씨, 아직 광고를 못 찾았습니까?"

홈즈가 말했다.

"아니, 찾았습니다."

윌슨은 굵고 붉은빛이 도는 손가락으로 광고란의 중앙 부분을 가리켰다.

"바로 이겁니다. 여기서 모든 일이 시작됐습니다. 직접 읽어 보세요."

나는 신문을 받아 들었다. 거기에는 다음과 같은 글이 실려 있었다.

> 미국 펜실베이니아 주 레바논의 고 이제키아 홉킨스 씨의 유언에 따라 결성된 이 연맹에 새로운 빈자리가 하나 생겼습니다. 회원은 극히 형식적인 일만 하면 되며, 그 보수로 주 4파운드의 급여를 받습니다. 심신이 건강한 21세 이상의 붉은 머리를 가진 남성이라면 누구나 응모할 수 있습니다. 월요일 11시에 플리트 가의 포프스 코트 7번지에 있는 연맹 사무실로 와서 던컨 로스에게 신청하세요.

"이게 대체 무슨 말인가?"

나는 이 광고를 두 번 거듭 읽은 뒤에 큰 소리로 물었다. 홈즈는 기분이 좋을 때면 언제나 그렇듯이, 의자에 앉은 채로 몸을 흔들며 껄껄 웃었다.

"정말 특이하지 않나? 윌슨 씨, 처음부터 다시 이야기해 주세요. 당신과 집안 사정, 그리고 이 광고 때문에 당한 일까지 모두. 왓슨, 자네는 우선 그 신문의 이름과 날짜를 메모해 주게."

"1890년 4월 27일자 〈모닝 크로니클〉. 약 두 달 전 신문일세."

"고맙네. 이제 말씀해 주시죠, 윌슨 씨."

윌슨이 이마의 땀을 닦으며 말을 시작했다.

"아, 홈즈 선생님. 조금 전에 말씀드린 대로 저는 런던의 중심지 가까이에 있는 코버그 광장에서 작은 전당포를 하고 있습니다. 뭐, 별로 크지도 않고 그나마 요즘에는 입에 풀칠이나 할 수 있는 정도입니다. 예전에는 점원을 두 명이나 두고 있었지만 지금은 한 명밖에 없지요. 그 점원에게도 월급을 주기가 힘들어졌습니다.

그런데 다행스럽게도 이 점원은 일만 배우면 된다며 다른 사람의 절반 정도밖에 안 되는 월급을 받으며 일해 주고 있습니다. 그렇지 않았다면 점원에게 월급을 주기 위해 제가 부업이라도 해야 할 판이었죠."

"그 기특한 청년의 이름이 뭡니까?"

홈즈가 물었다.

"빈센트 스폴딩이라는 사람인데 정확한 나이는 몰라도 청년이라고 부를 만큼 젊지는 않습니다. 그처럼 열심히 일하는 점원도 없을 겁니다. 똑똑하기도 해서 마음만 먹는다면 좀 더 좋은 곳에서 지금의 두 배 정도 되는 월급을 받으며 일할 수 있을 겁니다. 하지만 본인이 만족하고 있는 것 같아 특별히 다른 말은 하지 않고 있습니다."

"그렇겠지요. 그렇게 적은 급료도 괜찮다고 하는 점원을 두셨다니 당신은 정말 운이 좋습니다. 요즘 세상에 그런 사람을 고용하기란 쉬운 일이 아니니까요. 그 점원도 이 광고만큼 특이한 사람이군요."

"사실, 그 사람에게도 단점은 있습니다. 스폴딩처럼 사진에 미친 사람도 없을 겁니다. 조금 진지하게 일을 배워야 할 때도 사진기를 들고 나와서 셔터를 눌러 댑니다. 그러고는 마치 토끼가 굴속으로 들어가는 것처럼 지하실로 들어가 현상을 하죠. 그것이 가장 큰 결점이지만 전체적으로는 아주 일을 잘합니다. 나쁜 사람은 아닙니다."

"지금도 당신의 가게에서 일하고 있습니까?"

"그렇습니다. 스폴딩 말고는 간단한 요리와 청소를 해 주는 열네 살짜리 여자아이가 한 명 더 있습니다. 집에 있는 사람은 그게 전부입니다. 제 아내는 죽었고 다른 가족은 없으니까요. 이렇게 셋이서 조용히 살고 있었습니다. 비바람을 피하고 꾼 돈을 갚을 정도는 됐으니까요. 그런데 이 신문 광고가 그런 생활을 깨 버리고 말았습니다. 정확히 8주

전의 일이었습니다. 스폴딩이 이 신문을 가게로 가지고 와서 이렇게 말
했습니다.

'아, 사장님. 왜 제 머리카락은 빨갛지 않을까요?'

'왜 그러나?'

제가 물었습니다.

'빨강 머리 연맹에 결원이 생겼어요. 여기 회원이 된다는 건 큰 행운
이나 마찬가지죠. 회원이라면 누구나 조금은 돈을 모을 수 있거든요. 회
원이 부족해서 연맹에서는 돈이 남아돌아 골머리를 썩일 지경이랍니다.
제 머리카락이 빨간색으로 변해 버리면 좋으련만. 그러면 당장 달려가
서 한밑천 잡을 수 있을 텐데.'

'그게 무슨 소리지?'

제가 다시 물었습니다. 홈즈 선생님, 저는 늘 집에만 있기 때문에 세상

물정에 어두워서 누가 작은 소식이라도 가져오면 바로 관심을 보이곤 합니다. 제가 손님을 찾아가는 게 아니라 손님이 저를 찾아오는 일을 하고 있으니까요. 몇 주일 동안 집에 틀어박혀서 밖으로 한 발짝도 나가지 않는 경우가 허다합니다.

'사장님, 빨강 머리 연맹에 대해서 아직 못 들어 보셨습니까?'

스폴딩이 눈을 동그랗게 뜨고 물어봤습니다.

'금시초문일세.'

'어떻게 그럴 수가 있죠? 사장님은 거기에 신청할 자격을 갖추고 계신데 말이에요.'

'그래, 거기에 들면 무슨 좋은 일이라도 생기나?'

'뭐, 1년에 겨우 200파운드 정도는 생기는 것 같아요. 게다가 일이 아주 쉬워서 사장님처럼 장사하는 분들이 하기에 적합하죠.'

홈즈 선생님, 그 말을 듣고 제가 얼마나 혹했을지 짐작하고도 남겠죠? 지난 몇 년간 전당포 운영도 시원찮았는데 다른 일을 해서 1년에 200파운드를 받을 수 있다니 그 얼마나 고마운 소리입니까? 스폴딩에게 말했습니다.

'자세한 이야기를 들려주게.'

스폴딩이 광고를 보여 주면서 말했습니다.

'직접 읽으면 아시겠지만 연맹에 공석이 생겼대요. 여기에 자세한 문의처가 적혀 있습니다. 제가 들은 바에 따르면 이 빨강 머리 연맹은 이제키아 홉킨스라고 하는 미국의 백만장자가 만들었답니다. 원래 성격이 좀 특이한 사람이었는데, 자신이 빨강 머리라 빨강 머리를 가진 사람들을 동정했고 결국 이런 이상한 유언을 남겼다고 해요. 관리 위원회에 막대한 재산을 맡기면서 거기서 나오는 이자를 빨강 머리를 가진 사람들에게 간단한 일을 시키고 나눠 주라고 했다지 뭡니까. 들리는 소문으로 는 아주 간단한 일만 하면 굉장한 급료를 받을 수 있대요.'

'하지만 빨강 머리 사내가 어디 한둘이겠는가?'

'생각처럼 그렇게 많지는 않은가 봅니다. 자격 요건을 보세요. 런던에 사는 성인 남성이 아니면 안 되잖아요. 그 백만장자가 젊었을 때 런던에 서 사업을 시작해서 성공을 거두었기 때문에 이 도시에 보답하려는 거 래요. 그리고 빨강 머리라 해도 색이 옅거나 검은빛이 돌아서는 안 되고, 불타오르듯이 새빨간 색이 아니면 소용 없다고 하더군요. 사장님, 생각 이 있으시면 한번 찾아가 보세요. 하긴, 고작해야 수백 파운드 때문에 사 장님이 일부러 찾아갈 필요는 없을지도 모르지만요.'

선생님, 보시다시피 제 머리는 숱도 많고 아주 새빨간 색입니다. 세상 에 머리가 저보다 더 빨간 사람은 없을 겁니다. 해볼 만하다는 생각이 들었지요. 스폴딩이 이 연맹을 아주 자세하게 알고 있는 것 같았기에 함 께 가면 도움이 될 거라고 생각했습니다. 그래서 그날은 가게 문을 일찍 닫고 그를 데리고 밖으로 나갔습니다. 녀석도 그 하루는 일을 하지 않아 도 되니 매우 기뻐하는 눈치였습니다. 우리 두 사람은 광고에 실린 번지 를 찾아갔습니다.

그런데 세상에! 그런 광경은 두 번 다시 보고 싶지 않습니다. 동서남 북, 사방팔방에서 머리에 조금이라도 붉은빛이 도는 남자들이라면 전부 몰려와 일제히 그곳을 향해서 걸어가고 있는 것 같았어요. 광고 한 번으 로 전국에서 그렇게 많은 사람들이 몰려들 줄은 꿈에도 생각지 못했습 니다. 플리트 가는 머리가 빨간 사람들의 물결로 숨 막힐 지경이었습니 다. 그중에서도 포프스 코트는 오렌지 장수의 짐수레처럼 빨강 머리들 이 빽빽하게 들어차 있었습니다. 레몬 같은 색, 지푸라기 같은 색, 오렌지색, 벽돌색, 사냥개 아이리시세터처럼 빨간색, 간처럼 빨간색, 흙빛이 도는 빨간색 등등 그야말로 별별 빨강 머리들이 다 모여 있었습니다. 하지만 스폴딩이 말한 것처럼 불타오르듯이 빨간 머리를 가진 사람은 거의 찾아볼 수가 없었습니다.

그래도 너무 많은 사람들이 순서를 기다리고 있어서 저는 거의 포기하려 했습니다. 그런데 스폴딩이 저를 말리더군요. 그러더니 어떻게 했는지는 몰라도 사람들을 밀치고, 젖히고, 헤집고 가서는 사무실로 오르는 계단까지 저를 데리고 갔습니다. 거기에는 기대에 부풀어서 올라가는 사람과 실망한 표정으로 내려오는 사람들이 두 줄로 길게 늘어서 있었지요. 저와 스폴딩은 간신히 사람들 틈을 비집고 드디어 사무실로 들어갔습니다."

여기서 잠시 말을 멈춘 윌슨은 코담배를 한껏 들이켜며 정신을 가다듬었다.

"정말 재미있는 경험을 하셨군요. 그래서 어떻게 됐습니까?"

홈즈가 말했다.

"사무실 안에는 나무 의자 두 개, 소나무 판자로 만든 소박한 탁자 하나가 놓여 있을 뿐이었습니다. 탁자 건너편에 저보다도 더 빨간 머리를 가진 작은 사내가 앉아 있었어요. 신청자가 들어올 때마다 두어 가지 질문을 해서 부족한 점을 찾아내 탈락시키곤 했습니다. 빨강 머리 연맹의 회원이 되기가 그리 쉬운 일은 아닌 듯했습니다. 그런데 내 차례가 되자 그 사내의 표정이 확 변하면서 다른 사람을 상대할 때와는 달리 아주 친절한 태도를 보였습니다. 그리고는 우리가 방에 들어가자마자 무슨 비밀스러운 이야기를 하려는 사람처럼 문을 꼭 닫아 버렸습니다.

'이분은 제이베스 윌슨이라는 분입니다. 연맹의 빈자리를 채우고 싶어

하지요.'

스폴딩이 옆에서 말했습니다.

'이야, 이런 적임자가 있었다니. 모든 면에서 우리가 원하는 조건에 딱 들어맞는 분입니다. 이렇게 멋진 빨강 머리는 지금까지 한 번도 본 적이 없어요. 완벽합니다.'

사내는 그렇게 대답하고 뒤로 한 걸음 물러서서 고개를 갸우뚱거리며 제 머리카락을 유심히 살펴보았습니다. 너무 뚫어져라 쳐다보기에 얼굴이 벌게질 정도였습니다. 그러다가 갑자기 제 앞으로 성큼 다가와서는 제 손을 움켜쥐었습니다.

'합격을 축하드립니다. 어디 한 군데 흠잡을 데가 없습니다. 그래도 혹시 모르니 잠시 실례하겠습니다.'

그는 그렇게 말하면서 두 손으로 제 머리카락을 쥐더니 힘껏 잡아당겼습니다. 너무 아팠기 때문에 저도 모르게 비명을 질렀습니다.

'이런, 눈물까지 글썽이시는군요. 큰 실례를 범했지만, 지금까지 가발에 두 번, 염색에 한 번 속아서요. 구둣방에서 쓰는 왁스로 속이려 든 사람도 있었습니다. 인간의 간교함에는 정말 넌덜머리가 날 지경입니다.'

그 사람은 창가로 가서 거리를 가득 메운 사람들을 향해서 소리쳤습니다.

'합격자가 정해졌습니다!'

아래에서 실망스러운 웅성거림이 들려왔지만 사람들은 이내 뿔뿔이 흩어져 떠났고 이제 빨강 머리는 그 작은 사내와 저만 남게 되었습니다.

'저는 던컨 로스라고 합니다.'

작은 사내가 예를 갖춰 이름을 밝힌 뒤 계속 말을 이었습니다.

'저도 그 위대한 분이 베푼 재산에서 연금을 받고 있는 사람 중 한 명입니다. 그런데 윌슨 씨, 결혼은 하셨습니까? 가족은요?'

저는 가족이 없다고 답했습니다.

'이를 어쩌나? 이건 매우 중요한 문제입니다. 우리 연맹은 빨강 머리를 가진 사람을 보호하는 것뿐만 아니라 그 사람의 자손을 번창시키려는 목적도 갖고 있습니다. 가족 없이 혼자 사신다니 정말 안타까운 일입니다.'

이 말을 듣고 저는 가슴이 철렁했습니다. '아, 결국은 나도 불합격이구나.'라고 생각했죠. 그런데 잠시 생각에 잠겨 있던 사내가 이렇게 말했습니다.

'아무렴 어떻겠습니까. 다른 사람이라면 치명적인 결격 사유가 되겠지만 당신처럼 멋진 머리카락을 가진 분은 예외입니다. 그럼, 언제부터 일해 주실 수 있겠습니까?'

'글쎄, 그게 조금 난처한 점이긴 한데, 사실 지금 하고 있는 일이 있어

서요.'

'사장님, 그거라면 하나도 걱정하실 필요가 없어요. 제가 대신 가게를 볼 테니까요.'

스폴딩이 말했습니다.

'이곳 일은 몇 시부터 몇 시까지입니까?'

제가 로스에게 물었습니다.

'아침 10시부터 오후 2시까지입니다.'

선생님, 전당포는 대체로 저녁 시간에 바쁩니다. 특히 급여가 나가는 토요일 직전인 목요일과 금요일 밤이 제일 바쁘지요. 그러니 아침 한나절에 잠깐 돈벌이를 하러 나가기에는 아주 좋은 장사입니다. 거기다 스폴딩은 사람이 좋아서 무슨 일이든 마음 놓고 맡길 수 있었습니다. 그래서 저는 이렇게 대답했습니다.

'그거 아주 잘됐군요. 급료는 얼마나 됩니까?'

'일주일에 4파운드입니다.'

'일은요?'

'일이라고 해도 형식적인 것입니다.'

'어떤 일인지 좀 더 구체적으로 말씀해 주세요.'

'근무시간에는 죽 사무실 안에 있어야 합니다. 적어도 이 건물 안에는 있어야 해요. 만약 여기서 한 발짝이라도 벗어나면 영원히 이 자리를 잃게 됩니다. 이건 유언장에 명확하게 기재되어 있는 사항입니다.'

'하루에 겨우 4시간만 일하면 되니 밖으로 나갈 일은 없을 겁니다.'

'어떤 이유에서든 변명은 통하지 않습니다. 몸이 아플 때나, 장사 때문에 나가야 할 때라도 말이죠.'

'그런데 일은 어떤 겁니까?'

'브리태니커 백과사전을 필사하는 일입니다. 저쪽 책장에 한 권이 있습니다. 잉크와 펜, 압지는 직접 준비해 주십시오. 이 탁자와 의자를 쓰시고요. 내일부터 와 주실 수 있습니까?'

'올 수 있고말고요.'

'그럼, 제이베스 윌슨 씨, 오늘은 이만 돌아가셔도 좋습니다. 우리 연맹에 들어오신 것을 다시 한 번 진심으로 축하드립니다.'

로스는 인사를 하고 우리를 배웅해 주었습니다. 스폴딩과 함께 집으로 돌아온 저는 너무 기뻐서 어쩔 줄을 몰랐습니다. 그날 저는 하루 종일 들뜬 마음으로 그 일만 생각했는데 저녁이 되자 기분이 가라앉기 시작했습니다. 아무리 생각해 봐도 이 일이 장난 같았습니다. 안 그렇겠습니까? 무슨 목적으로 이런 일을 하는지는 몰라도 그런 이상한 유언을 남겼다는 것도 그렇고, 겨우 백과사전을 필사하는 데 일주일에 4파운드라는 거금을 준다는 소리를 믿을 사람이 세상에 어디 있겠습니까? 스폴딩은 거짓일 리가 없다고 말했지만, 저는 잠자리에 들 무렵에는 그냥 없던 일로 하자고 생각했습니다. 그렇지만 이튿날 아침이 되자 그래도 일단 가 보기나 해야겠다는 마음이 들었습니다. 그래서 저는 잉크 한 병과 거위 깃털로 만든 펜, 그리고 풀스캡판[7] 종이 일곱 장을 사서 포프스 코트로 향했습니다.

그런데 저는 깜짝 놀라고 말았습니다. 모든 것이 약속한 그대로였습니다. 놀라움과 기쁨이 교차하는 것을 느꼈습니다. 탁자가 깨끗하게 준비되어 있었고 제가 규칙대로 일을 시작하는지 지켜보기 위해서 던컨 로스 씨가 와 있었습니다. 제가 A항목부터 쓰기 시작하자 던컨 씨는 밖으

---

7) foolscap. 33×40센티미터 크기의 대형 인쇄용지.

로 나갔습니다. 그러고는 때때로 들어와서 제가 제대로 일하고 있는지를 확인하고는 했습니다. 오후 2시가 되자 그는 이제 돌아가도 좋다고 말했습니다. 그리고 제가 쓴 몇 장의 종이를 보고 칭찬하고 저를 배웅한 다음, 사무실의 문을 잠그더군요.

이런 식으로 하루하루가 지났고 그 주 토요일이 되자 로스 씨가 일주일분의 급여라며 1파운드짜리 금화 4개를 주었습니다. 다음 주도, 그리고 그 다음 주도 계속해서 같은 일을 반복했습니다. 매일 아침 10시에 나가서 오후 2시까지 일을 했습니다. 시간이 흐르자 로스 씨는 오전에만 한 번 나오더니 나중에는 아예 모습을 드러내지 않았습니다. 그래도 저는 방 밖으로 나가지 않았습니다. 언제 로스 씨가 나타날지 몰랐고, 쓸데없는 짓을 해서 그렇게 좋은 일자리를 잃고 싶지도 않았으니까요.

그렇게 8주가 지났습니다. 저는 '수도원장Abbots, 궁술Archery, 갑옷 Armour, 건축Architecture, 아티카Attica[8]' 등 A항목을 써 나가면서 이대로라면 곧 B항목에 들어갈 수 있겠다고 생각했습니다. 종이 값만 해도 벌써 만만치 않게 지출했고 제가 쓴 종이로 선반 하나를 충분히 메울 수 있을 정도가 되었습니다. 그런데 이 모든 것이 한순간에 끝나 버리고 말았습니다."

"끝났다고요?"

"그렇습니다. 바로 오늘 아침에 말입니다. 평소와 다름없이 10시에 사무실로 나갔더니 문은 잠겨 있었고 문 한가운데에는 압정으로 박아 놓은 사각형의 작은 종이가 붙어 있었습니다. 이게 그겁니다. 한번 보십시오."

---

8) 고대 그리스의 남동부에 있는 지방으로 아테네, 마라톤 등의 땅들을 포함한다.

윌슨은 이렇게 말하며 편지지만 한 하얀 종이를 내밀었다. 거기에는 이렇게 적혀 있었다.

빨강 머리 연맹을 해산함.
1890년 10월 9일

셜록 홈즈와 나는 터져 나오는 웃음을 참을 수가 없었다. 냉정하기 짝이 없는 글귀와 그 너머로 보이는 윌슨의 슬픔에 잠긴 얼굴을 보는 순간, 다른 생각은 모조리 사라졌고 그저 우스워서 견딜 수가 없었다.

"뭐가 그렇게 우습단 말입니까?"

빨강 머리카락이 자라기 시작한 부분까지 얼굴이 벌겋게 물든 윌슨이 소리 질렀다.

"그렇게 사람을 비웃을 거라면 저는 다른 곳으로 가 보겠습니다."

"아니, 아니. 그런 게 아닙니다."

이렇게 말한 홈즈가 막 자리에서 일어서려던 윌슨을 다시 의자에 앉혔다.

"무슨 일이 있어도 이번 사건을 놓칠 수는 없습니다. 이렇게 놀랍고 신기한 사건도 없을 테니까요. 하지만 솔직히 말해서 조금 우습기는 하군요. 그런데 윌슨 씨, 사무실 앞에서 이 종이를 보고 나서 당신은 어떻게 했습니까?"

"충격적이었소. 대체 어떻게 해야 좋을지 알 수가 없었습니다. 그 건물 안에 있는 다른 사무실들을 찾아가 보았지만 무엇 하나 아는 사람이 없었습니다. 하는 수 없이 그 건물 주인을 찾아갔습니다. 1층에 살고 있는 회계사더군요. 그런데 빨강 머리 연맹이라는 건 들어 본 적도 없다는 겁니다. 던컨 로스라는 이름도 처음 들었다고 했습니다.

'그 4호실 신사 말입니다.'

제가 이렇게 말하자 주인이 대답했습니다.

'아, 그 빨강 머리 말이오?'

'맞습니다.'

'그 사람의 이름은 윌리엄 모리스요. 변호사인데 새로운 사무실이 준비될 때까지 잠시 우리 사무실을 쓰고 있었소. 어제 새 사무실로 이사 갔소.'

'어디로 가면 만날 수 있을까요?'

'새로운 사무실로 가면 되겠지. 주소를 알고 있소. 그러니까……, 세인트 폴 성당 근처에 있는 킹 에드워드 17번지요.'

저는 그곳으로 달려갔습니다. 그런데 거기에는 의족을 만드는 공장만 있었고 그곳에 있는 사람들은 죄다 윌리엄 모리스와 던컨 로스라는 사람을 모른다고 했습니다."

"흠, 그래서 어떻게 하셨나요?"

"집으로 돌아와서 스폴딩에게 사정을 설명했습니다. 하지만 녀석도 뾰족한 수가 없는 듯했습니다. 기껏 한다는 말이 조금 기다리고 있으면 편지가 올지도 모른다는 거였는데 그 말은 조금도 위로가 되지 않았습니다. 가만히 앉아서 그렇게 좋은 일자리를 잃다니. 예전에 선생님이 곤란한 일을 겪은 사람들에게 지혜를 빌려 주신다는 이야기를 기억해 내고 이렇게 찾아온 것입니다."

"아주 잘 오셨습니다. 기꺼이 이 사건을 맡도록 하죠. 이야기를 들어 보니 아주 진귀한 사건이고 처음에 생각했던 것보다 훨씬 더 중요한 문제일 것 같습니다."

"정말 중요한 문제가 맞습니다! 일주일에 4파운드나 받을 수 있는 일자리를 잃었으니까요. 이번 주 급료도 아직 못 받았고요."

"당신이 기상천외한 그 연맹에 불만을 품을 이유는 없어 보입니다. 백과사전의 A항목에 실린 지식을 얻었고, 거기다 지금까지 30파운드 넘게 돈을 벌었으니까요."

"그건 그렇습니다. 하지만 저는 그 녀석의 정체를 알고 싶습니다. 그리고 이게 장난이었다면 왜 그랬는지 들어 보고 싶고요. 장난이라고 하기에 32파운드는 너무 큰돈이니까요."

"그런 점은 내가 조사해서 속 시원히 알려 드리죠. 먼저 두어 가지 묻고 싶은 게 있습니다. 윌슨 씨, 처음 당신에게 광고를 보여 준 그 점원은 언제부터 가게에서 일했습니까?"

"그 신문광고가 나기 한 달 전부터였습니다."

"어떻게 가게에서 일하게 됐죠?"

"구인 광고를 냈었지요."

"광고를 보고 찾아온 사람은 그 사람뿐이었나요?"

"아니요. 열두어 명은 왔습니다."

"그런데 왜 그 사람을 고용했습니까?"

"사람이 좋아 보였고, 보수도 많이 필요하지 않다고 했으니까요."

"보수가 다른 사람의 반 정도라고 하셨죠?"

"맞습니다."

"그 스폴딩이라는 사람은 어떤 사람입니까?"

"체격은 작고 뚱뚱한 편인데 몸이 아주 민첩합니다. 서른은 넘은 듯하고 얼굴에 수염은 없습니다. 그리고 이마에 산酸 때문에 화상을 입은 듯한 하얀 반점이 있습니다."

이 말은 들은 홈즈는 조금 흥분했는지 자세를 바꿔 앉으며 말했다.

"내 그럴 줄 알았지. 양쪽 귀에 귀걸이를 끼우는 구멍이 있지 않나요?"

"있습니다. 어렸을 때 집시들이 뚫어 놓았다고 했습니다."

"흠."

홈즈는 의자에 등을 기대고 가만히 생각에 잠겼다.

"그 사람은 아직 가게에 있습니까?"

"네. 조금 전에도 만나고 왔습니다."

"윌슨 씨가 없어도 가게가 안전할까요?"

"크게 신경 쓸 것 없습니다. 아침에는 별로 할 일이 없으니까요."

"잘 알겠습니다, 윌슨 씨. 하루나 이틀쯤 지나면 이 사건에 대한 내 의견을 알려 드리도록 하겠습니다. 오늘이 토요일이니까 다음주 월요일까지는 해결할 수 있을 겁니다."

의뢰인이 돌아가자 홈즈가 내게 물었다.

"왓슨, 자네는 이 이야기를 어떻게 생각하나?"

"나는 전혀 모르겠네. 정말 이상한 사건이군."

나는 느낀 그대로 솔직하게 대답했다.

"사건이 기묘하게 보일수록 속사정은 간단한 경우가 많지. 평범한 얼굴일수록 더 기억하기 어렵듯이, 평범하고 특징 없는 사건일수록 해결하기는 더 어려운 법이야. 어쨌든 이번 사건은 서둘러 해결해야 하네."

"지금부터 어떻게 할 생각인가?"

내가 말했다.

"담배를 피워야겠네. 이번 사건은 파이프로 담배를 세 번만 피우면 해결될 문제야. 미안하지만 지금부터 50분 정도는 나에게 아무 말도 말아 주게나."

이렇게 말한 홈즈는 의자에 앉은 채, 여윈 무릎을 매부리처럼 뾰족한 코끝에 닿을 정도로 추켜올려 몸을 둥글게 말았다. 그리고 점토를 구워 만든 검은 파이프를 괴이한 모습의 새 부리처럼 입에 물고 가만히 눈을 감은 채 생각에 빠져들었다. 그대로 움직이지 않고 한동안 앉아 있기에 나는 홈즈가 잠든 줄 알고 꾸벅꾸벅 졸기 시작했다. 그런데 홈즈가 갑자기 단호한 표정으로 의자에서 벌떡 일어나 파이프를 난로 위에 올려놓더니 이런 말을 했다.

"오후에 세인트 제임스 홀에서 사라사테[9]의 연주회가 열린다네. 왓슨, 내가 환자들에게서 자네를 두어 시간 정도 빌리고 싶은데 괜찮을지 모르겠군. 어떻게 생각하나?"

"오늘은 한가하네. 내 일은 원래 그리 시간이 걸리지도 않고."

"그럼 모자를 쓰고 따라오게. 우선 시가지를 지나가다가 도중에 점심 식사를 하세. 그런 다음 연주회에 가는 거야. 프로그램을 보면 독일 곡

---

9) Pablo de Sarasate(1844~1908). 에스파냐 태생의 프랑스 작곡가 겸 바이올린 연주자. 아름다운 음색과 기교적 연주로 유명했다.

이 많은데 나는 이탈리아나 프랑스 곡보다 독일 곡을 더 좋아하네. 게다가 나는 지금 생각에 잠겨야 하니 독일 음악은 나한테 꼭 알맞아."

우리는 지하철을 타고 알더스게이트까지 갔다. 거기에서 조금 떨어진 곳에 삭스 코버그 광장이 있었다. 오늘 아침에 들은 이상한 이야기의 주인공인 윌슨이 살고 있는 곳이었다. 한가운데 철책을 두른 조그만 공터가 있었다. 모든 것이 낡아빠진, 초라하고 작은 거리였다. 그을린 벽돌로 지은 이층 건물이 둘러싼 곳에 작은 공터가 있었고 그 철책 안쪽에는 잡초처럼 자란 잔디와 빛바랜 월계수가 오염된 공기와 싸우며 자라고 있었다.

모퉁이에 있는 집 앞에 전당포임을 알리는 금빛 구슬이 세 개 달린 표지판이 걸려 있었다. 갈색 바탕에 하얀 글씨로 '제이베스 윌슨'이라 써 놓은 간판도 걸려 있었다. 그 빨강 머리 의뢰인의 영업 장소였다. 그 가게 앞에 멈춰 선 홈즈는 고개를 갸우뚱했고 가늘게 뜬 눈을 반짝이며 주위를 유심히 살펴보았다. 그러고는 거리를 오가며 집의 모습을 세심하게 관찰하면서 길을 천천히 오르내렸다. 다시 전당포 앞으로 돌아온 홈즈는 들고 있던 지팡이로 보도를 있는 힘껏 두어 번 두드린 다음, 가게 문을 두드렸다.

그러자 문이 바로 열리더니 수염을 깨끗하게 깎고 영리해 보이는 젊은 남자가 얼굴을 내밀었다.

"어서 오십시오."

"고마워요. 그런데 잠깐 길 좀 물어보고 싶은데. 스트랜드 가는 어떻게 가면 됩니까?"

"세 번째 골목에서 오른쪽으로 꺾고, 다시 네 번째 골목에서 왼쪽으로 꺾어져서 가면 됩니다."

점원은 또박또박 말하고 문을 닫았다.

"머리가 좋은 친구야."

발걸음을 떼면서 홈즈가 말했다.

"저 녀석은 런던에서 네 번째로 영악한 놈일세. 대담함으로 따지면 세 손가락 안에 들지. 저 녀석이라면 나도 예전부터 조금 아는 게 있었네."

"윌슨 씨 전당포 점원이 틀림없이 빨강 머리 연맹과 깊은 관계가 있는 거지? 자네는 저 사람 얼굴을 보기 위해 길을 물어본 거고."

"아니, 저 사람을 보고 싶었던 게 아닐세."

"그럼?"

"녀석이 입고 있는 바지의 무릎을 보고 싶었네."

"그래, 어땠나? 뭔가 알아낸 게 있나?"

"생각한 대로였어."

"조금 전에 보도는 왜 두드린 거지?"

"왓슨, 미안하지만 지금은 이야기할 때가 아니라 관찰할 때일세. 우리는 적지에 뛰어든 간첩이나 다름없어. 자, 삭스 코버그 광장은 대충 조사를 끝냈으니 이제 반대편으로 가서 그곳을 살펴보도록 하세."

후미진 삭스 코버그 광장에서 모퉁이 하나를 돌아 큰 거리로 나서자 그곳은 별천지 같이 번화한 곳이었다. 마치 그림의 앞뒷면을 보고 있는 것 같은 느낌이 들 정도였다. 이곳은 시가지의 북쪽과 서쪽을 연결하는 큰길 중 하나로, 대도시 런던의 대동맥이라고 할 수 있는 곳이었다. 도로는 두 줄로 길게 늘어서 오가는 마차들로 북적거리고 있었으며 보도는 넘쳐 나는 사람들로 새카맣게 보였다. 그리고 깨끗한 가게들과 튼튼해 보이는 사무실용 건물이 나란히 늘어서 있었는데 이렇게 화려한 곳이 그처럼 초라한 광장과 등을 마주 대고 있다는 사실을 도저히 믿을 수가 없었다. 길모퉁이에 선 홈즈는 거리를 둘러보고 있었다.

"어디 보자. 이곳에 늘어서 있는 건물들을 순서대로 외워 보도록 할까. 정확한 런던 지식을 쌓는 게 내 취미거든. 제일 앞에 모티머 상점이 있고, 그 다음이 담배 가게로군. 그리고 신문 판매점, 시티 앤 서버밴 은행 코버그 지점, 채식 음식점, 그리고 맥파렌 마차 제조 회사의 창고가 있군. 그 너머는 다른 구역일세. 왓슨, 이걸로 일은 끝일세. 앞으로가 기대되는걸. 샌드위치에 커피라도 먹고 나서 바이올린의 나라로 떠나 보세. 빨강 머리 의뢰인들이 기상천외한 수수께끼를 들고 와서 우리를 고민에 빠지게 하는 일이 없는 음악의 세계로 말이야."

홈즈는 열렬한 음악 애호가였다. 자신의 연주 실력도 훌륭했고 작곡가로서도 손색이 없을 만큼 뛰어난 재능을 가지고 있기도 했다. 그날 오후, 홈즈는 이보다 더한 행복은 없다는 표정으로 홀의 가장 앞좌석에 앉아 음악에 맞춰 길고 가느다란 손가락을 움직였다. 얼굴에는 부드러운 미소가 떠올랐고, 눈빛은 꿈을 꾸는 듯했다. 평소 경찰견 같던 모습이나 엄격하고 냉정하며 날랜 탐정으로서의 모습과는 전혀 딴판이었다. 홈즈의 성격에는 두 가지 면이 있는데 언제나 그것이 번갈아가며 나타났다. 지금처럼 깊은 명상에 잠겨 있을 때의 모습과, 그에 대한 반동으로 생겨

나는 듯한 기민하고 엄격한 모습이 그것
이었다. 그의 성격은 극도의 이완 상
태에서 극도의 긴장 상태로, 그리
고 다시 극도의 이완 상태로 움
직였다. 그러니 악당들에게
가장 위험한 시기는 홈즈가
며칠이고 팔걸이의자에 몸
을 파묻고 앉아서 즉흥곡을
만들거나 옛날 책을 읽고
있을 때다. 갑자기 홈즈의
몸에서 범죄 수사에 대한 열
정이 넘쳐 나며 그 뛰어난 추
리력이 최고조에 달해 직관의
수준까지 상승하여 곧 범인을
잡아들이기 때문이다. 홈즈가
어떤 방법으로 수사하는지 모르는 사람들은 그가 인간 이상의 힘을 지
닌 존재라고 생각하기도 했다. 이날 세인트 제임스 홀에서 음악에 사로
잡힌 홈즈를 바라보며, 나는 그가 쫓고 있는 녀석들이 지금 심각한 위기
에 맞닥뜨렸다는 느낌이 들었다.

"왓슨, 자네는 바로 집으로 돌아가야겠지?"

홀에서 나오자 홈즈가 내게 물었다.

"응, 그러는 게 좋을 것 같아."

"나는 할 일이 있네. 시간이 좀 걸리는 일이야. 삭스 코버그 광장 사건
은 보통 일이 아니라네."

"뭐가 그렇게 중요한가?"

"엄청난 범죄를 꾸미고 있는 녀석이 있어. 하지만 아직은 그 범죄를 막을 충분한 시간이 있네. 오늘이 토요일이라는 사실이 문제를 조금 번거롭게 했지만. 어쨌든 오늘 밤, 자네의 도움이 필요할지도 모르겠네."

"몇 시에?"

"10시쯤이면 충분할 거야."

"그럼 10시까지 베이커 가로 가겠네."

"고맙네. 그런데 친구, 위험한 일이 벌어질지도 모르니까 주머니에 군용 권총을 숨겨 가지고 오게나."

이렇게 말하며 홈즈는 손을 흔들고는 몸을 돌려 서둘러 군중 속으로 사라졌다.

나는 내가 다른 사람들에 비해 머리가 나쁘다고 생각하지는 않지만 홈즈와 함께 있으면 나도 모르게 어리석은 사람이라는 기분이 들어 움츠러들기 일쑤였다. 이번 사건에서도 그랬다. 나는 홈즈와 같은 말을 듣고 같은 것을 보았는데도, 무슨 일이 일어나고 있는지 도무지 알 수가 없어 혼란스러웠다. 그런데 홈즈의 말을 들어 보니 그는 지금까지 발생한 일의 진상은 물론이고 앞으로 일어날 일까지 전부 알고 있는 듯했다.

켄싱턴에 있는 집으로 돌아가는 마차 속에서 이번 사건을 처음부터 다시 생각해 보았다. 브리태니커 백과사전을 필사했다는 그 빨강 머리 손님의 기묘한 이야기부터 오후에 본 삭스 코버그 광장에 있던 가게, 홈즈가 헤어질 때 건넨 의미 있는 말들까지 말이다. 하지만 어떻게 된 것인지 도저히 알 수가 없었다. 오늘 밤에 도대체 무슨 일이 일어난다는 것일까? 왜 권총까지 가지고 가야 할까? 어디서 무엇을 할 생각일까? 홈즈가 내게 준 힌트를 떠올리면 그 전당포 점원은 못된 녀석으로, 어떤 커다란 음모를 꾸미고 있는 것이 틀림없었다. 하지만 나는 이 수수께끼를 풀려다 결국 포기하고 말았다. 밤이 되면 전모를 알 수 있을 테니 그때까지 기다릴 수밖에 없을 것이다.

그날 밤, 나는 9시 15분에 집에서 나왔다. 하이드 파크를 가로질러서 옥스퍼드 가를 지나 베이커 가로 들어섰다. 홈즈의 하숙집 앞에는 이륜마차 두 대가 서 있었다. 입구로 들어서니 2층에서 이야기 소리가 들려왔다. 방으로 들어가 보니 홈즈가 두 남자와 열렬히 대화를 나누고 있었다. 한 명은 나도 예전부터 알고 지내던 경찰국의 피터 존스였다. 다른 한 명은 마르고 키가 컸으며 어딘지 모르게 얼굴에서 슬픔이 느껴졌다. 그는 번쩍번쩍 빛나는 값비싼 실크해트를 손에 들고 있었으며, 지나치다 싶을 정도로 고급스러운 프록코트를 입고 있었다.

"드디어 전부 모였군."

이렇게 말한 홈즈는 어부들이 입는 재킷의 단추를 채우며 사냥에 쓰는 묵직한 채찍을 선반 위에서 꺼냈다.

"왓슨, 런던경찰국에 있는 존스 씨는 알고 있지? 그리고 메리웨더 씨를 소개하겠네. 오늘 밤 함께 모험을 즐기실 분이라네."

"이번에도 함께 사냥하게 되었군요, 왓슨 박사. 홈즈 선생님은 사냥감을 모는 데 참으로 능숙한 사냥꾼이니까요. 하지만 숨통을 끊어 놓으려면 나처럼 숙련된 개가 한 마리 필요합니다."

존스가 건방진 태도로 말했다.

"설마하니 기러기 한 마리를 잡으려고 이렇게 소란을 피우는 건 아니겠지요?"

메리웨더 씨가 무뚝뚝하게 말했다.

"아, 그 점이라면 홈즈 선생님을 믿어도 좋습니다. 선생님에게는 나름대로의 독특한 수사법이 있거든요. 이렇게 말하면 실례일지도 모르겠지만, 선생님이 조금 이론과 공상에 치우쳐 있기는 해도 탐정으로서의 자질은 충분하다고 생각합니다. 숄토 살인 사건이나 아그라 보물 사건에서는 경찰들보다 훨씬 더 정확하게 진상을 파악하고 있었으니까요."

존스가 말했다.

"그랬군요. 존스 씨, 당신이 그렇게 말씀하시니 틀림없겠지요. 하지만 토요일 밤에 카드놀이를 못하게 된 것은 27년 만에 처음 있는 일입니다. 정말 안타깝습니다."

"너무 아쉬워하지 마세요. 당신은 오늘 밤 그동안 경험했던 그 어떤 도박보다 흥미진진하고 커다란 승부를 하게 될 테니까요. 카드놀이보다 훨씬 더 가슴 설레는 승부가 될 겁니다. 메리웨더 씨, 당신이 이번 게임에 건 돈은 3만 파운드에 달합니다. 그리고 존스, 당신은 전부터 그렇게 잡고 싶어 하던 범인을 걸고 게임을 하는 겁니다."

홈즈가 말했다.

"맞습니다. 그 존 클레이라는 녀석은 살인, 절도, 위조화폐 제조 등 범죄라는 범죄는 전부 저지른 놈입니다. 아직 젊지만 그쪽에서는 꽤 명성을 날리고 있습니다, 메리웨더 씨. 나는 런던의 어떤 범죄자보다도 이 녀석의 손목에 수갑을 채우고 싶습니다. 게다가 클레이의 할아버지는 왕가의 피가 흐르는 공작이었고, 녀석도 이튼 학교와 옥스퍼드 대학교를 졸업한 엘리트입니다. 머리가 좋고 손재주가 뛰어나서 사건이 일어날 때마다 녀석의 짓이라는 흔적은 남아 있지만 본인이 어디에 있는지는 알 수가 없었죠. 이번 주에 스코틀랜드에서 도둑질을 했구나 싶으면, 그 다음 주에는 콘월에서 고아원 건설을 한다며 사람들을 속여서 자금을 끌어 모으는 식입니다. 도무지 갈피를 잡을 수가 없어요. 벌써 몇 년째 녀석의 뒤를 쫓고 있는데 아직 녀석의 얼굴도 보지 못했습니다.”

“오늘 밤에는 녀석을 존스 씨에게 소개할 수 있을 것 같습니다. 나도 존 클레이의 사건에 한두 번 관여한 적이 있는데 녀석은 틀림없이 그쪽의 일인자입니다. 이런, 벌써 10시가 넘었군. 이제 슬슬 출발합시다. 둘이 함께 앞에 있는 마차를 타고 가세요. 왓슨과 나는 그 뒤에 있는 마차로 따라가겠습니다.”

오랜 시간 마차를 타고 갔지만, 홈즈는 좌석에 몸을 깊숙이 묻고 앉아 연주회에서 들은 곡을 흥얼거릴 뿐 별다른 말을 하지 않았다. 마차는 가스등 불빛이 비추는 복잡한 길을 덜컹거리며 달리다가 이윽고 파링턴가로 접어들었다. 홈즈가 드디어 입을 열었다.

“거의 다 왔군. 저 메리웨더라는 사람은 은행의 중역으로 이번 사건과 직접적인 관계가 있어. 그리고 존스도 있는 편이 좋겠다 싶어서 데려왔지. 존스는 나쁜 사람은 아니지만 수사할 때는 완전히 바보라니까. 유일한 장점은 불도그처럼 용감하고, 일단 한 번 범인을 잡으면 가재처럼 절대 놓지 않는다는 점이지. 아, 다 왔네. 두 사람이 기다리고 있군.”

그곳은 오늘 아침에 우리 둘이 왔던 그 큰길이었다. 마차를 돌려보내고 메리웨더 씨가 안내하는 대로 따라갔다. 좁은 길을 걸어가다 옆으로 난 골목으로 들어가 그가 열어 준 뒷문을 통해서 안으로 들어갔다. 안쪽은 좁은 복도와 연결되어 있었고 그 끝에 튼튼해 보이는 철문이 있었다. 메리웨더 씨가 열어준 문을 지나 나선형 돌계단을 따라 내려가니 다시 튼튼해 보이는 철문 하나가 또 나타났다. 그곳에 멈춰선 메리웨더 씨가 랜턴에 불을 붙였다. 그런 다음, 다시 우리들을 데리고 흙냄새가 나는 어두운 통로로 내려갔다. 거기에는 세 번째 철문이 있었다. 그렇게 간신히 도착한 곳은 커다란 지하실인지 창고인지 모를 동굴 같은 방이었는데

주위의 벽에는 짐을 옮길 때 쓰는 큰 나무상자가 여기저기 쌓여 있었다.

"위에서 들어올 염려는 없겠군요."

홈즈가 랜턴을 높이 치켜들어 주위를 둘러보며 말했다.

"밑으로 들어올 염려도 없습니다."

메리웨더 씨는 이렇게 말하며 손에 든 지팡이로 바닥 돌을 두드렸다. 그러고는 깜짝 놀라 소리 질렀다.

"소리가 이상한데? 텅텅 빈 소리가 납니다!"

"조용히 해 주십시오. 그렇지 않으면 일이 엉망이 됩니다! 모처럼 기회를 잡았는데 당신 때문에 망칠 수는 없어요. 우리 일을 방해하지 말고 제발 저 상자에 앉아서 우리가 하는 일을 지켜보기나 하십시오."

홈즈가 엄격한 어조로 말했다. 메리웨더 씨는 화난 표정으로 나무 상자에 걸터앉았다.

홈즈는 랜턴과 돋보기를 든 채 바닥에 무릎을 꿇고 앉아 돌과 돌 사이의 균열을 조사하기 시작했다. 그러고는 단 2, 3초 만에 만족스러운 결과를 얻었는지 자리에서 벌떡 일어나 돋보기를 주머니에 넣고 이렇게 말했다.

"아직 적어도 한 시간 정도는 여유가 있습니다. 그 사람 좋은 전당포 주인이 잠들기 전에는 녀석들도 움직일 수 없겠죠. 하지만 그가 잠들면 바로 일을 시작할 겁니다. 조금이라도 빨리 일을 마치면 그만큼 도망칠 시간을 버는 셈이니까요. 왓슨, 자네도 이미 짐작했겠지만 우리는 지금 런던에서도 손꼽히는 대형 은행의 구시가 지점 지하실에 와 있네. 메리웨더 씨는 이곳의 지점장이야. 런던의 내로라하는 악당들이 왜 이 지하실을 노리고 있는지 그 이유를 설명해 주실 걸세."

"우리 은행이 보관하고 있는 프랑스의 금괴 때문입니다. 범죄자들의 표적이 될지도 모르니 주의하라는 말은 몇 번이고 들었습니다."

메리웨더 씨가 속삭이며 말했다.

"프랑스의 금괴라고요?"

"네. 몇 달 전에 우리 은행은 지불 능력을 강화하기 위해서 프랑스 은행에서 나폴레옹 금화[10] 3만 개를 빌렸지요. 금화는 개봉하지 않은 채 이 지하실에 쌓아 두었는데 벌써 소문이 나돈 모양입니다. 내가 지금 앉아 있는 이 상자에도 얇은 납판에 싸인 나폴레옹 금화가 상자 하나에 2,000개씩

10) napoleon. 옛 프랑스의 20프랑짜리 금화.

담겨 있습니다. 이렇게 많은 금화를 하나의 지점에 보관하는 것은 처음 있는 일이라 은행의 중역들도 모두 좌불안석이지요."

"그럴 만도 하죠. 그럼 우리도 미리 계획을 세워 두도록 합시다. 사건은 앞으로 한 시간 안에 결판이 날 겁니다. 메리웨더 씨, 그때까지 그 랜턴에도 덮개를 씌워 두세요."

"어둠 속에서 앉아 있어야 합니까?"

"어쩔 수 없습니다. 혹시 몰라서 카드를 한 벌 주머니에 넣어오기는 했습니다. 딱 네 명이니까 두 사람이 한 편이 되면 당신이 좋아하는 카드놀이를 즐길 수 있으리라 생각했거든요. 그런데 막상 와 보니 적이 만반의 준비를 해 둔 것 같아 불을 켜면 안 되겠습니다. 우선 각자의 위치를 정합시다. 우리가 적의 의표를 찌르기는 하겠지만 매우 대담한 녀석들이라 아주 조심하며 행동하지 않으면 우리가 당할 수도 있어요. 나는 이 나무상자 뒤에 서 있을 테니 여러분은 저쪽에 있는 상자 뒤에 숨어 있는 걸로 하지요. 내가 녀석들에게 불을 비추면 일제히 뛰어드는 겁니다. 왓슨, 녀석들이 총을 쏘면 자네도 주저하지 말고 쏘게나."

나는 권총을 장전하여 내가 숨어 있을 나무상자 위에 올려놓았다. 홈즈가 랜턴 앞에 덮개를 씌우자 주위는 칠흑 같은 어둠 속으로 빠져들었다. 지금까지 이런 어둠은 본 적이 없었다. 금속이 타는 냄새가 났기 때문에 만약의 경우에는 언제라도 불을 켤 수 있도록 준비해 두었다는 사실만 어렴풋이 알 수 있었다. 초조한 긴장 때문에 마음이 답답해졌고, 차갑고 끈적끈적한 지하실 공기는 내 가슴을 무겁게 짓누르는 느낌이었다.

"퇴로는 하나밖에 없어. 전당포를 지나서 삭스 코버그 광장으로 돌아가는 길이지. 부탁한 대로 조치를 취했겠지요, 존스?"

홈즈가 속삭이듯 말했다.

"경관 세 명을 전당포 문 앞에 배치해 두었습니다."

"완전히 독 안에 든 쥐로군. 이제 조용히 기다리기만 하면 돼."

기다리는 시간이 왜 그렇게도 길게 느껴졌는지! 나중에 홈즈와 이야기를 나누다가 알게 되었는데, 우리가 실제로 기다린 시간은 75분 정도에 불과했다고 한다. 하지만 나는 이미 아침 해가 떠올라 날이 밝은 것이 아닐까 하는 생각이 들 만큼 길게 느껴졌다. 꼼짝도 하지 않고 가만히 있었기 때문에 손발이 막대기처럼 딱딱하게 굳고 찌릿찌릿 저렸다. 신경은 날카로워질 대로 날카로워져서, 다른 사람들의 숨소리를 듣고 덩치가 큰 존스의 깊은 숨소리와 메리웨더 씨의 가늘고 한숨 같은 숨소리를 구분할 수 있을 정도였다. 나는 상자 너머로 바닥을 바라보고 있었다. 거기서 갑자기 반짝 하고 한 줄기 불빛이 흘러나왔다.

처음에는 바닥에 깔아 놓은 돌 위로 점처럼 푸르스름한 빛이 희미하게 보일 뿐이었다. 그런데 그것이 점점 커지면서 노란 선이 되더니 돌 사이에 갈라진 틈이 보였다. 그리고 여자 손처럼 하얀 손 하나가 쑥 나타났다. 1분, 혹은 그보다 조금 더 오랫동안 손가락을 꼼지락거리며 주위를 더듬거리던 그 손이 갑자기 사라졌다. 다시 어둠이 내려앉았고 갈라진 틈으로 새어 나오는 푸르스름한 불빛만 남아 있었다. 그것은 포석 사이에 균열이 생겼다는 소리였다.

하지만 그리 오래 지나지 않아서 덜컥덜컥하는 소리가 들리더니 커다랗고 하얀 돌이 위로 솟아오르기 시작했다. 휑하니 뚫린 사각형 구멍에서 랜턴 불빛이 흘러나왔고 그 속에서 이목구비가 뚜렷한 소년 같은 얼굴이 머리를 내밀었다. 그 얼굴은 잽싸게 주위를 둘러보더니 구멍의 한쪽 끝에 손을 대고 몸을 위로 빼 올렸다. 그리고 나서 뒤따르던 동료를 끌어 올렸다. 뒤따라 온 사람도 몸집이 작았으며 얼굴은 창백했고 머리카락은 빨간색이었다.

앞서 들어온 남자가 속삭이듯 말했다.

"좋았어. 끌하고 자루는 가지고 왔겠지? 앗, 뭐야? 뛰어내려, 아치! 교수대에 가게 생겼어!"

갑자기 홈즈가 달려들어서 먼저 올라온 남자의 목덜미를 움켜쥐었다. 아치라는 녀석은 구멍 안으로 뛰어들었지만 존스가 상의 깃을 잡는 바람에 옷이 찢어지는 소리가 들렸다. 불빛에 총신이 번쩍이는 것이 보이자 홈즈가 재빨리 채찍으로 남자의 손목을 후려쳤다. 철컥하는 소리를 내며 권총은 바닥에 힘없이 떨어졌다.

"허튼짓은 그만두시지, 존 클레이. 이제 도망칠 구멍은 없다."

"그런 것 같군. 하지만 내 친구는 무사히 탈출할 거야. 옷깃이 찢어지기는 했지만."

홈즈가 조용한 목소리로 말했고, 상대방도 매우 침착한 목소리로 대꾸했다. 그러자 홈즈는 말을 이었다.

"밖에서 세 사람이 기다리고 있다."

"그래? 철저하게 대비했군. 대단해."

"너야말로 대단하더군. 특히 빨강 머리 연맹이라는 아이디어는 기발하고 아주 교묘했어."

홈즈의 말이 끝나자 이번에는 존스가 말했다.

"곧 친구를 만나게 해 주지. 그 녀석이 구멍으로 뛰어내리는 기술은 나보다 뛰어나던데. 자, 손을 내밀어. 수갑을 채워 주겠다."

"내게 그 더러운 손을 대지 말도록. 자네는 모르겠지만 내 몸에는 왕실의 피가 흐르고 있어. 그러니 내게 말할 때는 예의를 갖춰서 경어를 사용하기 바라네."

수갑을 차며 존 클레이가 말했다.

존스는 어이없다는 듯 눈을 둥그렇게 뜨고 있다가 곧 킬킬거리며 이렇게 말했다.

"알겠습니다. 그럼, 황공하오나 계단을 올라가 주시겠습니까? 전하를 경찰서까지 모시고 갈 마차를 준비해 두었습니다."

"훨씬 낫군."

존 클레이는 귀족처럼 침착한 태도로 이렇게 말했다. 그러더니 우리 셋에게 가볍게 인사하고 존스와 함께 밖으로 나갔다. 그 뒤를 따라서 우리도 지하실에서 나와 계단을 올라갔다. 그때 메리웨더 씨가 말했다.

"홈즈 선생님, 정말 큰 신세를 졌습니다. 어떻게 해야 우리 은행이 선생님의 은혜에 보답할 수 있겠습니까? 기상천외한 방법으로 어마어마한 은행 강도를 찾아내 멋지게 체포하셨으니 말입니다."

"나도 저 클레이라는 사람한테 한두 번 당한 적이 있어서 이번에 그 빚을 갚았을 뿐입니다. 어쨌든 이번 사건 때문에 비용을 조금 지불했는데 그건 은행에서 지불해 주시리라 믿습니다. 이번에는 여러 가지로 아주 재미있는 경험을 했고 빨강 머리 연맹이라는 무척 기발한 이야기도 들었으니 사례는 그것으로 충분합니다."

새벽녘, 베이커 가의 방으로 돌아와 위스키를 마시며 홈즈가 사건을 설명해 주었다.

"왓슨, 그러니까 말일세, 이상한 빨강 머리 연맹 광고나 백과사전을 필사하게 한 것은 별로 똑똑하지 않은 전당포 주인을 매일 몇 시간씩 가게 밖으로 끌어내려고 꾸민 짓이었다네. 나는 처음부터 눈치채고 있었어. 조금 특이하기는 해도 실로 교묘한 방법이었네. 물론 그 머리 좋은 클레이가 동료의 머리카락이 빨간 것을 보고 생각해 낸 일이겠지. 수천 파운드나 되는 돈이 걸려 있으니 전당포 주인을 끌어내려고 일주일에 4파운드 정도 쓰는 것은 아무렇지도 않았을 거야. 우선 신문광고를 낸 뒤, 한 명은 임시 사무실을 빌리고 다른 한 명은 전당포 주인을 부추겨서 회원 가입을 신청하게 한 거지. 그렇게 둘이서 전당포 주인이 매일 가게를 비우도록 만든 거야. 난 그 점원이 다른 사람의 절반 정도 되는 급여를 받으면서 일한다는 말을 들은 순간부터 그자에게 다른 목적이 있다는 사실을 알았다네."

"그런데 그 목적을 어떻게 알아낸 건가?"

"전당포에 여자가 있었다면 단순한 불륜이라고 생각했겠지만 이번 경우는 조금 달랐네. 그리고 전당포 주인은 그다지 부자가 아니니 그렇게까지 해서 훔쳐 낼 물건이 집 안에 있을 리도 없었고. 그렇다면 집 밖에 있는 다른 것을 노리고 있다는 이야기일세. 그게 무엇일까? 문득 점원이 사진을 좋아해서 지하실을 뻔질나게 드나든다는 말이 떠오르더군. 지하실! 바로 그 지하실에 단서가 있다는 사실을 깨달았지! 그래서 이것저것 물어보았더니 그 점원은 런던에서도 가장 대담한 짓을 저지르기로 유명한 악당 존 클레이였네. 매일 몇 시간씩, 몇 달에 걸쳐서 지하실에서 무엇인가를 하고 있다니, 그게 뭘까? 나는 다시 생각했고 다른 건물을 향해서 땅굴을 파는 게 분명하다는 결론을 내렸네.

자네와 둘이서 전당포를 보러 갔을 때 이미 거기까지 생각하고 있었다네. 내가 지팡이로 보도를 두드리는 모습을 보고 자네는 놀란 듯했지만, 그건 지하실이 어느 쪽으로 나 있는지 알아보기 위해서 그랬던 거야. 지하실은 집 뒤쪽으로 나 있더군. 그리고 벨을 누르니 예상대로 점원이 나와서 문을 열어 주었고. 나와 녀석은 그때까지 서로의 얼굴을 본 적이 없었지. 그때도 나는 얼굴은 거의 보지 않았네. 예전에 말한 대로 녀석의 무릎을 봤지. 바지가 꼬깃꼬깃하게 주름이 잡히고 더러우며 닳아빠졌더군. 쉴 새 없이 터널을 파서 그랬던 거야. 이제 남은 문제는 어디를 향해서 굴을 파고 있는 걸까 하는 것이었네. 그것을 알아보기 위해서 모퉁이를 돌아가 보니 전당포 바로 뒤에 시티 앤 서버밴 은행이 있더군. 그것으로 의문은 완전히 풀렸다네. 연주회가 끝나고 자네와 헤어진 나는 런던경찰국에 갔다가 은행 지점장을 만나러 갔지. 결과는 자네가 눈으로 직접 본 대로일세."

"그렇다면 녀석들이 오늘 밤에 지하실로 침입한다는 사실은 어떻게 알아냈나?"

"아, 빨강 머리 연맹을 해산했다는 말은 이제 윌슨이 집에 있어도 된다는 이야기가 아니겠나? 밖에 내보낼 필요가 없다는 소리는 터널을 다 팠다는 뜻이지. 그런데 터널이 언제 발견될지도 모르고, 또 금화를 다른 곳으로 옮길지도 모르니 하루라도 빨리 일을 해치울 필요가 있었던 거야. 그리고 토요일에 일을 저지르면 은행에서도 월요일이 되어서야 도둑맞았다는 사실을 알 테니 도망치는 데 이틀이라는 시간을 벌 수 있지. 그래서 나는 녀석들이 오늘 밤에 침입할 것이라고 확신했다네."

"정말 명확한 추리로군. 처음부터 끝까지 추리의 끈이 멋지게 연결되어 있어."

나는 감탄하지 않을 수 없었다.

"덕분에 즐거운 시간을 보낼 수 있었네."

홈즈가 하품을 하며 말했다.

"아, 이제 다시 권태가 내게 몰려들고 있어. 내 삶은 지루한 나날에서 벗어나려는 긴긴 몸부림일세. 종종 이런 사건이 일어나서 그나마 다행이지만."

"자네는 전 인류의 은인일세."

내가 이렇게 말하자 홈즈가 어깨를 들썩이며 말했다.

"그러니까 아주 조금은 어딘가에 도움이 된다는 말이겠지? 프랑스의 유명한 소설가인 귀스타브 플로베르[11]가 조르주 상드[12]에게 보낸 편지 중에 이런 말이 있네. '인간은 보잘것없으며 그가 빚은 작품이 모든 것을 말해 준다.'라고."

---

11) Gustave Flaubert(1821~1880). 프랑스의 소설가. 개인의 감정이나 주관을 뛰어넘는 객관적 창작 태도를 강조하여 자연주의 문학의 기반을 마련하였다. 대표작으로 《보바리 부인》 등이 있다.
12) George Sand(1804~1876). 프랑스의 소설가. 낭만파의 대표적 작가로, 연애 소설에서 출발하여 인도주의적 사회 소설과 소박한 농민의 생활을 그린 전원 소설을 다수 남겼다.

3. 신랑의 정체

베이커 가의 하숙에서 홈즈와 단둘이 난로의 양 옆에 앉아 있을 때, 셜록 홈즈가 이런 말을 꺼냈다.

"이보게. 인생이란 인간이 생각해 낸 그 어떤 것보다 훨씬 더 신비한 법이라네. 아주 흔해 빠진 일상 속에도 우리의 상상력으로 따라갈 수 없는 일이 수도 없이 일어나니 말이야. 만약 우리가 손을 잡고 저 창을 빠져나가서 이 대도시 위를 날아다닐 수 있다고 해 보세. 그리고 이 집 저 집의 지붕을 살짝 뜯어서 그 안을 들여다볼 수 있다면 그 아래서는 틀림없이 여러 가지 일이 벌어지고 있을 걸세. 신비한 우연의 일치나, 여러 가지 음모, 엇갈림, 꼬리에 꼬리를 물고 일어나는 사건이 부모에게서 자녀에게로 몇 대에 걸쳐서 이어지다가 결국에는 참으로 기괴한 결과를 낳지. 그에 비해 줄거리는 진부하고 결말도 뻔한 소설 따위는 우리 삶에 아무런 도움도 안 되는 따분한 것들이라고 볼 수 있네."

나는 홈즈의 의견에 반대했다.

"하지만 나는 꼭 그렇다고 생각지 않네. 신문에 실린 사건을 보면 죄다 노골적이고 천박하잖나. 그리고 경찰 보고서를 말할 것 같으면, 거기에서는 사실주의를 극단적으로 사용했지만 그 결과물을 보면 매력이라고는 눈곱만큼도 없고 예술적이지도 않다네."

"사실주의 기법을 써서 효과를 거두려면 쓰는 내용을 선택하고 분별해서 필요 없는 부분은 버릴 필요가 있지. 경찰 보고서에는 그게 없어. 판사의 헛소리만 적혀 있고, 핵심이라 할 수 있는 생생한 사건 내용은 소홀히 하니까. 사건의 세세한 부분이야말로 관찰자가 진상을 파악하는 데 가장 중요한 역할을 하지. 어쨌든 일상생활의 평범한 일만큼 신비한 것도 없다네."

나는 웃으며 고개를 저었다.

"자네가 그렇게 생각하는 것도 당연해. 자네는 어려움에 빠진 전 세계 사람들을 돕는 사립 탐정이니까. 그들에게 조언을 하고 도움을 주면서 언제나 이상하고 기괴한 일들만 경험해 왔겠지. 그래도 말일세……."

나는 이렇게 말하면서 바닥에 떨어져 있던 신문을 집어 들었다.

"자네 말이 옳은지 이것으로 직접 시험해 보지 않겠나? 우선 가장 먼저 눈에 띄는 것은 〈아내를 학대하는 남편〉이라는 제목일세. 이 기사가 단의 절반이나 차지하고 있어. 하지만 읽지 않아도 뻔해. 주정뱅이 남편은 바람을 피우고, 부인에게 욕설을 퍼부으며 때릴 거야. 부인의 자매나 집주인 여자가 그녀를 가엾게 여긴다는 내용이겠지. 아무리 실력 없는 작가라도 이것보다 더 형편없는 소설은 쓰지 않을 거야."

"그렇군. 하지만 미안하게도 이건 자네에게 약간 불리한 예야."

신문을 받아 든 홈즈가 대충 훑어보면서 말했다.

"이건 던다스 부부의 별거 사건에 관한 기사라네. 나도 우연히 이 사건과 관계있는 간단한 조사를 의뢰받은 적이 있었지. 그래서 알고 있는데, 남편은 금주주의자로 술은 한 방울도 입에 대지 않는다네. 바람을 피운 적도 없어. 그런데도 어째서 소송을 했을까? 그건 남편이 식사를 마치면 틀니를 빼서 부인에게 던지는 버릇이 있기 때문이라네. 웬만한 소설가라면 이런 일은 도저히 생각해 내지 못할 걸세. 어떤가? 왓슨, 담배라도 한 대 피우면서 자네가 들이민 예가 오히려 자네 발등을 찍었다는 사실을 인정하는 게 어떻겠나?"

이렇게 말하며 홈즈는 광택 없는 적황색 금으로 만든 코담배 상자를 내밀었다. 뚜껑 한가운데에 커다란 자수정이 박혀 있었다. 그 눈부신 아름다움을 지닌 고가품은 홈즈의 소박한 생활과 전혀 어울리지 않았기에 그것에 대해 물어보지 않을 수 없었다.

"아, 이것 말인가?"

홈즈는 내 질문에 이렇게 대답해 주었다.

"지난 몇 주일 동안 자네를 못 보기는 했지. 이건 아이린 애들러에게 사진을 되찾고자 한 사건에서 내 도움을 받은 보헤미아 왕이 답례로 준 기념품이라네."

"그럼, 그 반지는?"

나는 아까부터 홈즈의 손가락에서 반짝반짝 빛나고 있던 브릴리언트컷[13] 다이아몬드를 바라보며 말했다.

"이건 네덜란드 왕실에서 보낸 물건이라네. 내가 왕실 사건 하나를 해결해 줬는데 매우 미묘한 사정이 있어서 내 사건 기록을 책으로 펴내 준 자네에게도 말할 수 없었다네."

---

13) brilliant cut. 다이아몬드 등을 가장 효과적으로 빛나게 깎는 법. 58면체의 다각형으로 완성한다.

"지금도 관여하고 있는 사건이 있나?"

내가 궁금증을 이기지 못하고 물었다.

"열 건인가 열두 건인가 있지만 재미있는 사건은 하나도 없어. 하지만 재미가 없다고 해서 중요하지 않다는 뜻은 아닐세. 그런데 내가 깨달은 바로는, 하찮게 보이는 사건 속에 관찰할 만한 가치가 있는 내용이 담겨 있다는 것이었네. 그런 사건에서도 원인과 결과를 날카롭게 분석할 수 있고, 조사를 시작하면 큰 매력을 느끼기도 하지. 커다란 범죄일수록 단순해지기 쉬운 법일세. 왜냐하면 대형 범죄일수록 대개 범인의 동기가 분명하니까. 지금 맡은 것들 중에서는, 프랑스 마르세유에서 부탁을 받은 약간 복잡한 사건이 있네. 다른 것들은 죄다 흥미가 느껴지지 않아. 하지만 그렇게 오래 기다리지 않아도 훨씬 더 재미있는 사건이 날 찾아올 것 같아. 보게, 저기 길 건너편에 서 있는 아가씨는 틀림없이 내 의뢰인일 거야. 그렇지 않다면 내 눈이 아주 이상해진 걸세."

이때 홈즈는 의자에서 일어나 반쯤 열려 있던 커튼 사이로 런던의 칙칙한 거리를 내려다보고 있었다. 그의 말을 듣고 나도 홈즈의 어깨 너머로 내려다보니 건너편 보도에 체구가 큰 여성이 서 있었다. 묵직한 모피 목도리를 둘렀고, 크고 붉은 깃털이 소용돌이치고 있는 챙 넓은 모자를 요염하게 한쪽으로 기울여 쓰고 있었다. 그 모습이 마치 〈데번셔 공작 부인의 초상화〉[14] 같았다. 여자는 이 갑옷 같은 모자 밑에서 머뭇머뭇 망설이듯 이쪽 창을 올려다보았고 몸을 침착하지 못하게 앞뒤로 흔들면서 장갑의 단추를 만지작거리고 있었다. 그러는가 싶더니 수영하는 사람이 기슭을 떠날 때처럼 갑자기 길을 건너와서는 바로 현관의 벨을 날카롭

---

14) 18세기의 화가 토마스 게인즈버러는 미인으로 소문 난 데번셔 공작 부인의 초상화를 여럿 그렸다. 그중에 커다란 모자를 쓴 그림이 매우 유명해졌는데 덩달아 그 모자까지 널리 유행했다고 한다.

게 울려댔다.

"저런 태도는 전에도 본 적이 있어."

홈즈가 담배꽁초를 난롯불 속으로 던져 넣으며 말했다.

"보도에서 망설이던 것을 보니 연애 문제가 분명해. 조언을 구하고는 싶지만 문제가 너무 미묘해서 과연 상대방이 이해해 줄지 자신이 없는 거야. 그렇지만 여기에도 구별해야 할 필요가 있어. 남자에게 심하게 당한 여자라면 망설이지 않아. 그때는 벨 끈이 끊어지도록 세게 잡아당기는 게 보통이지. 그러니 저 아가씨는 오늘은 연애 문제로 왔겠지만, 남자에게 화가 났다기보다는 망설이고 있거나 슬퍼하고 있는 거야. 어쨌든 우리의 궁금증을 풀어 주러 본인이 온 것 같으니 어느 쪽인지 곧 알 수 있을 걸세."

홈즈의 말이 채 끝나기도 전에 노크 소리가 들리고 심부름하는 소년이 나타나더니 메리 서덜랜드라는 숙녀가 찾아왔다고 말했다. 검은 제

복을 입은 조그만 소년 바로 뒤에 체구가 큰 서덜랜드 양이 우뚝 서 있었다. 돛에 바람을 잔뜩 머금은 커다란 상선이 작은 길잡이 배를 따라오는 모양새였다. 홈즈는 특유의 부드럽고도 정중한 어조로 여자를 맞아들이고 문을 닫았다. 그리고 팔걸이의자에 앉힌 다음, 세심한 주의를 기울이면서도 멍한 듯한 그 특유의 태도로 가만히 바라보더니 이윽고 말을 꺼냈다.

"눈도 안 좋은데 그렇게 열심히 타자를 치시다니, 꽤 힘드시겠군요."

"처음에는 그랬어요. 하지만 지금은 위치를 다 외워서 눈으로 보지 않아도 칠 수 있어요."

그녀는 대답하고 나서 곧바로 홈즈의 말에 담긴 의미를 깨닫고 깜짝 놀라 얼굴을 들었다. 포동포동하고 사람 좋아 보이는 얼굴에 불안과 놀라움이 가득했다. 서덜랜드가 외쳤다.

"선생님, 이미 제 이야기를 들어서 알고 계시는군요. 그렇지 않다면 어떻게 그런 것을 아시겠어요?"

"그렇지 않으니 걱정 마세요."

홈즈는 웃으며 말했다.

"무엇이든 밝혀내는 것이 내 직업이니까요. 나는 훈련을 통해 다른 사람들이 그냥 지나쳐 버리는 것도 놓치지 않고 볼 수 있지요. 그렇지 않다면 아가씨도 굳이 나에게 상담하러 오지 않았을 테니까요."

"오늘 찾아온 것은 에서리지 부인에게 선생님의 이야기를 들었기 때문이에요. 그분의 남편이 행방불명되었을 때, 경찰과 다른 사람들은 모두 죽었다며 포기했는데 선생님에게 부탁했더니 간단히 찾아 주셨다고 하더군요. 홈즈 선생님, 저도 좀 도와주세요. 부자는 아니지만 타자로 버는 것 말고도 유산에서 매년 100파운드 정도 돈이 들어와요. 호스머 엔젤 씨의 신변에 무슨 일이 닥쳤는지 알 수만 있다면 그 돈을 전부 드려도 상관없습니다."

"그런데 어째서 그렇게 황급히 상의하러 오신 거죠?"

홈즈가 양쪽 손가락 끝을 산처럼 맞붙이고 천장을 지그시 올려다보며 말했다. 어딘가 공허해 보이는 메리 서덜랜드 양의 얼굴에 다시 놀람의 표정이 번졌다.

"맞아요. 전 집에서 뛰쳐나왔어요. 사실은 윈디뱅크 씨, 그러니까 제 아버지의 너무 느긋한 태도를 보고 있자니 화가 나서 참을 수가 없더군요. 경찰에 신고를 하는 것도 아니고 그렇다고 선생님에게 의뢰를 하려 하지도 않고. 아무것도 안 하고 걱정하지 않아도 된다는 말만 되풀이하니 결국에는 저도 화가 났어요. 그래서 정신없이 외출 준비를 하고 뛰쳐나온 거예요."

"아버지라고 하셨죠? 성이 다른 걸 보니 양아버지인 모양이군요."

"네, 맞아요. 하지만 아버지라고 부르고 있어요. 저보다 겨우 5년 2개월 먼저 태어난 사람이라 그렇게 부르는 게 조금 우습기는 해도요."

"어머니는 살아 계신가요?"

"네, 어머니는 아직 건강하세요. 하지만 아버지가 돌아가신 뒤 어머니가 너무 빨리 재혼해서 전 별로 기분이 좋지 않았어요. 게다가 어머니보다 열다섯 살이나 어린 남자니까요. 친아버지는 토테넘 코트 거리에서 배관공사 상점을 경영하고 계셨고 조그만 사업체를 하나 남겨놓으셨어요. 꽤나 거래처가 많았죠. 아버지가 돌아가시고 난 다음에는 어머니가 직원들의 총책임자인 하디 씨와 함께 그 상점을 운영했어요. 그런데 윈디뱅크 씨가 나타나서 어머니에게 상점을 팔게 했지 뭐예요. 윈디뱅크 씨는 포도주를 팔러 다니는 사람인데 수완이 아주 좋아요. 두 사람은 상점의 권리와 단골 고객들까지 전부 포함해서 4,700파운드에 팔아넘겼어요. 하지만 아버지가 살아 계셨다면 그런 헐값으로는 절대 팔지 않았을 거예요."

나는 홈즈가 종잡을 수 없고 앞뒤 사정이 분명하지 않은 이야기를 듣고 화를 낼 것이라 생각했다. 그러나 뜻밖에도 홈즈는 매우 열심히 귀를 기울이고 있었다. 홈즈가 물었다.

"아가씨의 유산은 그 상점의 돈에서 나옵니까?"

"아니요. 그건 전혀 다른 거예요. 오클랜드에 계신 큰아버지 네드가 남기신 것으로 이자가 4.5퍼센트인 뉴질랜드 공채예요. 원금은 2,500파운드지만 저는 이자만 받을 수 있고 원금에는 손댈 수 없어요."

"아주 흥미로운 이야기로군요. 해마다 100파운드 넘는 돈이 들어오고, 또 타자 치는 일도 하고 계시다니 가까운 곳을 여행하거나 여러 가지 좋아하는 일도 할 수 있겠어요. 아직 미혼이시라면 1년에 60파운드 정도만 있어도 꽤나 풍요로운 생활을 할 수 있지 않습니까?"

"더 적어도 살 수 있습니다. 하지만 집에 있는 동안은 어머니에게 신세를 지고 싶지 않아요. 그래서 같이 사는 동안에는 부모님에게 이자를 마음대로 쓰시라고 했어요. 어차피 얼마 안 있으면 따로 살게 될 테니까요. 이자는 윈디뱅크 씨가 3개월마다 받아 와서 어머니에게 전부 건네줘요. 저는 타자를 쳐서 버는 돈으로도 충분히 살아갈 수 있습니다. 한 장 치면 2펜스를 받는데 하루에 15장에서 20장까지 치는 날도 있거든요."

"아가씨가 지금 어떤 처지에 있는지 잘 알았습니다. 참, 이쪽은 내 친구인 왓슨 박사입니다. 나에게 하는 것과 마찬가지로 무슨 이야기를 해도 걱정하실 것 없습니다. 다음은 호스머 엔젤 씨와의 관계에 대해서 들려주시죠."

　서덜랜드 양은 갑자기 얼굴을 붉히더니 웃옷의 레이스를 만지작거리기 시작했다.

　"가스 공사업자들의 무도회에서 처음 만났어요. 아버지와 사업 관계를 맺고 있던 사람들은 아버지가 살아 계실 때부터 표를 보내 주었죠. 그런데 아버지가 돌아가시고 난 뒤에도 잊지 않고 어머니 앞으로 보내 주더군요. 윈디뱅크 씨는 어머니와 제가 무도회에 참석하는 것을 못마땅해했어요. 그 사람은 저희가 어디를 가든 외출하는 것을 싫어해요. 주일학교 소풍에 간다고 해도 불같이 화를 내는 사람이니까요. 하지만 그 무도회에는 꼭 가고 싶었어요. 무슨 일이 있어도 갈 생각이었지요. 도대체 그 사람이 뭔데 제가 무도회에 가는 걸 막는 거지요? 아버지의 친구였던 분들도 전부 계시는데 양아버지라는 사람은 거기에 우리와 수준이 맞지 않는 사람들뿐이라고 말했어요. 게다가 제게는 입고 갈 옷이 없지 않느냐고도 했어요. 그런데 저는 옷장에서 한 번도 꺼내지 않은 보라색 비단 옷을 가지고 있었답니다. 결국, 도저히 말릴 수 없겠다고 생각한 그 사람은 회사에 일이 있다며 프랑스로 가 버렸어요. 그래서 저와 어머니는 원래 우리 회사 기술공이었던 하디 씨와 함께 참석했고 저는 거기서 호스머 엔젤 씨를 만나게 된 거예요."

"프랑스에서 돌아온 윈디뱅크 씨는 아가씨가 무도회에 참석했다는 말을 듣고 아주 불쾌해했겠군요."

"아니요. 오히려 기분이 좋아 보였어요. 어깨를 으쓱하고 웃으면서 '여자는 결국 자기 길을 갈 테니 말려도 소용없지.'라고 말한 것을 기억하고 있어요."

"그래요? 바로 그 가스 공사업자들의 무도회에서 호스머 엔젤 씨라는 신사를 알게 되었단 말이죠? 그 다음에는 어떻게 됐습니까?"

"그날 밤에 처음 만났고, 이튿날에 그분은 저희가 무사히 집에 돌아왔는지 확인하러 집에 와 주셨어요. 그 뒤에도 계속 만났습니다. 그러니까, 두 번 정도 만나서 산책을 했어요. 하지만 그 양아버지가 돌아온 뒤부터는 호스머 엔젤 씨가 집에 오지 못하게 되었어요."

"오지 못하게 됐다고요?"

"네. 아버지가 그런 것을 싫어하기 때문이에요. 아버지는 가능하면 집 안에 손님을 들이지 않아요. 여자는 자기 가정 안에서 행복하면 된다고 입버릇처럼 말하지요. 하지만 전 어머니에게 종종 이렇게 말했어요. 그렇다면 여자는 우선 자기 가정을 만들어야 하는데 전 아직 가정이 없다고요."

"그렇다면 호스머 엔젤 씨는 어땠습니까? 어떻게 해서든 당신과 만나려 노력하지 않았습니까?"

"그랬지요. 아버지가 일주일 뒤에 다시 프랑스로 갈 예정이었어요. 호스머는 편지를 보내서, 아버지가 떠날 때까지는 서로 만나지 않는 편이 안전할 거라고 말했어요. 그동안에는 편지를 주고받으면 되니까요. 그 사람은 매일 편지를 보내왔어요. 제가 매일 아침에 오는 편지를 직접 받았기 때문에 아버지에게 들킬 염려는 없었어요."

"그때는 이미 그와 결혼을 약속한 상태였습니까?"

"맞아요. 처음 산책을 나갔을 때 저희는 결혼을 약속했어요. 호스머는, 아니 엔젤 씨는 리든홀 가에 있는 회사에서 회계를 맡고 있고, 또……."

"그 회사의 이름은 뭡니까?"

"사실은 선생님, 안타깝지만 저도 그걸 모르겠어요."

"그럼 어디에 살고 있나요?"

"회사에서 생활하고 있었어요."

"아가씨는 그 회사의 주소를 압니까?"

"아니요, 리든홀 가에 있다는 것만 알 뿐이에요."

"그렇다면 편지는 어디로 보냈습니까?"

"리든홀 가 우체국의 사서함으로요. 회사로 보내면 여자가 보낸 편지가 왔다며 다른 사원들이 놀릴 거라고 그이가 말했거든요. 그렇다면 그이가 하는 대로 저도 타자로 쳐서 보내겠다고 했더니 그건 싫다고 했어요. 직접 쓴 편지는 정말 내 편지라는 기분이 들지만 타자로 치면 우리 둘 사이에 기계가 낀 것 같아서 싫다는 거예요. 이제 그이가 얼마나 저를 사랑하는지, 또 얼마나 세심한 부분까지 신경 쓰는 사람인지 아시겠지요?"

"참으로 의미심장한 이야기입니다. 나는 옛날부터 아주 작은 일이야말로 무엇보다 가장 중요한 것이라는 말을 격언으로 삼아 왔습니다. 사소한 일이어도 상관없으니 호스머 엔젤 씨에 대해서 또 생각나는 일은 없습니까?"

"그 사람은 수줍음이 많아요. 사람들 눈에 띄기 싫다며 산책도 낮보다는 밤에 하고 싶어 할 정도였어요. 정말 소극적이고 조용한 사람이었죠. 목소리까지 조용했어요. 어렸을 때 편도선과 임파선이 붓는 병에 걸렸는데 그 탓에 목이 약해져서 우물거리는 작은 목소리로 말하게 되었대요. 그리고 언제나 단정한 차림에 말쑥하고 수수한 옷을 입었어요. 하지만 저처럼 눈이 약해서 빛을 피하기 위해 색안경을 꼈어요."

"그렇군요. 그런데 아버지 윈디뱅크 씨가 다시 프랑스로 간 뒤에는 어떻게 됐습니까?"

"호스머 엔젤 씨가 집으로 찾아와서 아버지가 돌아오시기 전에 결혼하자고 말했어요. 서두르기는 했지만 그는 매우 진지하게, 제 손을 성경 위에 얹게 하고 무슨 일이 있어도 결코 그이를 향한 마음이 변치 않겠다고 맹세하게 했어요. 어머니는 그건 당연한 일이라면서 그런 맹세를 시킬 정도면 그만큼 그 사람의 애정이 크다는 증거라고 했어요. 어머니는 처음부터 그이를 마음에 들어 했어요. 마치 저보다 더 그이를 좋아하는 것 같았지요. 그리고 어머니와 그이는 일주일 안에 결혼식을 올리자고 말하더군요. 저는 아버지는 어떻게 하느냐고 물었어요. 그렇지만 두 사람 모두 아버지는 걱정할 것 없고 나중에 이야기하면 된다고 했어요. 그리고 어머니가 그 일은 자기가 잘 말할 테니 신경 쓸 것 없다고 했죠. 하지만 홈즈 선생님, 저는 아무래도 내키지 않았어요. 나이 차이도 얼마 안 나는 아버지에게 허락을 받는 것도 좀 우습기는 했지만 그래도 저는 무슨 일이든 숨기고 몰래 하기는 싫어서 보르도에 있는 아버지에게 편지

를 보냈어요. 아버지 회사의 프랑스 지점이 있는 곳이거든요. 그런데 그
편지가 결혼식 날 아침에 그대로 되돌아왔어요."

"아버지가 편지를 받지 못하셨군요."

"네. 제가 듣기로 아버지는 편지가 도착하기 직전에 영국으로 출발하
셨다고 했어요."

"그것 참 안타까운 일입니다. 그런데 결혼식은 지난 금요일이었지요?
식은 교회에서 올릴 예정이었습니까?"

"네, 아주 가까운 사람들만 불러서요. 킹스 크로스 역 근처에 있는 세
인트 세피아 교회에서 식을 올리고 세인트팽크러스 호텔에서 아침을 먹
기로 했지요. 그날 호스머는 2인승 이륜마차를 타고 저를 데리러 왔어
요. 그런데 저희는 어머니와 두 사람이었기에, 그 사람은 저희를 먼저 그

마차에 태워 보내고 자기는 사륜마차를 잡아탔어요. 그때 거리에는 그 마차밖에 없었어요. 저희가 탄 마차가 교회에 먼저 도착했어요. 그러고 나서 호스머 씨가 탄 사륜마차가 도착했고, 저희는 그이가 내리기를 기다렸어요. 그런데 어찌된 일인지 아무리 기다려도 좀처럼 나오지를 않더군요. 결국은 마부가 자리에서 일어나 안을 들여다보았는데, 거기에는 아무도 없었어요. 마부는 자기 눈으로 호스머가 타는 것을 똑똑히 봤는데 대체 어디로 갔는지 모르겠다며 어리둥절해했어요. 선생님, 이것이 지난 금요일에 벌어진 일입니다. 그날 이후로 호스머에게 대체 무슨 일이 있었는지 도통 모르겠어요. 단서도 없고요."

"서덜랜드 양은 굉장히 좋지 않은 일을 당하셨군요."

홈즈가 말했다.

"아니에요, 그렇지 않아요! 그이는 아주 다정해서 저를 내버리고 갈 사람이 아니에요. 그날 아침에도 그이는 제게 거듭 당부했어요. 무슨 일이 있어도 절대 마음이 변해서는 안 된다고 했어요. 전혀 뜻밖의 일이 일어나 우리 둘이 헤어진다 하더라도 맹세를 잊어서는 안 되고 우리는 약혼한 사이이니 언젠가는 꼭 데리러 오겠다고 말이에요. 결혼식 날 아침에 한 말치고는 이상할지도 모르지만, 나중에 생각해 보니 거기에 어떤 사연이 있었던 것 같아요."

"틀림없이 뭔가 있군요. 그러니까 아가씨는 엔젤 씨에게 예기치 못한 불행이 일어났다고 생각하는 거지요?"

"네, 그래요. 그이도 위험한 일이 일어날 것이라는 예감이 들었던 거겠죠. 그게 아니라면 왜 그런 말을 했겠어요. 분명히 어떤 예감을 느낀 거예요."

"하지만 그에게 무슨 일이 일어났는지 아가씨는 전혀 모르고요."

"네."

"하나만 더 묻겠습니다. 서덜랜드 양의 어머니는 이 일에 대해서 뭐라고 말씀하십니까?"

"어머니는 무척 화가 나서 이번 일은 두 번 다시 입밖에도 꺼내지 말라고 하셨어요."

"아버지는요? 아버지에게도 이번 일을 말씀하셨나요?"

"말했어요. 아버지도 저처럼 그 사람에게 어떤 뜻밖의 일이 일어난 듯하니, 곧 연락이 올 거라고 생각하는 듯해요. 아버지도 말씀하셨지만 저 같은 여자를 결혼하자고 속여서 교회 앞까지 끌어냈다가 내팽개친들 무슨 득이 있겠어요? 가령 그이가 제게 돈을 빌렸다거나 저와 결혼해서 돈을 얻게 된다면 또 모르지만요. 하지만 돈에 관한 일이라면 호스머는 남에게 의지하는 사람이 아니고, 단돈 1실링도 제 돈에 눈독 들인 적이 없었어요. 그런데 대체 어떻게 된 일일까요? 왜 편지도 보내지 않는 걸까요? 아아, 생각하면 생각할수록 머리가 이상해질 것 같아요. 밤에도 잠을 잘 수가 없어요."

서덜랜드 양은 손을 따뜻하게 하는 토시에서 조그만 손수건을 꺼내고 그 안에 얼굴을 묻더니 괴로운지 울기 시작했다. 홈즈가 자리에서 일어서며 말했다.

"내가 조사해 보겠습니다. 확실한 결과를 얻을 수 있을 겁니다. 그러니 이제 사건에 관한 것은 전부 내게 맡겨 두세요. 더 이상은 아무것도 생각하지 마시고, 우선 호스머 엔젤 씨와의 추억을 지워 버리세요. 그는 떠나가 버렸으니 말입니다."

"그렇다면 그이와 두 번 다시 만나지 못한다는 말씀이신가요?"

"안됐지만 그럴 가능성이 높습니다."

"그럼 그이는 어떻게 된 걸까요?"

"그 문제는 내게 맡겨 두세요. 그것보다 엔젤 씨의 정확한 인상착의를 가르쳐 주시고 그가 보낸 편지가 있으면 보여 주십시오."

"지난 토요일 〈크로니클〉에 사람 찾는 광고를 냈어요. 여기 오려서 가져왔습니다. 그가 보낸 편지 네 통도 가지고 왔어요."

"고맙습니다. 아가씨 집 주소는요?"

"캠버웰 구 라이언 플레이스 31번지예요."

"엔젤 씨의 주소는 모른다고 하셨죠? 아가씨 아버지의 회사는 어디입니까?"

"펜처치 가에 있는 웨스트하우스 앤 마뱅크 상회예요. 보르도산 붉은 포도주를 대량으로 수입하는 회사랍니다."

"고맙습니다. 잘 알겠습니다. 편지와 오려 낸 신문은 내가 잠시 보관하겠습니다. 그리고 조금 전 내가 한 충고를 잊지 마세요. 이 문제는 알려고 하지 마시고 아무 일도 없었던 것처럼 그냥 내버려 두세요. 이제 아가씨와 상관 없는 일이라고 생각하셔야 합니다."

"선생님은 정말 친절하시네요. 고맙습니다. 하지만 잊을 수는 없어요. 저는 호스머에게 진심을 바칠 생각이에요. 약혼녀로서 언제까지고 그이가 돌아오기를 기다리겠습니다."

엉뚱한 모자에 공허한 얼굴을 한 이 손님의 단순한 믿음에는 어떤 고귀함마저 서려 있어 우리들로 하여금 존경심을 자아내게 했다. 서덜랜드 양은 편지와 신문조각을 탁자 위에 놓고 무슨 일이 있으면 언제라도 다시 찾아오겠다고 말하고 돌아갔다. 홈즈는 의뢰인이 돌아간 뒤에도 여전히 말없이 앉아 있었다. 그는 손가락 끝을 맞대고 두 다리를 뻗은 채 한동안 천장을 바라보았다. 그러고는 파이프를 세워 둔 선반에서 도

자기로 만든 파이프를 집어 들었다. 홈즈가 언제나 문제를 상의하는, 낡고 담뱃진이 밴 바로 그 파이프였다. 그리고 거기에 불을 붙인 뒤 자세를 바꿔 의자에 깊숙이 앉아 뿌연 연기를 모락모락 피워 올리며 참으로 노곤한 표정으로 말했다.

"정말 흥미로운 아가씨군. 의뢰받은 사건보다도 그 아가씨 쪽이 훨씬 더 재미있다네. 어쨌든 이번 일은 조금 흔해빠진 사건이야. 내 자료집을 살펴보면 비슷한 사건을 찾아볼 수 있을 거야. 1877년에는 햄프셔의 앤도버에서 비슷한 사건이 있었고, 작년에는 네덜란드의 헤이그에서도 아주 비슷한 사건이 일어났다네. 오늘 의뢰받은 사건도 세세한 부분에서는 새로운 점이 한두 가지 있었지만 발상 자체는 낡은 것이었지. 하지만 누가 뭐래도 그 아가씨 자신이 가장 많은 사실을 가르쳐 주었다네."

"자네는 그 아가씨를 보고 내가 전혀 깨닫지 못한 것들을 읽어 낸 모양이군."

내가 말했다.

"자네가 깨닫지 못한 것이 아니라 주의를 기울이지 않은 걸세, 왓슨. 어디를 보아야 할지 몰라서 중요한 것을 전부 놓쳐 버리고 만 거야. 옷의 소매 끝이나 엄지손톱이 얼마나 중요하고 많은 사실들을 가르쳐 주는지, 구두끈을 보고 얼마나 멋진 결론을 이끌어 낼 수 있는지 자네는 모르겠지? 그래, 자네는 그 여자의 겉모습에서 어떤 것들을 관찰했나? 한번 들어 보기로 하세."

"글쎄, 우선은 챙 넓은 회색 밀짚모자에 붉은 벽돌색 깃털을 하나 꽂고 있었지. 그리고 검은색 재킷에는 검은 유리구슬이 달려 있었고 가장자리에도 검은 구슬이 장식되어 있었어. 그 안의 옷은 커피보다 조금 더 거뭇한 진갈색이었는데 목깃과 소매 끝에 보라색 비단으로 만든 장식이 몇 개 달려 있었어. 회색이 감도는 장갑을 꼈는데, 오른쪽 검지가 닳아서 구멍이 뚫려 있었네. 구두는 보지 못했어. 귀에는 조그맣고 둥근 금 귀걸이를 달았고. 전체적으로 봐서 좀 느긋하고 큰 걱정이 없는 사람이라는 느낌이 들었고, 생활은 풍족한 것 같았다네."

이 말을 들은 홈즈는 가볍게 박수를 치며 껄껄 웃었다.

"하, 왓슨, 정말 일취월장했구먼. 정말 훌륭해. 중요한 점은 다 놓쳐 버렸지만 관찰 방법은 제대로 깨달은 듯해. 게다가 자네는 색에 매우 민감하군. 하지만 전체적인 인상에 사로잡히지 말고 세세한 점에 주의해서 집중하도록 해 보게. 나는 상대가 여자인 경우에는 언제나 소매를 가장 먼저 본다네. 남자인 경우에는 바지 무릎을 보지. 자네도 보았다시피 그 아가씨는 소매에 비단으로 만든 장식이 달려 있었다네. 비단은 다른 곳에 스쳤을 때 흔적이 아주 잘 남아. 그 아가씨의 손목 바로 윗부분에 굳은살 두 개가 선명하게 드러나 있었는데, 그건 타자를 칠 때 그곳이 책상에 스치기 때문일세. 손으로 돌리는 재봉틀을 사용해도 비슷한 흔적이 남지만 그 경우에는 왼손, 그것도 새끼손가락 부분에만 남아. 그 아가씨의 굳은살은 오른손의 꽤 넓은 부분에 남아 있었네. 그리고 얼굴을 보면, 코 양쪽에 안경을 낄 때 생기는 움푹 들어간 자국이 있었어. 그래서 눈도 안 좋은데 타자를 치느라 피곤하지 않느냐고 물었더니, 놀라는 표정을 짓더군.”

“그 말에는 나도 놀랐어.”

“놀랄 것 없네. 너무 확실해서 틀릴 리가 없는 사실이니까. 그리고 시선을 아래쪽으로 옮겨서 신고 있던 구두가 짝짝이라는 사실을 발견하고 깜짝 놀랐다네. 왼쪽과 오른쪽 모양이 아주 비슷했지만 말이야. 한편으로는 재미있다는 생각이 들기도 했어. 한쪽 구두는 발가락 부분의 가죽에 장식이 달려 있었지만, 다른 한쪽에는 그것이 없었다네. 게다가 다섯 개가 달려 있는 구두 단추 중 한쪽은 아래쪽의 두 개만 채워져 있었고, 다른 한쪽은 제일 아래와 세 번째, 다섯 번째 단추가 채워져 있었다네. 그러니까 젊은 아가씨가 복장은 말쑥하게 차려입었으면서도 구두는 짝짝이로 신고 그 단추도 제대로 채우지 않은 채 집에서 나왔다는 소리일세. 그러니 서둘러 집을 뛰쳐나왔다는 사실을 추리할 수 있지 않겠나.”

“그 외에도 다른 사실들이 있겠지?”

나는 평소와 다름없이 홈즈의 예리한 추리에 깊은 흥미를 느끼고 물었다.

“그 아가씨가 외출 준비를 완전히 마친 뒤, 집을 나서기 직전에 편지를 썼다는 사실도 알아냈네. 장갑의 오른쪽 검지 부분에 구멍이 나 있는 건 자네도 보았지? 그렇지만 그 장갑과 검지에 묻어 있던 자줏빛 잉크는 놓친 듯하더군. 급히 서두르다가 펜을 잉크병 안에 너무 깊이 찔러 넣은 거야. 손가락에 묻은 잉크가 지워지지 않은 것을 보면, 분명히 오늘 아침에 쓴 거야. 그렇지 않고서야 잉크 자국이 그렇게 선명하게 남을 리가 있나? 전부 초보적인 사실들이지만 되돌아보니 꽤나 흥미롭군. 하지만 왓슨, 이제는 일에 착수해야 하네. 사람 찾는 광고에 실린 호스머 엔젤의 인상착의가 적힌 기사를 읽어 주게."

나는 조그만 신문조각을 불빛에 비춰 가며 광고를 읽기 시작했다.

14일 아침 이후, 호스머 엔젤이라는 신사가 행방불명됨. 키는 약 1미터 70센티미터. 체구는 다부지며 혈색은 창백한 편임. 머리카락은 검은색이며 정수리 부근이 약간 벗겨졌음. 검고 덥수룩한 구레나룻과 턱수염 있음. 색안경을 꼈으며 발음이 약간 부정확함. 마지막으로 목격되었을 때 비단으로 깃을 덧댄 검은 프록코트에 검은 조끼를 입고 있었고, 앨버트형 금시계 줄을 늘어뜨리고 있었으며, 손으로 짠 회색 스카치 트위드 바지를 입고 있었음. 발에는 두꺼운 고무를 댄 구두 위에 갈색 각반을 착용하고 있었음. 리든홀 가의 사무소에 근무했다고 함. 이 신사의 행방을 아시는 분은……

"이제 됐네."

홈즈가 말했다. 그리고 편지를 대충 훑어보면서 말을 이었다.

"편지들은 아주 평범하군. 프랑스의 소설가인 발자크의 말을 한 번 인용했고, 그것을 빼면 엔젤에 대해서 알 수 있을 만한 단서는 전혀 없어.

하지만 자네도 놀랄 만한 특이한 점이 한 가지 있네."

"전부 타자로 쳤다는 점인가?"

"그것뿐만이 아닐세. 본문도 그렇지만, 본인의 서명까지 타자로 쳤다 네. 여기 좀 보게. 제일 끝에 작지만 뚜렷한 글자로 호스머 엔젤이라고 적혀 있지? 게다가 날짜는 있어도 리든홀 가라는 단어만 있고 자세한 주소는 적지 않았다네. 이 서명에는 아주 중요한 의미가 있어. 실제로 이 점이 사건을 해결할 결정적인 열쇠라고 해도 좋을 거야."

"뭐라고?"

"자네, 설마 이 서명에 얼마나 큰 의미가 있는지 모르지는 않겠지?"

"음, 난 잘 모르겠는데. 약혼을 깼다고 고소라도 당하면 자기가 서명하지 않았다고 부정할 생각이었던 걸까?"

"아니, 그런 문제가 아닐세. 어쨌든 내가 지금 편지 두 통을 쓸 텐데, 그것으로 사건은 해결될 거야. 한 통은 상업과 금융의 중심지인 런던 시내에 있는 회사로 보내고 다른 한 통은 그 아가씨의 양아버지인 윈디뱅크 씨에게 보낼 걸세. 그에게 내일 저녁 6시에 여기로 와 달라고 부탁할 거야. 남자들끼리 이야기해서 결판 짓는 게 좋을 테니. 자, 왓슨. 이 편지의 답장이 올 때까지는 할 일도 없으니 이 조그만 문제는 잠시 잊도록 하세."

나는 여러 가지 이유에서 홈즈의 정확한 추리력과 믿을 수 없을 만큼 놀라운 행동력을 믿고 있었다. 그랬기에 이번의 이상한 사건을 조사하면서도, 그가 자신만만하고 한가로운 태도를 취하고 있으니 벌써 사건을 꿰뚫어 보았다고 생각했다. 홈즈도 보헤미아 왕과 아이린 애들러의 사진 사건에서 딱 한 번 실수를 하기는 했다. 그러나 〈네 개의 서명〉이라는 섬뜩한 사건과 〈진홍색 연구〉를 둘러싼 이상한 정황을 돌아보았을

때, 굉장히 복잡하게 얽힌 사건만 아니라면 홈즈가 풀지 못하는 것은 없으리라.

나는 홈즈를 남겨 두고 방에서 나왔다. 그때까지도 홈즈는 파이프에서 모락모락 연기를 피워 올리고 있었다. 아마도 내일 저녁 이곳을 다시 방문할 때면, 이미 홈즈는 메리 서덜랜드의 사라진 신랑의 정체를 밝히기 위한 모든 단서를 쥐고 있을 것이다. 나는 그렇게 확신했다. 그 무렵, 나는 중환자를 돌보고 있었기에 이튿날은 하루 종일 그 환자에게 매달려 있었다.

밤 6시 가까이 되어서야 비로소 여유가 생겨서 나는 이륜마차에 뛰어올라 베이커 가로 달려갈 수 있었다. 사건 해결을 돕기에는 너무 늦지 않았을까 걱정이 됐다. 그러나 방으로 들어가 보니 홈즈는 기다랗게 마른 몸을 팔걸이의자에 깊이 묻은 채 혼자 잠을 자고 있었다. 방 안에는 수많은 병과 시험관이 놓여 있었으며 코를 찌르는 염산 냄새가 감돌았다. 홈즈는 그가 매우 좋아하는 화학 실험을 하며 하루를 보낸 듯했다.

"어때, 좀 알아냈나?"

나는 방으로 들어서자마자 물었다.

"응, 산화 바륨의 중황산염이었어."

"화학 실험 말고, 사건 말일세."

"아아, 그거 말인가! 아까 분석해 본 염을 말하는 줄 알았네. 그 사건에 이렇다 할 수수께끼는 없어. 어제 말했던 것처럼 세세한 부분에서는 재미있는 점이 몇 개 있지만. 단 하나 아쉬운 점이 있다면, 법률로는 이 악당을 처벌할 수 없다는 사실일세."

"그게 누구인가? 서덜랜드 양을 버린 이유는 뭔가?"

내 질문이 채 끝나기도 전에, 그리고 홈즈가 대답하려 입을 열기도 전에 복도에서 묵직한 발소리가 들리더니 누군가가 문을 두드렸다. 홈즈가 말했다.

"그 아가씨의 양아버지인 제임스 윈디뱅크 씨라네. 6시에 여기로 오겠다는 답장을 받았어. 들어오십시오!"

중간 정도의 키에 몸이 다부진 사내가 방으로 들어왔다. 나이는 서른 살 정도로 보였고 수염을 말끔히 깎았으나 혈색은 윤기 잃은 흙빛 같았다. 몸짓은 상대의 비위를 맞추는 듯 정중했지만, 잿빛 눈은 찌를 듯이 날카로웠다. 그는 수상한 사람이라도 보듯 우리 둘을 힐끗 흘겨보더니 번쩍번쩍 빛나는 실크해트를 탁자에 올려놓았다. 그리고 가볍게 목례를 한 뒤 가장 가까이에 있는 의자에 비스듬히 앉았다. 홈즈가 말했다.

"안녕하십니까, 제임스 윈디뱅크 씨. 이 타자로 친 편지는 당신이 보낸 것이죠? 6시에 오시겠다고 약속한 편지 말입니다."

"그렇습니다. 조금 늦었군요. 하지만 아시다시피 워낙 남에게 매여 있는 몸이다 보니 어쩔 수 없었습니다. 이번 일로 서덜랜드 양이 당신을 번거롭게 했다고 하더군요. 죄송합니다. 집안의 수치를 세상에 드러내다니 저로서는 참으로 불만스럽습니다. 저는 서덜랜드 양이 당신을 찾아뵙는다고 하기에 절대 반대했습니다. 하지만 서덜랜드 양은 아주 쉽게 흥분하고 떠오른 일이 있으면 덮어 놓고 행동으로 옮기는 성격이라, 일단 결심하면 웬만해서는 고집을 꺾을 방법이 없지요. 물론 당신은 경찰과 관계가 없는 사람이니 그다지 마음에 걸리지는 않습니다. 그래도 이런 가정의 문제가 세상에 알려지면 불쾌합니다. 게다가 그 호스머 엔젤이라는 사람의 행방이 밝혀질 리 없으니 쓸데없이 돈을 쓰는 셈입니다."

"그렇지 않습니다. 나는 호스머 엔젤 씨를 찾아낼 자신이 있습니다."

홈즈가 차분한 목소리로 말했다. 윈디뱅크 씨는 깜짝 놀라 몸을 움찔하며 들고 있던 장갑을 떨어뜨리더니 이렇게 대꾸했다.

"참으로 반가운 말씀입니다."

홈즈가 이야기를 시작했다.

"타자기란 신기한 물건입니다. 타자 친 글자는 사람의 필적과 마찬가지로 하나하나 독특한 특색이 있거든요. 아주 새 것이 아니면 기계 두 대로 똑같은 글자를 칠 수는 없습니다. 어떤 활자는 다른 활자들보다 더 닳았다거나, 활자의 한쪽이 닳았다거나 하는 특징이 있는 법이죠. 그런데 당신이 보낸 이 편지에도 그런 특징이 있습니다. 'e'는 전부 윗부분이 약간 흐릿하고 'r'은 끝부분이 조금씩 찍히지 않았습니다. 그 외에도 이 편지의 글자에는 14가지 특징이 있지만 지금 말한 두 가지가 제일 눈에 띄는 것들입니다."

"사무실에서는 모든 편지를 이 기계로 칩니다. 그래서 활자가 약간 닳기는 했습니다."

손님은 조그만 눈을 반짝이며 날카로운 시선으로 홈즈를 바라보면서 대답했다. 홈즈가 말을 이었다.

"그렇다면 지금부터 정말 재미있는 연구를 보여 드리죠, 윈디뱅크 씨. 나는 조만간에 타자기와 범죄의 관계를 다룬 짧은 논문을 써 볼까 생각 중입니다. 나는 이 문제에 대해서 예전부터 약간 관심을 갖고 있었거든요. 여기에 행방불명된 호스머 엔젤 씨가 보낸 편지가 네 통 있습니다. 전부 타자기로 작성한 것이지요. 그런데 이 편지들에는 공통된 특징이 있습니다. 'e'가 약간 흐릿하고 'r'은 끝부분이 조금씩 찍혀 있지 않아요. 그것뿐만이 아닙니다. 내 돋보기로 자세히 살펴보면 아실 테지만, 조금 전 당신의 편지에 나타났던 14가지 특징도 전부 발견할 수 있습니다."

윈디뱅크 씨는 의자에서 벌떡 일어나 모자를 집어들었다.

"홈즈 선생, 그런 터무니없는 소리를 듣기 위해 시간을 낭비할 수는 없습니다. 그 호스머라는 녀석을 잡을 수 있다면 잡아 보시죠. 그리고 잡고 난 뒤 제게 연락해 주시기 바랍니다."

"그렇게 하겠습니다."

이렇게 말한 홈즈는 문 쪽으로 걸어가 자물쇠를 잠가 버렸다.

"지금 알려드리죠. 호스머를 잡았습니다!"

"뭐라고! 어디에 있습니까?"

이렇게 외친 윈디뱅크는 입술까지 새파래져서 쥐덫에 걸린 쥐처럼 주위를 두리번거렸다. 홈즈가 정중한 어조로 말했다.

"이미 늦었습니다. 쓸데없는 짓이에요. 절대로 도망칠 수 없을 겁니다, 윈디뱅크 씨. 나는 전부 알고 있으니 시치미를 떼도 소용없습니다. 게다가 아까는 내가 이렇게 간단한 문제를 절대로 풀지 못할 거라고 했지요?

그건 나를 모욕하는 말입니다. 뭐 어쨌든 그건 이제 상관없습니다. 앉아서 천천히 이야기를 나눠 보도록 하죠."

우리 손님은 시체처럼 창백한 얼굴로 이마에 땀을 흘리며 무너지듯 의자에 주저앉았다.

"이, 이, 이건 범죄가 아니야."

"그렇습니다, 참으로 안타깝게도 범죄가 되지는 않을 겁니다. 하지만 윈디뱅크 씨. 우리끼리 하는 말이지만, 시시한 트릭 중에 이처럼 잔혹하고 이기적이며 사람의 마음을 짓밟는 것은 나도 처음입니다. 그럼 지금부터 내가 사건의 경위를 순서에 따라 읊어볼 테니 틀린 곳이 있으면 지적해 주세요."

윈디뱅크는 몸을 말아 의자에 웅크려 앉았다. 머리를 깊이 숙인 채 완전히 기가 꺾인 모습이었다. 홈즈는 벽난로 가장자리에 두 발을 얹고 주머니에 두 손을 찔러 넣은 다음, 의자 등받이에 몸을 기댔다. 그러고는 우리에게 말하기보다는 혼잣말을 하는 태도로 이야기를 시작했다.

"그자는 돈을 노리고 자기보다 훨씬 나이 많은 여자와 결혼했지. 게다가 그 딸의 돈도, 딸과 함께 사는 동안에는 남자 마음대로 쓸 수 있었어. 그들의 신분으로 보면 딸의 돈은 상당히 큰 금액이었기에 그것이 없어지면 수입에 큰 영향을 받겠지. 상상하기도 싫었을 거야. 그러니 약간은 귀찮아도 어떻게 해서든 그 돈을 자신이 쓸 수 있게 해 둘 만한 가치가 충분했어. 그 딸은 다정하고 애교가 있을 뿐만 아니라 나름대로 애정이 깊고 친절했어. 더구나 얼굴도 단정하고 자기 재산까지 있으니 언제까지고 독신으로 있지는 않을 거야. 그런데 딸이 결혼을 해 버리면 1년에 100파운드씩 들어오던 수입도 당연히 사라지게 되겠지.

그렇다면 양아버지는 어떻게 해야 딸의 결혼을 막을 수 있을까? 처음에는 딸이 집 밖으로 나가는 것을 막아서 비슷한 또래 남자와 만나지 못하게 했지. 그건 누구라도 생각해 낼 법한 뻔한 방법이었어. 하지만 금세그 방법은 오래 가지 못하리라는 것을 알았던 거야. 딸이 점점 말을 듣지 않게 되었고, 자신의 권리를 주장하기 시작했으니까. 그리고 마침내는 무슨 일이 있어도 무도회에 참석하겠다고 고집까지 부렸지. 그러자그 교활한 양아버지는 대체 어떻게 했을까? 이번에는 단순한 방법이 아니라 한껏 머리를 써서 교활한 계책을 꾸몄어. 그자는 아내를 설득하고자기 일을 돕게 해서 변장을 했어. 날카로운 눈은 색안경으로 가리고, 턱수염과 덥수룩한 구레나룻으로 얼굴 모양을 바꾸고, 맑은 목소리도 일부러 죽여서 소곤소곤 말했지. 거기에 딸의 시력이 나쁘다는 점까지 고려해서 호스머 엔젤이라는 가짜 인물로 그녀 앞에 나타났어. 그리고 자신이 딸에게 청혼해서 다른 연인이 생기지 않도록 한 거야."

"처음에는 장난삼아 해 본 겁니다. 딸이 그렇게 깊이 사랑에 빠지게 될 줄은 우리 부부도 몰랐습니다."

윈디뱅크가 신음하는 듯한 목소리로 말했다.

"그랬겠지. 하지만 젊은 딸은 완전히 사랑에 빠져 버렸어. 거기다 양아버지는 프랑스에 있다고 굳게 믿고 있었기에 이런 음모가 있을 줄은 꿈에도 생각지 못했지. 또 신사가 먼저 사랑을 고백해서 기분도 나쁘지 않았고, 자기 어머니까지 남자를 자꾸만 칭찬하는 바람에 더욱 깊이 사랑에 빠지게 된 거야. 그러다가 엔젤 씨가 딸의 집까지 찾아오게 됐어. 계획이 그 효과를 완벽히 발휘하려면 밀어붙일 수 있는 데까지 밀어붙여야 했으니까. 몇 번인가 산책도 같이 했고 약혼까지 해 두었으니 딸이 다른 남자에게 마음을 줄 걱정도 완전히 사라졌어. 하지만 변장한 모습으로 딸을 영원히 속일 수는 없었지. 게다가 프랑스로 출장을 간 것처럼 꾸미기도 번거로웠고. 가장 좋은 방법은 이 사랑이 딸의 마음에 영원한 추억으로 남도록 극적으로 끝내는 거였어. 그렇게 하면 딸은 한동안 다른 남자를 거들떠보지도 않을 테니까.

그래서 남자는 서덜랜드 양에게 성경에 손을 얹고 변심하지 않겠다는 약속을 하게 했어. 그리고 결혼식 날 아침에 무슨 일이 일어날지도 모른다는 암시를 주었지. 다시 말해서 서덜랜드 양이 호스머 엔젤과 깊은 관계에 있으며, 또 호스머가 죽었는지 살았는지 모르기 때문에 적어도 앞으로 10년 동안은 메리 서덜랜드가 다른 남자에게 마음을 빼앗길 염려는 없겠지. 제임스 윈디뱅크는 그렇게 되기를 바란 거야. 그런데 교회 문 앞까지는 딸과 함께 갈 수 있었지만 그 이상은 들어갈 수 없었어. 그래서 사륜마차의 한쪽 문으로 탔다가 반대편 문으로 내리는 낡은 수법을 써서 멋지게 모습을 감춘 거야. 나는 여기까지가 이번 사건의 대략적인 경위라고 생각하는데. 어떤가, 윈디뱅크 씨!"

우리 손님은 홈즈가 이야기하는 동안 얼마간 마음의 안정을 되찾았다. 그리고 창백한 얼굴에 차가운 웃음을 흘리며 의자에서 일어났다.

"그럴지도 모르고, 그렇지 않을지도 모르지. 하지만 당신이 그렇게 뛰어난 머리를 가졌다면 법률을 위반한 것은 내가 아니라 당신이라는 사실쯤은 알고 있겠지? 나는 처음부터 죄가 될 만한 행동은 하지 않았어. 하지만 당신은 저 문을 열지 않는 한 협박죄와 불법감금죄를 저지르는 셈이 될 텐데."

"맞아, 법으로 너를 처벌할 수 없지."

홈즈가 자물쇠를 풀고 문을 활짝 열어젖히며 말했다.

"하지만 너만큼 벌을 받아 마땅한 사람도 없을 거야. 만약 서덜랜드 양에게 남자 형제나 남자 친구가 있었다면 틀림없이 네 녀석의 등을 향해서 채찍을 휘둘렀겠지."

상대방의 얼굴에 비웃음이 감도는 것을 보고 홈즈는 분노해서 얼굴을 붉히며 말을 이었다.

"의뢰인에게 부탁받은 일은 아니지만, 여기에 사냥용 채찍이 있으니 큰맘 먹고 내가……."

홈즈가 채찍을 향해 두 걸음 정도 빠르게 걸어갔다. 그러나 그것을 채 집기도 전에 계단을 우당탕 달려 내려가는 소리가 들리더니, 무거운 현관문을 요란스럽게 닫고 정신없이 달아나는 윈디뱅크의 모습이 창문으로 보였다.

"피도 눈물도 없는 악당이야!"

홈즈가 웃으며 말하고는 다시 의자에 몸을 내던졌다.

"저런 사람은 온갖 범죄를 저지르다가 결국에는 흉악한 범죄를 저지르고 교수대에 서게 될 거야. 어쨌든 이번 사건에 재미있는 점이 아주 없지는 않았어."

"나는 아직도 자네의 추리를 완전히 이해하지는 못했네."

내가 말했다.

"그런가? 그 호스머 엔젤이라는 사람에게 어떤 뚜렷한 목적이 있어서 이상한 행동을 했다는 사실은 처음부터 확실히 알고 있었네. 그리고 이야기를 들으면서 이번 사건으로 득을 보는 것은 그녀의 양아버지밖에 없다는 사실도 확실해졌지. 게다가 이야기를 들어 보니 그 두 사람, 엔젤과 윈디뱅크는 결코 한 번도 같이 등장했던 적이 없고 한쪽이 나타날 때면 다른 한쪽은 모습을 보이지 않는 식이었네. 이 사실은 무엇인가를 의미하고 있다고 생각했지. 거기다 색안경과 이상한 목소리, 그리고 덥수룩한 구레나룻이 있다는 말을 듣고 변장했다는 사실을 금방 알 수 있었어. 호스머가 편지 서명까지 타자로 치는 이상한 행동을 한다는 사실을 알고 내 의문은 확신으로 바뀌었네. 다시 말해서, 서덜랜드가 자기 필체를 알고 있으므로 아주 간단한 글이라 해도 정체를 간파당할 수 있겠다고 걱정한 거지. 이러한 사실 하나가 다른 여러 가지 작은 사실들과 합쳐져서 한쪽 방향을 가리켰다는 점은 이해할 수 있겠지?"

"하지만 그것이 사실이라는 증거는 어디서 찾았나?"

"일단 이 사람이라는 확신이 들자 아주 간단하게 증거를 잡아 냈다네. 윈디뱅크가 일하는 회사는 이미 알고 있었어. 신문광고에 실린 호스머의 인상착의를 읽고 구레나룻이나 색안경, 목소리 등 변장이라고 생각되는 특징을 전부 지워 버렸네. 그것을 윈디뱅크의 회사로 보내서 영업사원 중에서 이런 특징을 가진 사람이 있냐고 물어보았지. 게다가 메리 서덜랜드 양에게 보낸 편지를 친 타자기의 특징도 이미 알고 있었으니, 인상착의를 묻는 편지와는 별도로 회사에 있는 윈디뱅크에게 편지를 보내 여기에 와 달라고도 했네. 내 생각대로 타자로 친 답장이 왔는데, 사소하지만 완전히 똑같은 특징이 나타나 있더군. 그 편지와 함께 펜처치 가의 웨스트하우스 앤 머뱅크 상회에서도 답장이 왔다네. 알아봐 달라고 요청한 인물은 모든 점에서 회사의 제임스 윈디뱅크라는 사람과 일치한다고 하더군. 그것만으로도 이미 충분했다네."

"그런데 서덜랜드 양은 어떻게 할 생각인가?"

"그녀에게 진실을 말해도 믿지 않을 걸세. 페르시아의 오래된 시에도 있지 않은가? '호랑이 새끼를 잡으려는 자에게는 위험이 따르고, 여자에

게서 환상을 빼앗으려는 자에게도 위험이 도사리고 있다.' 페르시아의
시인인 하피즈[15)는 로마의 호라티우스[16)에게 지지 않을 만큼 분별력 있
고 세상일을 잘 알았던 모양일세."

15) Hafiz. 14세기의 페르시아 시인. 신비주의적 상징을 이용해서 사랑, 술, 향토의 자연을 감미롭게 읊었다. 그의
시는 나중에 괴테의 작품에도 큰 영향을 끼쳤다고 한다.
16) Flaccus Quintus Horatius(기원전65~기원전8). 로마의 시인. 풍자시와 서정시로 명성을 얻어, 당시 로마 황제였
던 아우구스투스의 총애를 받았다.

4. 보스콤 계곡의 수수께끼

어느 날 아침, 내가 아내와 식사하고 있을 때 가정부가 전보를 가지고 왔다. 셜록 홈즈가 보낸 것으로 내용은 다음과 같았다.

왓슨, 이틀 정도 시간을 낼 수 있는지? 보스콤 계곡에서 참극이 빚어졌다며 서부 잉글랜드에서 전보를 보내왔음. 자네도 함께 가 주면 고맙겠음. 공기와 경치가 아주 좋은 곳임. 아침 11시 15분에 패딩턴 역을 출발할 예정임.

"여보, 어떻게 할 거예요? 갈 건가요?"
아내가 내 얼굴을 바라보며 말했다.
"글쎄, 어떻게 해야 하나. 요즘에는 돌보고 있는 환자도 많은데……."
"어머, 환자는 앤스트루더 씨에게 봐 달라고 해도 되잖아요. 당신, 요즘에 혈색이 좀 나쁜 것 같아요. 기분전환이라도 하면 좋아질 거예요. 그리고 당신은 셜록 홈즈 씨의 사건에 언제나 관심이 있잖아요."

"관심이 없으면 배은망덕한 사람이라는 말을 듣게 될 거요. 내가 이렇게 지낼 수 있는 것도 전부 그 사건 덕분이니까. 어쨌든 갈 생각이라면 당장 채비를 해야 해요. 시간이 30분밖에 안 남았군."

아프가니스탄에서 전장 생활을 경험한 덕분에 나는 필요하면 언제라도 당장 여행을 떠날 수 있었다. 여행에 필요한 물건도 얼마 되지 않았기에 채비를 하는 데 그리 많은 시간이 필요하지 않았다. 나는 곧 가방 하나를 손에 들고 마차에 올라 덜컹덜컹 흔들리면서 패딩턴 역으로 향했다. 셜록 홈즈는 벌써 역에 도착해서 승강장을 서성이고 있었다. 그의 기다란 여행용 회색 외투와 머리에 꼭 맞는 베레모 때문에 길고 야윈 몸이 한층 더 호리호리해 보였다.

"와 줘서 고맙네, 왓슨. 진심으로 믿을 수 있는 사람이 곁에 있으면 큰 도움이 되지. 지방 경찰은 도와줘 봤자 언제나 보탬이 되지 않거나 엉뚱한 일을 저지를 때도 있어. 구석 자리를 두 개 잡아 주지 않겠나? 나는 표를 사 오겠네."

열차 칸의 승객은 홈즈와 나 둘뿐이었다. 홈즈는 들고 온 두툼한 신문지 뭉치를 옆에 두고는 뒤적거리며 읽기도 하고 종종 메모를 하면서 가만히 생각에 잠기기도 했다. 기차가 레딩을 지날 때에는 그 엄청난 양의 신문지를 전부 말아 커다란 공처럼 만들어서는 선반 위에 던져놓았다.

"왓슨, 이번 사건에 대해서 뭐 알고 있는 것 없나?"

"아니, 전혀. 요즘에는 신문을 전혀 못 보았거든."

"런던 신문기사들은 그저 수박 겉핥기지. 나는 요점을 파악하기 위해서 최근에 나온 신문을 전부 훑어본 거야. 알아 낸 사실을 종합해 보면, 간단하면서도 매우 어려운 사건인 듯하네."

"앞뒤가 잘 안 맞는데."

"하지만 그렇게 말할 수밖에 없다네. 이상하다는 사실 자체가 하나의 단서가 되지. 특색이 없는, 흔해빠진 범죄일수록 범인을 밝혀내기 어려운 법이야. 그런데 이번 사건에서는 살해당한 남자의 아들을 강력한 용의자로 지목하고 있어."

"그렇다면 살인 사건인가?"

"지금까지는 그렇게 추측하고 있어. 현장을 직접 살펴보기 전까지 아무것도 단정 지을 수 없지만. 우선은 내가 알고 있는 사실들만 간단히 들려주겠네.

보스콤 계곡은 헤리퍼드셔[17]의 로스 마을에서 그다지 멀지 않은 시골일세. 그 지방 최고의 대지주는 존 터너인데 오스트레일리아에서 돈을 벌어 몇 년 전에 돌아왔다고 하네. 터너는 본인이 소유하고 있는 농장 중에서 해설리 농장을, 역시 예전에 오스트레일리아에 있었던 찰스 매카시라는 사내에게 빌려 주었다네. 두 사람은 식민지 오스트레일리아에서 알게 된 사이이니 고국에 돌아와서 가까이에 자리 잡은 것도 이상하지는 않아. 터너가 더 부자라서 매카시가 그의 땅을 빌렸지만 종종 만나

---

17) Herefordshire. 잉글랜드 서부에 있던 주. 1974년에 헤리퍼드 우스터 주로 편입되었다.

서 예전과 다름없이 대등한 친구 사이를 유지하고 있었던 듯하네. 매카시에게는 열여덟 살이 되는 아들이 하나 있고 터너에게는 같은 나이의 딸이 하나 있었지만 두 사람 모두 아내는 없었다네. 그들은 근처 영국인 가정과는 왕래하지 않고 조용히 살아온 듯한데, 매카시 부자는 운동을 좋아해서 근처의 경마장에 자주 모습을 드러냈다고 하네. 매카시의 집에는 두 명의 고용인이 있었는데 남자 하나와 젊은 여자 하나였고, 터너는 꽤 많은 사람을 부렸기 때문에 하인이 적어도 대여섯 명은 되는 듯하네. 여기까지가 두 집안에 대해서 내가 알고 있는 사실의 전부야. 이제 이번 사건에 대해서 말해 보겠네.

6월 3일, 지난 주 월요일 오후 3시 무렵에 매카시는 해설리에 있는 자기 집에서 나와 보스콤 연못 쪽으로 걸어갔다네. 이 연못은 보스콤 계곡을 흐르는 물이 점점 모여서 생긴 작은 호수일세. 그날 아침 매카시는 고용인 남자를 데리고 로스에 갔는데 3시에 누구와 만날 중요한 약속이 있으니 서둘러야 한다고 그 고용인에게 말했다고 하더군. 매카시는 그 약속을 지키러 나갔고, 그길로 살아 돌아오지 못했네.

해설리 농장에서 보스콤 연못까지는 400미터쯤 되는데 매카시가 그 길을 지나는 걸 본 사람이 두 명이라네. 한 명은 이름 모를 할머니이고, 다른 한 사람은 터너 집안의 사냥터 관리인인 윌리엄 크로더라네. 둘 다 매카시가 혼자 걷고 있었다고 증언했네. 그리고 사냥터 관리인은 매카시를 보고 나서 잠시 뒤에 아들 제임스 매카시가 총을 옆구리에 끼고 같은 길을 걸어가는 모습을 보았다고 덧붙였다네. 사냥터 관리인의 말에 따르면, 그때 아버지의 뒷모습을 똑똑히 보았고 아들은 아버지의 뒤를 쫓는 것처럼 보였다고 했네. 하지만 그 관리인은 밤이 되어 참극이 일어났다는 사실을 알게 될 때까지 그 사실을 대수롭지 않게 여겼네.

매카시 부자가 사냥터 관리인인 윌리엄 크로더의 시야에서 사라진 이후, 또 다른 사람이 그들을 목격했다네. 보스콤 연못은 사방이 깊은 숲에 둘러싸여 있고 물가에는 잡초와 갈대가 무성해. 그때 보스콤 계곡의 땅 관리인의 딸 페이션스 모런이라는 열네 살짜리 소녀가 숲속에서 꽃을 따고 있었지. 그 소녀는 매카시와 그의 아들이 연못 옆의 숲 들머리에 있는 것을 보았는데, 두 사람이 심하게 말다툼을 했던 모양이야. 아버지가 큰 소리로 아들을 심하게 야단치자 아들은 아버지를 때릴 것 같은 기세로 손을 들어 올렸다고 했어. 이것을 본 소녀는 겁이 나서 집으로 달려가 어머니에게, 지금 보스콤 연못 부근에

서 매카시 부자가 말다툼을 하는데 큰 싸움으로 번질 것 같다고 이야기했어. 그런데 소녀가 채 말을 마치기도 전에 매카시의 아들이 관리인의 오두막으로 달려와 숲에서 목숨을 잃은 아버지를 발견했다며 사냥터 관리인의 도움을 청했지. 아들 제임스는 매우 흥분한 상태로 총도 들지 않았고 모자도 쓰지 않았으며 오른쪽 소매에는 피가 흠뻑 묻어 있었다네. 제임스의 안내를 받고 사냥터 관리인들은 연못 기슭의 잡초 위에 기다랗게 쓰러져 있는 시체를 발견했다네. 묵직한 둔기로 머리를 몇 번이고 얻어맞은 것 같았지. 시체에서 몇 걸음 떨어져 있지 않

은 풀 위에는 제임스의 총이 나뒹굴고 있었고, 시체의 상처는 그 개머리판 모양과 일치했다네.

　이러한 상황에서 아들은 곧 체포되었고 다음 날인 화요일에 열린 심문에서 배심원단에게 '고의적 살인'이라는 평결을 받았어. 수요일에는 로스에서 치안 판사 법원에 회부되었는데, 그는 다음 순회 재판을 받기로 결정 났다네. 이상이 검시관 및 즉결 심판소가 취조해서 밝혀진 주요한 사실이야."

　"이렇게 상황증거만으로도 범인이 누구인지 분명히 나타나는 사건도 그리 흔하지 않을 텐데."

　내가 이렇게 말하자 홈즈가 깊은 생각에 잠긴 듯 대답했다.

　"상황증거라는 놈은 참으로 묘해서 말이야. 그것이 분명하게 어떤 사실을 가리키는 것처럼 보여도 위치를 바꿔 살짝 다른 각도에서 다시 바라보면, 마찬가지로 아주 분명하게 전혀 다른 사실을 가리키는 경우도 있다네. 하지만 이번 사건에서는 아들이 매우 불리해 보이는 것이 사실이야. 실제로 그 아들이 진범인 가능성도 매우 높기는 하지. 그런데 마을 사람 중에는 아들의 무죄를 믿는 사람들도 몇 명인가 있어. 지주의 딸인 앨리스 터너 양도 그중 하나지. 자네는 〈진홍색 연구〉에서 활약한 런던 경찰국의 레스트레이드를 기억하고 있겠지? 터너 양을 비롯한 사람들은 그 형사에게 부탁해서 젊은 매카시를 위해 움직이도록 해 두었다네. 그런데 레스트레이드가 사건을 자기 생각대로 해결하려고 하다가 도저히 감당하지 못하고 내게 도움을 청해 왔지. 그래서 두 중년 신사가 아침 식사를 마친 뒤 집에서 조용히 쉬는 대신에 시속 80킬로미터라는 속도로 서쪽을 향해 급히 달려가게 된 거라네."

　"사실이 그렇게 명확하다면 이번 사건으로 자네가 명성을 얻을 여지는 없을 것 같은데."

내가 이렇게 말하자 홈즈가 웃으며 대답했다.

"명확한 사실만큼 거짓으로 가득한 것도 없어. 게다가 우리에게는 레스트레이드가 알아내지 못한 명백하고도 새로운 사실을 접할 기회가 있을지도 몰라. 자네는 나를 잘 알고 있으니 내가 허풍을 떤다고 생각하지는 않겠지? 나는 레스트레이드에게는 전혀 불가능한, 아니 그는 이해할 수조차 없는 방법으로 그의 가설을 확인할 수도, 또 부인할 수도 있다네. 간단한 예를 하나 들어 보겠네. 자네 침실 오른쪽에 창이 있다는 것을 나는 분명히 알고 있지만, 레스트레이드는 그 명백한 사실을 깨달을 수 있을지 의심스럽다네."

"아니, 그걸 어떻게 알았나?"

"나는 자네를 아주 잘 알고 있다네. 예를 들면 군대에서 요구하는 청결함이 자네 몸에 익어 이제는 습관이 되어 버렸지. 자네는 매일 아침 면도를 하는데 특히 요즘 같은 계절에는 햇빛을 받으면서 면도를 하지 않나? 그런데 얼굴 왼쪽으로 갈수록 면도 상태가 깨끗하지 못하고 턱 부근은 완전히 엉망이야. 다시 말해서, 면도할 때 얼굴 왼쪽이 오른쪽에 비해서 햇빛을 덜 받았던 거야. 만약 얼굴 양쪽이 고르게 밝았다면 자네처럼 꼼꼼한 습관을 가진 사람이 그런 면도 상태에 만족할 리가 없네. 이것은 관찰과 추리의 간단한 예시일 뿐이지만, 이 안에 내 직업상의 기술이 들어 있으니 그건 우리 앞에 놓인 사건을 수사하는 데도 도움이 될 걸세. 이미 심문하다가 알게 되어 생각해 볼 만한 가치가 있는 문제가 한두 개 있어."

"어떤 문제인가?"

"아들은 그 자리에서 바로 붙잡힌 것이 아니라 해설리 농장으로 돌아간 다음에 체포된 모양이야. 범인을 체포하러 간 경위가 그 사실을 알리자 아들은 딱히 놀라지도 않고 자신은 벌을 받아 마땅하다고 말했다고 하네. 검시 배심원들의 마음 한구석에는 아들이 범인이 아닐지도 모른다는 의심이 남아 있었는데, 그 말 한 마디 때문에 아들의 유죄가 확정된 것일세."

"자백을 했다는 말인가?"

나는 갑작스럽게 큰 소리로 말했다. 하지만 홈즈는 이렇게 말했다.

"아니, 자백한 건 아닐세. 그러고 나서 곧바로 자기는 죄가 없다고 항의했으니까."

"아들에게 불리한 사실이 그렇게 많이 있으니 아무래도 의심할 수밖에 없는 말이로군."

"오히려 그 반대일세. 지금의 내게 그것은 마치 어두운 구름을 뚫고 나타난 한 줄기 빛처럼 여겨진다네. 아들이 아무리 순진하다 할지라도 상황이 자신에게 매우 불리하다는 사실을 모를 만큼 바보는 아닐 거야. 청년이 체포당할 때 놀라거나 화나는 척을 했다면 나는 오히려 그것이 매우 의심스럽다고 생각했겠지. 왜냐하면 그런 상황에서 새삼스럽게 놀라거나 화난 척하는 것은 별로 자연스럽지 않으니까. 하지만 마음속에 꿍꿍이를 가지고 있다면 오히려 가장 좋은 방법으로 보일지도 모르지. 따라서 아들이 순순히 잡혔다면, 죄가 전혀 없거나 혹은 놀랄 만한 자제력이 있는 야무진 사람이라고 할 수 있을 거야. 아들이 자신은 벌을 받아 마땅하다고 했지? 그런 말은 청년의 입장에서는 당연한 걸세. 그는 아버지 시체 곁에 서 있었고, 아들로서의 본분을 잊고 아버지와 말다툼을 벌였다네. 또 매우 중요한 증언을 한 사냥터 관리인의 딸이 말한 대로 아버지를 향해 손을 치켜들었지. 그런 점들을 생각해 본다면 '마땅하다'라는 말이 부자연스럽지는 않네. 나는 청년의 그 말에서 자책감과 후회의 감정을 느꼈다네. 나는 그가 범인이라서 그런 말을 했다고 생각하지 않아. 아들로서 느끼는 자연스러운 감정을 표현한 말이겠지."

하지만 나는 고개를 가로로 저었다.

"이것보다 더 모호한 증거 때문에 교수형을 받은 사람도 한둘이 아니지 않은가?"

"맞는 말이야. 누명을 쓰고 교수형을 당한 사람들도 한둘이 아니지."

"이번 사건에 대해서 아들은 어떻게 주장하고 있나?"

"아들의 무죄를 확신하는 사람들을 기쁘게 할 만한 내용은 아닌 듯하더군. 한두 가지 점에서는 참고할 만하지만. 청년의 증언록이 여기에 있으니 직접 읽어 보게나."

홈즈는 신문 뭉치 속에서 헤리퍼드셔의 지방 신문을 한 장 뽑아 그 페이지를 접더니 불행한 청년이 사건에 대해서 증언한 구절을 손가락으로 가리켰다. 나는 객차 구석에 몸을 편안히 기대고 주의 깊게 읽기 시작했다. 그 내용은 다음과 같았다.

그런 다음 피해자의 외아들인 제임스 매카시가 불려 나와 다음과 같이 증언했다.

증인 : 저는 사흘 동안 집을 떠나 브리스틀에 가 있다가 지난 3일, 월요일 아침에 집으로 돌아왔죠. 제가 집에 돌아왔을 때 아버지는 안 계셨습니다. 하녀는 마부인 존 콥과 마차를 타고 로스 마을로 가셨다고 했습니다. 잠시 후, 정원에서 마차 소리가 나기에 창문으로 내다보니 아버지가 마차에서 내려 서둘러 정원 밖으로 나가시는 모습이 보였습니다. 하지만 어디

로 가셨는지는 알 수 없었습니다. 그 뒤에 저는 총을 들고 보스콤 연못 쪽으로 천천히 걸어갔습니다. 연못 건너편에 있는 산토끼의 번식지로 갈 생각이었죠. 도중에 사냥터 관리인인 윌리엄 크로더를 봤습니다. 크로더가 증언한 그대로입니다. 그러나 제가 아버지의 뒤를 쫓고 있었다는 것은 크로더의 착각입니다. 제가 가는 길 앞쪽에 아버지가 계시리라고는 꿈에도 생각지 못했습니다.

연못에서 약 100미터쯤 떨어진 곳에서 저는 '쿠우이!' 하고 고함치는 소리를 들었습니다. 그것은 아버지와 제가 서로를 부를 때 사용하던 신호였습니다. 그래서 서둘러 가 보니 아버지가 연못 옆에 서 있었습니다. 아버지는 저를 보고 매우 놀란 듯했습니다. 그리고 여기에서 무엇을 하느냐고 약간 화가 난 듯 물었습니다. 이야기를 하다가 말다툼을 벌이게 되었는데 감정이 격해져서 주먹다짐까지 갈 뻔했습니다. 원래 아버지는 성격이 매우 격한 사람이었기 때문입니다. 아버지의 격정을 달랠 수 없을 것이라 생각했기에 저는 아버지를 남겨 둔 채 해설리 농장으로 돌아갈 생각이었습니다. 그런데 채 150미터도 가지 않았을 때, 뒤에서 끔찍한 비명이 들려서 저는 뛰어서 되돌아갔습니다.

아버지는 머리에 심한 상처를 입고 땅에 쓰러져 숨을 헐떡이고 있었습니다. 저는 총을 내던지고 아버지를 두 팔로 끌어안았지만 곧 숨을 거두셨습니다. 한동안 아버지 옆에 무릎을 꿇고 앉아 있다가 터너 씨의 관리인이 쓰는 오두막으로 도움을 청하러 갔습니다. 거기가 가장 가까웠기 때문입니다. 제가 되돌아갔을 때 아버지 곁에는 아무도 없었습니다. 그러므로 아버지가 어떻게 그런 상처를 입었는지 모르겠습니다. 아버지에게는 약간 냉정한 면이 있었고 태도도 무뚝뚝해서 사람들이 그다지 좋아하지는 않았습니다. 그렇지만 제가 알고 있는 한, 특별히 원한을 품은 상대

는 없었습니다. 여기까지가 제가 알고 있는 모든 사실입니다.

검시관 : 아버지가 돌아가시기 전에 혹시 당신에게 무슨 말을 하지는 않았습니까?

증인 : 입 안에서 두어 마디 중얼거리기는 했지만, 쥐(a rat)가 어쨌다는 말만 알아들었습니다.

검시관 : 그 말은 어떤 의미라고 생각하십니까?

증인 : 무슨 말인지 모르겠습니다. 저는 아버지가 의식이 혼미한 나머지 헛소리를 했다고 생각합니다.

검시관 : 당신은 무슨 일로 아버지와 말다툼을 벌였습니까?

증인 : 대답하고 싶지 않습니다.

검시관 : 꼭 말해 주셔야 합니다.

증인 : 무슨 일이 있어도 말할 수 없습니다. 그것이 나중에 일어난 슬픈

사건과 아무 관계가 없다는 것만은 보장합니다.

검시관 : 관계가 있는지 없는지는 법정에서 정합니다. 말할 필요도 없겠지만, 당신이 답하지 않는다면 이후 기소 당할 경우 증인의 입장이 매우 불리해질 것입니다.

증인 : 그래도 답할 수 없습니다.

검시관 : '쿠우이'라는 외침은 평소 당신과 아버지 사이에서 사용하던 신호였습니까?

증인 : 그렇습니다.

검시관 : 그렇다면 아버지가 당신을 보기도 전에, 더구나 당신이 브리스틀에서 돌아온 사실조차 모르고 있을 때 왜 그 신호를 외쳤을까요?

증인 : (상당히 동요하며) 모르겠습니다.

배심원 : 당신이 비명을 듣고 달려가서 치명상을 입고 쓰러진 아버지를 발견했을 때, 이상한 것을 보지는 못했습니까?

증인 : 확실히는 보지 못했습니다.

검시관 : 무슨 뜻입니까?

증인 : 나무가 없는 곳으로 달려갔을 때, 저는 머리가 매우 혼란스럽고 흥분해서 아버지 말고는 아무것도 생각할 수 없었습니다. 하지만 달려갈 때 왼쪽 지면에 무엇인가가 떨어져 있다는 사실을 어렴풋이 깨닫고 있었습니다. 회색이었는데 외투나 솔 따위인 것 같았습니다. 아버지 곁에서 일어나 주위를 둘러보니 그것은 벌써 사라지고 없었습니다.

검시관 : 당신이 도움을 청하러 가기 전에 그것은 이미 사라져 버렸다는 말입니까?

증인 : 네, 그렇습니다.

검시관 : 그것이 무엇인지는 분명하지 않고요?

증인 : 네, 거기에 무엇인가가 있었다는 느낌을 받았을 뿐입니다.

검시관 : 그것은 시체에서 얼마나 떨어져 있었습니까?

증인 : 10미터쯤 됐을 겁니다.

검시관 : 숲의 끝에서는 어느 정도 떨어져 있었습니까?

증인 : 비슷한 거리입니다.

검시관 : 만약 그것을 누군가가 가져갔다면 당신과 고작해서 10미터 정도 떨어져 있었겠군요?

증인 : 네, 그러나 저는 그쪽으로 등을 돌리고 있었습니다.

이것으로 증인에 대한 조사는 끝났다.

내가 신문 기사에서 눈을 떼지 않고 말했다.

"흠, 검시관의 마지막 말은 젊은 제임스 매카시에게 꽤나 가혹하군. 아버지가 아들의 모습을 보지도 못했는데 신호를 보낸 것에 개연성이 부족하다는 점, 또 아버지와 말다툼을 벌인 내용을 자세히 말하지 않는 점, 그리고 아버지가 죽기 직전에 내뱉은 '쥐'라는 묘한 말에 주의를 기울이는 건 당연한 일이야. 검시관의 말대로 이 모든 것들이 아들에게 매우 불리한 사실들뿐이로군."

홈즈는 혼자 조용히 웃더니 좌석의 쿠션에 몸을 길게 기대며 말했다.

"왓슨, 자네와 검시관은 여러 가지로 궁리한 끝에 그 청년에게 매우 유리하고도 커다란 도움이 되는 점을 말해 주었어. 자네들은 그 청년을 상상력이 아주 풍부하다고 과대평가하거나, 또 상상력이 너무 빈약하다고 얕잡아 보고 있다는 사실을 깨닫지 못하고 있군. 청년이 배심원의 동정을 살 만한 말다툼의 원인을 만들어 내지 못했다면 상상력이 부족하다고 할 수 있고, 아버지가 죽기 전에 '쥐'라고 말했다거나 근처에 있던 옷자락이 사라져 버렸다거나 하는 말도 안 되는 것들을 의식적으로 생각해 냈다면 상상력이 지나치게 풍부하다고 할 수 있을 걸세. 하지만 여보게, 그건 아니야. 나는 이 청년의 말이 사실이라는 관점을 가지고 이번 사건에 다가갈 생각이라네. 그 가설이 우리에게 어떤 결과를 가져다줄까? 지금은 이 페트라르카[18]의 포켓판 시집이라도 읽어야겠어. 그리고 현장에 도착할 때까지 더 이상 사건 이야기는 꺼내지 말자고. 점심은 스윈던에서 들기로 하지. 거기까지는 이제 20분 남았군."

기차가 아름다운 스트라우드 계곡을 지나고 넓고 반짝이는 세번 강을 건너서 깨끗하고 조그만 시골 마을인 로스 역에 도착했다. 벌써 오후 4시에 가까운 시간이었다. 깡마르고 족제비처럼 생긴 남자가 사람들의 시선을 꺼리는 듯한 기색으로 승강장에서 우리를 기다리고 있었다. 길고 옅은 갈색 코트를 입고 가죽으로 된 각반을 둘러 주변 시골 풍경에 어울리게 꾸민 차림새였지만 그가 런던경찰국의 레스트레이드라는 사실은 금방 알 수 있었다. 우리는 레스트레이드와 함께 헤리퍼드 암스 여관으로 마차를 달렸다. 그곳에는 이미 우리의 방이 하나 준비되어 있었다.

우리가 앉아서 차를 마시고 있을 때 레스트레이드가 말했다.

"마차를 준비해 두었습니다. 저는 당신이 얼마나 활동적인 성격의 소유자인지 잘 알고 있으니, 범행 현장을 보기 전에는 편히 쉬지 못하실 것 같아서요."

"친절하시군요. 고맙습니다. 하지만 현장에 갈 수 있을지 어떨지는 기

---

18) Francesco Petrarch(1304~1374). 이탈리아의 시인 겸 학자로 초기 인문주의자로 꼽힌다. 인문주의란 가톨릭 교회의 권위와 신 중심의 세계관에서 인간을 해방시키고, 그리스 · 로마의 고전 문화를 연구하여 인간의 존엄성을 회복하고자 한 정신 운동이다.

압에 달려 있습니다."

홈즈의 말이 너무나도 엉뚱해서 레스트레이드가 깜짝 놀란 듯 말했다.

"무슨 말씀이십니까?"

"기압계가 몇 도를 가리키고 있나? 29도로군. 바람도 잠잠하고 하늘에는 구름 한 점 없어. 이 상자에는 담배가 가득 들어 있어서 피워 줘야 하고 말이지. 게다가 이 소파는 시골 여관에 있는 것치고는 아주 품질이 좋아. 오늘 밤에는 아무래도 마차를 쓰지 않아도 되겠습니다."

레스트레이드가 호탕하게 웃었다.

"당신은 신문을 보고 이미 결론을 내린 상태에서 오셨군요. 하긴, 이 사건은 매우 명백하니까요. 조사를 하면 할수록 더욱 명백해집니다. 그래도 여성의 부탁을 거절할 수는 없지요. 그렇게 적극적인 아가씨의 부탁은 더욱 그렇죠. 선생님의 소문을 들어서 알고 있으니 당신의 의견도 꼭 듣고 싶다는 겁니다. 아무리 홈즈 선생님이라 해도 제가 말씀드린 것 이상은 알아내지 못할 것이라고 몇 번을 말해도 들은 척도 안 한다니까요. 아아, 이런! 그 아가씨의 마차가 밖에 도착했습니다."

레스트레이드의 말이 끝나기도 전에 내가 아직 본 적이 없을 정도로 귀엽고 젊은 여성이 방 안으로 달려 들어왔다. 반짝이는 보랏빛 눈동자에 입술을 살짝 벌리고 뺨을 새빨갛게 물들인 채였다. 너무 흥분하고 걱정이 된 나머지 평소의 수줍음이나 정숙함을 잊은 듯했다.

"아아, 셜록 홈즈 선생님!"

아가씨는 우리를 둘러보더니 여자의 날카로운 직감으로 곧 내 친구에게 시선을 고정시키고 이렇게 외쳤다.

"와 주셔서 감사합니다. 선생님께 드릴 말씀이 있어서 마차를 달려서 온 거예요. 제임스가 그런 짓을 하지 않았다는 사실을 저는 알고 있어요.

아주 잘 알고 있습니다. 선생님도 그 사실을 염두에 두고 조사해 주셨으면 좋겠어요. 부디 그를 의심하지 마세요. 저희는 어릴 때부터 서로를 잘 알고 지낸 사이였기에 다른 사람은 알지 못하는 그 사람의 결점을 저는 누구보다 잘 알고 있어요. 그 사람은 벌레 한 마리 죽이지 못할 만큼 마음이 여린 사람이에요. 그런데 그런 의심을 받다니, 그를 잘 아는 사람들에게는 정말 어이없는 일이에요."

"나도 그의 혐의를 풀고 싶습니다, 터너 양. 내가 할 수 있는 일은 전부 할 테니 너무 걱정 마세요."

"물론 증언을 읽으셨겠죠? 뭔가 단서라도 잡으셨나요? 어떤 틈새나 허점은 찾아내셨어요? 증거에 불충분한 점은 없었나요? 그 사람이 무죄라고 생각하시나요?"

"아마도 그럴 것이라 생각합니다."

"이것 보세요!"

그녀가 얼굴을 돌려 형사를 도전적으로 바라보며 외쳤다.

"들으셨죠? 홈즈 선생님이 희망적인 말씀을 해 주셨어요."

레스트레이드는 어깨를 으쓱했다.

"유감이지만 홈즈 선생님은 약간 성급하게 결론을 내리는 경향이 있습니다."

"하지만 선생님이 말씀하신 대로예요. 아아! 저는 잘 알고 있어요. 제임스는 결코 그런 짓을 했을 리가 없어요. 아버지와 말다툼을 벌인 원인을 검시관에게 말하지 않은 이유도 저는 다 알고 있어요. 틀림없이 저와 관계가 있기 때문일 거예요."

"어떤 관계가 있단 말입니까?"

홈즈가 물었다.

"이렇게 된 이상 무엇을 숨기겠어요. 제임스와 아버님은 저에 관한 일로 의견이 맞지 않는 부분이 여럿 있었어요. 아버님은 제임스와 저를 결혼시키고 싶어 하셨어요. 저희는 오누이처럼 사랑하고 있었지만 제임스는 아직 젊어서 세상일을 잘 몰라요. 그러니까……, 그러니까 아직 결혼 자체에 생각이 없었어요. 그래서 제임스와 아버님은 종종 말싸움을 했어요. 이번에도 틀림없이 그 일이 말다툼의 원인이 되었을 거예요."

"그렇다면 터너 양의 아버지는 그 결혼에 찬성하십니까?"

"아니요, 아버지도 반대하세요. 제임스의 아버님만 바라는 일이었죠."

홈즈가 평소대로 날카롭고 탐색하는 시선을 던지자 그녀의 싱그러운 젊은 얼굴이 발갛게 달아올랐다.

"말해 줘서 고마워요. 내일 찾아가면 아버지를 뵐 수 있을까요?"

"의사 선생님이 허락하지 않을지도 몰라요."

"의사요?"

"못 들으셨나요? 아버지는 지난 몇 년 동안 건강이 별로 좋지 않았는데 이번 일로 기력을 완전히 잃으셨어요. 몸져누워 계신데 월로스 선생님의 말에 의하면 몸이 벌써 망가졌고 신경조직도 엉망이 되었대요. 그럴 만도 해요. 예전에 오스트레일리아의 빅토리아 주에 있었을 때부터 아버지와 알고 지낸 분 중에서는 매카시 씨만 살아 계셨거든요."

"아! 빅토리아 주에 말이죠? 이건 중요한 사실입니다!"

"네, 광산이었어요."

"그렇군요, 금광이었겠지요. 터너 씨는 거기서 돈을 모았겠군요."

"네, 맞아요."

"고마워요, 아가씨. 덕분에 여러 가지 참고가 됐습니다."

"내일 새로운 사실을 알게 되면 가르쳐 주세요. 제임스를 면회하실 거지요? 그럼 선생님, 그 사람을 만나시거든 저만은 그 사람의 무죄를 믿고 있다고 꼭 전해 주세요."

"그러겠습니다, 터너 양."

"그만 가 봐야겠어요. 아버지의 상태가 아주 안 좋으세요. 제가 옆에 없으면 쓸쓸해하시거든요. 그럼 안녕히 계세요. 선생님이 하시는 일에 신의 가호가 있기를!"

터너 양은 들어올 때와 마찬가지로 부산스럽게 방에서 나갔다. 거리를 달려가는 마차의 바퀴 소리가 우리 귀에 들려왔다. 한동안 입을 다물고 있던 레스트레이드가 거드름을 피우며 말했다.

"홈즈 선생님, 당신에게는 할 말이 없습니다. 나중에 실망시킬 것이 뻔한데 어째서 희망적인 말을 하셨습니까? 저도 마음이 여린 편은 아니지만 선생님의 행동은 너무 잔혹하지 않습니까?"

"제임스 매카시의 혐의를 벗겨 줄 방법이 있다고 생각합니다. 그런데 교도소에서 제임스와 면회할 수 있는 허가증을 가지고 있습니까?"

"네. 하지만 저와 선생님밖에 안 됩니다."

"그럼 아까 외출하지 않겠다고 한 말을 취소하지요. 지금부터 열차를 타고 헤리퍼드로 가면 오늘 밤에 제임스를 만날 시간이 될까요?"

"시간은 충분합니다."

"그럼 그렇게 하지요. 왓슨, 혼자 심심하겠구먼. 어쩔 수 없지만 나는 두 시간쯤 나갔다 오겠네."

나는 교도소로 가는 두 사람을 따라서 역까지 걸어갔다가 이 조그만 마을의 거리를 여기저기 둘러본 뒤 여관으로 돌아왔다. 그리고 소파에 누워 노란색 표지의 통속소설을 읽으려 했다. 그러나 지금 우리가 조사하는 커다란 수수께끼에 비하면 줄거리가 시시해서 재미가 없었다. 머릿속에서 자꾸 이번 사건이 떠올라서 소설에 집중하지 못했고 끝내는 책을 맞은편으로 던져 버리고 오늘 하루의 일을 생각하기 시작했다. 그

불행한 청년의 말이 진실이라면, 아버지와 언쟁을 벌이고 헤어진 뒤 비명을 듣고 그곳으로 달려 돌아갈 때까지 그 사이에 얼마나 끔찍하고 전혀 예측하지 못했던 흉측한 일이 일어난 것일까? 그것은 참으로 치명적인 사건이었다. 대체 무엇이었을까? 시체의 상처와 의사로서의 지식을 통해서 알아낼 수 있는 사실은 없을까? 나는 벨을 울려서 지역에서 발행하는 주간지를 가져다달라고 했다. 거기에는 검시 심문에 입회했던 사람의 증언이 기사로 실려 있었다. 외과의의 증언에 의하면 왼쪽 두정골[19]의 뒤쪽 3분의 1과, 후두골[20]의 왼쪽 절반이 둔기에 강하게 맞아 바스러져 있었다고 한다. 나는 내 머리의 그 부분을 만져 보았다. 틀림없이 뒤에서 얻어맞은 것이리라. 이것은 용의자에게 다소 유리한 사실이었다. 제임스가 아버지와 마주보고 언쟁을 벌였다는 증언이 있었기 때문이다. 그러나 아버지가 뒤를 돌았을 때 가격했을지도 모르니 크게 유리하지는 않았다. 그러나 홈즈에게 말해 둘 만한 가치는 있을 것이다.

그리고 매카시 씨는 죽기 직전에 '쥐'라는 기묘한 말을 내뱉었다고 했다. 무슨 뜻이었을까? 헛소리는 아닐 것이다. 갑자기 맞아서 죽어 가는 사람은 보통 헛소리를 할 만한 상태에 빠지지는 않으니까. 아니, 그것은 피해자가 어째서 이런 재난을 만나게 됐는지 설명하는 말이었다고 생각하는 편이 좋을 듯했다. 그렇다면 무엇을 의미하는 것일까? 나는 그럴듯한 설명을 찾느라 여러 가지로 머리를 굴려 보았다. 그리고 아들 제임스가 봤다고 하는 회색 천도 있다. 사실이라면 범인이 입고 있던 옷의 일부일 것이고, 아마도 도망칠 때 외투나 다른 무엇인가를 떨어뜨렸을

---

19) 머리뼈 윗면의 뒤쪽 약 3분의 2를 차지하는 네모꼴의 편평한 뼈. 양쪽의 뼈는 정중앙에서 톱니가 물리듯 연결되어 있다.
20) 머리뼈의 뒤쪽을 차지하는 큰 뼈.

것이다. 제임스가 뒤돌아서 무릎을 꿇고 있는 동안, 범인은 대담하게도 자기가 떨어뜨린 것을 가지러 돌아와서는 열 발자국 남짓 떨어진 곳에서 그 천을 가지고 달아난 것이리라.

이 사건은 처음부터 끝까지 참으로 이해하기 힘들고 불가능할 법한 일들로 이루어져 있었다. 나는 레스트레이드의 의견이 이상하다고 생각하지는 않았다. 그러나 셜록 홈즈의 통찰력을 절대적으로 믿고 있었으므로, 홈즈가 청년의 무죄에 큰 무게를 두고 그 확신을 강하게 만들어주는 사실을 속속 밝혀내는 한 희망을 잃지 않기로 했다. 셜록 홈즈는 밤이 깊어서야 돌아왔다. 레스트레이드는 마을의 숙소에 남았기 때문에 홈즈 혼자서 돌아왔다. 의자에 앉으면서 그가 말했다.

"기압계는 아직도 상당히 높군. 우리가 현장 조사를 끝낼 때까지 비가 내리지 않는 것이 중요해. 게다가 이렇게 세심한 주의를 기울여야 할 때는 머리가 최고로 맑고 민감하게 돌아가야 한다네. 장시간의 여행으로 몸이 녹초가 된 상태에서는 일을 하고 싶지 않았는데. 뭐 어쨌든 제임스를 만나고 왔다네."

"그에게서 뭣 좀 들었는가?"

"아무것도 못 들었네."

"단서가 될 만한 것이 전혀 없단 말인가?"

"전혀 없어. 한때는 제임스가 진범을 알고 있어서 그를 감싼다고 생각했다네. 하지만 지금은 제임스도 다른 사람들과 마찬가지로 아무것도 모른다는 판단이 들어. 그 사람은 머리가 좋은 편은 아니지만 얼굴이 선하게 생겼고 마음씨도 고운 것 같았어."

"터너 양처럼 매력적이고 젊은 여성과 결혼하기를 꺼린다면 그의 안목을 칭찬하고 싶지는 않군."

"아아, 거기에는 가슴 아픈 사연이 있다네. 제임스야 말로 정신을 차릴 수 없을 정도로 그녀를 사랑한다네. 터너 양은 5년 동안 기숙학교에 있었기 때문에 제임스는 몇 년 전까지만 해도 그 아가씨를 잘 몰랐어. 그런데 2년 전에, 제임스가 아직 애티를 벗지 못하고 터너 양을 거의 알지 못했을 때, 그 한심한 청년이 무슨 짓을 했는지 아나? 글쎄 하필이면 브리스틀에 있는 술집 여자에게 속아서 등기소에 혼인신고를 해 버린 거야. 이 사실은 아무도 모르지. 그 바람에 청년은 어떤 난관이 닥치더라도 터너 양과 꼭 결혼하고 싶었지만 절대로 할 수 없었다네. 그런 결혼을 아버지가 성화를 부리며 재촉하니 그 괴로움이 얼마나 컸을지 자네도 짐작할 수 있겠지? 마지막으로 아버지를 만났을 때도 아버지는 터너 양에게 청혼하라고 아들을 독촉했네. 마음이 몹시 어지러워진 아들은 그만 손을 치켜들었지. 그런데 제임스에게는 자립할 방법이 없었고, 또 아버지는 남의 말을 전혀 듣지 않는 고집불통이었어. 그러니 제임스가 비밀 결혼했다는 사실이 밝혀지면 아버지는 그야말로 부자의 연을 끊어 버리고 말았을 걸세. 제임스가 사흘 동안 브리스틀에 가 있었던 것도 그 술집 여자와 만나기 위해서였다네. 하지만 아버지는 아들이 어디에 있는지 몰랐어. 이게 포인트야. 중요한 점이지. 그런데 전화위복이라고 그 여자는 신문을 통해서 제임스가 궁지에 몰려 사형을 당하게 될 수도 있다는 사실을 알고는 완전히 마음이 변해서 편지를 보냈다네. 자신에게는 버뮤다 조선소에 이미 결혼한 남편이 있으며 제임스와는 아무 관계도 없다고 말이야. 이 소식을 듣고 그동안 한껏 마음고생을 한 제임스도 가슴을 쓸어내렸을 거야."

"만약 제임스가 무죄라면 대체 범인은 누구란 말인가?"

"글쎄, 누굴까? 두 가지 점에 특히 주의를 기울여 보게. 하나는 피해자가 연못에서 누군가와 만날 약속을 했다는 사실일세. 그 상대방이 아들이 아니라는 점은 확실해. 아들은 멀리 브리스틀에 가 있었고, 아버지는 아들이 언제 돌아올지 모르고 있었으니까. 또 하나는 피해자가 아들이 돌아온 사실을 모르고 '쿠우이!'라고 외친 것을 아들이 들었다는 점일세. 이 두 가지는 사건을 결정지을 핵심이야. 하지만 오늘 밤에는 인물 성격 묘사에 능한 작가, 조지 메러디스[21] 이야기라도 하자고. 다른 세세한 문제는 내일 다시 생각하세."

홈즈가 예상한 대로 비는 내리지 않았고, 구름 한 점 없는 맑은 아침이 찾아왔다. 9시에 레스트레이드가 마차로 우리를 데리러 왔다. 우리는 그것을 타고 해설리 농장과 보스콤 연못을 향해 출발했다. 레스트레이드가 말했다.

"오늘 아침에 중요한 소식이 들어왔습니다. 지주인 터너의 병이 더욱 심해져서 더 이상 가망이 없다고 합니다."

"나이가 상당히 많지요?"

홈즈가 묻자 레스트레이드가 답했다.

"예순 살쯤 됐는데 외국 생활을 하는 바람에 몸을 완전히 망쳐서 요즘 건강이 좋지 않다고 합니다. 거기에 이번 사건 때문에 심한 충격을 받았죠. 매카시의 오랜 친구인 데다가 해설리 농장을 무료로 빌려 주기까지 했으니, 매카시에게는 커다란 은인인 셈입니다."

"그랬군요! 그것 참 재미있네요."

"네, 맞습니다. 다른 일로도 이래저래 매카시를 돕고 있었습니다. 이곳 사람들은 모두 터너가 매카시에게 얼마나 친절했었는지 이야기하고는

---

21) George Meredith(1828~1909). 영국의 시인 겸 소설가로 주지주의 작가라고 불렸으며 대표작으로는 《에고이스트》 등이 있다.

합니다."

"그것 참! 그런데 조금 이상하지 않습니까? 자기 재산이라고는 별거 없는 매카시가 자기 아들을 터너의 딸과 결혼하도록 강요한 것 말입니다. 터너의 딸이야말로 그 집안의 재산상속인 아닙니까? 그런데 매카시 씨는 자기 아들이 청혼만 하면 마치 나머지는 전부 자기 뜻대로 될 것이라고 확신하는 듯한 말도 했고요. 게다가 터너 양의 말을 들어 보면 자기 아버지는 그 혼담에 반대했다고 하니 더욱 이상하지 않나요? 여기서 무엇인가 추론할 수 있지 않겠습니까?"

"결국 이야기가 추론이나 추리 쪽으로 넘어가는군요."

레스트레이드가 내게 윙크를 하며 홈즈에게 말했다.

"홈즈 선생님, 탁상공론을 벌일 시간은 없습니다. 사실과 격투를 벌이는 것만 해도 제게는 상당히 벅차거든요."

"옳은 말입니다. 사실과 격투를 벌이는 일은 쉽지 않지요."

홈즈는 진지한 표정으로 고개를 끄덕였다.

"어쨌든 저는 선생님이 알아내기 힘들다고 생각하는 사실 하나를 찾아냈습니다."

레스트레이드가 약간 흥분한 듯 말했다.

"그게 뭡니까?"

"매카시 노인이 아들에게 살해당했다는 사실입니다. 여기에 반대되는 이론은 전부 달빛처럼 덧없는 것이죠."

"음, 하지만 달빛이라도 안개보다는 밝습니다."

홈즈가 웃으며 말했다.

"그런데 왼편으로 보이는 것이 해설리 농장이지요?"

"네, 저곳이 그 농장입니다."

레스트레이드가 끄덕였다. 넓고 살기 편할 것 같은 이층 건물로 지붕은 슬레이트였고 회색 벽에는 크고 노란 이끼가 군데군데 자라 있었다. 그러나 블라인드는 내려져 있었고, 굴뚝에는 연기가 나지 않아서 어딘가 쓸쓸해 보였으며, 그 무서운 사건이 주는 공포가 아직도 건물을 짓누르는 듯했다. 우리는 현관으로 가서 문을 두드렸다. 홈즈의 요청을 듣고 하녀는 주인이 살해됐을 때 신고 있던 구두와 그때 신고 있던 것은 아니지만 아들의 구두를 보여 주었다. 홈즈는 구두 두 켤레의 치수를 일고여덟 군데나 주의 깊게 측정하더니 안뜰을 보고 싶다고 했다. 거기서부터 우리는 보스콤 연못으로 가는 구불구불한 길로 접어들었다.

이처럼 범죄의 흔적을 더듬기에 열중할 때면 셜록 홈즈는 전혀 다른 사람처럼 변했다. 홈즈를 베이커 가의 조용한 사색가, 이론가로만 알고 있는 사람들은 이것이야말로 진짜 홈즈의 모습임을 눈치채지 못할 것이다. 홈즈의 얼굴은 붉은빛을 띠기도 하고 거뭇해지기도 했다. 눈썹이 쏠려 두 개의 검고 딱딱한 주름이 되었고 그 아래에서는 눈이 강철처럼 서늘한 빛을 뿜었다. 얼굴은 아래로 숙이고, 어깨는 활처럼 구부리고, 입술은 굳게 다물었으며 길고 힘줄이 선 목에는 혈관이 채찍 자국처럼 돋아났다. 콧구멍은 사냥감을 쫓는 동물적 욕망으로 벌름거렸고, 마음은 오로지 눈앞의 문제에만 집중해서 무슨 질문을 하거나 말을 걸어도 건성으로 듣고 기껏해야 빠른 어조로 답답하다는 듯 소리 지르는 것이 고작이었다. 홈즈는 말없이 신속하게 목장을 가로지르는 좁은 길을 지나 숲을 건너 보스콤 연못에 도착했다. 그 부근은 습한 늪지였다. 좁은 길과 길 양옆의 나지막한 풀 위에도 수많은 발자국이 어지럽게 찍혀 있었다. 때로 홈즈는 발걸음을 빨리했다가도 어떤 때는 멈춰 섰고, 한번은 목장 쪽으로 빙 돌아서 가기까지 했다. 레스트레이드와 나는 홈즈를 따라서 걸었다. 형사는 홈즈가 하는 일에 관심이 없었고 경멸하는 듯 했으나, 나는 홈즈의 모든 행동에는 확실한 목표가 있다고 믿었으므로 흥미롭게 지켜보았다.

갈대로 뒤덮인 보스콤 연못은 지름 50미터 정도의 조그만 웅덩이였다. 그 연못은 해설리 농장과 대지주 터너가 사용하고 있는 사냥터의 경계에 있었는데 연못 건너편을 감싸고 있는 숲 위로 붉게 솟아오른 첨탑이 몇 개 보여 대지주가 사는 집의 위치를 나타내고 있었다. 연못의 해설리 농장 쪽에는 숲이 우거져 있어 연못 가장자리의 갈대와의 사이에 20보 정도의 폭으로 좁은 띠처럼 질퍽질퍽한 초지草地가 있었다. 레스트레이드는 시신이 발견된 곳을 정확히 가르쳐 주었는데, 땅이 심하게 젖어 있어서 피해자가 맞아 쓰러졌을 때 생긴 흔적을 나도 분명히 볼 수 있었다. 그 열정적인 표정과 눈빛에서 알 수 있듯이, 홈즈는 어지러이 짓밟힌 잡초 위에서 여러 가지 새로운 사실을 알아냈을 것이다. 냄새 맡는 개처럼 여기저기 돌아다니던 홈즈가 레스트레이드를 돌아보면서 물었다.

"당신은 왜 연못에 들어간 겁니까?"

"갈퀴로 긁어 봤습니다. 흉기나 다른 단서가 될 만한 것이 있지 않을까 해서요. 그런데 선생님은 어떻게 그 사실을 알았습니까?"

"쳇! 설명할 시간은 없소! 안짱다리인 당신의 왼쪽 발자국이 곳곳에 남아 있지 않습니까? 두더지라도 그 발자국을 따라갈 수 있겠죠. 그런데 그 발자국이 갈대 속에서 사라졌습니다. 여러 사람들이 무소처럼 몰려 와서 이 부근을 짓밟아 놓기 전에 내가 왔다면 모든 사실을 확실하고 간 단하게 밝혀낼 수 있었을 텐데. 여기가 관리인과 같이 온 일행이 서 있 던 곳이로군. 여섯 혹은 여덟 개의 발자국이 시신 주위의 흙을 전부 짓 밟아 놓았어. 하지만 여기에 같은 사람이 따로 만들어 놓은 발자국이 세 개 있군."

돋보기를 꺼낸 홈즈는 좀 더 자세히 보기 위해 방수 외투를 깔고 그 위에 엎드려 우리에게 설명한다기보다는 마치 혼잣말을 하듯이 쉼 없이

중얼거렸다.

"이건 제임스의 발자국이야. 여기 두 번 왔었군. 한 번은 뛰었기 때문에 발가락 쪽의 형상은 뚜렷하게 남아 있지만 발뒤꿈치는 거의 보이지 않아. 이건 제임스의 증언이 맞았다는 것을 뒷받침하고 있어. 제임스는 아버지가 땅바닥에 쓰러져 있는 것을 보고 달려온 거야. 그리고 여기에 있는 것은 아버지가 왔다 갔다 한 발자국이고. 그럼 이건 뭐지? 아들이 아버지의 말을 들으며 서 있었을 때 생긴 개머리판 자국이군. 그렇다면 이건? 아하! 까치발을 했어, 까치발을! 발끝만 찍혀 있고, 이상하게 생긴 구두로군! 이쪽으로 와서, 저쪽으로 갔다가 다시 돌아왔군. 물론 이건 외투를 가지러 왔을 때 찍힌 발자국이겠지. 어디 보자, 그렇다면 이건 대체 어디에서 온 걸까?"

홈즈는 때때로 발자국을 놓치기도 하고 다시 찾아내기도 하면서 이리저리 달렸다. 그러다가 우리는 숲의 초입으로 들어가 그 부근에서 가장 커다란 너도밤나무 아래에까지 갔다. 홈즈는 발자국을 따라서 나무 뒤편으로 돌아가더니 만족스러운 듯 작은 소리로 외치고는 다시 땅바닥에 엎드렸다. 그러고는 거기서 오랜 시간 머물며 나뭇잎과 마른 가지를 뒤집어 내게는 쓰레기로 보이는 것들을 모아 봉투에 넣었다. 그리고 돋보기를 꺼내 땅바닥은 물론이고 손이 닿는 곳이라면 나무껍질까지 살펴보았다. 이끼 사이에 나뒹굴던 울퉁불퉁한 돌도 꼼꼼하게 살펴보더니 챙겨 넣었다. 그 다음에는 숲속의 좁은 길을 따라서 큰길로 나섰는데 거기서 발자국은 완전히 사라져 버리고 말았다.

"꽤 재미있는 사건입니다."

홈즈는 평소 상태로 되돌아와 말했다.

"오른쪽에 있는 회색 집이 그 오두막이겠지요? 저 안에 들어가서 모런

양과 이야기를 나누고 메모도 좀 해야겠습니다. 그게 끝나면 돌아가 점심 식사를 들지요. 여러분은 먼저 마차에 오르세요. 나도 곧 뒤따라 갈 테니."

우리는 10분쯤 지나서 마차를 타고 로스로 돌아갔다. 그때까지도 홈즈는 숲에서 주운 돌을 지니고 있었다. 그가 돌을 내밀며 말했다.

"레스트레이드, 당신에게 퍽 흥미로운 이야기입니다. 이게 바로 살인 흉기예요."

"그런 흔적은 안 보이는데요."

"아무 흔적도 없지요."

"그런데 어떻게 압니까?"

"풀이 이 돌 밑에 자라나 있었습니다. 저기에 떨어진 지 이삼 일밖에 지나지 않았다는 말이죠. 대체 어디에서 가져왔는지는 모릅니다. 이것은 피해자의 상처 모양과 같아요. 그 밖에 흉기가 될 만한 다른 것은 눈에 띄지 않고."

"그렇다면 범인은요?"

"키가 큰 왼손잡이 사내로 오른발이 좋지 않습니다. 바닥이 두꺼운 사냥용 구두를 신었고, 회색 외투를 입었으며, 파이프로 인도산 시가를 피우고, 주머니에 날이 무딘 작은 나이프를 넣어 다니죠. 그 밖에도 몇 가지 특징이 있지만 이것만으로도 우리가 수사하는 데 충분한 도움이 될 겁니다."

레스트레이드는 웃었다.

"글쎄요. 저는 아직 납득할 수 없습니다. 이론은 참으로 훌륭하지만 고지식한 영국의 배심원을 상대해야 하는 일입니다."

그래도 홈즈는 차분하게 말했다.

"알겠습니다. 그러면 나는 내 방법대로 할 테니 당신은 당신의 방법대로 수사하세요. 오후에는 여러 가지 일로 바쁠 테지만, 아마 나는 오늘 저녁 열차로 런던에 돌아가리라 생각합니다."

"사건을 미결인 채로 남겨두고 돌아갈 생각입니까?"

"아니, 해결하고 갑니다."

"그렇다면 이번 수수께끼는 어떻게 하고요?"

"벌써 풀었습니다."

"그럼 범인은 누구입니까?"

"조금 전에 내가 말한 신사죠."

"그게 누구인데요?"

"찾기는 어렵지 않습니다. 이 마을에는 인구도 그렇게 많지 않으니까."

레스트레이드가 어깨를 들썩였다.

"저는 현실적인 사람입니다. 다리를 저는 왼손잡이 신사를 찾기 위해 이 부근을 헤매고 다닐 수는 없어요. 그야말로 런던경찰국의 웃음거리가 될 겁니다."

홈즈가 조용한 목소리로 말했다.

"알고 있습니다. 나는 그저 당신에게 기회를 주었을 뿐입니다. 자, 당신의 숙소에 도착했군요. 안녕히 가시오. 출발하기 전에 글 한 통을 남기겠습니다."

레스트레이드를 숙소에 내려 주고 우리는 우리 숙소로 돌아갔다. 식탁 위에는 점심 식사가 준비되어 있었다. 홈즈는 말없이 괴로운 표정을 지으며 생각에 잠겼다. 어떻게 하면 좋을지 망설이는 듯했다. 식사를 마치고 나자 홈즈가 말했다.

"이보게, 왓슨. 이 의자에 잠깐 앉아서 내 의견을 들어 주게. 나는 어떻게 해야 좋을지 모르겠네. 자네의 조언이 필요해. 담배 한 대 피우면서 내 설명을 들어 주게나."

"그렇게 하지."

"이번 사건을 잘 생각해 보세. 제임스의 증언을 듣고 순간적으로 두 가지가 떠올랐네. 물론 똑같은 말을 들었지만 나는 그것이 제임스에게 유리하다고 여겼고 자네는 제임스에게 불리하다고 생각했어. 우선 첫 번째는, 제임스의 증언대로라면 아들이 아직 집에 돌아왔다는 사실을 모르는 아버지가 '쿠우이!'라고 외쳤다는 점이야. 두 번째는 아버지가 숨을 거두기 직전에 '쥐' 어쩌고 하는 기묘한 말을 남겼다는 사실이지. 아버지는 두어 마디 웅얼거렸지만 아들의 귀에 들어온 말은 그것뿐이었어. 그렇다면 우리는 이 두 가지 점부터 조사를 시작해야 하네. 그 젊은 이의 말이 전부 진실이라고 가정하고 생각해 보세나."

"그렇다면 그 '쿠우이!'라는 건 뭔가?"

"음, 그것은 아들에게 외친 것이 아닐세. 아버지는 아들이 브리스틀에 있다고 생각했으니까. 아들이 아버지의 목소리가 들리는 곳에 있었던 것은 그저 우연이었네. '쿠우이!'는 말이지, 누군지는 몰라도 아버지가 만나기로 약속한 사람의 주의를 끌기 위한 것이었어. 그런데 '쿠우이!' 는 틀림없이 오스트레일리아 원주민들이 쓰는 말이야. 그러니 매카시가 보스콤 연못에서 만나기로 약속한 상대는 오스트레일리아에서 살던 인물이었을 가능성이 매우 높아."

"그렇다면 쥐는 어떻게 된 건가?"

내가 묻자 셜록 홈즈는 주머니에서 접은 종이를 꺼내 탁자 위에 펼쳐 놓았다.

"이건 오스트레일리아의 빅토리아 주 지도일세. 어젯밤 브리스틀로 전보를 보내 가져오게 했지."

그는 손으로 지도의 한 부분을 가리고 말했다.

"이걸 읽어 보게."

"쥐$_{a\ rat}$."

"그럼 이건?"

홈즈가 손을 치웠다.

"발라렛$_{Ballarat}$ 22)."

"맞아. 이게 피해자가 한 말이야. 아들은 마지막 두 음절인 'arat'만 알아들은 걸세. 아버지는 발라렛의 누구누구라고 살인자의 이름을 말하려고 했네."

"훌륭해!"

내가 외쳤다.

"그건 틀림없는 사실이야. 여기서 나는 조사 범위를 매우 좁힐 수 있었지. 아들의 진술이 맞는다면, 범인은 회색 외투를 가지고 있네. 우리는 매우 애매하고 희미한 안개 속에서 출발했어. 그리고 발라렛에서 산 적이 있는, 회색 외투를 가진 인물이라는 제법 뚜렷한 범인의 모습에 도달한 셈이야."

"정말로 그렇군."

"그리고 범인은 이 부근의 지리에 밝은 사람이야. 왜냐하면 보스콤 연못에 가려면 매카시의 농장이나 터너의 소유지를 가로질러야 하니까. 다른 지방 사람이 어슬렁거릴 만한 장소가 아니야."

"맞는 말일세."

---

22) 오스트레일리아 빅토리아 주의 남부에 있는 도시.

"그리고 오늘 현장 조사를 나가서 지면을 살펴보고, 범인의 특징에 대해서 여러 가지 세세한 사실들을 알아냈다네. 조금 전, 그 멍청한 레스트레이드에게 가르쳐 준 대로 말일세."

"그런데 자네는 그걸 어떻게 알아냈나?"

"내 방법은 잘 알고 있지 않은가? 세세한 부분을 자세히 관찰한 덕분일세."

"범인의 키는 보폭으로 대충 판단할 수 있다는 사실은 나도 알고 있네. 범인의 구두도 발자국을 보면 알 수 있지."

"맞아. 그건 좀 특이한 구두였어."

"그런데 범인이 절름발이라는 건 어떻게 알았지?"

"오른쪽 발자국이 언제나 왼쪽 발자국보다 흐릿했다네. 오른쪽 발에 체중이 덜 실린 탓인데, 그 이유는 범인이 절름발이이기 때문이야."

"그렇다면 왼손잡이라는 건?"

"검시에서 외과의가 보고한 피해자의 상처 모습을 생각해 보게. 자네도 알 수 있을 거야. 범인은 매카시 씨를 바로 뒤에서 타격했는데 왼쪽으로 치우쳐 있었어. 왼손잡이가 저지른 범행이 아니라면 설명할 길이 없지 않은가? 그 사람은 아버지와 아들이 이야기를 나누는 동안 그 나무 뒤에 숨어 있었어. 담뱃재가 있는 것으로 보아 담배까지 피웠지. 담배에 관한 내 특별한 전문 지식 덕분에 그게 인도산 시가임을 확신할 수 있었네. 자네도 알고 있듯이 나는 담뱃재를 조금 연구해 보았고 파이프, 시가, 궐련 등 140종의 재를 조사해서 간단한 논문을 쓴 적도 있어. 나는 그 재를 발견하고 나서 주위를 둘러보고 이끼 속에서 범인이 던져 버린 꽁초도 찾았네. 그건 네덜란드 로테르담에서 가공한 인도산 시가였네."

"파이프를 사용했다는 건?"

"담배꽁초 끝을 보니 사람의 입에 들어간 적이 없었어. 다시 말해서 파이프로 피운 거지. 끝을 잘라 냈는데 그 흔적이 깔끔하지 못했네. 작은 나이프가 잘 들지 않았기 때문일세."

"홈즈, 자네는 범인이 도망치지 못하도록 그물을 쳐 두었겠지? 그리고 마치 교수대의 밧줄을 끊는 것처럼 누명을 쓴 사람의 목숨을 구한 걸세. 이제 나도 그 모든 사실이 가리키는 방향을 알겠어. 진범은……."

"존 터너 씨입니다."

호텔 급사가 커다란 목소리로 말하며 우리가 있던 거실의 문을 열고 손님을 안내했다. 들어온 사람은 기묘하고 인상적인 인물이었다. 절름거리는 느린 발걸음과 굽은 등은 그가 노쇠했음을 말해 주었으나, 거칠고 주름이 깊으며 우락부락한

얼굴과 커다란 손발은 그가 육체적으로도 정신적으로도 매우 강한 사람임을 드러냈다. 거기에 덥수룩한 구레나룻이며 희끗희끗한 머리카락, 눈에 띄게 처진 눈썹 등이 하나가 되어 그 얼굴에 위엄과 힘을 더해 주었다. 그러나 혈색은 재처럼 희끄무레했고 입술과 콧구멍 부근이 퍼런빛을 띠고 있었다. 그가 만성적으로 죽을병에 시달리고 있다는 사실을 한눈에 알아볼 수 있었다. 손님을 향해 홈즈가 조용히 말했다.

"소파에 앉으십시오. 내 편지를

읽어 보셨습니까?"

"그렇소, 관리인이 가져다주었소. 사람들의 입에 오르는 것을 피하기 위해 여기서 만나고 싶다는 말이 적혀 있더구만."

"내가 댁으로 찾아가면 사람들이 떠들어 댈 테니까요."

"그런데 무슨 일로 나를 보자고 한 거요?"

터너는 매우 지치고 절망적인 눈빛으로 홈즈를 바라보았다. 대답을 듣지 않아도 이미 알고 있다는 듯한 느낌이었다. 홈즈는 상대방의 말보다도 그의 눈빛에 답했다.

"네, 그렇습니다. 나는 매카시 씨가 살해당한 사건에 대해서 전부 알고 있습니다."

노인이 얼굴을 두 손에 묻더니 커다란 목소리로 말했다.

"아아, 신이시여! 하지만 나는 그 젊은이에게 해를 끼칠 생각은 전혀 없었소. 맹세하건대 순회 재판에서 그 젊은이가 불리한 판결을 받게 되면 나는 모든 사실을 자백할 생각이었소."

"그 말을 들으니 나도 기쁩니다."

홈즈가 엄숙하게 말했다.

"사랑스러운 딸만 없었다면 나는 지금이라도 당장 모든 사실을 말하고 싶소. 하지만 내가 체포되었다는 말을 들으면 그 애 가슴이 미어터질지도 모르오. 아니, 미어터질 거요."

"그렇지 않을 수도 있습니다."

"뭐라고?"

"나는 경찰이 아닙니다. 당신의 따님이 나를 이곳으로 불렀고, 그러니 나도 따님을 위해서 일하고 있습니다. 따님에게 피해가 가는 행동은 하지 않을 겁니다. 그렇지만 제임스 군은 석방되어야만 합니다."

"내 목숨은 이제 얼마 남지 않았소. 수년째 당뇨병에 시달리고 있소. 의사는 앞으로 한 달이나 버틸 수 있을지 모르겠다고 했소. 하지만 어차피 죽을 거라면 감옥이 아니라 내 집 지붕 아래에서 죽고 싶소."

터너 노인이 말했다. 홈즈는 자리에서 일어나 탁자 앞에 앉더니 펜을 꺼내고 한 다발의 종이를 앞에 놓았다.

"그럼 진실을 말해 주십시오. 그 요점을 적고 거기에 당신의 사인을 받은 뒤, 왓슨을 증인으로 삼겠습니다. 그렇게 하면 나는 결정적인 순간에 제임스를 구하기 위해서 당신의 자백을 제출할 수 있습니다. 단, 반드시 필요한 순간에만 이것을 사용하겠다고 약속하겠습니다."

"그게 좋겠소. 나는 순회 재판이 열리기 전에 세상을 떠날지도 모르니까 어떻게 되든 상관없소. 하지만 딸 앨리스에게 충격을 주고 싶지는 않다오. 그럼 전부 말하겠소. 일을 저지르기까지는 오랜 시간이 걸렸지만, 이야기는 금방 끝날 거요.

당신들은 죽은 매카시가 어떤 사람인지 모르겠지. 그 녀석은 악마의 화신이었소. 정말이오. 그의 손에 걸리면 그야말로 끝장이 난다오. 나는 지난 20년 동안 그 녀석의 손아귀에 사로잡혀 인생을 망쳤소이다. 어떻게 해서 녀석의 말에 꼼짝 못하게 되었는지 그것부터 이야기하겠소.

1860년대 초, 오스트레일리아의 금광에서 일어난 일이었소. 그때는 나도 아직 혈기왕성하고 무서울 것 없는 젊은이여서 무슨 일에나 겁내지 않고 바로 손을 댔소. 질 나쁜 친구들과 어울렸고, 술을 마셨지. 그런데 내가 불하받은 광구에서는 금이 나오지 않았소. 그래서 나는 숲으로 들어갔고, 이곳의 표현대로 하자면 노상강도가 되었소. 우리 일당은 여섯 명이었소. 때때로 목장을 습격하기도 하고 금광으로 가는 짐마차를 덮치기도 하면서 난폭하고 거칠 것 없이 살았소. 그때 내 별명은 발라렛의 블랙잭이었소. 지금도 그 식민지에서 우리 동료들은 발라렛 갱단으로 알려져 있지.

어느 날, 금괴 수송대가 발라렛에서 멜버른을 향해 출발했소. 우리는 그것을 기다리고 있다가 습격했소. 수송대 기마병이 여섯에 우리도 여섯이었으니 접전이 펼쳐졌지요. 우리는 맨 처음의 일제사격으로 상대 중에서 네 명을 말에서 떨어뜨렸소. 그러나 우리도 세 명이 목숨을 잃은 다음에야 목표물을 손에 넣었소. 나는 짐마차 마부의 머리에 권총을 들이댔는데 그가 바로 매카시였소. 아, 그때 녀석을 쏘아 버렸어야 했는데! 녀석의 흉악하고 조그만 눈이 우리 얼굴을 잘 기억해 두려는 듯이 가만히 바라보고 있었는데, 그만 목숨을 살려 주고 말았소. 우리 동료들은 금괴를 가지고 달아나 부자가 되었고 별 의심도 받지 않은 채 영국으로 돌아왔소. 나는 영국에서 동료들과 헤어져 어디 한 군데에 정착해서 조용하고 착실하게 살기로 결심했소. 마침 누가 팔려고 내놓은 이 토지를 사들였고, 돈을 번답시고 저질렀던 나쁜 짓을 속죄하려고 했소. 그래서 가지고 있는 돈으로 조금이나마 좋은 일을 해야겠다고 생각했소. 결혼도 했지. 아내는 젊은 나이에 세상을 떠났지만 내게 앨리스라는 사랑스러운 딸을 남겨 주었소. 갓난아이였을 때부터 앨리스의 조그만 손이 나를 바른 길로 인도해 주고 있다는 기분이 들었소. 그때부터 나는 마음을 고쳐먹고 지난날의 죗값을 치르는 데 온 힘을 기울였소. 그리고 모든 일이 순조롭게 진행되고 있을 때 매카시의 손이 나를 움켜쥔 거요.

어느 날, 투자에 관한 일로 런던에 갔다가 리젠트 가에서 맨발에 옷도 제대로 못 입은 매카시와 마주치고 말았소. 그가 내 팔을 잡고 말했소.

'역시 영국에 와 있었군, 잭. 우리는 한 가족이나 마찬가지 아닌가. 나는 지금 아들과 둘이서 살고 있어. 우리를 좀 돌봐 달라고. 그게 싫은가?

영국은 법이 잘 지켜지는 훌륭한 나라야. 큰 소리만 쳐도 경찰이 금방 달려오겠지.'

그렇게 해서 그 둘은 이 서부 지방으로 오게 되었소. 나에겐 그들을 떨쳐 낼 방법이 없었던 거요. 그날부터 두 사람은 내가 가진 땅 중에서 가장 좋은 곳에 공짜로 눌러앉게 되었소. 그때부터 내게는 휴식도 평화도 없었고 옛날 일을 잊을 수도 없었소. 어디를 가든 그 남자의 얼굴이 내 바로 옆에서 교활한 웃음을 짓고 있었소. 앨리스가 자라면서 일은 더 나빠졌소. 나는 내 과거가 경찰에 알려지는 것보다 딸에게 알려지는 것이 더욱 두려웠소. 그런데 그놈이 그 사실을 금방 깨달아 버린 거요. 그 바람에 녀석이 원하는 건 무엇이든 주지 않을 수 없었소. 땅, 돈, 집 모두 달라는 대로 주었소. 심지어는 줄 수 없는 것까지 달라고 하더군. 그건 바로 우리 딸 앨리스였소.

당신도 알고 있듯이 녀석의 아들은 어른이 되었고 내 딸도 마찬가지였소. 녀석은 내 건강이 나쁘다는 것을 알고 있었기에, 자기 아들이 내 전 재산을 상속받으면 자기에게도 멋진 돈벌이가 된다고 생각한 거요. 하지만 나는 버텼소. 녀석의 저주받은 피를 내 혈통에 받아들일 수 없었소. 그의 아들이 싫지는 않았소. 하지만 제임스의 몸에 매카시 녀석의 피가 흐른다는 사실만 떠올려도 몸서리가 났지. 나는 단호하게 거절했소. 매카시가 협박했지만 나는 하고 싶으면 무슨 짓이든 해 보라고 소리 질렀소. 마침내 우리는 두 집의 중간쯤에 위치한 보스콤 연못에서 만나기로 했소. 내가 그곳으로 가 보니 녀석은 아들과 이야기를 나누고 있었소. 그래서 나는 나무 뒤에서 담배를 피우며 녀석이 혼자가 되기를 기다렸소. 그런데 이야기를 듣고 있는 동안 내 가슴속에서 시커먼 생각이 모락모락 피어오르는 게 아니겠소. 녀석은 아들에게 내 딸과 결혼하라고

억박지르고 있었소. 딸의 마음 같은 건 조금도 생각지 않고 마치 길거리 여자라도 되는 양 이야기하더군. 나뿐만 아니라 소중히 여기는 딸까지 모든 것이 그 녀석의 뜻대로 된다고 생각하니 아주 미쳐 버릴 것만 같았소. 이 사슬을 끊어 버릴 방법은 없을까? 내게는 이미 죽음의 그림자가 드리우고 있소. 정신은 아직 또렷하고 팔다리에도 힘은 남아 있으나 내 목숨이 얼마 남지 않았다는 사실을 알고 있었소. 하지만 사람들이 날 어떻게 생각할 것이며 내 딸은 또 어찌 되겠소? 만일 내가 녀석의 저주스러운 입만 막을 수 있다면 둘 다 구원받는 셈이었소. 홈즈 선생, 나는 실행에 옮겼소. 다시 그런 상황에 처하더라도 그렇게 할 거요.

예전에 내가 지은 죄가 너무나도 컸기에 그 죗값을 치르기 위해서 나는 순교자 같은 생활을 해 왔소. 하지만 딸이 나와 같은 그물에 걸려 몸부림쳐야 한다는 생각에 견딜 수가 없었소. 나는 흉측하고 해로운 짐승을 죽이는 마음으로, 양심의 거리낌 없이 녀석을 내리쳐서 쓰러뜨렸소. 녀석의 비명을 듣고 그 아들이 되돌아왔고 나는 숲속에 몸을 숨기고 있었소. 물론 도망칠 때 떨어뜨린 외투를 주우러 가야만 했소. 여러분, 이것이 사건의 전모요."

"자, 터너 씨. 당신을 심판하는 것은 내 일이 아닙니다."

홈즈가 작성한 진술서에 노인의 서명을 받으며 말했다.

"우리는 당신과 같은 유혹에 빠지지 않기를 바랄 뿐입니다."

"나도 그렇게 되기를 빌겠소. 그럼 당신은 어떻게 할 생각이오?"

"당신의 건강 상태를 고려해서 아무것도 하지 않을 생각입니다. 머지않아 당신은 순회 재판보다 훨씬 더 높은 법정에 서서 자기 행위에 대한 책임을 지게 될 테니까요. 당신의 진술은 일단 내가 가지고 있다가 혹시 제임스 매카시가 유죄판결을 받는다면 그때 사용하겠습니다. 그런 경우가 아니라면 영원히 사람들의 눈에 띄지 않을 겁니다. 당신이 이 세상 사람이든 아니든 당신의 비밀은 우리 손으로 안전하게 지키겠습니다."

"그럼 나는 이만 돌아가겠소. 당신들이 죽음의 침상에 누웠을 때, 내게 평안을 준 일을 생각한다면 훨씬 더 편안해질 것이오."

노인이 엄숙하게 말했다. 그리고 커다란 몸을 흔들며 비틀비틀 방에서 나갔다. 잠시 후, 홈즈가 입을 열었다.

"착잡하군. 운명의 여신은 어째서 불쌍하고 무력한 인간에게 장난을 치는 걸까? 나는 이런 사건을 들을 때면 언제나 백스터[23]가 떠올라 이렇게 말하고 싶어진다네. '셜록 홈즈여, 신의 은총이 없다면 너도 이 꼴이

될 것이다.'라고 말이야."

　홈즈는 이 사건과 관련하여, 여러 항목을 논한 이의 신청서를 작성해 변호사에게 제출했다. 그것이 효력을 발휘해서 제임스 매카시는 순회 재판에서 무죄판결을 받았다. 터너 노인은 우리와 만난 뒤로 일곱 달이나 더 살았으나 이제는 이승에 없는 사람이 되었다. 그리고 두 집안의 아들과 딸은 자신들의 과거에 드리워져 있던 검은 구름은 전혀 알지 못한 채, 함께 즐겁게 살아갈 것이다.

23) Richard Baxter (1615~1691). 영국의 청교도 신학자. 17세기에 일어난 청교도혁명 때 참여하였고, 저작著作과 설교로 청교도주의 윤리를 확립하는 데 공헌했다.

5. 다섯 개의 오렌지 씨앗

1882년부터 1890년까지 셜록 홈즈가 관여한 사건을 적어 둔 내 메모와 기록을 살펴보면, 기괴하고 흥미로운 사건들이 너무 많아서 어느 것을 취하고 어느 것을 버려야 할지 결정하기가 쉽지 않다.

몇몇 사건은 신문을 통해서 세상에 널리 알려졌으나, 어떤 사건은 내 친구가 뛰어나고 특수한 재능을 발휘했음에도 불구하고 공개되지 못했다. 또 홈즈의 뛰어난 분석력에도 불구하고, 시작은 있지만 결말이 없는 채 끝나 버린 사건도 있다. 그런가 하면, 부분적으로만 해결되고 그 설명도 이런저런 추측만 가능한, 그래서 홈즈의 특기인 완벽한 논리적 증거가 확실하지 않은 사건도 있었다. 특히 마지막 경우에 해당되는 것들 중에서 그 내용이 아주 기이하고 뜻밖의 결말에 이른 사건이 하나 있어서 세상에 알리고 싶다. 하지만 이 사건은 아직 완전하게 해결되지 않았으며 몇 가지 이유로 미루어 영원히 풀리지 않을 것 같다는 점을 미리 알아 두길 바란다.

1887년에는 다양한 사건들이 일어났다. 그중에는 흥미로운 것도 있었고 그렇지 않은 것도 있었다. 나는 이 사건들을 기록해 두었는데 한 해 동안 일어난 사건 항목들 중에는 파라돌 방의 괴사건, 가구 창고 지하실에서 호화로운 사교 단체를 운영했던 아마추어 구걸인 협회 사건, 영국 범선 소피 앤더슨 호 행방불명 사건, 우파 섬에 사는 그라이스 패터슨 일가의 기묘한 사건, 캠버웰 독살 사건 등이 눈에 띈다. 아직도 기억하는 사람이 있을지 몰라도, 캠버웰 독살 사건에서 셜록 홈즈는 죽은 자의 시계태엽을 감아 보고 그것이 두 시간 전에 감겼었다는 사실을 알아내 피해자가 침대에 든 지 두 시간이 채 되지 않았다는 것을 증명했다. 그것이 이 사건을 해결하는 데 가장 결정적인 역할을 한 추리였다. 언젠가는 이들 사건에 대해서도 이야기할 기회가 오겠지만 지금 내가 다루려는 사건만큼 기묘하거나 독특한 것은 없었다.

9월 하순의 일이었다. 추분이면 불어오는 강풍이 그 어느 해보다도 강하게 몰아쳤다. 바람은 온 종일 날카로운 울음소리를 냈고, 비는 창을 때렸다. 거대한 인공도시인 런던의 중심부에 살면서도 우리는 한동안 일상에서 벗어나 우리에 갇힌 야수처럼 문명의 창살 사이로 인간을 향해 부르짖는 대자연의 힘을 다시 한 번 맛보았다. 저녁이 되자 폭풍우는 더욱 거칠어졌다. 바람이 굴뚝 안에서 어린아이처럼 울부짖기도 하고 흐느껴 울기도 했다. 셜록 홈즈는 난로 옆에 무표정하게 앉아서 자신이 참여한 범죄 기록에 색인을 달고 있었고 나는 그 맞은편에 앉아서 클락 러셀이 쓴 재미있는 해양 소설에 푹 빠져 있었다. 집 밖에서 날뛰는 폭풍은 소설 내용과 하나가 되었고 비가 쏟아지는 소리는 점점 커져서 파도가 밀려오는 소리로 들렸다. 아내는 친정에 가 있었으므로 나는 2, 3일 전부터 베이커 가의 옛집에서 생활하고 있었다.

나는 고개를 들어 홈즈를 보면서 말했다.

"아니? 벨 소리가 들리는군. 이런 날에 누가 찾아온 거지? 홈즈, 자네 친구가 찾아온 것 같은데."

"왓슨, 내게 친구라고는 자네뿐일세. 누가 놀러 오는 것을 반가워하지도 않고."

"그럼 의뢰인인가?"

"만약 그렇다면 아주 중대한 사건이겠지. 그렇지 않으면 이런 날, 이런 시간에 찾아올 리가 없으니. 혹시 주인 아주머니의 친구가 아닐까?"

하지만 홈즈의 추측은 빗나갔다. 복도를 걸어오는 발소리가 점점 가까워지더니 문을 두드리는 소리가 들렸다.

홈즈가 긴 팔을 뻗어 자신을 향해 있던 램프를 손님이 앉을 의자 쪽으로 돌려 놓고 말했다.

"들어오세요."

이제 겨우 스물둘이 될까 말까 한 젊은 남자가 들어왔다. 깔끔하게 가꾼 외모에 옷차림은 단정했고 행동에서도 품위가 느껴졌다. 손에 들고 있는 우산에서 빗물이 뚝뚝 떨어졌고, 긴 우비도 비에 젖어 반짝였다. 악천후를 뚫고 온 것이 분명했다. 남자는 램프의 불빛 속에서 불안한 눈빛으로 주위를 둘러보았다. 그의 얼굴은 창백하게 질려 있었고 눈은 몽롱한 것이, 심란한 걱정거리 때문에 완전히 기력을 잃은 사람처럼 보였다.

"실례합니다. 두 분께 방해가 되지는 않겠지요? 이런 깨끗하고 아늑한 방에 폭풍우의 흔적을 남기게 됐습니다."

남자가 금테 안경을 쓰며 말했다.

"외투와 우산을 걸어 두세요. 이 고리에 걸면 금방 마를 겁니다. 남서부에서 오셨군요."

홈즈의 말을 들은 사내가 고개를 끄덕였다.

"네, 서식스의 호샴에서 왔습니다."

"구두 끝에 점토와 하얀 석회질 암석이 섞인 흙이 묻어 있군요. 그 지역의 특징이죠."

"사실 전 조언을 얻고 싶어서 찾아왔습니다."

"쉬운 일입니다."

"그리고 도움도요."

"그건 경우에 따라서 쉽지 않을 수도 있습니다."

"홈즈 선생님의 명성은 익히 들어서 알고 있습니다. 프렌더개스트 소령에게 전부 들었습니다. 탱커빌 클럽 스캔들 사건에서 선생님이 어떻게 소령을 도와주셨는지를요."

"아, 그 사건 말입니까? 소령이 카드 게임에서 속임수를 쓴다는 누명을 썼지요."

"소령님 말씀으로는 선생님이라면 무슨 사건이든 해결할 수 있다고 하던데요."

"그분이 나를 과대평가했군요."

"선생님은 실패를 모르는 분이라고도……."

"아니, 지금까지 네 번 실패했습니다. 남자를 상대로 세 번, 여자를 상대로 한 번.”

“하지만 성공한 횟수에 비하면 아무것도 아니지 않습니까?”

“대부분 성공한 것은 사실이죠.”

“그렇다면 제 문제에서도 성공을 거두실 겁니다.”

“의자를 난롯불 쪽으로 더 가까이 가져가시고 무슨 문제인지 자세히 말해 주세요.”

“평범한 사건은 아닙니다.”

“내가 의뢰받는 사건 중에서 평범한 것은 하나도 없습니다. 여기는 최종 재판소 같은 곳이니까.”

“그래도 우리 가문에 벌어진 사건만큼 이상하고 묘한 이야기는 아직 못 들어 보셨을 겁니다.”

“재미있을 것 같군요. 자, 처음부터 순서에 따라서 요점을 말해 주세요. 매우 중요하다고 생각하는 내용에 대해서는 나중에 자세히 물어보겠습니다.”

홈즈가 그를 재촉했다. 청년은 의자를 난로 쪽으로 당겨 젖은 다리를 난롯불 쪽으로 뻗었다.

“저는 존 오픈쇼라고 합니다. 그렇지만 이 무시무시한 사건에서 제 자신은 아무 의미가 없습니다. 대대로 내려온 문제이기 때문에 사건을 확실하게 이해하려면 그 발단이 된 때로 거슬러 올라가야 합니다.

우선 제 할아버지에게는 아들이 둘 있었다는 점을 말씀드리고 싶군요. 형은 제 큰아버지인 일라이어스이고 동생은 제 아버지인 조셉입니다. 아버지는 코벤트리에서 작은 공장을 운영하고 있었는데 자전거가 발명되면서 사업은 점점 커졌습니다. 터지지 않는 오픈쇼 타이어의 특허를 가지고 있었고 그 덕분에 사업에서 대성공을 거두었으며 나중에 그 사업권을 팔아 막대한 재산을 얻어 지금은 은퇴했습니다.

큰아버지인 일라이어스는 젊었을 때 미국으로 건너가 플로리다에서 농장을 경영했는데 이곳도 잘됐다고 합니다. 1861년부터 4년 동안 벌어진 남북전쟁 때는 남군이었던 잭슨 장군의 부대에 입대해서 싸웠고 나중에 후드 장군의 부하가 되어 대령까지 승진했습니다. 하지만 남군의 총사령관이었던 리 장군이 항복하자 다시 농장으로 돌아와 3, 4년 정도 그곳에 머물렀다고 합니다. 큰아버지는 1869년인가 1870년에 유럽으로 건너와 서식스 주 호샴 가까운 곳에 땅을 조금 샀다고 들었습니다. 큰아버지가 미국에서 막대한 재산을 모았으면서도 그곳을 떠난 이유는, 그분이 흑인을 싫어하는 데다 흑인에게 참정권을 준 공화당 정책이 마음에 들지 않아서였다고 합니다. 워낙 특이한 분이었습니다. 성격의 기복이 심하고, 성급하며, 화가 나면 차마 입에 담을 수 없는 독설을 퍼부었고, 평소에는 사람들을 잘 만나지 않았습니다. 호샴에서 몇 년을 살았는데 사람들 말로는 한 번도 시내로 나가 본 적이 없을 거라 하더군요. 큰아버지 댁 주위에는 정원이 있고 또 목초지도 두어 개 있어서 거기서 자주 운동을 하셨지만, 때로는 몇 주일이고 자기 방에서 한 발짝도 나오지 않았다고 합니다. 브랜디를 물처럼 들이켜고 줄담배를 피워 댔지만, 사람 만나기를 싫어했고 친구도 사귀지 않았으며 심지어 자기 형제조차 만나려 하지 않았습니다.

그렇지만 저만은 싫어하지 않았을 뿐더러 오히려 좋아해 주셨습니다. 제가 열두 살이었을 때 처음 뵈었는데, 그때가 1878년이었으니까 큰아버지가 영국으로 돌아오신 지 7, 8년 뒤의 일이로군요. 큰아버지는 아버지에게 부탁해서 저를 양자로 받아들이고 함께 살았습니다. 큰아버지는 그분 나름대로 저를 예뻐해 주셨습니다. 술을 마시지 않을 때면 저와 함께 주사위 놀이나 체스를 즐겼고, 하인이나 드나드는 상인 앞에 저를 대리인으로 세웠습니다. 그래서 저는 열여섯 살 때부터 집안일을 처리할 수 있었습니다. 집안의 모든 열쇠를 물려받았고, 방 안에 틀어박혀 있는 큰아버지를 방해하지만 않으면 어디든 마음대로 들어갈 수 있었으며, 하고 싶은 일도 마음대로 할 수 있었습니다. 하지만 딱 한 가지, 기묘한 금기 사항이 있었습니다. 큰아버지는 다락방 중 한 곳에 늘 자물쇠를 채워 두었습니다. 저뿐만 아니라 그 누구도 절대 안으로 들어가서는 안 되는 곳이었습니다. 어린 마음에 호기심을 참지 못하고 열쇠 구멍으로 안을 들여다보기도 했지만 거기에는 낡은 가방이나 꾸러미처럼 여느 다락방에나 있을 법한 물건들이 여기저기 나뒹굴고 있었습니다.

1883년 3월 어느 날 아침이었어요. 외국 우표가 붙어 있는 편지 한 통이 식탁 위 '대령님'의 접시에 얹혀 있었습니다. 큰아버지에게 오는 편지는 거의 없었습니다. 그분은 늘 현금으로만 물건을 샀고, 친구라 할 만한 사람도 없었기 때문이었습니다.

'인도에서 왔어! 폰디체리 소인이 찍혀 있는데. 대체 누가 보낸 거지?'

큰아버지가 편지를 집어 들며 말했습니다. 서둘러 열어 보니 작고 바싹 마른 오렌지 씨앗이 봉투에서 쏟아져 큰아버지의 접시 위로 흩어져 떨어졌습니다. 그것을 보고 저는 웃음을 터뜨렸는데 큰아버지의 얼굴을 보자 웃음이 싹 달아나고 말았습니다. 큰아버지의 입은 쩍 벌어져 있었으며, 눈은 튀어나올 것 같았고, 얼굴이 흙빛으로 변해 손을 부들부들 떨었습니다. 그분은 봉투를 뚫어져라 쳐다보다가 비명을 지르듯 이렇게 외쳤습니다.

'K.K.K.다! 아, 나도 드디어 죗값을 치를 때가 왔구나!'

'큰아버지, 왜 그러세요? 죗값이라뇨?'

'죽음이다.'

큰아버지는 이렇게 말하고 자기 방으로 들어가셨습니다. 혼자 남은 저는 가슴이 터질 것 같이 두근거렸습니다. 그 봉투를 살펴보니 안쪽 풀칠을 하는 곳 바로 위에 빨간 잉크로 'K' 라는 알파벳 세 개가 나란히 적혀 있었습니다. 봉투 안에는 마른 씨앗 다섯 개 말고는 아무것도 들어 있지 않았고요. 큰아버지는 무엇을 그렇게 두려워했던 걸까요? 저는 식탁에서 일어나 계단을 오르다가 마침 밑으로 내려오는 큰아버지와 마주쳤습니다. 그분은 다락방에 채워 둔 자물쇠의 짝이 분명한 낡고 녹슨 열쇠를 손에 들고 있었고, 다른 한 손에는 돈궤처럼 생긴 작은 놋쇠 상자를 들고 있었습니다. 큰아버지가 욕을 퍼부으며 말했습니다.

'어디 해 볼 테면 해 보라고. 내가 혼쭐을 내줄 테니까. 메리에게 오늘 내 방에 불을 켜 놓으라고 일러 다오. 그리고 호샴으로 사람을 보내 포드햄 변호사를 불러오너라.'

저는 큰아버지의 말에 따랐습니다. 변호사가 오자 저도 2층에 있는 큰아버지 방으로 들어오라는 전갈을 받았습니다. 난로에는 불이 활활 타올랐고, 재를 받아 내는 철망에는 종이를 태운 듯한 검은 재가 한 무더기 쌓여 있었습니다. 그 옆에 텅 빈 작은 놋쇠 상자가 열려 있었습니다. 저는 언뜻 그것을 보고 깜짝 놀랐습니다. 상자 뚜껑에도 봉투에서 본 것과 같은 'K' 세 글자가 나란히 적혀 있었기 때문입니다. 큰아버지가 제게 말했습니다.

'네게 부탁이 있다, 존. 내 유언장의 증인이 되어 다오. 내 소유지와 집을 모두 동생, 그러니까 네 아버지에게 넘겨주려고 한다. 물론 그건 나중에 네가 물려받을 게다. 네가 이 유산을 무사히 물려받기만 한다면 더할 나위 없이 기쁘겠지만……. 잘 듣거라. 만약 그렇게 할 수 없다면, 그 무시무시한 적들에게 깨끗하게 넘기거라. 네게 이렇게 불확실한 재산을 물려줘서 미안하지만 일이 어떻게 될지는 나도 알 수 없구나. 부디 포드햄 씨의 말대로 이 서류에 서명해 다오.'

큰아버지가 가리킨 곳에 제가 서명을 하자 변호사가 그것을 가지고 돌아갔습니다. 제가 이런 일들을 얼마나 기묘하게 느꼈는지 잘 아시겠지요? 이 일을 두고 이런저런 생각을 해 보았지만 도무지 영문을 알 수가 없었습니다. 희미한 공포가 마음 한 구석에 남았지만, 그 일이 벌어지고 몇 주가 지나자 불안감도 엷어졌고, 일상생활을 방해하는 일은 아무것도 없었습니다. 그렇지만 큰아버지가 변했다는 사실만은 우리도 알 수 있었습니다. 예전보다 더 술을 가까이했고, 아무도 만나려 들지 않았습니다. 큰아버지는 대개 방문을 안쪽에서 잠그고 그 안에만 계셨는데 때때로 술에 취해서 미치광이 같은 모습으로 권총을 들고 밖으로 뛰어나가 정원을 돌아다니며 '나는 아무도 두렵지 않아. 인간이든 악마든 나를 양처럼 우리 속에 가둘 수는 없을 거다!'라고 외치곤 했습니다. 하지만 발작이 끝나면 큰아버지는 서둘러 방으로 돌아가 문에 빗장을 채우고 자물쇠를 잠갔는데, 마음 깊은 곳에 있는 공포를 더 이상 모르는 척할 수 없는 사람의 모습이었습니다. 그럴 때면 아무리 추운 날이라도 큰아버지의 얼굴은 막 세수를 마친 사람처럼 땀으로 뒤범벅이 되어 번쩍번쩍 빛나고 있었습니다.

　선생님, 이제 곧 끝나니 조금만 더 참아 주십시오. 어느 날 밤의 일이었습니다. 그날도 큰아버지는 술에 취해서 미치광이 같은 모습으로 집 밖으로 뛰어나갔고 영영 돌아오지 않았습니다. 저는 큰아버지를 찾아 나섰는데 그분은 정원 구석에 있는, 해캄이 떠 있는 작은 연못에 얼굴을 처박고 있었습니다. 폭행을 당한 흔적은 없었고 물의 깊이도 60센티미터에 불과했습니다. 이에 대해서 배심원들은 큰아버지의 평소 괴팍한

행동을 근거로 삼아 자살이라고 판결했습니다. 하지만 저는 큰아버지가 얼마나 죽음을 두려워했고 또 무서워했는지 잘 알고 있기 때문에 도저히 자살이라고 믿을 수가 없습니다. 하지만 사건은 그것으로 끝났고, 아버지가 큰아버지의 땅과 집, 은행에 예금해 둔 1만 4,000파운드를 상속했습니다."

드디어 홈즈가 입을 열었다.

"잠깐. 이 이야기는 내가 지금까지 들어본 것 중에서 가장 기이합니다. 큰아버지에게 편지가 온 날과, 큰아버지가 자살로 추정되는 모습으로 돌아가신 날이 정확히 언제입니까?"

"편지가 온 것은 1883년 3월 10일이었고, 돌아가신 날은 7주 뒤인 5월 2일 밤이었습니다."

"고맙습니다. 이야기를 계속하세요."

"아버지가 호샴의 재산을 상속한 뒤, 저는 아버지에게 부탁해서 언제나 자물쇠를 채워 두었던 그 다락방을 샅샅이 뒤졌습니다. 거기에 그 놋쇠 상자가 있었는데 내용물은 전부 불에 태워졌고 안은 텅 비어 있었습니다. 뚜껑 안쪽에는 글씨가 적힌 종이가 붙어 있었습니다. 종이 윗부분에는 'K.K.K.'라는 글자가 있었고 아랫부분에는 '편지, 일기, 영수증, 장부'라고 적혀 있었습니다. 그것을 보고 큰아버지가 태운 서류가 무엇인지 짐작할 수 있었습니다. 그 외에 중요해 보이는 것은 없었습니다. 큰아버지의 미국 생활과 관련 있는 여러 가지 서류와 노트가 흩어져 있었을 뿐입니다. 거기에는 남북전쟁 때의 물건들도 있었는데, 큰아버지가 임무에 충실하고 용감한 군인이었다는 사실을 증명하고 있었습니다. 그리고 전쟁이 끝난 뒤, 남부의 각 주를 재건하던 시대의 물건도 있었습니다. 대부분 정치에 관한 것들이었습니다. 큰아버지는 북부에서 파견된 철새

같은 뜨내기 정치가들을 아주 싫어하셨습니다.

저희 아버지는 1884년 초부터 호삼에서 살기 시작했는데 1885년 1월까지는 평온한 생활이 이어졌습니다. 1월 4일, 우리는 아침 식사를 하려고 식탁에 앉았는데 아버지가 무엇에 놀란 듯이 날카로운 비명을 질렀습니다. 아버지는 자리에 앉은 채 한 손에는 이제 막 뜯은 봉투를, 다른 한 손에는 마른 오렌지 씨앗 다섯 개를 들고 있었습니다. 제가 대령님, 그러니까 큰 아버지 이야기를 할 때마다 아버지는 근거 없는 소리라며 언제나 무시하고 말았습니다. 그렇지만 자신이 직접 같은 일을 당하자 겁에 질려 어떻게 해야 좋을지 모르는 듯 했습니다.

'존, 이게 대체 어떻게 된 일이냐?'

아버지가 중얼거리는 듯한 목소리로 물었습니다. 저는 가슴이 무거워지는 것을 느끼면서 대답했습니다.

'K.K.K. 입니다.'

봉투 안을 들여다본 아버지가 소리 질렀습니다.

'정말 그렇구나! 여기에 그렇게 적혀 있어. 그런데 그 위에 있는 건 대체 뭐냐?'

제가 아버지의 어깨 너머로 그 문장을 보고 읽었습니다.

'서류를 해시계 위에 올려놓아라.'

'서류? 무슨 서류를 말하는 거냐? 해시계는 또 뭐지?'

'정원에 있는 해시계를 말하는 거예요. 그리고 서류는 큰아버지가 태워 버린 것이겠지요.'

'제기랄! 나는 문명국에서 살고 있다. 이건 말도 안 되는 소리야. 그 편지는 대체 어디서 온 거냐?'

아버지는 억지로 태연한 척했습니다. 저는 소인을 보고 대답했습니다.

'스코틀랜드 동쪽에 있는 던디에서 왔네요.'

'이건 돼먹지 못한 장난질이야. 해시계나 서류가 나랑 무슨 상관이란 말이냐? 이런 쓸데없는 장난에 놀아날 시간 없어.'

'경찰에 신고해야 해요.'

'사람들의 웃음거리가 될 뿐이다. 그럴 필요 없어.'

'그럼 모든 일을 제게 맡겨 주세요.'

'아니, 이런 말도 안 되는 일로 소란 떨 필요 없다.'

아버지는 매우 완고한 사람이었기 때문에 더 이상 이 문제를 의논하려 하지 않았습니다. 하지만 저는 불길한 예감에 휩싸였습니다. 편지가 온 지 사흘째 되던 날, 아버지는 오랜 친구인 프리바디 소령을 방문하기 위해 집을 나섰습니다. 소령은 포츠다운 힐 요새의 사령관이었습니다. 저는 집에서 벗어나면 그만큼 위험에서 벗어난다고 생각해서 아버지의 외출을 기뻐했습니다. 하지만 그것은 어처구니없는 착각이었습니다. 아버지가 출발하신 지 이틀째 되던 날, 소령에게 전보를 받았습니다. 즉시 그곳으로 와 달라는 내용이었습니다. 아버지는 그 부근에 수없이 깔려 있는, 석회질 암석을 캐는 깊은 갱도에 떨어져 두개골이 깨지고 의식을 잃은 채 쓰러져 있었습니다. 저는 서둘러 달려갔지만 아버지는 끝내 의식을 회복하지 못하고 그대로 숨을 거두고 말았습니다. 아버지는 땅거미가 질 무렵에 잉글랜드 남쪽에 있는 페어럼에서 돌아오는 길이었습니다. 그곳 지리에 어둡고 갱도 주변에 울타리가 없었기 때문에 발을 헛디뎌 갱도로 떨어진 듯이 보였습니다. 배심원들은 '과실사'라고 판결했습니다. 저도 아버지의 죽음에 관련된 사실들을 하나하나 주의 깊게 살펴보았지만 타살이라고 여겨질 만한 점은 하나도 없었습니다. 폭행을 당한 흔적도 없었고, 수상한 발자국도 없는 데다, 도둑맞은 물건도 없었고, 의심스러운 자를 목격한 사람도 없었습니다. 그래도 제 마음은 안정을 찾지 못했고 오히려 어떤 음모가 아버지를 노리고 있었다고 확신하게 되었습니다.

이런 불길한 상황에서 저는 유산을 물려받았습니다. 여러분은 어째서 그것을 처분하지 않았느냐고 물으실지도 모르겠습니다. 우리를 둘러싼 재난은 큰아버지가 미국에서 겪었던 어떤 일과 관계된 것 같다고 생각했습니다. 그러니 가령 집을 옮긴다 해도 위험은 늘 저를 따라다닐 것이라 판단한 것이지요.

아버지는 1885년 1월에 돌아가셨고 그로부터 2년 8개월이라는 시간이 흘렀습니다. 그동안 저는 호샴에서 행복하게 생활했고, 그 무시무시한 저주가 아버지 대에서 끝나 우리 가족에게서 멀어졌다는 희망적인 생각이 들었습니다. 그런데 안심하기에는 너무 일렀던 것입니다. 어제 아침, 아버지를 덮쳤던 그 저주가 제게도 똑같이 다가오고 말았습니다."

청년은 조끼에서 구겨진 봉투를 꺼내 탁자 쪽으로 돌아앉아 그 위에 조그맣고 마른 오렌지 씨앗 다섯 개를 쏟아 냈다.

"이게 그 봉투입니다."

청년이 말을 이었다.

"런던 동부에서 왔습니다. 내용은 아버지가 받았던 마지막 편지와 똑같습니다. 'K.K.K.' 그리고 '서류를 해시계 위에 올려놓아라.'라는 글입니다."

"그래서 당신은 어떻게 했습니까?"

홈즈가 물었다.

"아무것도 하지 않았습니다."

"아무것도 하지 않았다고요?"

"솔직히 말해서, 달리 방법이 있을 것 같지 않습니다. 뱀 앞에 앉아 있는 가엾은 토끼가 된 기분입니다. 도망칠 수 없고 저항할 수도 없는 잔혹한 악마의 손아귀에 걸려든 이상, 아무리 발버둥 치고 조심해도 벗어날 수 없을 것만 같습니다."

청년은 희고 가느다란 손으로 얼굴을 가렸다.

"안 돼요, 안 돼! 먼저 손을 쓰지 않으면 당하고 말아요. 마음을 굳게 먹어야 빠져나올 수 있어요. 절망에 빠져 있을 때가 아닙니다."

셜록 홈즈가 외쳤다.

"경찰서에도 가 보았습니다."

"흠!"

"하지만 경찰은 제 말을 듣고 웃기만 하더군요. 경찰은 편지는 단순한 장난이고 큰아버지와 아버지의 죽음도 그저 과실일 뿐, 배심원의 말대로 경고를 보낸 편지와 관계없다고 생각하는 것이 분명했습니다."

그 말을 들은 홈즈는 불끈 쥔 주먹을 흔들며 말했다.

"어리석기 짝이 없는 녀석들이군!"

"그래도 경찰을 한 명 붙여 주었습니다. 저와 함께 집에 있을 겁니다."

"오늘 밤에도 같이 왔습니까?"

"아니요. 그 경찰의 임무는 저와 함께 집에 있는 거니까요."

홈즈가 다시 주먹을 흔들어 대며 외쳤다.

"당신은 나한테 올 게 아니었어요. 아니 그것보다도, 왜 곧바로 여기로 오지 않았습니까?"

"몰랐습니다. 사실은 오늘 프렌더개스트 소령에게 하소연했다가 여기로 가 보라는 조언을 듣고 선생님을 찾아온 것입니다."

"편지를 받은 지 벌써 이틀이 지났어요. 우리는 진작 행동했어야 합니다. 지금 말한 것 말고 도움이 될 만한 다른 자료는 없습니까? 아주 사소한 것이라도 좋아요."

"하나 있습니다."

존 오픈쇼가 말했다. 그리고 상의 주머니를 뒤적이더니 빛바랜 푸른 종이 한 장을 꺼내 탁자 위에 올려놓았다.

"큰아버지가 서류를 태우던 날, 재에서 타다 남은 작은 조각을 보았는데, 제 기억이 틀림없다면…… 그 색깔이 이것과 같았습니다. 이 종이는 큰아버지의 방바닥에 떨어져 있었는데, 아마 서류를 태울 때 떨어뜨린 것 같습니다. 오렌지 씨앗에 관한 내용이 적혀 있다는 것을 빼면 별 도움이 될지 모르겠습니다. 이건 큰아버지가 쓴 일기의 한 페이지인 듯합니다. 틀림없이 큰아버지의 필체입니다."

홈즈가 램프를 움직였고 나도 함께 머리를 맞대고 그 종이를 살펴보왔다. 한쪽 끝이 울퉁불퉁한 것으로 봐서 수첩에서 찢어 낸 것이었다. 가장 윗부분에 '1869년 3월'이라는 날짜가 적혀 있었고 그 밑으로 다음과 같은 알 수 없는 문장이 쓰여 있었다.

4일 – 허드슨 옴. 똑같은 낡은 주장.

7일 – 세인트오거스틴[24]의 매컬리, 파라모어, 존 스웨인에게 오렌지 씨 앗을 보냄.

9일 – 매컬리 떠남.

10일 – 존 스웨인 떠남.

12일 – 파라모어를 찾아감. 모든 일이 순조로움.

홈즈는 종이를 접어 손님에게 건네주며 말했다.

"고맙습니다. 더 이상 한시도 헛되이 보낼 수 없어요. 지금은 당신이 들려준 이야기를 논의할 시간도 없습니다. 당신은 지금 당장 집으로 돌아가서 행동을 시작해야 합니다."

"어떻게 하면 되겠습니까?"

"할 수 있는 일은 딱 한 가지밖에 없습니다. 곧바로 행동으로 옮겨야 합니다. 우선 그 종이쪽지를 놋쇠 상자 안에 넣으세요. 그리고 다른 서류는 전부 큰아버지가 태워 버렸고 이 한 장만 남았다는 내용을 적어서 같이 넣어 두십시오. 상대가 그 사실을 믿을 수 있도록 잘 써야 합니다. 그렇게 준비가 끝나면 바로 그 상자를 놈들이 제시한 장소인 해시계 위에 올려놓으세요. 알겠습니까?"

---

24) Saint Augustine. 미국 플로리다 주 대서양 해안에 있는 휴양 도시. 1565년에 에스파냐 사람들이 세운 도시로, 미국에서 가장 오래된 백인 정주지定住地다.

"잘 알았습니다."

"지금은 복수 따위는 생각하지 마시오. 그건 법이 할 일입니다. 단, 우리도 그물을 쳐야 합니다. 상대방이 이미 그물을 다 쳐 두었으니까요. 가장 먼저, 당신을 둘러싸고 있는 위험을 없애야 합니다. 수수께끼를 풀고 악당들을 벌하는 것은 그 다음의 일입니다."

"감사합니다. 덕분에 새로운 희망이 생겼습니다. 죽다 살아난 느낌입니다. 말씀하신 대로 하겠습니다."

자리에서 일어난 청년이 외투를 입었다.

"이러고 있을 시간이 없어요. 주위를 잘 살피세요. 위험이 코앞에 닥쳤다는 사실은 분명하니까요. 어떻게 돌아갈 생각입니까?"

"워털루 역에서 기차로 갈 겁니다."

"아직 밤 9시가 안 됐군. 거리에 오가는 사람들이 꽤 많을 테니 별 탈 없이 갈 수 있을 겁니다. 그래도 조심해야 합니다."

"무기를 가지고 있습니다."

"좋습니다. 내일부터 나도 이 사건에 뛰어들도록 하죠."

"그럼, 호샴에서 뵐 수 있습니까?"

"아니, 이 사건의 열쇠는 런던에 있습니다. 내가 여기서 그것을 찾아내지요."

"그럼, 내일이나 모레 다시 찾아뵙고 상자와 서류에 관해서 말씀드리겠습니다. 모든 일을 선생님의 지시대로 하겠습니다."

청년은 우리와 악수를 나눈 뒤 방에서 나갔다. 밖에서는 여전히 바람이 울고 있었으며, 빗줄기가 창문을 두드렸고, 빗방울이 튀어 올랐다. 이 기이하고 기발한 이야기는 돌풍에 떠밀려 온 해초처럼 미친 듯이 날뛰는 폭풍 속에서 우리 곁으로 다가왔다가 다시 폭풍 속으로 빨려 들어간 느낌을 주었다.

셜록 홈즈는 한동안 말없이 머리를 앞으로 숙인 채 벌겋게 타오르는 불을 바라보며 앉아 있었다. 그러다 파이프에 불을 붙여 의자에 등을 기대고 둥그렇게 피어오르는 푸른 연기가 천장으로 올라가는 모습을 지켜보기 시작했다.

"왓슨, 내가 보기에는 말일세, 지금까지 다룬 사건 중에 이보다 더 기괴한 것은 없겠어."

"음, 〈네 개의 서명〉을 제외하면 그럴 수도 있겠군."

"그래, 맞아. 그건 예외로 해야겠군. 그때 숄토 가 형제들은 아버지가 죄수들의 보물을 가로채는 바람에 사건에 휘말렸지. 하지만 존 오픈쇼라는 청년은 그들보다 훨씬 더 커다란 위험 속을 걷고 있는 것 같네."

"홈즈, 그럼 그 위험이 무엇인지 확실하게 알아냈단 말인가?"

"그 성질에는 의심의 여지가 없네."

"그 위험이라는 게 대체 어떤 것인가? 그리고 이 'K.K.K.'는 또 뭐지? 이 녀석은 왜 그 불행한 일가의 목숨을 노리는 걸까?"

눈을 감은 셜록 홈즈는 양쪽 팔꿈치를 의자의 팔걸이에 대고 손가락 끝을 마주 댔다.

"이상적인 논리적 능력을 갖추고 있는 사람이라면, 오직 단 한 번, 하나의 사실을 여러 각도에서 보기만 해도 그곳에 이르기까지 일어난 모든 일은 물론이고 거기에서 일어나게 될 미래의 모든 결론까지도 추리할 수 있을 걸세. 비교해부학의 권위자인 퀴비에[25]가 단 하나의 뼈를 살펴보고 그 동물의 전체 모습을 정확하게 그려 냈듯이, 쭉 일어난 사건들 중에서 하나의 고리를 완전히 이해한 관찰자라면 그 앞뒤로 이어져 있는 고리에 대해서도 정확하게 이야기할 수 있을 걸세. 하지만 우리는 아직 순수한 논리만으로는 결론을 알 수 없네. 그건 이성만이 밝혀낼 수 있는 문제야. 연구를 통해서 다양한 문제를 해결할 수 있어. 모두가 오감에 의존해서 해결하려 해도 풀리지 않는 문제를 서재에 틀어박힌 채 풀 수도 있다는 소리야. 하지만 그런 논리적 능력을 최고로 발휘하기 위해서, 추리자에게는 자신이 알고 있는 모든 사실을 남김없이 이용할 수 있는 힘이 있어야 하네. 자네도 알다시피 그것은 한 개인이 모든 지식을 알고 있어야 한다는 말이지. 자유교육이 발달하고 백과사전이 모든 분야를 다루고 있는 오늘날에도 만물박사가 된다는 것은 쉽지 않네. 그렇지만 자기 일에 도움이 될 만한 범위라면, 그에 속하는 모든 지식을 갖추기가 꼭 불가능하지만도 않아. 나는 그렇게 하려고 노력해 왔네. 내 기억이 정확하다면 우리가 서로 알고 얼마 지나지 않아서 자네가 내 지식의 한계에 대해서 정확하게 언급한 적이 있었지?"

내가 웃으며 대답했다.

"그래, 맞아. 그건 정말 재미있는 기록이었어. 철학, 문학, 정치에 관한 자네 지식은 전혀 없었고, 식물학 지식은 분야가 무엇이냐에 따라 정도가 달랐네. 지질학이라면 런던에서 80킬로미터 이내의 지역에 있는 흙을 보고 어느 지역의 것인지 알아낼 만큼 정통했지. 화학 지식도 매우 기이

---

25) Georges Cuvier (1769~1832). 프랑스의 동물학자. 동물계의 분류표를 만들었으며, 고생물학을 창시하였다.

하고, 해부학은 체계적이지 않았네. 인기 문학이나 범죄에 대해서는 방대한 지식을 자랑했고, 바이올린 연주에 능하며, 권투, 검술, 법률 분야에 상당한 실력을 갖추었지. 한편으로는 코카인과 니코틴 중독자이기도 했어. 자네에 대한 내 분석은 대략 이런 내용이었을 거야."

홈즈가 코카인과 담배에 관한 항목을 듣고 빙그레 웃었다.

"맞아. 그때도 말했듯이 인간은 두뇌라는 좁은 다락방에 자기가 쓸 도구만 넣어 두면 돼. 다른 것들은 모두 잡동사니를 쌓아 두는 방에 던져 두었다가 필요할 때마다 꺼내 쓰면 되는 걸세. 그런데 오늘 우리 앞에 던져진 문제, 이런 사건을 대할 때는 우리의 모든 지식을 총동원해야 하네. 미안하지만 자네 옆에 있는 책꽂이에서 'K'항목이 실려 있는 미국 백과사전을 뽑아 주지 않겠나? 고맙네. 우선 상황을 정확히 파악하고 나서 어떤 추론을 이끌어 낼 수 있을지 한번 따져 보세.

우선 청년의 큰아버지인 오픈쇼 대령은 어떤 중대한 이유 때문에 미국을 떠났을 거야. 아주 유력한 추정이지. 그것을 바탕으로 해서 시작해 보세. 그 정도 나이가 들면 대부분의 남자들은 웬만하면 자기 생활을 바꾸려 들지 않을 테고, 쾌적한 기후의 플로리다 생활과 외로운 영국 시골 생활을 맞바꿀 리도 없네. 그러니 대령이 영국에서의 고독한 삶을 고집했던 것은 누군가를, 혹은 무엇인가를 매우 두려워했기 때문일 걸세. 그 공포의 정체가 과연 무엇이었을까? 그것은 대령과 그 상속인들이 받은 무시무시한 편지로 추리할 수밖에 없네. 자네, 그 편지의 소인을 유심히 살펴보았나?"

"첫 번째 편지는 인도의 폰디체리, 두 번째 편지는 스코틀랜드의 던디, 세 번째 편지는 런던이었네."

"런던의 동부였지. 이 사실을 놓고 자네는 어떤 추론을 내리겠나?"

"모두 항구가 있는 곳일세. 편지를 보낸 녀석은 배에 타고 있었어."

"훌륭한 분석이야! 이렇게 해서 단서 하나를 잡은 셈이지. 배에 타고 있는 사람이 이 편지를 쓴 거야. 분명해. 그리고 한 가지 사실을 더 생각해 볼 수 있네. 폰디체리에서 협박장을 보냈을 때는 범행에 옮길 때까지 7주가 걸렸네. 던디에서 보냈을 때는 3, 4일밖에 걸리지 않았고. 뭔가 떠오르는 게 없나?"

"호샴으로 가는 데 시간이 걸린 거겠지."

"편지도 멀리서 오지 않았나."

"그렇군. 난 더 이상 모르겠네."

"적어도 협박한 녀석이나 그 동료가 탄 배가 바람으로 움직이는 범선이라는 추리는 가능할 걸세. 녀석들은 언제나 사명감에 불타 출발하기 직전에 이 기묘한 경고나 신호를 보냈을 거야. 던디에서 편지를 보냈을 때는 곧바로 범행을 저질렀네. 만약 녀석들이 증기기관을 이용하는 기선을 타고 폰디체리에서 왔다면 그 편지와 거의 동시에 도착했을 거야. 하지만 실제로는 편지보다 7주나 늦었네. 이 7주라는 시간은 편지를 운반한 우편선과 편지를 보낸 사람들이 탄 범선의 속도 차이를 말해 준다고 생각하네."

"그럴 수도 있겠군."

"그럴 수도 있는 게 아니라 틀림없어. 자, 이제 자네도 내가 새로운 사건이 바로 코앞에 닥쳤다고 생각한 이유, 그리고 오픈쇼 청년에게 자꾸만 주의를 거듭하라고 당부했던 이유를 알 수 있겠지? 그 무시무시한 범죄는 언제나 편지를 보낸 사람이 배를 타고 이동하는 데 필요한 시간이 흐른 다음에 일어났네. 그런데 이번 편지는 런던에서 보냈어. 시간적 여유가 없다는 말이지."

"정말 큰일 났군! 그런데 왜 이렇게 끔찍한 짓을 저지르는 걸까?"

"오픈쇼 대령이 가지고 있던 서류는 범선에 타고 있는 녀석들의 목숨을 좌지우지할 만큼 중요했을 거야. 범인은 한 명이 아닐 걸세. 혼자서 배심원들의 눈을 완벽하게 속여 가며 둘이나 죽이는 것은 쉬운 일이 아니니까. 책략에 뛰어나고 결단력이 있는 민첩한 녀석들이 범행을 도왔을 거야. 놈들은 서류를 누가 가지고 있든 그것을 손에 넣을 생각일 걸세. 그러니까 'K.K.K.'라는 글자는 한 사람의 이름이 아니라 어떤 결사대를 뜻하는 부호라고 생각하는 게 옳아."

"결사대라니?"

"이보게 왓슨. 자네 혹시 '쿠 클럭스 클랜Ku Klux Klan'이라는 이름을 들어 본 적 없나?"

셜록 홈즈가 내 앞으로 바짝 다가와 목소리를 낮추고 말했다.

"아니, 전혀."

내 대답을 듣고 홈즈는 무릎 위에 올려놓았던 백과사전을 넘기기 시작했다.

"여기 있군."

이렇게 말한 홈즈는 다음과 같은 내용을 읽기 시작했다.

쿠 클럭스 클랜. 소총의 공이치기를 잡아당길 때 나는 소리와 비슷하여 붙여진 이름이다. 이 무시무시한 비밀결사대는 남북전쟁이 끝난 뒤, 남부 각 주에 있던 남군 소속 군인들 몇 명이 모여 결성했으며 곧 전국으로 세력을 확장했다. 특히 테네시, 루이지애나, 남북 캐롤라이나, 조지아, 플로리다에는 주마다 지부를 두었다. 이 결사는 흑인 유권자를 협박하고, 자신들의 견해에 반대하는 자를 살해하거나 외국으로 내쫓는 등 주로 정치적 목적을 이루기 위해 힘쓰고 있다. 이 결사대는 폭행을 가하기 전에 기묘하지만 일반인들에게 잘 알려진 방법을 사용해서 상대에게 미리 경고한다. 어떤 지역에서는 떡갈나무 가지를, 어떤 지역에서는 멜론 씨앗이나 오렌지 씨앗을 보내는 것이다. 이 경고를 받은 사람은 자신의 주장을 버리겠다고 대중 앞에서 선언하거나 국내에서 도망쳐야 한다. 만약 경고를 받고도 뜻을 굽히지 않고 자신의 주장을 펼치면 결국에는 생각지도 못했던 이상한 재난에 휩싸여 죽게 된다. 이 조직에는 빈틈이 없고 그 방법이 매우 체계적이어서 경고를 무시하고 살아남은 자는 단 한 명도 없다. 게다가 살인이 일어나더라도 범인이 잡혔다는 기록은 한 줄도 남아 있지 않다. 미국 정부와 남부 상류계급의 노력에도 불구하고 이 결사대는 수년 동안이나 맹위를 떨쳤다. 1869년에 이르러 이 조직은 갑자기 무너졌지만 그 뒤에도 이러한 사건이 산발적으로 발생하고 있다.

홈즈가 책을 아래로 내려놓으며 말했다.

"자네도 눈치챘겠지만 이 비밀결사가 무너진 시기에 오픈쇼 대령은 서류를 들고 미국을 떠났네. 이 두 가지는 원인과 결과라고 생각해도 좋을 거야. 그렇다면 오픈쇼 대령과 그 가족이 끈질기게 'K.K.K.'의 표적이 되고 있다고 해도 이상하지 않네. 그 장부와 일기가 남부의 유력자들과 관계있으며, 그것이 발견될 때까지는 두 다리 쭉 뻗고 잘 수 없는 사람들이 여럿 있다는 사실을 알 수 있겠지?"

"그렇다면 조금 전에 우리들이 봤던 그 종이쪽지는……."

"우리가 생각한 대로겠지. 내 기억이 정확하다면 거기에 적혀 있던 내용은 'A, B, C에게 씨앗을 보냈다.', 즉 세 사람에게 결사대의 경고를 보냈다는 것이었어. 뒤이어 A와 B가 떠났네. 외국으로 떠났다는 소리겠지.

그리고 C를 방문했네. 아마 C는 처참한 최후를 맞이했을 거야. 왓슨 박사, 우리가 이 어둠 속에 빛을 비출 수 있을 것 같네. 오픈쇼 청년이 살아남을 길은 내가 시키는 대로 하는 것뿐이네. 오늘 밤에는 더 이상 할 말도, 할 일도 없으니 내 바이올린을 집어 주지 않겠나? 30분 정도는 이 궂은 날씨와 우리 인간 동포들의 참상을 잊고 싶네."

이튿날 아침에는 날이 활짝 개었다. 대도시 런던을 덮은 희미한 안개 사이로 태양이 부드럽게 빛을 발했다. 내가 아래로 내려가자 홈즈는 이미 식탁에 자리를 잡고 앉아 있었다.

"미안하지만 먼저 먹고 있었네. 오픈쇼 청년의 사건을 조사하려면 오늘은 아주 바쁠 것 같아서."

"수사를 어떻게 진행할 생각인가?"

"그건 처음 수사 결과에 따라서 달라지겠지만 결국에는 호샴까지 가야 할 것 같네."

"처음부터 그쪽으로 가는 게 아니었나?"

"응, 런던 시내에서부터 시작할 생각이네. 벨을 좀 눌러 주겠나? 가정부가 자네 커피를 들고 올 걸세."

기다리는 동안 나는 아직 아무도 읽지 않은 신문을 식탁에서 집어 들고 훑어 나갔다. 그런데 어떤 기사를 보는 순간, 심장이 멈춰 버리는 듯했다. 내가 외쳤다.

"홈즈! 이미 늦었네."

홈즈가 커피 잔을 내려놓았다.

"뭐라고? 걱정하던 일이 벌어졌단 말인가? 그래, 어떻게 당했나?"

"오픈쇼라는 이름과 〈워털루 다리 부근의 참사〉라는 글이 눈에 띄었네. 기사를 읽어 보겠네."

어젯밤 9시에서 10시 사이에 H서의 쿡 순경이 워털루 다리 부근을 순회하던 중, 살려 달라는 비명과 함께 무엇인가가 물에 빠지는 소리를 들었다. 몇몇 행인들이 협력했지만 칠흑 같이 어두운 밤인 데다 쏟아지는 폭풍우 탓에 그를 구할 수는 없었다. 곧바로 수상 경찰서에 연락하여 그들의 도움으로 간신히 시체를 찾아낼 수 있었다. 주머니 속에서 발견된 봉투에 적힌 이름을 통해 숨진 사람은 호샴 부근에 살고 있는 존 오픈쇼라는 청년임이 밝혀졌다. 워털루 역에서 막차를 탈 생각으로 서두르다가 어둠 속에서 길을 잘못 들었고, 기선이 정박하는 작은 선창에서 발을 헛디뎌 사고를 당한 것으로 추정된다. 시체에 폭행당한 흔적이 없는 점으로 미루어보아 불행하게도 사고로 목숨을 잃은 것이 분명하다. 이 사건을 계기로 당국은 선창의 안전 문제에 대해서 더욱 주의를 기울여야 할 것이다.

우리는 한동안 말없이 앉아 있었다. 그렇게 풀 죽은 홈즈의 모습을 본적이 없었다.

"내 자존심에 커다란 상처를 입었네, 왓슨. 물론 하찮은 개인적 감정이지만 내 자존심은 완전히 짓뭉개졌네. 이 사건은 이제 내 문제가 되었네. 내가 살아 있는 한 결코 포기하지 않고 그 폭력배들을 뒤쫓을 걸세. 나를 찾아와 도움을 요청한 사람을 사지로 내몰다니……."

홈즈는 자리에서 벌떡 일어나 흥분을 가라앉히지 못하고 방 안을 서성이면서 길고 가느다라며 섬세한 손가락을 쥐었다 폈다 했다. 창백한 얼굴은 붉게 물들인 채 이렇게 외쳤다.

"교활하기 짝이 없는 악당 녀석들! 대체 어떻게 그 청년을 그곳으로 불러 들였을까? 템스 강변은 여기에서 역으로 직접 가는 길이 아니란 말이지. 아무리 날씨가 거친 밤이었다고 해도 다리 위에는 지나다니는 사람이 많아서 행동하기에 적합하지 않아. 그러니 그를 강변으로 유인한 거겠지. 좋았어, 왓슨. 마지막에 누가 이기는지 끝까지 지켜보게나. 나갔다 오겠네!"

"경찰서에 가나?"

"아니, 이제 내가 곧 경찰일세. 내가 그물을 쳐 주면 경찰도 파리 정도는 잡을 수 있겠지만, 그전까지는 아무것도 잡지 못할 걸세!"

그날 나는 내 본업인 의사의 직무를 충실히 마치고 저녁 늦게 베이커 가로 돌아왔다. 셜록 홈즈는 아직 돌아오지 않았다. 그는 밤 10시 가까이가 돼서야 창백하고 수척한 얼굴로 모습을 드러내고는 찬장 쪽으로 걸어가더니 빵을 찢어 꾸역꾸역 입으로 밀어 넣고 물과 함께 단숨에 삼켜 버렸다. 내가 홈즈에게 물었다.

"배가 고팠나?"

"배고파 죽을 것 같았네. 끼니를 때우는 걸 잊었거든. 아침만 먹고 나서 아무것도 안 먹었네."

"아무것도?"

"한 입도. 그런 것을 생각할 시간이 없었네."

"그래, 일은 잘됐는가?"

"응."

"단서를 잡았나?"

"녀석들은 이제 내 손아귀에 있는 것이나 마찬가지라네. 머지않아 오픈쇼 청년의 원수를 갚을 수 있을 것 같아. 왓슨, 이번에는 우리가 녀석들에게 그 악마의 표시를 붙여 주는 걸세. 어떤가? 좋은 생각이지?"

"어떻게 할 생각인데?"

홈즈는 선반 위에 있던 오렌지를 하나 집어 들더니 그것을 몇 개로 갈라 그 안에 있는 씨앗을 빼내 탁자 위에 올려놓았다. 그중에서 다섯 개를 집어 봉투에 넣고는 안쪽 풀칠하는 곳에 'J. O.를 위하여, S. H.가'라고 적었다. 그리고 봉투를 봉한 뒤 겉에 '미국 조지아 주 서배너[26] 항범선 론스타 호 선장 제임스 캘하운 귀하'라고 받는 사람의 이름을 썼다. 그러고는 껄껄 웃었다.

"이 편지가 먼저 도착해서 선장이 항구에 들어오기를 기다리고 있을 걸세. 그러면 선장은 밤에 잠도 자지 못할 거야. 오픈쇼 대령처럼 녀석도 이 편지가 끔찍한 운명을 예고한다고 생각하겠지."

"그 캘하운 선장은 어떤 자인가?"

"폭력배들의 우두머리지. 다른 녀석들도 잡아들일 생각이지만 우선은

---

26) Savannah. 미국 조지아 주에 있는 항만 도시.

두목 먼저 잡아들일 거야."

"어떻게 찾아낸 건가?"

홈즈는 주머니에서 커다란 종이를 한 장 꺼냈다. 거기에는 날짜와 배의 이름이 가득 적혀 있었다.

"하루 종일 로이드 해상 보험 협회의 선박 연감과 지난 신문철을 뒤적여 1883년 1월부터 2월까지 폰디체리 항에 기항한 배들의 다음 항해지를 조사해 봤다네. 그 두 달 동안 폰디체리 항에 기항한 배들 중, 톤수가 큰 것은 총 36척이었네. 그중에서 '론스타 호'라는 이름이 내 시선을 끌었네. 그 배는 런던에서 출항한 것으로 적혀 있었지만 그 이름은 미국 어떤 주의 별명이기도 했으니까."

"텍사스 주의 별명[27]일 걸세."

"어느 주인지는 확실히 모르겠어. 하지만 이 배가 틀림없이 미국 국적의 배라는 사실을 알 수 있었네."

"그리고?"

"던디 항의 기록도 살펴보았지. 거기서 범선 론스타 호가 1885년 1월에 기항했다는 사실과 내 추리가 정확했다는 사실을 알았네. 그 다음에는 지금 런던 항에 정박하고 있는 배를 조사했어."

"결과는 어땠나?"

"지난주에 그 론스타 호가 입항했더군. 나는 앨버트 독으로 가 보았네. 거기서 이 배가 오늘 아침에 썰물을 타고 템스 강을 따라 내려가 서배너로 출항했다는 사실을 알아냈네. 바로 잉글랜드 동남부 항구 도시인 그레이브센드로 전보를 쳤는데, 조금 전에 론스타 호가 그곳을 통과했다

---

27) 당시 텍사스 주를 상징하는 깃발에 별이 하나였던 데에서 '론 스타Lone star'라는 별명을 얻었다.

는 답장이 왔네. 동풍이 불고 있으니 지금쯤은 동남 해안의 먼 바다인 굿윈을 지나 와이트 섬 근처에 있을 거야."

"이제 어쩔 생각인가?"

"이미 녀석들을 잡은 것이나 다름없네. 내가 알아본 바에 따르면 선장과 두 항해사만 미국인이고 나머지 승무원은 전부 핀란드와 독일 사람들이야. 그리고 이건 항구 인부들에게 들었는데, 어제 상륙한 사람은 선장과 두 항해사뿐이라더군. 그 범선이 서배너에 도착하면 이 편지가 우편선을 타고 먼저 가서 녀석들을 기다리고 있을 걸세. 그리고 해저전신으로 서배너의 경찰들에게 보낸 전신이 이미 도착해 있을 거야. 그 세 녀석을 살인 사건의 용의자로 영국에 넘겨주기 바란다는 내용이었지."

하지만 인간이 최선을 다해 계획을 세운다 하더라도 어딘가에는 반드시 빈틈이 있기 마련이다. 존 오픈쇼 살해범들은 영원히 오렌지 씨앗을 받지 못했다. 만약 그것을 받았다면 범인들은 자신들에게 결코 뒤지지 않는, 책략이 뛰어나고 결단력이 강한 사람이 뒤를 쫓고 있다는 사실을 알았을 것이다. 그해 추분에 불어닥친 폭풍은 매우 길고 거칠었다. 우리는 서배너에서 론스타 호의 소식이 들려오기를 애타게 기다렸지만 오랫동안 아무 소식도 없었다. 그러다가 드디어 저 멀리 대서양 한가운데서 부서진 범선의 돛대가 둥둥 떠다니는 것이 목격되었다는 정보를 얻었다. 그 잔해에는 론스타의 머리글자인 'L. S.'가 새겨져 있었다고 한다. 이제 더 이상, 우리는 그 배의 운명에 대한 정보를 얻지 못할 것이다. 영원히 말이다.

6. 입술 비뚤어진 남자

세인트 조지 신학 대학의 학장이었던 고故 일라이어스 휘트니의 동생, 아이사 휘트니는 심한 아편 중독자였다. 이러한 나쁜 습관에 빠지게 된 것은 어리석은 호기심 때문이었다. 그는 대학생 때 드퀸시[28]가 아편을 피울 때의 꿈과 환각을 묘사한 작품을 읽고, 자기도 그러한 흥분의 세계를 즐기고 싶다는 생각에 담배를 아편 용액에 담갔다가 피우곤 했다. 그 탓에 휘트니는 악습에는 빠지기 쉬우나 거기서 벗어나기는 어렵다는 사실을 알게 되었다. 그는 몇 년 사이에 아편의 노예로 전락했으며 친구와 친척들에게는 두려움의 대상이 되었고 동정을 받는 사내가 되어 버렸다. 지금은 얼굴이 누렇게 부었고, 눈꺼풀은 처졌으며, 눈동자는 바늘구멍처럼 오그라들었고, 언제나 의자에 웅크리고 앉아 말 그대로 몰락한 귀족의 꼴이 되고 말았다.

---

28) Thomas De Quincey(1785~1859). 영국의 비평가 겸 수필가. 아편 상용자로, 아편을 피울 때 느끼는 쾌락과 매력, 그 남용에 따른 고통과 공포를 이야기한 작품을 썼다.

1889년 6월의 어느 날 밤, 슬슬 하품을 하기 시작하면서 시계를 쳐다보게 되는 그런 시각에 누군가가 우리 집의 벨을 울렸다. 편하게 앉아 있던 나는 의자에서 몸을 일으켰다. 아내는 뜨갯감을 무릎 위에 올려놓고 조금 언짢은 표정으로 말했다.

　"환자예요! 또 왕진을 다녀와야겠네요."

　내 입에서 저절로 신음소리가 새어나왔다. 하루의 피로가 간신히 풀리기 시작했는데 말이다. 문 열리는 소리와 두어 마디 다급하게 이야기하는 소리가 들리더니 리놀륨[29] 바닥 위를 서둘러 걷는 소리가 들렸다. 방문이 활짝 열리더니 어두운 색 옷을 입고 검은 베일로 얼굴을 가린 여자가 들어왔다.

　"이렇게 늦은 시간에 찾아와서 죄송합니다."

　이렇게 말하더니 여자는 갑자기 이성을 잃고 아내 쪽으로 달려가 그녀의 목에 두 손을 감고 어깨에 기대어 울기 시작했다.

　"아아, 어떻게 해야 좋을지 모르겠어! 제발 도와줘!"

　아내가 여자의 베일을 걷어 올렸다.

　"어머, 케이트 휘트니잖아? 놀랐잖아, 케이트! 너인 줄 몰랐어."

　언제나 이런 식이었다. 슬픔에 잠긴 사람들은 등대로 모여 드는 새처럼 아내를 찾아왔다.

　"정말 잘 왔어. 포도주에 물을 타서 줄 테니 여기에 앉아서 전부 이야기해 봐. 우리 남편은 먼저 자라고 할까?"

　"아니, 아니야! 선생님의 조언과 도움도 얻고 싶어요. 아이사의 일이에요. 벌써 이틀째 집에 돌아오지 않았어요. 무슨 일이 생긴 게 아닐까 너

---

29) linoleum. 아마 씨에서 짜낸 기름의 산화물인 리녹신에 나뭇진, 고무질 물질, 코르크 가루 따위를 섞어 삼베 같은 데에 발라서 두꺼운 종이 모양으로 눌러 편 물건. 서양식 건물의 바닥이나 벽에 붙인다.

무 걱정이 돼요."

케이트가 우리에게 남편 아이사의 문제를 상담한 것은 이번이 처음이 아니었다. 나는 의사로서, 아내는 학창 시절부터의 친구로서 아이사에 관해 케이트와 종종 상의하기도 하고 그녀의 하소연을 들어 주기도 했다. 우리는 할 수 있는 모든 말을 동원해서 케이트를 위로했다. 과연 케이트는 자기 남편이 어디 있는지 알고 있을까? 나는 아이사를 찾아서 데려올 수 있을까?

이야기를 들어 보니 불가능하지는 않을 듯했다. 케이트가 손에 넣은 확실한 정보에 따르면 요즘 아이사는 발작이 일어날 때면 시내 동쪽 끝에 있는 아편굴로 간다고 했다. 지금까지는 아편을 피우는 즐거움도 그날 하루로만 한정되어 저녁이 되면 형편없는 몰골을 한 채 몸을 부들부들 떨며 집으로 돌아왔다. 그런데 이번에는 꼬박 이틀이나 돌아오지 않았으니 아직도 지저분한 침대에 쓰러져 아편을 피우고 있거나 약에 취해 꿈을 꾸며 자고 있을 터였다. 케이트가 말하길 아이사가 있는 곳은 스완덤 골목에 있는 '황금 막대'라고 했다. 그러나 케이트가 무엇을 할 수 있겠는가? 젊고 마음이 여린 부인이 그런 곳에 들어가서 난봉꾼 무리를 헤치고 남편을 데려올 수 있을까?

방법은 하나밖에 없었다. 내가 케이트와 함께 거기에 가면 된다. 그러나 다시 생각해 보면 케이트가 거기에 가야만 할 이유가 있을까? 나는 아이사 휘트니의 주치의였기 때문에 그는 내 말을 잘 듣는 편이었다. 그러니 차라리 나 혼자 가는 편이 나으리라. 나는 케이트에게 만약 그녀가 가르쳐 준 곳에 아이사가 있으면 두 시간 안에 반드시 마차에 태워 보내겠다고 굳게 약속했다. 그리고 10분 후, 나는 안락의자와 편안한 거실을 뒤로하고 이륜마차에 올라 이 이상한 용무를 수행하기 위해 동쪽으로 달렸다. 그때는 단지 이상한 용무라고만 생각했으나 얼마나 기묘한 일이 될지는 나중에서야 깨달았다.

그러나 나의 모험도 처음에는 특별히 이렇다 할 만한 점은 없었다. 스완덤 골목은 런던 다리의 동쪽 편에 늘어선 높다란 부두 뒤편에 있는, 지저분한 거리였다. 옷가게와 싸구려 술집 사이로 난 급한 계단을 내려가면 동굴처럼 어두운 공터가 나왔는데 거기가 내 용무의 목적지인 아편굴이었다. 마부에게 기다리라고 말한 뒤, 나는 계단을 내려갔다. 술꾼들에게 끊임없이 밟힌 탓에 계단 가운데 부분이 완전히 닳아 움푹 파여 있었다. 문 위쪽에 매달려 깜빡이는 석유램프 불빛에 의지해서 그쪽으로 다가가니 문 걸쇠가 있었다. 그것을 벗기고 들어간 실내는 천장이 낮고 기다란 방이었다. 이민자를 수송하는 배의 선실처럼 침상이 층층이 놓여 있었고 아편의 갈색 연기가 짙고 무겁게 감돌았다.

어둑한 방 안을 가만히 살펴보니 그 침상에는 사람들이 기묘하고도 느즈러진 모습으로 누워 있었다. 사람들은 등을 활처럼 둥그렇게 말고, 무릎을 구부리고, 머리를 뒤로 젖히고, 턱을 위로 내밀어 탁하고 멍한 눈빛으로 막 들어온 나를 바라보았다.

어두운 그림자 사이로 몇 개의 조그맣고 빨간 불빛이 둥그렇게 밝아졌다가 사라지며 반짝였다. 금속으로 된 파이프에서 아편이 타오르거나 꺼져 드는 모습이었다. 사람들은 대부분 말없이 누워 있었는데 개중에는 중얼중얼 혼잣말을 하는 자도 있었고, 기묘하고 단조로운 목소리로 옆 사람과 이야기를 나누는 자도 있었다. 대화가 무르익나 싶으면 갑자기 꼬리를 감추듯 사그라졌고, 모두가 입을 다물고 있다가도 다시 각자가 제멋대로 중얼거리며 상대방의 이야기에는 거의 귀를 기울이지 않았다. 안쪽 깊은 곳에 숯불이 타고 있는 화로가 있었고 그 옆의 삼발이 나

무의자에 깡마른 노인이 앉아 양 무릎에 팔꿈치를 대고 주먹 위에 턱을 얹은 채 가만히 불을 바라보고 있었다. 내가 그곳으로 들어가자 노란 얼굴의 말레이시아 점원이 파이프와 1회분의 약을 들고 종종걸음으로 다가와서는 비어 있는 침상으로 안내했다.

"고맙지만 아편을 피우러 온 게 아니오. 나는 친구를 찾으러 왔소. 아이사 휘트니라는 사람인데, 잠깐 할 말이 있어서."

그때 내 오른쪽에서 누군가 움직이는 기척이 나더니 외침이 들렸다. 어둠 속을 가만히 들여다보니 창백한 얼굴에 피골이 상접한 휘트니가 형편없는 몰골로 나를 바라보고 있었다.

"아니, 왓슨이잖아!"

휘트니가 말했다. 이제 막 마약에서 깨어났는지 약물 반동이 일어나 온 몸의 신경이 부들부들 떨리고 있었다.

"왓슨, 지금 몇 시인가?"

"밤 11시가 다 됐네."

"며칠이고?"

"6월 19일, 금요일."

"아뿔싸! 수요일인 줄 알았어. 아니, 틀림없이 수요일일 거야. 왜 사람을 놀라게 하는 건가?"

휘트니는 두 팔 안에 얼굴을 묻고 높다란 소리로 훌쩍이기 시작했다.

"이보게, 오늘은 정말 금요일이야. 부인이 지난 이틀 동안 자네를 기다렸어. 부끄러운 줄 알게나!"

"나도 그렇게 생각하네. 하지만 자네도 이상한 사람이군, 왓슨. 나는 여기에 온 건 겨우 두어 시간 정도밖에 되지 않았어. 아편도 세 대인가 네 대밖에 안 피웠고. 아니, 숫자는 잊어버렸지만. 뭐, 그래도 자네와 함께 돌아가겠네. 케이트를 걱정하게 만들 수는 없지. 가엾은 케이트. 잠깐 나 좀 잡아 주게나! 마차는 있나?"

"있네. 밖에서 기다리라고 했어."

"그럼 그걸 타고 가세. 그전에 계산을 해야 해. 얼마인지 물어봐 주겠나, 왓슨? 온몸에 힘이 없어. 혼자서는 아무것도 못 하겠네."

나는 양쪽에 사람들이 아무렇게나 나뒹굴고 있는 좁은 통로를 지나 혐오스러운 마약 연기를 가능한 한 마시지 않도록 숨을 참으며 지배인을 찾아다녔다. 화로 옆에 앉아 있는 키 큰 노인을 지나칠 때, 누군가 옷자락을 잡아끄는 느낌이 들었고 낮은 목소리가 들려왔다.

"나를 지나치고 나서 뒤를 돌아보게."

나는 분명히 그 말을 들었다. 눈을 내리깔아 발밑을 보았다. 그 목소리는 옆에 있는 노인의 입에서 나온 것이 분명했다. 그런데도 노인은 여전히 몽환에 잠긴 모습으로 앉아 있었다. 삐쩍 말랐고, 주름투성이에, 나이에 걸맞게 허리도 굽었으며, 몹시도 나른한지 아편 파이프가 손가락에서 미끄러져 떨어질 듯 양 무릎 사이에 대롱대롱 매달려 있었다. 나는 두 걸음 앞으로 나가 뒤를 돌아보았다. 그 순간, 나도 모르게 놀라 소리

지를 뻔했으나 간신히 참을 수 있었다. 노인은 나에게만 보이도록 다른 이들에게서 등을 돌렸다. 그의 몸이 꼿꼿해지고, 주름이 사라졌으며, 흐릿했던 눈빛이 초롱초롱 빛났다. 화로 옆에 앉아서는 내가 놀라 펄쩍 뛰는 모습을 보고 빙그레 웃고 있는 것은 놀랍게도 셜록 홈즈였다. 홈즈는 조그만 몸짓으로 내게 곁으로 오라고 신호를 보냈다. 그러더니 다시 늙어서 쇠약하고 입가가 축 쳐진 노인으로 변해서는 다른 사람들을 향해 얼굴을 반쯤 돌렸다.

내가 낮은 목소리로 말했다.

"홈즈, 이 아편굴에서 대체 뭘 하는 건가?"

"되도록 작은 목소리로 말하게. 나는 귀가 밝은 편이니까. 미안하지만 아편에 취한 자네 친구의 일을 처리하고 나면 나와 이야기 좀 나눌 수 있겠나?"

"밖에서 마차가 기다리고 있네."

"그럼 그 사람을 마차까지만 데려다주게. 혼자서 돌아가도 아무 문제 없을 거야. 꽤나 축 늘어져 있으니 도중에 문제를 일으키지는 않을 걸세. 자네 부인에게도 홈즈를 만나 같이 있겠다고 편지를 써서 마부에게 전해 달라고 부탁하게. 그럼, 밖에서 기다려 주게. 5분 뒤에 나가겠네."

그의 말투는 분명했으며 확신에 차 있었기 때문에 셜록 홈즈가 나에게 무슨 부탁을 해도 나는 그의 요구를 거절하지 못했다. 어쨌든 휘트니를 마차에 밀어 넣으면 나는 내 임무를 다한 셈이었다. 그 다음부터는 홈즈와 함께, 그에게는 일상이 되어 버린 불가사의한 모험에 발을 내딛을 수 있다면 그처럼 유쾌한 일도 없을 것이다. 나는 5분이 채 되지 않는 시간에 아내에게 편지를 쓰고 휘트니의 아편 값을 치른 다음, 휘트니를 밖으로 데리고 나와 마차에 태우고, 그를 실은 마차가 어둠 속으로 사라져 가는 모습을 지켜보았다. 잠시 후, 아편굴에서 노인 하나가 모습을 드러냈고 나는 그와 함께 길을 걷기 시작했다. 길을 두 개 정도 건너는 동안 홈즈는 허리를 구부리고 힘없는 발걸음으로 비틀비틀 걸었다. 그러다가 잽싸게 주위를 둘러보더니 몸을 쭉 펴고 배 속에서 올라오는 커다란 소리로 웃어 댔다.

"어떤가, 왓슨? 내가 아편까지 피우는 줄 알았겠지? 코카인 주사나 자네가 의사 입장에서 충고하는 여러 가지 나쁜 버릇에 더해서 말일세."

"그런 곳에 있을 줄은 꿈에도 생각지 못했네."

"놀란 것은 나일세. 거기서 자네를 만날 줄이야."

"친구를 찾으러 갔다네."

"나는 적을 찾으러 갔지."

"적?"

"그래, 내 숙명의 적, 아니 숙명의 사냥감이라고 해도 좋을 테지. 그러니까 왓슨, 나는 지금 매우 까다로운 사건을 조사하고 있다네. 그 아편에 취한 사람들의 종잡을 수 없는 헛소리 속에서 단서를 잡을 수 있을 거라 생각했지. 예전에도 자주 쓰던 수법이었거든. 하지만 저 아편굴에서 내 정체를 들켰다가는 목숨이 몇 개라도 부족했을 거야. 예전에 일 때문에 저곳을 이용한 적이 있었는데 그곳의 경영자인 인도인 뱃사람이 내게 반드시 복수를 하겠다고 떠들어 대고 있어. 그 건물 뒤쪽에 비밀 문이 있다네. 폴 부두 옆이지. 달이 없는 밤이면 어떤 사람들이 그 문을 지나갔는지 아나? 비밀 문에 입이 있다면 여러 가지 기묘한 이야기를 들을 수 있을 걸세."

"뭐라고! 설마 시체를 말하는 건 아니겠지?"

"아니긴. 시체가 맞다네, 왓슨. 저 아편굴에서 사람이 죽어 나갈 때마다 1,000파운드씩을 받는다면 우린 엄청난 부자가 될 걸세. 저곳은 이 강변에서도 가장 끔찍하고 저주받은 곳이야. 그곳에 들어간 네빌 세인트 클레어라는 사람이 두 번 다시 나오지 못할까 봐 걱정일세. 그런데 내가 기다리라고 했던 마차가 이 근처에 있을 텐데."

홈즈는 검지 두 개를 입에 물고 날카로운 휘파람 소리를 냈다. 그러자 멀리서 같은 휘파람 소리가 들리더니 곧 바퀴 덜컹거리는 소리와 말발굽 소리가 들려왔다.

"어떤가, 왓슨."

홈즈가 말했다. 높다랗고 가벼운 이륜마차가 양쪽 램프에서 금빛 두 줄기를 뿜어내며 어둠 속에서 달려오고 있었다.

"같이 가 줄 건가?"

"내가 도움이 된다면."

"물론, 믿을 수 있는 친구는 언제나 도움이 되는 법이지. 게다가 자네는 사건 기록을 담당하고 있으니 더욱 그렇지. 삼나무 집에 있는 내 방에는 더블 침대가 있다네."

"삼나무 집?"

"응, 세인트클레어 씨의 저택이야. 조사를 하는 동안 나는 거기서 묵고 있네."

"어디쯤인가?"

"켄트 주의 리 시 부근이야. 여기서 마차로 11킬로미터 가면 돼."

"하지만 나는 이 사건에 대해 아는 게 전혀 없는데."

"물론 지금은 아는 게 없지만 곧 전부 알게 될 걸세. 어서 타게. 이젠 됐소, 존. 그만 돌아가도 좋소. 반 크라운밖에 안 되지만 받아 두고 내일은 11시쯤에 부탁하오. 고삐를 넘겨주시오. 자, 그럼!"

홈즈는 말에 채찍을 휘둘렀다. 우리는 어둑하고 인적이 끊긴 거리를 끝없이 달려 나갔다. 거리가 점점 넓어지는가 싶더니 곧 난간이 있는 넓은 다리로 접어들었다. 아래로는 검은 강이 천천히 흐르고 있었다. 그 너머에는 다시 벽돌과 모르타르로 지은 삭막한 집들이 이어져 있었으며, 순찰을 도는 경찰의 무겁고 규칙적인 발소리와 밤늦도록 술을 마시고 떠들어 대는 사내들의 노랫소리나 고함이 때때로 고요함을 깰 뿐이었다. 하늘에는 어두운 구름이 흘렀고 그 틈 사이로 별이 하나둘 희미하게 반짝였다. 홈즈는 묵묵히 말을 몰았다. 턱을 가슴에 깊이 묻고 있는 모습이 생각에 잠겨 있는 듯했다. 그 옆에 앉은 나는 능력이 출중한 홈즈가 이렇게 전력을 기울이는 사건이 대체 무엇인지 알고 싶었으나 홈즈의 생각을 방해하면 안 될 것 같아 물어보지 않았다. 마차는 그대로 수 킬로미터를 달리더니 런던 교외의 별장 지구로 접어들었다. 그러자 홈즈는 몸을 부르르 떨고 어깨를 들썩이더니 자신의 행동이 최선이라고 확신한 듯이 파이프에 불을 붙였다.

"자네에게는 침묵이라는 훌륭한 재능이 있어, 왓슨. 그것만으로도 자네는 내가 그 무엇과 바꿀 수 없는 소중한 친구일세. 단언컨대 나와 이야기를 나누어 줄 사람이 있다는 건 무척이나 고마운 일이라네. 내 생각은 그리 즐거운 게 아니니까 말이야. 나는 오늘 밤, 현관으로 마중 나올 그 집 부인에게 뭐라고 말해야 좋을지 생각하고 있었네."

"자네는 잊었을지 몰라도 나는 사건에 대해서 아무 말도 듣지 못했어."

"리 시에 도착할 때까지 대략적인 이야기를 할 시간은 있을 걸세. 한심할 정도로 단순해 보이는 사건인데도 어디서부터 손을 대야 좋을지 도무지 알 수가 없어. 물론 재료는 여러 가지가 있지만 그중 어디부터 손을 대서 사실을 더듬어 나가야 할지 실마리를 잡지 못하고 있네. 그럼, 사건에 대해서 대충 이야기해 주겠네, 왓슨. 그러면 자네는 내가 보지 못한 어둠 속의 빛을 볼 수 있을지도 모르니까."

"자, 어서 말해 주게."

"몇 년 전, 정확히 말해서 1884년 5월, 리 시에 한 신사가 나타났다네. 이름은 네빌 세인트클레어였는데 상당한 부자였던 모양이야. 그는 커다란 별장을 사들이고, 땅을 넓히고, 사치스러운 생활을 했다네. 머지않아 동네에 친구도 생기고 1887년에는 그 지역 양조업자의 딸과 결혼하여 두 아이를 낳았지. 이렇다 할 일정한 직업은 없었지만 몇 개의 회사와 관계가 있어서 매일 아침 런던으로 갔다가 저녁이면 캐논 가 역에서 5시 14분에 출발하는 열차로 돌아왔다네. 세인트클레어 씨는 지금 서른일곱 살이고, 성품이 온화하고 좋은 남편이자 자애로운 아버지인 데다, 그를 아는 사람들에게 모두 호감을 받고 있어. 현재 그에게 있는 빚은 88파운드 10실링이지만 캐피탈 앤 카운티스 은행에 220파운드의 예금이 있다고 하네. 그러니 돈 때문에 고생하지는 않았겠지.

지난 월요일에 네빌 세인트클레어 씨는 평소보다 조금 일찍 런던으로 나갔다네. 떠나면서 중요한 일 두 가지를 마무리 지어야 한다고 했고, 또 아이에게 장난감 블록 한 상자를 사 가지고 오겠다고 약속했어. 그런데 참으로 공교롭게도 그날 남편이 출발한 직후, 부인은 예전부터 기다리고 있던 소중한 소포가 애버딘 상선회사 사무소에 도착했으니 가지러 오라는 전보를 받았다네. 런던 지리에 밝은 사람이라면 누구나 알고 있지만 그 상선회사의 사무실은 프레즈노 거리에 있지. 스완덤 골목에서 갈라져 나오는 길이야. 오늘 밤 자네가 나를 발견한 곳이지. 세인트클레어 부인은 점심을 먹고 난 뒤, 런던 시내로 가서 장을 보고 상선회사로 가서 소포를 찾았어. 그런 다음, 역을 향해서 스완덤 골목을 걸어갔다네. 부인이 말하기로는 그때가 딱 오후 4시 35분이었다고 하더군. 여기까지는 이해했지?"

"잘 이해했네."

"자네, 기억하고 있나? 지난 월요일은 매우 더운 날이었어. 세인트클레어 부인은 천천히 걸으면서 승합마차가 없는지 주위를 둘러보았다네. 거리가 좁고 너저분해서 어쩐지 마음에 들지 않았지. 그런데 갑자기 커다란 고함소리가 들려와서 부인은 별생각 없이 소리가 들린 곳을 돌아보았다가 깜짝 놀랐다네. 그도 그럴 것이 2층 창문에서 남편이 자신을 내려다보고 있었고 부인을 향해서 손짓하는 것처럼 보였기 때문이지. 부인의 말에 따르면 남편은 매우 흥분한 얼굴이었다고 하네. 남편은 두 손을 정신없이 흔들다가 갑자기 창문에서 모습이 사라졌는데, 아마도 뒤에서 저항할 수 없는 힘으로 잡아끌었을 것이라고 부인은 생각했다네. 단 한 가지 기묘한 점은, 이건 참으로 여성다운 관찰이네만, 그때 세인트클레어 씨는 집에서 나올 때와 같은 검은 옷을 입고 있었지만 셔츠나 넥타이가 없었다더군.

부인은 남편의 신변에 문제가 생겼다고 판단하고 계단을 뛰어 내려가 그 집으로 뛰어 들어갔다네. 그 집이 바로 오늘 자네가 나를 발견한 아편굴이야. 부인은 정면에 있는 방을 지나서 2층으로 향하는 계단을 달려 올라가려 했네. 그런데 계단 앞에서 조금 전 말한 인도인 뱃사람과 마주쳤지. 녀석은 부인을 밀쳐 내고 그곳에서 일하는 덴마크인과 합세해서 부인을 거리로 내쫓았다네. 부인은 더욱 큰 의혹과 공포에 휩싸여 미친 듯이 거리를 달렸는데 운 좋게도 프레즈노 거리에서 순찰을 돌던 경관 몇 명과 마주쳤어. 경위 한 명

과 경찰 둘은 부인을 따라 그곳으로 돌아가서는 아편굴의 주인이 이리
저리 핑계를 대며 막으려는 것을 뿌리치고 세인트클레어 씨가 마지막으
로 모습을 보인 2층 방으로 들어갔다네. 그러나 세인트클레어 씨의 모습
은 그림자도 보이지 않았어. 2층을 샅샅이 뒤졌지만 어디에서도 사람의
모습은 보이지 않았다네. 오직 한 사람, 그곳에서 사는 듯한 추한 앉은뱅
이만 있었지. 그 앉은뱅이와 인도인 뱃사람은 그날 오후 거리 쪽으로 난
그 방으로 아무도 들어오지 않았다고 딱 잡아뗐다네. 그 바람에 경위도
마음이 흔들려서 세인트클레어 부인이 착각한 것이 아닐까 하고 의심했
지. 그때였다네. 부인이 앗, 하는 외침과 함께 탁자 위에 있던 작은 소나
무 상자 쪽으로 달려간 거야. 뚜껑을 여니 안에서 아이들이 가지고 노는
나무 블록이 쏟아져 나왔다네. 그러니까 세인트클레어 씨가 집을 나설
때 사 가지고 오겠다고 약속한 바로 그 장난감이었지.

　게다가 그때 앉은뱅이가 당황하는 모습을 보이자 경위는 틀림없이 무
슨 일이 벌어졌다는 사실을 깨달았네. 그래서 경찰은 모든 방을 다시 한
번 자세히 살펴보았고, 끔찍한 범죄를 나타내는 흔적들이 하나둘씩 나타
나기 시작했다네. 그 거리를 향해 난 방은 허름하기는 해도 거실로 꾸몄
고 작은 침실과 이어져 있었지. 침실의 창과 부두 사이에는 좁고 긴 공터
가 있는데 썰물 때는 물이 빠지지만 밀물 때가 되면 적어도 1.2미터 정도
의 높이로 물이 들어온다고 해. 침실에있는 커다란 창문은 밑에서부터
밀어 올리게 되어 있는데 잘 살펴보니 그 창틀에 피가 묻어 있었던 걸
세. 게다가 나무로 된 바닥 여기저기에도 피가 떨어진 흔적이 있었고, 앞
쪽 방에 있던 커튼을 들추자 세인트클레어 씨의 옷이 쏟아져 나왔는데
외투는 발견되지 않았네. 구두, 양말, 모자, 시계, 모든 것이 거기에 있었
지만 폭행을 당한 흔적은 하나도 없었어. 그것 말고 세인트클레어 씨가

남긴 흔적은 전혀 없다네. 그 사람은 분명히 창문으로 나갔을 거야. 거기를 빼면 출구가 없으니까. 하지만 창틀에 묻어 있던 기분 나쁜 핏자국을 생각해 보면 도망쳤다 할지라도 다른 곳으로 무사히 헤엄쳐 갔을지는 모른다네. 그때는 마침 만조 때였거든.

다음으로는 이번 사건에 직접적으로 관여했을 것이라 여겨지는 악당들 이야기일세. 인도인 뱃사람은 나쁜 짓만 저지른 유명한 놈일세. 그런데 부인의 말에 따르면, 그 사내는 부인이 창에서 남편을 본 뒤 몇 초도 지나지 않아서 계단 앞에 있었다고 하네. 그러니 이번 범죄에 관여했더라도 기껏해야 돕기만 했겠지. 녀석은 자기는 아무것도 모른다고만 하고 있네. 2층에 사는 앉은뱅이 휴 분이 무엇을 했는지도 자기는 잘 모르고, 모습을 감춘 신사의 옷가지가 왜 거기에서 발견되었는지도 모르겠다고 잡아떼고 있지.

지배인인 인도인 뱃사람 이야기는 대충 여기까지라네. 그 다음은 아편굴에 살고 있는 기이한 앉은뱅이일세. 녀석이 세인트클레어 씨를 마지막으로 본 인물임에 틀림없어. 이름은 휴 분인데 그의 섬뜩하고 추한 얼굴은 시내에서도 아주 유명하지. 본업은 구걸이지만 경찰의 단속을 피하기 위해 성냥을 파는 시늉을 하고 있다네. 자네도 눈치챘겠지만 스레드니들 거리를 조금 가다 보면 왼쪽 벽에 조그맣게 각 진 부분이 있어. 그는 매일 거기로 나가서 책상다리를 하고 앉아 무릎 위에 그저 형식적으로 성냥을 올려놓는다네. 그러면 참으로 불쌍해 보이기 때문에 앞에 놓은 불그스레한 가죽 모자에 그를 동정하는 돈이 부슬비처럼 쏟아지지. 나는 사건과 관련된 일로 그를 만나게 되리라고는 꿈에도 생각지 못했다네. 하지만 예전부터 가끔 그 녀석을 관찰하기는 했는데, 짧은 시간에 제법 묵직하게 벌어들이는 것을 보고 깜짝 놀랐지. 외모가 워낙 추해서 지나는 사람들은 자기도 모르게 쳐다보게 돼. 기이한 오렌지색 머리카락, 섬뜩한 상처 때문에 일그러진 창백한 얼굴, 그것도 아주 심하게 일그러져서 윗입술의 한쪽 끝이 뒤집어졌지. 게다가 불도그 같은 턱이며 쏘는 듯 날카롭게 빛나는 검은 눈이 머리카락의 색과 섬뜩한 대조를 이루어 그 부근에 어슬렁거리는 다른 거지들과는 전혀 다르다네. 게다가 재치도 있어 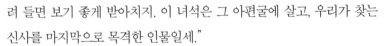 서 지나가던 사람이 약이라도 올리려 들면 보기 좋게 받아치지. 이 녀석은 그 아편굴에 살고, 우리가 찾는 신사를 마지막으로 목격한 인물일세."

"하지만 홈즈, 그는 앉은뱅이가 아닌가! 건강한 사내를 상대로 혼자서 무슨 짓을 할 수 있겠나?"

"앉은뱅이라 해도 다리를 절름거리며 걸을 수는 있네. 게다가 그것만 빼면 힘도 있어 보이는 건장한 사내고. 자네는 의사니까 경험이 있을 테지만, 팔이나 다리가 좋지 않으면 그 대신에 다른 부분이 특히 강해지는 것은 흔한 일일세."

"이야기를 계속해 주게, 홈즈."

"세인트클레어 부인은 창틀의 핏자국을 보고 기절했어. 거기에 있어도 수사에 특별히 도움이 되지 않으니 경관이 부인을 마차에 실어 집까지 데려다 주었네. 그 후에 이번 사건을 맡은 바턴 경위가 건물을 매우 면밀하게 조사해 봤지만 사건에 빛을 던져 줄 만한 단서는 하나도 없었어. 게다가 경찰은 앉은뱅이 휴 분을 곧바로 체포하지 않았는데 그건 분명히 실수였네. 2, 3분 정도 그냥 내버려 두었으니 그 사이에 동료인 인도인과 입을 맞추어 놓았을지도 몰라. 경찰들은 곧 실수를 깨닫고 앉은뱅이를 잡아 몸을 검사했지만 녀석이 범죄를 저질렀다는 증거는 하나도 나오지 않았어. 셔츠의 오른쪽 소매 끝에 핏자국이 남아 있기는 했지만 앉은뱅이는 새끼손가락 손톱 부근의 상처를 내보이며 피가 꽤나 많이 났다고 설명했지. 창가에 묻은 핏자국도, 자기가 조금 전까지 창가에 있었으므로 그때 묻은 것이라고 덧붙였다네. 자기는 세인트클레어 씨를 본 적도 없고, 왜 그 방에 그 사람의 옷가지가 있는지는 경찰과 마찬가지로 자신도 전혀 모르는 일이라고 주장했다네. 세인트클레어 부인이 창가에서 남편을 보았다고 한 것은, 정신이 이상하거나 꿈을 꾸었기 때문이라고 딱 잘라 말했다더군. 그러고도 앉은뱅이는 여전히 소리를 지르며 반항했지만 결국에는 경찰서로 끌려갔다네. 경찰은 그대로 건물에 남아서 물이 빠지고 나면 새로운 단서가 나오지 않을까 기다렸다네. 뭐, 나오기는 나왔어. 하지만 나올까 봐 걱정했던 것은 진흙 속에서도 발견되지 않았지. 물이 빠지면서 나타난 것은 네빌 세인트클레어 씨의 외투뿐이야. 그의 시신은 없었다네. 그런데 그 외투 주머니에 뭐가 들어 있었는지 아는가?"

"글쎄, 모르겠는데."

"그래, 짐작도 못하겠지. 그 주머니에는 1페니짜리 동전과 반 페니짜리 동전이 가득했어. 1페니짜리 동전이 421개, 반 페니짜리 동전이 270개 들어 있었지. 그래서 외투가 썰물에 쓸려 나가지 않았던 거야. 하지만 사람의 몸은 그렇지가 않지. 물이 빠질 때면 부두와 그 집 사이에 맹렬한 소용돌이가 일어나네. 외투는 동전들이 추 역할을 해서 남아 있었지만 시

체는 알몸이 되어 물살에 휩쓸려 떠내려갔을 걸세. 이건 쉽게 추리할 수
있네."

"하지만 다른 옷가지는 전부 방에 있지 않았나? 시체가 외투만 입고
있었단 말인가?"

"아니, 그렇지 않을 걸세. 하지만 이렇게 생각해 보면 일단 이해가 될
걸세. 만약 휴 분이라는 사내가 세인트클레어 씨를 창문으로 떨어뜨렸
다 해도 그것을 본 사람은 없어. 그렇다면 분은 그 다음에 어떻게 했을
까? 가장 먼저, 범행을 들킬 염려가 있는 옷가지를 치울 생각을 했겠지.
그래서 외투를 집어 창밖으로 던지려다가 문득 옷은 물에 떠서 잠기지
않는다는 사실을 깨달았을 거야. 그러나 우물쭈물할 시간이 없었어. 아

래층에서 부인이 억지로 올라오려고 실랑이를 벌이는 소리가 들려왔으니까. 게다가 어쩌면 경찰관이 달려오고 있다는 사실을 동료 인도인에게 들었을지도 모르고. 어쨌든 한시가 급했네. 결국 분은 동냥한 동전을 몰래 감춰 둔 비밀 장소로 서둘러 달려가서, 거기서 되는대로 동전을 집어 주머니 여기저기에 쑤셔 넣었을 거야. 그리고 외투가 잠길 수 있도록 한 뒤 내던졌지. 뒤이어 다른 옷가지들도 치워 버릴 생각이었지만 그때 밑에서 달려 올라오는 발소리가 들렸다네. 분은 간신히 창문만 닫았고, 그때 경찰관들이 들이닥친 거지."

"그렇군. 그럴 듯한 설명이야."

"맞아. 다른 가능성을 떠올릴 수 없으니 우선은 이렇게 됐다고 해 두자고. 조금 전에 말한 대로 휴 분은 경찰서로 끌려갔지만 지금까지의 행적을 조사해 봐도 녀석에게 불리한 사실은 전혀 없었다네. 오랫동안 구걸을 했지만 조용하게 살았고 특별히 나쁜 짓을 저지른 적도 없었던 듯해. 지금까지의 사건 조사는 여기까지 이루어졌고, 앞으로 해결해야 할 문제들이 아주 많아. 세인트클레어 씨는 아편굴에서 무엇을 하고 있었을까? 그때 거기서 무슨 일이 일어났을까? 그는 지금 어디에 있을까? 그리고 휴 분은 세인트클레어 씨가 모습을 감춘 일과 어떤 관계가 있을까? 이런 의문들은 아직 전혀 풀리지 않았다네. 얼핏 생각하면 무척 간단해 보이지만 실제로는 아주 어려운 사건일세. 이런 것은 내가 손을 댔던 사건 중에서도 없었던 것 같아."

셜록 홈즈가 이 기묘한 사건을 자세히 이야기하는 동안, 우리는 런던 교외를 지나 어느 틈엔가 드문드문 집이 보이는 지역도 뒤로 하고 양쪽에 산울타리가 이어진 시골길을 덜컹덜컹 달리고 있었다. 그러나 홈즈가 말을 마쳤을 때는 다시 인가가 점점이 보이는 두 개의 마을 사이를 달리고 있었다. 몇몇 집에서는 아직도 불빛이 창밖으로 새어나왔다. 홈즈가 말했다.

"리 시의 교외에 도착했네. 짧은 시간에 영국의 주를 세 개나 지난 셈이야. 미들섹스에서 출발해서 서리 주의 일부를 지나 켄트 주에 도착했으니. 저쪽 나무들 사이로 불빛이 보이지? 그것이 삼나무 집이라네. 저 램프 곁에서 한 여성이 남편을 걱정하며 앉아 있을 거야. 이미 우리 마차의 말발굽 소리를 들었겠지."

"그런데 자네는 왜 베이커 가에서 이번 사건을 조사하지 않는 거지?"

"여기에 조사해야 할 것들이 아주 많기 때문일세. 친절하게도 세인트 클레어 부인이 방 두 개를 내주었지. 자네가 내 친구이자 함께 사건을 헤쳐 나가는 동료라는 말을 들으면 반갑게 맞아 줄 테니 안심하게. 하지만 나는 부인을 만나기가 두려워, 왓슨. 남편의 소식을 들려줄 수가 없으니까. 자, 도착했네. 워워!"

우리는 정원으로 둘러싸여 있는 커다란 별장 앞에 마차를 세웠다. 마부 소년이 말 앞으로 달려왔다. 마차에서 뛰어내린 나는 홈즈를 따라서 자갈이 깔린 굽은 오솔길을 걸어갔다. 우리가 집 쪽으로 다가가자 문이 활짝 열리더니 몸집이 작은 금발 여인이 나타났다. 목과 소매 끝에 하늘하늘한 분홍색 장식을 단, 가벼운 비단 모슬린 옷을 입고 있었다. 문 앞에 서서 뒤쪽으로 빛을 받고 있었기에 몸의 윤곽이 뚜렷하게 보였다. 한쪽 손을 문에 대고 다른 손은 약간 들어 올린 채 몸을 살짝 앞으로 숙여 얼굴을 내밀고 있었다. 눈을 반짝이며 입술을 조금 벌린 것이 수사의 결과를 알고 싶어 하는 듯했다.

"어떠셨나요, 홈즈 선생님?"

부인이 외쳤다. 우리가 둘인 것을 보고 혹시나 해서 환성을 올렸으나 홈즈가 머리를 흔들고 어깨를 들썩이자 그 환성은 곧 실망의 탄식으로 바뀌고 말았다.

"좋은 소식은 없나요?"

"전혀 없습니다."

"좋지 않은 소식은요?"

"없습니다."

"그것만 해도 다행이네요. 자, 어서 안으로 들어오세요. 하루 종일 동분서주하느라 피곤하셨죠?"

"이쪽은 친구인 왓슨 박사입니다. 지금까지 내가 다룬 사건에서 여러 가지로 큰 도움을 주었습니다. 오늘 운 좋게 만났기에 이번 조사에서도 도움을 받기 위해 데려왔습니다."

"정말 잘 오셨어요."

이렇게 말하며 부인은 내 손을 따뜻하게 쥐었다.

"워낙 갑자기 이런 일을 당해서 여러 가지로 대접이 부족하겠지만 너그러이 봐 주시기 바랍니다."

"부인, 저는 얼마 전까지 군의관이었습니다. 객지 생활에 익숙해져 있으니 걱정 마십시오. 설령 그렇지 않다 할지라도, 그처럼 말씀해 주시니 참으로 감사합니다. 저는 그저 부인이나 홈즈에게 도움을 줄 수만 있다면 충분합니다."

"그럼, 셜록 홈즈 선생님."

우리가 식탁 위에 차가운 야식이 준비되어 있는 밝은 식당으로 들어서자 부인이 들어왔다.

"한두 가지 여쭤 보고 싶은 것이 있습니다. 제발 사실 그대로 답해 주세요."

"알겠습니다, 부인."

"제 마음은 생각하지 않으셔도 돼요. 저는 신경질적이지도 않고 기절할 염려도 없으니까요. 저는 그저 선생님의 솔직한 의견을 듣고 싶어요."

"어떤 의견 말씀이십니까?"

"네빌이 정말 살아 있다고 생각하시나요?"

이 질문에는 셜록 홈즈도 당황한 듯했다.

"아무것도 숨기지 마세요."

부인은 거듭 말한 뒤, 홈즈가 등나무 의자로 다가가 앉자 융단 위에 선 채 그를 내려다보았다.

"그럼, 솔직히 말하지요. 나는 세인트클레어 씨가 살아 있다고 생각지 않습니다."

"죽었다고 생각하시나요?"

"네."

"살해당한 걸까요?"

"뭐라 말할 수는 없습니다. 어쩌면 그럴지도 모릅니다."

"언제 죽었을까요?"

"월요일입니다."

"그렇다면 선생님, 남편이 오늘 이런 편지를 보냈는데 그건 어떻게 된 일일까요?"

홈즈가 감전된 사람처럼 의자에서 벌떡 일어나 고함치듯 외쳤다.

"뭐, 뭐라고요?"

"네, 오늘 왔어요."

부인이 조그만 종잇조각을 높이 들고 미소를 지었다.

"봐도 괜찮겠습니까?"

"그럼요."

홈즈는 그 편지를 부인에게서 낚아채듯 받아들더니 식탁 위에 놓고 주름을 편 다음 램프에 가까이 대고 열심히 조사했다. 나도 의자에서 일어나 홈즈의 어깨너머로 편지를 들여다보았다. 봉투는 품질이 매우 나쁜 것으로 그레이브센드 소인이 있었고 그날 날짜, 아니 자정이 지났으니 전날이라고 해야 할 날짜가 찍혀 있었다. 홈즈가 작은 목소리로 부인에게 물었다.

"지독하게 못 썼군. 이건 부군의 필체가 아니지요, 부인?"

"네, 하지만 안의 편지는 남편이 쓴 거예요."

"봉투의 주소를 누가 썼는지는 몰라도 쓰다가 중간에 주소를 물으러 갔군요."

"그런 걸 어떻게 아시나요?"

"보세요, 이름은 완전히 검은색입니다. 잉크가 자연스럽게 말랐기 때문이죠. 나머지는 회색인데 압지를 사용해서 그런 겁니다. 만약 멈추지 않고 계속해서 쓴 뒤 압지로 눌렀다면 까만 글자는 하나도 남지 않았겠지요. 그런데 이것을 쓴 사람은 이름을 쓰고 잠깐 펜을 놓았다가 다시 주소를 썼습니다. 주소를 몰랐나 봅니다. 물론 이것은 사소한 일이지만 그것만큼 중요한 것도 없지요. 그럼, 편지의 내용을 보겠습니다. 하! 이 편지에 다른 것이 동봉되어 있었군요?"

"네, 반지가 들어 있었어요. 남편의 이름이 새겨진 반지죠."

"이 편지 글씨는 부군의 필체가 분명합니까?"

"남편의 필체 중 하나예요."

"하나라니요?"

"급하게 쓸 때의 필체예요. 평소의 필체와는 아주 다르지만 저는 잘 알고 있어요."

사랑하는 여보, 놀라지 말아요. 전부 다 잘 될 거요. 큰 차질이 생겼지만 조금만 지나면 원래대로 돌아갈 테니, 조금만 참고 기다려 주시오.

네빌

"8절지 책의 하얀 면지에 연필로 썼군요. 뭐가 묻은 자국은 없고. 오늘 그레이브센드에서 엄지손가락이 더러운 남자가 부친 겁니다. 흠, 내 생각이 틀리지 않았다면 씹는담배를 즐기는 사람이 봉투 덮개를 풀로 붙였군. 그런데 부인, 부군의 필체가 분명하다고 확신하시는 겁니까?"

"틀림없어요. 네빌이 쓴 거예요."

"그리고 오늘 그레이브센드에서 부쳐졌단 말이죠. 부인, 이것으로 조금 희망이 생겼습니다. 위험이 완전히 사라졌다고는 할 수 없지만요."

"하지만 남편이 살아 있다는 사실만은 틀림없어요."

"우리를 속이기 위해 교묘하게 위조한 편지가 아니라면 그럴 수도 있겠죠. 게다가 반지도 믿을 만한 것은 아닙니다. 누군가가 부군의 반지를 빼앗았을지도 모르니까요."

"아니요, 아니에요. 이 편지 속 필체는 남편이 직접 쓴 거예요."

"알겠습니다. 하지만 월요일에 쓴 것을 오늘 부쳤을 수도 있습니다."

"그럴 수도 있겠군요."

"그렇다면 그 사이에 끔찍한 일이 벌어졌을지도 모릅니다."

"아아, 저를 실망시키지 마세요, 홈즈 선생님. 남편이 무사하다는 사실은 잘 알 수 있어요. 저희 부부는 마음이 잘 통해서 남편의 몸에 무슨 일이 일어나면 저는 금방 알 수 있어요. 남편이 집을 나선 그날도 남편은 침실에서 상처를 입었어요. 그때 저는 아래층 식당에 있었는데 무슨 일이 일어났다는 예감이 들어 바로 2층으로 달려갔어요. 그런 작은 일조차 금방 알 수 있는데 남편의 죽음을 제가 모를 리 있겠어요?"

"저도 여러 가지 경우를 보아 왔기에 여성의 직감이 분석적인 추리가의 결론보다 더 귀중할 수도 있다는 사실을 모르지 않습니다. 게다가 부인은 이 편지가 자신의 믿음을 뒷받침해 준다고 확신하고 있어요. 하지만 부군이 살아 있고, 또 편지도 쓸 수 있는 상태라면 어째서 부인을 떠난 채 돌아오지 않는 걸까요?"

"저도 모르겠어요. 왜 그러는 건지 짐작도 못하겠어요."

"그런데 월요일에 집을 나서면서 부군은 아무 말도 없었나요?"

"네."

"부인은 스완덤 골목에서 부군을 보고 깜짝 놀라셨죠?"

"아주 깜짝 놀랐어요."

"창문은 열려 있었나요?"

"네."

"그럼 부군이 마음만 먹었다면 부인에게 말을 걸 수도 있었겠군요."

"무슨 말을 했을지도 몰라요."

"그런데도 부군은 잘 알아들을 수 없는 고함만 질렀다고요?"

"네."

"도움을 청하는 소리라고 생각했나요?"

"네. 남편은 두 손을 흔들고 있었어요."

"하지만 놀라서 소리를 질렀을 수도 있습니다. 뜻밖에도 부인을 보고 놀라서 두 손을 든 것일지도 몰라요."

"그럴 수도 있겠네요."

"부인은 누군가 뒤에서 부군을 잡아당겼다고 생각합니까?"

"갑자기 모습이 사라졌으니까요."

"자신이 뒤로 물러난 걸지도 모릅니다. 그 방에서 다른 사람은 보지 못했나요?"

"네. 하지만 그 무시무시한 앉은뱅이가 거기에 있었다고 자백했고 인도인은 계단 밑에 있었어요."

"부인이 보기에 부군은 평소와 다름없는 차림을 하고 있었나요?"

"셔츠와 넥타이는 없었어요. 목이 그대로 드러나 보였으니까요."

"지금까지 부군이 스완덤 골목에 대해서 이야기한 적이 있었습니까?"

"아니요, 한 번도 없었습니다."

"아편을 피우는 기색은 없었나요?"

"네, 결코 없었습니다."

"고맙습니다, 부인. 분명히 알아 두어야 할 중요한 점이라 질문을 드렸습니다. 그럼 야식이라도 조금 먹고 쉬겠습니다. 내일도 바쁜 하루가 될 것 같습니다."

우리 방은 더블 침대가 놓여 있는 크고 쾌적한 방이었다. 나는 그날 밤의 모험으로 매우 지쳐 있었기에 바로 침대 속으로 들어갔다. 그러나 홈즈는 해결하지 못한 문제가 마음에 걸리면 며칠이고, 때로는 일주일 동안이나 변변히 잠도 자지 않고 생각을 거듭했다. 그는 온갖 사실을 늘어놓고 여러 각도에서 바라보아 마침내는 진상을 밝혀내거나 아니면 아직 단서가 부족하다는 사실을 확신해야 했다. 그날도 홈즈가 밤새울 준비를 한다는 사실을 나는 잘 알 수 있었다. 위의 겉옷과 조끼를 벗은 홈즈는 크고 파란 실내복을 걸친 뒤 방 안을 돌아다니며 침대에서는 베개를, 소파와 안락의자에서는 쿠션을 모았다. 그러한 것들로 동양풍의 기다란 의자를 만들고 그 위에 책상다리를 하고 앉아 무릎 위에 30그램의 잎담배와 성냥갑 하나를 놓았다. 그는 오래된 브라이어 파이프를 입에 물고 천장의 한쪽 구석을 멍하니 바라

본 채 파란 연기를 피워 올리며 말없이 꼼짝도 하지 않았다. 독수리처럼 다부진 얼굴이 어두운 램프의 빛을 받아 도드라져 보였다. 내가 잠에 들었을 때 홈즈는 그렇게 앉아 있었고 갑작스러운 외침에 내가 번쩍 눈을 떴을 때도 홈즈는 같은 자세로 앉아 있었다. 어느덧 여름 햇살이 방 안을 비추고 있었

다. 홈즈는 여전히 파이프를 물고 있었는데 그 연기가 소용돌이치며 올라가 방 안이 자욱했다. 그 대신 어젯밤에 수북이 쌓여 있던 잎담배는 조금도 남아 있지 않았다. 홈즈가 물었다.

"일어났나, 왓슨?"

"응."

"아침에 마차로 한 바퀴 돌아보는 게 어떤가?"

"좋지."

"그럼 옷을 입게. 아직 아무도 일어나지 않은 것 같지만 마부 소년이 자는 곳을 아니까 마차는 금방 준비할 수 있을 거야."

이렇게 말하며 홈즈는 슬며시 미소를 지었다. 눈도 반짝반짝 빛나는 것이 어젯밤 음울하게 생각에 잠겨 있던 사내와는 전혀 달라 보였다. 나는 옷을 입으며 시계를 보았다. 이제 겨우 아침 4시 25분이니 아무도 일어나지 않은 것도 당연했다. 옷을 다 입기도 전에 홈즈가 돌아와서는 마부 소년이 마차에 말을 묶고 있다고 알려 주었다.

"내 이론이 맞았는지 틀렸는지 잠깐 확인해 보고 싶어."

홈즈가 구두를 신으며 말했다.

"왓슨, 지금 자네 앞에 유럽에서 제일가는 바보가 서 있네. 여기서 발길질을 당하면서 런던의 채링 크로스까지 날아간다 해도 아무 말 못할 거야. 하지만 이번에야말로 드디어 사건을 풀 수 있는 열쇠를 찾았다네."

"그 열쇠는 어디에 있나?"

내가 웃으며 물었다.

"욕실에 있지."

내가 믿지 못하겠다는 얼굴을 하자 그는 이렇게 말했다.

"지금 욕실에 가서 열쇠를 가져왔다네. 이 여행 가방 안에 넣었어. 이

보게, 이 열쇠가 과연 열쇠 구멍에 맞을지 그렇지 않을지 한 번 시험이나 해 보세."

우리는 가능한 한 살금살금 계단을 내려와 빛나는 아침 햇살 속으로 나섰다. 길에는 말과 마차가 대기하고 있었으며 아직 옷을 제대로 입지 못한 마부가 말 앞에서 기다리고 있었다. 우리는 바로 그 마차에 올라 런던 거리를 똑바로 달려 나갔다. 런던의 시장으로 채소를 싣고 가는 짐마차 두어 대가 보였으나 길 양옆에 있는 집들은 꿈속의 마을처럼 정적에 잠겨 있었다. 홈즈가 말에 채찍을 가해 속도를 더하며 말했다.

"몇 가지 점에서는 신기한 사건이야. 실제로 나는 두더지와 다를 바 없는 장님이었지. 하지만 늦게나마 그 사실을 깨달았으니 전혀 깨닫지 못하는 것보다는 나을 걸세."

마차가 런던 시내로 들어가 서리 주 쪽의 거리를 지날 때쯤에야 비로소 부지런한 사람들이 막 잠에서 깬 얼굴로 창밖을 내다보는 모습이 보이기 시작했다. 워털루 다리를 똑바로 달려 나가 템스 강을 건너, 웰링턴 거리를 지나 오른쪽으로 빙글 돌자 보 거리[30]가 나왔다. 셜록 홈즈는 경찰에서 이미 얼굴이 알려져 있었기에 현관에 있던 경찰관 두 명이 홈즈를 보고 경례를 했다. 홈즈가 물었다.

"누가 당직을 서고 있습니까?"

"브래드스트리트 경위입니다."

마침 그때 키가 크고 나부져 보이는 경찰관이 돌을 깔아놓은 복도로 나왔다. 그는 정복을 차려 입었는데, 끝이 뾰족한 모자를 쓰고 가슴에는 장식을 달고 있었다.

---

30) Bow Street. 1829년에 런던경찰국이, 1881년에는 치안판사 재판소가 들어선 거리.

"아, 브래드스트리트 경위. 잘 지냈습니까? 잠깐 하고 싶은 말이 있습니다."

"어서 오십시오. 제 방으로 들어오시죠."

우리는 조그만 사무실 같은 방으로 안내받았다. 책상 위에 커다란 장부가 있었고 벽에는 전화기가 달려 있었다. 경위가 책상을 향해 앉았다.

"홈즈 선생님, 무슨 일이십니까?"

"걸인 휴 분의 일로 찾아왔습니다. 리 시의 네빌 세인트클레어 씨 실종 사건과 관계가 있다는 혐의를 받고 있는 사내 말입니다."

"아아, 그 사람 말입니까? 분은 아직 조사가 끝나지 않아서 석방하지 않고 다시 구속해 두었습니다."

"나도 그렇게 들었습니다. 지금 여기에 있습니까?"

"유치장에 있습니다."

"얌전합니까?"

"네, 말썽은 전혀 부리지 않습니다. 하지만 워낙 더러운 녀석이라."

"더럽다고요?"

"네, 손은 간신히 씻겼지만 얼굴은 떠돌이 땜장이처럼 새까맣습니다. 조사가 끝나고 결판이 나면 매일 아침마다 유치장 목욕탕에 넣어 버려야겠습니다. 어쨌든 녀석을 직접 보시면 선생님도 제 말을 듣고 고개가 절로 끄덕여질 겁니다."

"그를 꼭 보고 싶군요."

"선생님이요? 어려운 일이 아닙니다. 이쪽으로 오세요. 가방은 여기에 두고 가셔도 됩니다."

"아니요, 가져가겠습니다."

"그렇습니까? 자, 이리로 오세요."

경위는 앞장서서 복도를 걸어가 걸쇠로 잠긴 문을 열었다. 나선형 계단을 내려가자 양쪽에 문이 늘어서 있는, 벽이 하얀 복도가 나왔다.

"오른쪽 세 번째. 여기입니다!"

경위가 판자문 위쪽의 조그만 창을 열어 안을 들여다보았다.

"지금 자고 있습니다. 잘 보입니다."

우리 두 사람은 창살에 눈을 가져다 댔다. 유치장 안에 있는 사람은 우리 쪽으로 얼굴을 향하고 누운 채 깊은 잠에 빠져 조용하고 낮은 숨을 내쉬고 있었다. 보통 키, 보통 체격의 사내로 거지라는 신분에 걸맞게 더러웠고, 너덜너덜하고 찢어진 외투 틈으로 색깔 있는 와이셔츠가 보였다. 경위가 말한 대로 앉은뱅이는 매우 더러워서 얼굴에 땟국물이 줄줄 흘렀으나 그것으로도 추한 용모를 감추지는 못했다. 눈부터 턱까지

오래된 상처가 폭넓게 부어올라 흉터가 생겼는데, 그 탓에 윗입술 한쪽이 뒤집어져 올라가 있었으며 그 사이로 이 세 개가 당장이라도 달려들어 물어뜯을 것처럼 그대로 드러나 있었다. 그리고 섬뜩할 정도로 새빨간 머리카락이 눈과 이마 위로 드리워져 있었다.

"어때요? 볼 만하지요?"

경위가 말했다.

"그렇군요. 얼굴을 씻을 필요가 있겠어요. 그럴 줄 알고 일부러 도구를 좀 가져왔습니다."

이렇게 말하며 홈즈는 여행 가방

을 열었다. 그 안에는 놀랍게도 아주 커다란 목욕용 스펀지가 들어 있었다.

"아니! 홈즈 선생님은 참 재미있는 사람입니다."

경위가 껄껄 웃었다.

"미안하지만 이 문을 조용히 열어 주시오. 저 녀석을 훤칠한 미남으로 만들어 보이죠."

"그렇게 하지요. 저렇게 더러운 사내가 있으면 여기 보 거리에 있는 유치장의 명예가 떨어지니까요."

경위가 열쇠를 구멍으로 밀어 넣었고, 우리 셋은 살짝 안으로 들어갔다. 잠을 자던 앉은뱅이는 몸을 살짝 뒤척였으나 곧 깊은 잠에 빠져들었다. 홈즈는 물통 앞으로 몸을 숙여 스펀지를 물에 적시더니 잠들어 있는 앉은뱅이의 얼굴을 십자가 모양으로 가로, 세로 두 번씩 세게 문질렀다. 그런 다음 커다란 소리로 말했다.

"여러분, 켄트 주 리 시의 네빌 세인트클레어 씨를 소개합니다."

내 평생 그런 광경은 처음이었다. 잠들어 있던 사내의 얼굴을 스펀지로 문지르자 나무껍질이 벗겨지듯 변장한 피부가 벗겨져 나왔다. 보기 싫던 갈색이 지워졌고, 얼굴에 남아 있던 흉측한 상처 자국과 사람을 비웃듯이 섬뜩하던 일그러진 입술도 사라져 버렸다! 덥수룩하던 빨간 머리카락까지 전부 뜯겨 나갔다. 침대 위에 일어나 앉은 것은, 검은 머리에 피부가 매끄럽고 창백하고 쓸쓸한 얼굴을 한 품위 있는 사내였다. 그는 잠이 덜 깬 얼굴로 눈을 비비며 두리번두리번 주위를 둘러보다가 곧 변장이 들통 났다는 사실을 깨닫고 비명을 지르며 얼른 얼굴을 베개에 파묻었다.

"맙소사! 행방불명된 신사가 아닙니까! 사진을 봐서 알고 있습니다."

경위가 커다란 소리로 말했다. 갇혀 있던 사람은 모든 것을 포기한 태도로 될 대로 되라는 듯 정색을 하며 말했다.

"이렇게 된 이상 어쩔 수 없군요. 도대체 나한테 무슨 죄가 있다는 겁니까?"

"네빌 세인트클레어 씨를 살해한……, 아니, 그 혐의가 아니야. 자살 미수죄라는 것이 있으면 몰라도."

경위가 히죽 웃더니 말을 이었다.

"저는 27년이나 경찰 생활을 했지만 이런 황당한 경우는 처음입니다."

"제가 네빌 세인트클레어이니 범죄는 성립되지 않습니다. 따라서 이것은 불법 구류입니다."

"범죄는 성립되지 않지만 당신은 아주 큰 실수를 저질렀습니다. 부인을 믿었다면 이런 일은 없었을 겁니다."

홈즈가 이렇게 말하자 사내가 한숨을 쉬었다.

"문제는 아내가 아닙니다. 아이들입니다. 신이여, 도와주소서! 아버지가 이런 사람이었다는 사실이 밝혀져 아이들이 창피를 당하게 하고 싶지 않았습니다. 맙소사, 이젠 다 까발려졌어! 이제 어쩌면 좋을까!"

셜록 홈즈는 사내와 나란히 침대에 앉아 그의 어깨를 다정하게 두드렸다.

"당신이 이번 일을 법정으로 가져가 흑백을 가린다면 당신의 비밀은 어쩔 수 없이 세상에 알려질 겁니다. 하지만 당신이 무죄라는 사실을 경찰이 인정한다면 이 비밀이 신문에 실릴 염려는 없습니다. 브래드스트리트 경위가 당신의 진술을 조서로 꾸며서 상사에게 제출할 겁니다. 그러면 이번 사건이 법정까지 가는 일은 없겠지요."

"감사합니다."

사내가 진심으로 말했다. 그리고 이야기를 시작했다.

"아비의 수치스러운 비밀이 가문의 이름을 더럽히고 아이들에게 남겨진다면 차라리 교도소에 들어가는 편이 낫겠다고, 아니 사형을 당해도 상관없다고 생각했습니다.

저는 원래 남들에게 제 신상을 이야기하지 않지만 여러분에게 처음으로 밝히겠습니다. 제 아버지는 체스터필드에서 교장으로 계셨기에 저도 거기서 훌륭한 교육을 받았습니다. 젊었을 때는 여기저기 여행을 하며 돌아다니다가 배우가 돼서 무대에 서기도 했지만 결국에는 런던으로 와서 석간신문의 기자가 되었습니다. 어느 날, 편집장이 런던 시내에서 구걸하는 연재 기사를 싣겠다고 하더군요. 자청해서 제가 그 기사를 담당했습니다. 이것이 모험의 시작이었습니다. 스스로 구걸을 해 보지 않으면 기사로 쓸 만한 생생한 재료를 얻을 수 없었습니다. 저는 배우로 있을 때 분장술을 배웠고 솜씨가 아주 좋다고 극단에서도 칭찬을 듣던 사람입니다. 그 경험이 거지로 분장하는 데 도움이 되었습니다. 저는 얼굴에 안료를 듬뿍 바르고, 최대한 불쌍해 보이도록 상처 자국을 만들고 나서 작은 살구색 반창고로 입술 한쪽 끝을 추켜올려 일그러지게 했습니다. 그런 다음 빨간색 가발을 쓰고, 거지에게 어울리는 누더기를 입은 채 런던 시내에서도 사람들이 가장 많이 다니는 장소에 앉아 있었습니다. 일단은 성냥팔이처럼 보였겠지만 사실은 구걸을 했던 것입니다. 7시간 동안 열심히 일한 뒤, 해질녘에 집으로 돌아가 보니 놀랍게도 26실링 4펜스나 되었습니다.

저는 이 경험으로 기사를 썼고 구걸해서 얻은 돈은 깨끗이 잊고 있었습니다. 하지만 얼마 뒤에 친구를 위해서 어음에 서명을 했다가 25파운드의 지불 영장을 받고 말았습니다. 그 돈을 어떻게 마련해야 할지 고민하던 중에 문득 마음속에 구걸이 떠올랐습니다. 저는 채권자에게 2주만 기다려 달라고 하고 신문사에 휴가를 낸 뒤, 다시 변장을 하고 시내에서 구걸을 시작했습니다. 그리고 열흘 만에 필요한 돈을 모아 빚을 깨끗이 갚았습니다.

자, 생각해 보십시오. 얼굴에 안료를 조금 바르고 땅바닥에 모자를 놓은 채 가만히 앉아 있기만 하면 하루에 2파운드를 벌 수 있습니다. 그런데 일주일에 고작 2파운드를 받기 위해 힘든 신문사 일을 악착같이 하는 것이 얼마나 고통스럽겠습니까? 저는 자부심과 돈 사이에서 오랫동안 고심한 끝에 돈에게 패배하고 말았습니다. 기자 신분을 내던지고 매일 처음 선택한 장소에 앉아 흉측한 얼굴로 사람들의 동정을 끌어 주머니를 동전으로 채웠습니다. 이 비밀을 알고 있는 것은 오직 한 사람, 제가 세 들어 살던 스완덤 골목 아편굴의 주인뿐이었습니다. 저는 매일 아침 더러운 거지가 되어 그곳을 나섰다가 저녁이 되면 런던의 말쑥한 신사로 변했습니다. 하숙집 주인, 그 인도인 뱃사람에게는 방세를 듬뿍 주었기에 그의 입을 통해서 제 비밀이 새어 나갈 염려는 전혀 없었습니다.

그렇게 해서 얼마 지나지도 않았는데 상당한 금액이 모였습니다. 런던 거리에 있는 거지들이 1년에 700파운드를 버는 것은 아니지만 제게는 분장이라는 특수 기술이 있었고 지나다니는 사람이 말을 걸면 적절히 맞받아칠 재능도 있었으니까요. 그것도 날이 갈수록 점점 더 능숙해져서 결국에는 시내의 명물이라는 말까지 들을 정도가 되었습니다. 하루 종일 은화가 섞인 동전 비가 저를 향해서 쏟아졌는데, 정말 재수가 없는 날이 아니고서야 하루에 2파운드는 넘게 벌었습니다. 돈이 모일수록 야심이 커져서 저는 시골에 집을 사고 결혼까지 했습니다. 제 직업이 무엇인지 의심하는 사람은 아무도 없었죠. 아내는 제가 런던 시내에서 일을 하는 줄 알고 있었지만 무슨 일을 하는지는 전혀 몰랐습니다.

지난 월요일, 저는 그날 일을 마치고 아편굴의 2층에 있는 제 방에서 옷을 갈아입고 있었습니다. 그러다가 문득 창 밑을 바라보고 깜짝 놀랐습니다. 아내가 거리에 서서 저를 가만히 올려다보고 있었기 때문입니다. 저는 놀라서 소리를 지르고 두 팔을 올려 얼굴을 가린 뒤, 인도인 뱃사람에게 달려가서 아무도 2층에 올라오지 못하게 해 달라고 부탁했습니다. 아래층에서 아내의 목소리가 들렸지만 올라오지 못할 것 같았습니다. 저는 얼른 옷을 벗어던지고 다시 거지 옷을 입고, 안료를 바르고, 가발을 썼습니다. 그 변장은 아내도 눈치채지 못할 만큼 완벽했습니다. 하지만 방 안을 뒤지지 않을까, 벗어 놓은 옷 때문에 정체가 들키지는 않을까 하는 걱정에 가슴이 터질 것 같았습니다. 어쨌든 옷을 감추려고 창문을 열었는데 힘을 너무 주었는지 그날 아침 침실에서 다쳤던 손가락 상처가 다시 터지고 말았습니다. 신경 쓰지 않고 저는 외투를 집었습니다. 구걸해서 얻은 돈은 가죽 주머니에 넣어 두었는데, 그걸 외투 주머니에 옮겼더니 상당히 무거워졌습니다. 외투를 창밖으로 던지자마자 순식간에 템스 강 밑으로 잠겨 보이지 않았습니다. 다른 옷도 치워 버릴 생각이었지만 그때는 이미 경찰관이 계단을 올라온 뒤라 손 쓸 수가 없었습니다. 아니, 솔직히 말해서 마음이 놓였습니다. 네빌 세인트클레어의 정체가 탄로 나는 대신, 제가 세인트클레어의 살인범으로 잡히게 되었으니까요.

이제는 더 드릴 말씀도 없습니다. 저는 할 수 있는 데까지는 거지 모습으로 있겠다고 결심하고, 일부러 더러운 얼굴로 지냈습니다. 하지만 아내가 걱정할 것 같아서 경찰관의 눈을 피해 반지를 빼서 그 인도인에게 건네주었습니다. 그러면서 아내에게 걱정하지 말라고 급히 쓴 편지도 맡겼습니다."

"그 편지는 어제서야 부인에게 도착했습니다."

"그렇게 늦게! 지난 일주일 동안 아내는 얼마나 괴로운 날들을 보냈을까요?"

"경찰이 그 인도인 뱃사람을 감시하고 있었습니다. 감시를 피해서 편지를 보내기란 그리 쉽지 않았을 겁니다. 아마 거기에 오는 뱃사람에게 부탁했는데 그 사람이 며칠 동안 편지 부치는 일을 잊었겠지요."

브래드스트리트 경위의 말에 홈즈도 고개를 끄덕였다.

"맞습니다, 아마 그랬을 겁니다. 그런데 당신은 지금까지 구걸을 하면서 처벌받은 적은 한 번도 없었습니까?"

"몇 번 있었습니다. 하지만 벌금이야 아무것도 아니었습니다."

그러자 브래드스트리트 경위가 경고했다.

"이쯤에서 그만두시오. 경찰이 이번 일을 눈감아 주기를 바란다면, 이

제 다시는 휴 분이라는 사람이 나타나서는 안 됩니다."

"말씀대로 하겠다고 남자로서 굳게 맹세하겠습니다."

"그렇다면 이번 사건은 이쯤에서 마무리 짓겠소. 하지만 앞으로 또 이런 짓이 눈에 띈다면 그때는 모든 사실을 알릴 수밖에 없소. 홈즈 선생님, 덕분에 이번 사건도 깔끔하게 마무리되었습니다. 그런데 어떻게 이 사건을 파악해 냈는지 듣고 싶군요."

경찰의 부탁에 내 친구 셜록 홈즈가 대답했다.

"베개 다섯 개를 늘어놓고 그 위에 앉아서 담배 30그램을 전부 연기로 날려 버린 덕분이죠. 왓슨, 지금부터 마차를 달려 베이커 가로 돌아가면 아침 식사 시간에 딱 맞출 수 있겠군그래."

7. 푸른 카번클

크리스마스가 이틀이 지난 뒤의 일이었다. 그날 아침, 나는 인사도 할 겸 친구인 셜록 홈즈를 찾아갔다. 홈즈는 보라색 실내복을 입고 소파 위에 편안히 앉아 있었다. 손을 뻗으면 닿을 만한 곳에 파이프걸이가 놓여 있었고, 그 주변에는 다 읽은 듯한 구겨진 신문더미가 쌓여 있었다. 소파 옆에 나무 의자가 하나 있었는데 그 의자 등받이의 한쪽 모서리에 펠트로 된 낡고 추레한 모자가 걸려 있었다. 꽤나 오래 사용해서 여기저기에 금이 가 있는, 참으로 볼품없는 모자였다. 의자 위에 돋보기와 핀셋이 놓여 있는 것을 보니 그 모자를 의자 등받이에 걸어 두고 자세히 살펴본 모양이었다. 내가 홈즈에게 말했다.

"일하던 중이었나? 아무래도 방해를 했나 보군."

"아닐세. 이제 막 조사를 마친 참이야. 이야기 상대가 생겨서 마침 잘됐군. 아주 시시한 조사지만."

홈즈가 엄지손가락으로 낡은 모자를 가리키며 말을 이었다.

"저것은 퍽 흥미로울 뿐더러 배울 점도 있다고 말할 수 있지."

나는 홈즈의 팔걸이의자에 앉아 활활 타오르는 난롯불에 손을 녹였다. 벌써 날씨가 추워져서 창에는 작은 얼음이 몇 겹으로 들러붙어 있었다. 나는 생각한 그대로 말했다.

"볼품없는 모자 같은데. 어떤 끔찍한 이야기가 저 모자와 관련이 있단 말인가? 저 모자가 단서가 되어 자네가 수수께끼로 가득한 사건을 해결하고 범인을 응징한다는 이야기가 아닌가?"

그러자 홈즈는 웃으며 말했다.

"아니, 아닐세. 런던처럼 몇 제곱킬로미터 안에 400만 명의 인간들이 우왕좌왕하며 사는 곳에서 흔히 일어날 법한, 약간 기묘하고 작은 사건 중 하나일세. 그렇게 많은 사람들이 복작대며 살아가다 보면 서로 부딪치는 경우도 생기지. 그러면 여러 가지 일들이 일어나고, 또 그 하나하나가 여러 가지로 얽히게 된다네. 그것도 다양한 조합으로 말이야. 그러면 각종 자잘한 문제들이 일어나고, 범죄까지는 아니어도 깜짝 놀랄 만한 기묘한 사건이 될 수도 있다네. 우리는 그동안 이런 사건에 부딪친 적이 종종 있지 않았나."

"그건 그렇지. 나는 최근에 있었던 사건 중 여섯 건을 사건 수첩에 기록했지만 그중 세 건은 법률상 죄가 성립되지 않는 것들이었네."

"맞는 말이야, 왓슨. 자네가 말한 세 가지 사건을 다시 떠올려 볼까? 우선 보헤미아 왕국이 아이린 애들러에게 사진을 되찾아 달라고 부탁한 〈보헤미아의 스캔들〉 사건이 있었지. 그리고 메리 서덜랜드 양이 의뢰한 기묘한 〈신랑의 정체〉 사건도 그렇고, 아편굴에서 사라진 〈입술 비뚤어진 남자〉 사건도 마찬가지였네. 하찮은 이번 사건도 틀림없이 그 세 가지 사건처럼 남들에게 해를 끼치지는 않을 거야. 제복을 입고 다니면서 나를 도와주는 퇴역 군인 조합원 피터슨은 자네도 알고 있지?"

"응."

"이 전리품은 그의 것일세."

"피터슨의 모자라고?"

"그건 아니야, 왓슨. 피터슨이 발견한 거지. 아직 모자의 주인이 누군지는 모른다네. 오랫동안 써서 닳을 대로 닳아 버린 중산모라고만 생각하지 말고 두뇌 운동을 시킬 만한 문제로서 생각해 주기 바라네. 우선 어떻게 해서 이 모자가 내 손에 들어왔는지 알려 주겠네. 이 모자는 크리스마스 아침에 통통하게 살이 찐 거위와 함께 날아들었다네. 아마도 그 거위는 지금쯤 피터슨 집의 난롯불에서 노릇노릇 구워지고 있을 거야. 자초지종은 이렇다네. 자네도 알고 있는 것처럼 피터슨은 매우 정직한 사람 아닌가. 그 피터슨이 크리스마스 때 살짝 축제 분위기에 젖어 있다가 새벽 4시쯤에 집으로 돌아갔다네. 도중에 토테남 코트 거리를 지나갔는데 앞에 걸어가는 남자가 보였다네. 가스등 불빛 아래서 보니 하얀 거위 한 마리를 어깨에 짊어진 키 큰 남자였지. 술에 취한 듯 발걸음이 약간은 비틀거렸다네. 그런데 굿지 거리의 모퉁이에 다다랐을 때, 그 남자와 불한당 네댓 명 사이에 싸움이 벌어졌다네. 그들 중 한 명이 남자의 모자를 쳐서 떨어뜨렸고 남자는 몸을 지키기 위해 지팡이를 머리 위로 휘둘렀다네. 그러다가 그만 지팡이로 뒤에 있던 가게의 유리창을 깨고 말았지. 피터슨은 곧장 달려가 행패를 부리는 무리에게서 그 남자를 지켜 주려 했는데 남자는 거위를 떨어뜨린 채 정신없이 달아나고 말았네. 그 남자는 그렇지 않아도 유리창을 깨서 당황해하던 차에 경찰처럼 제복을 입은 사람이 똑바로 달려오는 것을 보자 미로처럼 복잡하게 얽혀 있는 토테남 코트 거리의 뒷골목으로 모습을 감춰 버린 걸세. 행패

를 부리던 무리들도 피터슨을 보자마자 달아나기 시작했다네. 그래서 피터슨만 싸움 현장에 덩그러니 남게 됐지. 하지만 거기에는 전리품도 있었다네. 그것이 바로 낡은 모자 하나와 더할 나위 없이 훌륭한 크리스마스용 거위였다네."

"거위는 물론 주인에게 돌려주었겠지?"

"맞아, 바로 그게 문제야, 왓슨. 새의 왼쪽 다리에는 틀림없이 '헨리 베이커 부인에게'라고 적힌 조그만 카드가 묶여 있었다네. 게다가 모자의 안쪽에도 'H. B.'라는 머리글자가 적혀 있어. 그런데 런던에는 베이커라는 성을 가진 사람이 헤아릴 수도 없이 많고, 헨리 베이커라는 이름을 쓰는 사람도 무척 많아. 그러니 어떻게 수많은 사람들 중에서 딱 한 명을 찾아 모자와 새를 건네줄 수 있다는 말인가?"

"피터슨은 어떻게 했나?"

"피터슨은 크리스마스 아침에 모자와 거위를 내게 가져왔다네. 왜냐하면 내가 아주 사소한 문제에도 흥미를 갖는다는 사실을 잘 알고 있으니까. 거위도 그대로 놓고 갔지만, 아무리 추위가 심하다고는 해도 얼른 먹어 치우는 편이 좋을 것 같았지. 그래서 주운 사람인 피터슨이 그것을 가져가 거위에게 어울리는 최후를 맞도록 해 주었다네. 어디에 있는지는 모르겠지만 크리스마스 성찬을 들지 못한 신사의 모자는 아직 내 손에 남아 있고 말일세."

"그 사람이 분실물 광고를 내지는 않았는가?"

"그런 광고는 없었네."

"그럼 홈즈, 이 모자의 주인을 어떻게 찾아낼 생각인가?"

"할 수 있는 데까지 추리할 수밖에 없지."

"모자만으로?"

"물론이지, 왓슨."

"농담이겠지? 이 낡은 펠트 모자에서 무엇을 알아낼 수 있단 말인가?"

"여기에 돋보기가 있네. 내가 어떤 방법을 쓰는지는 알고 있겠지? 자네가 추리하기에 이 모자의 주인은 어떤 인물일 것 같은가?"

그 낡은 모자를 손에 들고 나는 약간 암담한 심정으로 뒤집어 보았다. 아주 평범하고 흔해 빠진 둥그스름한 검은색 모자였다. 딱딱한 펠트 제품으로 매우 낡았으며 제조사 이름은 붙어 있지 않았다. 하지만 홈즈가 말한 대로 안감 한쪽에 'H. B.'라는 머리글자가 구불구불한 글씨로 적혀 있었다. 모자가 날아가지 않도록 챙에 구멍을 뚫어 끈으로 묶을 수 있게 해 두었지만 고무줄은 끊어지고 없었다. 어디는 금이 가 있었고 매우 더러웠으며 네댓 군데에는 얼룩이 묻어 있었다. 색이 바랜 부분에는 잉크를 발라 그것을 감추려 한 흔적이 남아 있었다.

"이렇게 봐서는 모르겠는데."

내가 홈즈에게 모자를 돌려주었다.

"아니, 왓슨, 그렇지 않아. 자네는 모든 것을 다 봤어. 보기는 했지만 자네는 자신이 본 것에서 추리하는 힘이 부족해. 대담하게 추리하려 들지 않기 때문일세."

"그럼, 자네는 이 모자를 보고 무엇을 추리했는가?"

홈즈는 모자를 집어 들고 깊은 생각에 잠긴 채 가만히 바라보았다. 그에게만 가능한 일이었다.

"지금으로서는 그리 대단한 것을 알아낼 수는 없겠어."

홈즈가 말을 시작했다.

"하지만 지금이라도 아주 분명하게 추리해 낼 수 있는 사실이 몇 가지 있고, 그 밖에도 그럴 것이라 추측되는 점들이 몇 가지 있네. 한눈에 봐도 이 모자의 주인은 지적 능력이 뛰어난 사람일세. 적어도 지난 3년 동안은 씀씀이가 퍽 좋았지만 요즘에는 형편이 어려워져서 그다지 풍족한 생활을 누리지 못하고 있네. 그것도 모자를 보면 한눈에 알 수 있지. 이 남자는 신중한 성격이야. 하지만 점점 신중함을 잃어서 지금은 경솔하다고 말할 수도 있겠어. 즉, 형편이 나빠지면서부터 뭔가 좋지 않은 일이라도 배우기 시작한 듯해. 아마도 술을 마시게 되었겠지. 그리고 또 하나 분명한 사실은, 남편에 대한 부인의 사랑이 식었다는 점일세."

"아니, 그것을 어떻게 안단 말인가?"

"하지만 이 사내에게 아직 어느 정도의 자존심은 남아 있네."

홈즈는 내 항의를 못 들은 척하고 이야기를 계속했다.

"요즘에는 조용히 의자에 앉아 있는 시간이 길고 밖에 나가는 경우가 거의 없어서 몸이 완전히 둔해졌어. 중년이고, 머리카락은 희끗희끗하네. 또 지난 2, 3일 사이에 머리를 깎았고 머리에는 라임 크림을 바르고 있어. 이 모자를 보고 유추해 낸 분확실한 사실은 이 정도라네. 말이 나온 김에 덧붙이자면, 이 남자의 집에는 가스가 들어오지 않을 거야."

"농담이겠지, 홈즈."

"그럴 리가 있나. 자네, 설마 내가 추리로 알아낸 사실을 여기까지 알려 주었는데도 이해하지 못하는 것은 아니겠지?"

"내 머리가 나쁜 건지 뭔지 솔직히 말해서 자네의 추리는 따라갈 수가 없어. 예를 들어서 이 모자의 주인이 지적 능력이 뛰어나다고 했는데 그것을 어떻게 아는가?"

대답을 하는 대신에 홈즈는 그 모자를 자신의 머리 위에 올려놓았다. 모자는 이마까지 완전히 덮어 버렸고 미간 부근까지 내려왔다.

"용적의 문제지. 이렇게 머리가 큰 남자라면 틀림없이 그 내용물도 상당할 거야."

"지금은 형편이 어렵다는 건?"

"이 모자는 3년 전의 것이야. 챙은 평평하고 그 끝이 둥글게 말린 모양이 유행하던 때지. 보게, 리본은 물결 모양의 비단이고 안감도 고급스러워. 3년 전에는 이런 비싼 모자를 살 수 있었는데 그 뒤에는 다시 모자를 장만하지 못했으니 틀림없이 이 남자의 형편이 어려워진 거야."

"흠, 그건 그렇겠군. 하지만 신중한 성격이 경솔해졌다는 것은?"

셜록 홈즈가 웃으며 모자를 고정하는 끈을 꿰는 작은 고리와 둥근 구멍에 손가락을 얹었다.

"여기에 신중한 성격이 나타나 있다네. 원래 모자에는 이런 구멍이 없지 않은가? 이 모자를 고정하기 위한 도구도 살 때부터 붙어 있는 것이 아니야. 만약 이 남자가 고정 도구를 따로 주문했다면, 바람에 모자가 날아가지 않도록 미리 대비했다는 말이니 성격이 상당히 신중하다는 거지. 하지만 고무끈이 끊어져 버렸는데도 이 남자는 귀찮아서 갈아 끼우지 않았네. 다시 말해서 그 신중함이 많이 약해졌다는 뜻이야. 이것이야말로 그가 무기력해졌다는 확실한 증거라네. 한편으로는 펠트에 얼룩이 묻으면 잉크를 칠해서라도 어떻게든 감추려 하고 있어. 그러니 자존심을 완전히 잃지는 않았네."

"홈즈, 자네가 추리한 것은 정말 그럴 듯하게 들리는구먼."

"다른 점들도 설명해 보겠네. 이 남자가 중년에 머리가 희끗희끗하고, 라임 크림을 발랐으며, 머리를 깎은 지 얼마 안 됐다는 사실은 전부 안감 아래쪽을 잘 살펴보고 알게 된 것이라네. 돋보기로 살펴보면 짧은 머리카락이 잔뜩 붙어 있어. 그 머리카락은 이발소 가위로 깨끗하게 잘려 있지. 짧은 머리카락은 전부 끈적끈적한데 냄새를 맡아 보면 라임 크림이 분명해. 그리고 이 먼지를 잘 보게. 도로에서 뒤집어쓰는 흙먼지는 회색이지만 이건 그렇지 않아. 집 안에서 볼 수 있는 먼지로 갈색이고 부드러워. 그러니까 이 모자는 거의 집 안에만 걸려 있었다는 사실을 말해주지. 모자 안쪽에 젖었던 흔적이 얼룩으로 남아 있는 것은 땀자국일세. 모자 주인은 땀을 아주 많이 흘리는 사람이고 당연히 몸 상태도 썩 좋지는 않겠지."

"하지만 홈즈, 그렇다면 남편에 대한 부인의 애정이 식었다는 건 어떻게 알았나?"

"이 모자는 몇 주일 동안이나 솔질을 하지 않았어. 왓슨, 자네를 만났는데 모자에 일주일 치 먼지가 쌓여 있다면 어떻겠나? 자네가 그런 모자를 쓰고 외출해도 부인이 신경 쓰지 않는다면, 나는 가엾게도 자네가 부인의 애정을 잃었다고 여길 걸세."

"하지만 이 사람은 독신일지도 모르지 않나?"

"그렇지는 않을 거야. 거위를 선물로 가져가서 부인을 기쁘게 할 생각이었으니까. 거위 다리에 카드가 묶여 있었다는 사실을 생각해 보게."

"자네가 손을 대면 어떤 문제든 답이 나오는군. 하지만 홈즈, 그 사람 집에 가스가 들어오지 않는다는 사실은 대체 어떻게 추리한 건가?"

"모자에 동물 기름의 얼룩이 묻어 있었으니까. 한두 군데만 그랬다면 우연히 묻었다고 생각했겠지만 적어도 다섯 군데에는 묻어 있었다네. 그렇다면 이 남자는 분명히 타오르는 기름에 가까이 다가갈 기회가 많았다는 거야. 그건 거의 의심할 필요가 없는 사실일세. 아마도 이 남자는 밤마다 2층으로 올라갔을 거야. 한 손에는 모자를 들고, 다른 한 손에는 불꽃이 활활 타오르는 동물 기름이 포함된 초를 들고 말이야. 아무튼, 가스 불을 쓰는 사람이라면 모자에 동물 기름 얼룩이 묻을 이유가 없어.

이제 알겠는가?"

나는 웃으며 말했다.

"정말 놀랍군. 하지만 방금, 범죄가 일어나지는 않았다고 했지? 피해라고 해 봤자 거위 한 마리가 고작이라면 이번 사건은 조사해도 쓸데없는 일이 아닌가?"

셜록 홈즈가 입을 열어 답하려던 그 순간이었다. 갑자기 문이 열리더니 도우미 피터슨이 새빨갛게 달아오른 얼굴로 방 안에 뛰어들었다. 그의 얼굴은 놀라움으로 가득했다.

"거위가, 홈즈 선생님! 그 거위가!"

숨을 헐떡이며 피터슨이 말했다.

"아니, 거위가 어쨌단 말인가? 살아나서 부엌 창문 바깥으로 푸드덕 날아가기라도 했단 말인가?"

홈즈는 소파에 앉은 채 몸을 반쯤 비틀어 피터슨의 흥분한 얼굴을 똑바로 쳐다보며 말했다.

"선생님, 이것 좀 보세요! 아내가 거위 모이주머니 속에서 이런 걸 찾았습니다!"

피터슨이 손을 내밀었다. 손바닥의 한가운데에는 콩알보다 약간 작은 푸른 보석이 반짝반짝 빛나고 있었다. 불순물이 섞이지 않은 순수한 보석이 전등불처럼 눈부시게 빛났다. 홈즈가 휙 하고 휘파람을 불더니 자리에서 일어났다.

"세상에, 피터슨. 정말 대단한 걸 발견했군! 손바닥 위에 있는 것이 무엇인지 알고 있겠지?"

"다이아몬드 아닙니까? 정말 귀한 보석이지요! 유리를 아주 간단하게 자를 수 있다던데요?"

"이건 평범한 보석이 아닐세. 특별한 보석이야."

홈즈의 말을 듣고 나는 퍼뜩 떠오르는 것이 있어서 큰 소리를 질렀다.

"모르카 백작 부인의 푸른 카번클[31]이 아닌가?"

"바로 그렇다네. 요즘 〈타임스〉에 매일 광고가 실리고 있으니 나도 자연스럽게 그 다이아몬드의 크기와 모양을 알게 됐지. 이 세상에 하나밖에 없는 진귀한 보석이야. 그 가치는 추측할 수밖에 없지만 상금 1,000파운드는 시가의 20분의 1에도 미치지 못할 거야."

"1,000파운드라고요? 오, 주여!"

피터슨은 의자에 털썩 주저앉아서는 둥그렇게 뜬 눈으로 나와 홈즈를

---

31) carbuncle. 홍옥紅玉 또는 루비라고도 한다. 산화알루미늄으로 이루어져 있으며, 다이아몬드 다음으로 단단한 광물이다.

번갈아 바라보았다.

"상금이 1,000파운드일세. 이 보석에는 잊을 수 없는 여러 가지 추억들이 담겨 있는 모양이야. 그러니 백작 부인이 이 보석을 찾을 수만 있다면 재산의 절반을 내놓을 만도 하지."

이때 내가 입을 열었다.

"내 기억이 정확하다면 이 보석은 코스모폴리탄 호텔에서 사라졌다고 하던데?"

"맞아, 왓슨. 12월 22일, 정확히 닷새 전일세. 배관공인 존 호너가 백작 부인의 보석 상자에서 그 보석을 훔친 죄로 기소되었어. 호너에게 매우 불리한 증거가 나와서 배심원이 평결하는 순회 재판에 넘겨졌다네. 사건에 대한 신문 기사가 여기 있었을 텐데."

홈즈가 신문을 뒤적이며 날짜를 확인했다. 그리고 드디어 한 장을 뽑아내어 그것을 펼치더니 읽기 시작했다.

코스모폴리탄 호텔 보석 도난사건

존 호너(26세, 배관공)가 이번 달 22일, 모르카 백작 부인의 보석 상자에서 '푸른 카번클'로 알려진 고가의 보석을 훔친 혐의로 검거되었다. 이 호텔의 사무장인 제임스 라이더 씨의 증언에 따르면 사건 경위는 다음과 같다. 사건 당일 사무장 제임스 라이더는 호너를 모르카 백작 부인의 드레싱 룸으로 안내했다고 한다. 드레싱 룸의 난로 안에 연료를 받치는 쇠창살의 두 번째 봉이 느슨해져서 호너가 납땜질로 수리하기 위해서였다. 사무장은 한동안 호너 옆에 있었으나 다른 일이 생겨 방에서 나갔다. 사무장이 드레싱 룸으로 돌아왔을 때 이미 호너는 모습을 감춘 뒤였으며 큰 책상의 서랍을 억지로 연 흔적이 있었다. 또한 모로코 산 가죽으로 만든 작은 상자가 텅 빈 채 화장대 위에 놓여 있었다. 나중에 밝혀진 바에 따르면 백작 부인은 늘 그 상자에 보석을 넣어 두었다고 한다. 사무장은 곧바로 도난 사실을 알렸고, 호너는 그날 저녁에 체포되었다. 그러나 호너는 보석을 몸에 지니고 있지 않았으며 용의자의 방을 수색했음에도 불구하고 보석은 발견되지 않았다. 백작 부인의 하녀인 캐서린 쿠삭은 도난 사실을 안 사무장이 당황해서 외치는 소리를 듣고 드레싱 룸으로 달려갔으며 그녀의 증언은 사무장의 증언과 같다.

B지구를 담당하는 브래드스트리트 경위는 호너가 체포될 당시에 필사적으로 저항했으며 자신은 누명을 썼다고 주장했다고 밝혔다. 용의자는 절도 전과가 있다는 사실이 밝혀졌다. 그러한 이유로, 주로 경범죄를 재판하는 치안 판사는 그 자리에서 판결을 내리지 않고 다음 순회 재판에 회부하기로 했다. 호너는 심리 중에 매우 흥분했으며, 결국 실신하여 법정 밖으로 실려 나갔다.

"흠! 즉결 심판소가 하는 일이 늘 그렇지 뭐."

홈즈는 중얼거리는 듯 말하고 신문을 옆으로 툭 던지더니 이렇게 이야기했다.

"우리가 지금 해결해야 할 문제는 이 두 가지가 어떻게 연관되어 있는지 밝히는 거야. 다시 말해서, 모로코 산 가죽 상자에 있던 보석이 사라진 사건과 토테넘 코트 거리에서 주운 거위의 모이주머니 사이의 연관성을 밝혀내는 걸세. 이보게, 왓슨. 우리 둘이 이리저리 추리한 것이 쓸데없기는커녕 갑자기 범죄와 깊은 관계를 맺기 시작했네. 여기에 보석이 있어. 이건 거위의 모이주머니 속에서 나왔지. 사건을 거슬러 올라가 보면, 우선 거위는 헨리 베이커 씨가 들고 있었었네. 베이커 씨는 이 허름한 모자를 쓰고 있던 신사고, 그의 다른 특징은 자네에게 방금 이야기한 대로일세. 그러니 이 신사를 찾아내 이번 작은 사건에서 그가 어떤 역할을 맡았는지 급히 알아낼 필요가 있다네. 그러기 위해서 우선 가장 간단한 방법부터 시도해 보자고. 모든 석간에 광고를 실으면 분명히 연락이 올 걸세. 만일 그래도 안 된다면 다른 방법을 써 보고."

"뭐라고 광고를 낼 건가?"

"연필과 종이 좀 주게. 어디 보자, '굿지 거리에서 거위 한 마리와 검은색 중산모를 습득. 이것들을 헨리 베이커 씨에게 돌려드리고 싶으니 오늘 밤 6시 30분까지 베이커 가 221B로 오시기 바람.'이라고 하면 어떻겠는가? 명료하고 알아보기 쉽지 않나?"

"그렇군. 하지만 홈즈, 베이커 씨가 이 광고를 볼까?"

"볼 거야. 아마 그날부터 신문에서 눈을 떼지 못하고 있을 테니까. 소박하게 생활하는 베이커 씨의 입장에서 보면 그건 커다란 손해였을 거야. 그날 베이커 씨는 재수 없게도 유리창을 깬 데다가 피터슨이 달려오는 것을 보고 겁을 먹었어. 그래서 머릿속에는 도망칠 생각밖에 없었지. 하지만 도망치기에 바빠서 거위를 떨어뜨리고 만 것에 대해서는 아마 땅을 치며 후회하고 있을 거야. 그러니 신문에 자기 이름이 실리면 자연히 눈이 가겠지. 베이커 씨를 아는 사람이라면 누구나 그에게 한 마디씩 할 테고. 자, 피터슨. 이것을 광고 대행사에 가지고 가서 오늘 석간에 실어 달라고 하게."

"어느 신문에 낼까요?"

피터슨이 물었다.

"음. 〈글로브〉, 〈스타〉, 〈펠멜〉, 〈세인트 제임스〉, 〈이브닝 뉴스〉, 〈스탠

다드〉, 〈에코〉. 이것 말고도 더 생각나는 게 있으면 어디든지 내 주게."

"알겠습니다. 그럼 이 보석은 어떻게 할까요?"

"아아, 그렇군. 내가 잠시 맡고 있겠네. 수고했어. 그리고 피터슨, 돌아오는 길에 거위 한 마리만 사다 주게나. 자네 집에서 먹고 있는 거위 대신에 베이커 씨에게 돌려줄 거위 한 마리가 필요하니까."

피터슨이 밖으로 나가자 홈즈는 보석을 들어 빛에 비추어 보았다.

"정말 훌륭한 물건이군. 이 찬란하게 빛나는 모습을 좀 보게. 하지만 이 보석은 수많은 범죄의 커다란 표적이 됐지. 이름난 보석이라면 다 마찬가지긴 하지만. 이건 악마의 좋은 먹잇감이 된다네. 눈에 띄게 커다랗고 유서 깊은 보석은 그 작은 단면마다 피비린내 나는 사건을 상징하고 있어. 이 돌은 발견된 지 아직 20년도 지나지 않았네. 중국 남부의 아모이 강가에서 발견되었어. 이것이 값진 이유는 카번클의 좋은 점을 죄다 갖추고 있기 때문일세. 단, 색이 루비처럼 붉지 않고 푸른색이라는 점이 일반적인 카번클과 다르지. 발견된 지 아직 오랜 시간이 지나지도 않았지만 이 돌의 역사에는 벌써 끔찍한 이야기가 새겨져 있다네. 살인이 두 건, 복수한다면서 황산을 뿌린 것이 한 건, 자살이 한 건, 그리고 도난 사건이 네댓 건. 40그레인[32]짜리 돌 하나 때문에 이 많은 사건이 벌어진 걸세. 이처럼 아름다운 장식품이 인간을 교수대나 교도소로 보낼 줄 누가 상상이나 했겠나? 일단 내 금고에 넣어 두고 백작 부인에게는 보석이 여기에 있다는 사실을 알리기로 하세."

"그 호너라는 사람에게는 죄가 없다고 생각하나?"

"그건 알 수 없지."

---

32) grain. 무게의 단위로, 1그레인은 0.0648그램과 같다.

"그럼 홈즈, 자네 생각에 헨리 베이커 씨는 이번 사건과 관계가 있을 것 같나?"

"그는 결백하다는 것이 내 생각이야. 베이커 씨는 자기가 산 거위가 순금으로 만든 거위보다도 더 비싸다는 사실을 몰랐으니까. 어쨌든 그 점에 대해서는 그가 광고를 보고 왔을 때 아주 간단하게 시험해 보면 될 일이네."

"그가 오기 전에는 홈즈도 어쩔 수 없단 말인가?"

"그렇다네."

"그럼 나는 다시 왕진을 돌고 오겠네. 하지만 자네가 베이커 씨에게 오라고 한 저녁 6시 30분까지는 이곳에 다시 오겠네. 이처럼 복잡한 사건을 자네가 해결하는 모습을 지켜보고 싶으니까."

"환영하네. 저녁 시간은 7시야. 음식은 아마 도요새 요리일 거야. 방금 전에 일어난 사건도 있으니, 허드슨 부인에게 도요새 모이주머니를 잘 살펴보라고 일러야겠어."

환자 중 한 명을 치료하는 데 약간 시간이 걸리는 바람에 나는 6시 30분이 조금 넘었을 때 베이커 가로 돌아왔다. 홈즈의 하숙집 근처로 다가가자 키 큰 남자가 보였다. 그 남자는 챙이 없는 스코틀랜드 모자를 쓰고 있었으며 턱 부근까지 코트 단추를 채운 상태였다. 문 위쪽에 램프와 창문이 달려 있어서, 그곳에서 새어 나온 빛이 창 모양대로 반원을 그리고 있었다. 남자는 그 불빛 밑에서 기다리고 있었다. 내가 현관에 도착함과 동시에 문이 열렸고, 나와 남자는 함께 홈즈의 방으로 올라갔다.

"헨리 베이커 씨입니까?"

팔걸이가 달린 의자에서 일어난 홈즈가 상냥하고 서글서글하게 손님을 맞아들였다. 참으로 천연덕스러운 태도였다.

"난로 옆의 의자에 앉으세요, 베이커 씨. 오늘 밤은 꽤 춥군요. 게다가 당신 같은 몸이라면 여름보다 겨울이 더 견디기 힘들 테니까요. 아, 왓슨, 마침 적당한 때에 와 주었네. 베이커 씨, 저 모자는 당신 것입니까?"

"네, 분명히 제 모자입니다."

베이커 씨는 둥그스름한 어깨에 체구가 큰 남자였는데 머리가 크고 얼굴은 넓적한 편이었다. 얼굴은 박식해 보였고, 끝이 뾰족하고 드문드문 희끗한 갈색 수염을 기르고 있었다. 약간 불그스름한 코와 뺨, 그리고 앞으로 내민 손이 가늘게 떨리는 것을 보고 베이커 씨가 술을 많이 마시리라 추측했던 홈즈의 말을 떠올렸다. 베이커 씨의 옷차림을 더 자세히 보니, 낡고 검은 프록코트 앞단추를 단단히 채웠고 목깃은 세우고 있었다. 코트 안에는 장식용 커프스도 달지 않았으며 셔츠도 입지 않는지 가느다란 손목이 소매 끝으로 드러나 있었다. 그는 단어를 신중하게 선택하며 낮은 목소리로 더듬더듬 이야기했다. 대체적인 인상에 의하면 이 베이커 씨는 학식이 있는 남자지만 운을 타고나지는 못한 듯했다. 홈즈가 설명했다.

"주운 물건을 며칠 동안 보관하고 있었습니다. 왜냐하면 당신이 광고를 내면 주소를 알 수 있을 것이라 생각했으니까요. 하지만 아직까지 광고를 내지 않은 이유를 몰라서 당황하고 있었습니다."

손님이 부끄럽다는 듯 웃었다.

"단돈 몇 실링이라 해도 저는 예전처럼 돈을 함부로 쓸 수 없으니까요. 제게 시비를 건 그 불한당들이 모자와 거위를 가져갔을 거라고 생각했습니다. 되찾으려 해도 소용없으니 헛된 일에 돈을 쓸 마음이 들지 않았습니다."

"그러셨군요. 그건 그렇고 베이커 씨, 그 거위 말인데요. 어쩔 수 없이 먹어 버렸습니다."

"먹었다고요?"

손님은 완전히 흥분해서 엉거주춤 엉덩이를 들썩이며 일어났다.

"네, 먹었습니다. 먹지 않았다면 상해서 그냥 버렸을 테니까요. 하지만 찬장에 있는 저 거위를 보세요. 저 정도면 충분하겠지요? 당신의 거위와 크기도 비슷하고 아주 신선하니까요."

"네. 그렇고말고요, 그렇고말고요."

베이커 씨는 안심한 듯 한숨을 내쉬었다. 그러자 홈즈가 이렇게 덧붙였다.

"물론 당신 거위의 깃털과 다리, 모이주머니는 따로 남겨 두었습니다. 만약 필요하시다면……."

순간, 베이커 씨가 웃음을 터뜨렸다.

"제가 잠깐 가지고 있었다고는 하지만 잔해만 남아 있으면 무슨 소용이 있겠습니까? 저의 무용담에 대한 기념물밖에는 안 되겠지요. 그것보다, 괜찮으시다면 찬장 위에 있는 훌륭한 거위만 받고 싶습니다."

셜록 홈즈는 내게 슬쩍 날카로운 시선을 던지고는 어깨를 들썩였다.

"그럼 그 모자와 저 거위를 가지고 가십시오. 그런데 묻고 싶은 것이 있습니다. 저번 그 거위는 어디서 구했습니까? 제 입맛이 매우 까다로운 편이라서요. 그처럼 통통한 거위는 좀처럼 볼 수 없을 겁니다."

"그건 그렇죠."

베이커 씨는 벌써 자리에서 일어나 홈즈의 물음에 답했다. 그리고 지금 막 손에 넣은 거위를 옆구리에 낀 채 말을 이었다.

"제 친구 중에 몇 명은 박물관 근처에 있는 알파 술집에 자주 드나듭니다. 저와 친구들은 낮에 박물관에서 근무하니까요. 알파 술집의 주인

은 마음씨 좋은 사람으로, 이름은 윈
디게이트라고 합니다. 그 주인이 올
해 거위 클럽을 만들었지요. 저희
는 매주 몇 펜스씩 모아서 크리스
마스에 한 사람당 한 마리씩 거위
를 받기로 했었습니다. 저도 꼬박
꼬박 회비를 냈고 제 몫을 받았
습니다. 그 뒤의 일은 당신이 아
는 대로입니다. 덕분에 살았습니
다. 제 나이를 생각하면 스코틀랜

드 모자는 어울리지도 않고 너무 장난스러워 보이니까요."

베이커 씨는 우스울 정도로 점잖은 체하며 나와 홈즈에게 엄숙히 인
사한 뒤 성큼성큼 방 밖으로 나갔다. 손님이 문을 닫자 홈즈가 내게 말
했다.

"헨리 베이커 씨는 이제 됐어. 그는 사건에 대해서는 아무것도 몰라.
배고픈가, 왓슨?"

"아니, 별로."

"그럼 저녁은 나중에 먹기로 하고 정보가 들어온 김에 사건의 단서를
쫓는 것이 좋을 듯하네."

"그거 좋지."

얼어붙을 것처럼 추운 밤이었기에 우리는 긴 외투를 입고 목에 머플
러를 둘렀다. 밖으로 나가 보니 구름 한 점 없는 하늘에 별이 차갑게 반짝
이고 있었다. 지나는 사람이 내뱉은 숨이 하얗게 보여 권총의 총구 같았
다. 나와 홈즈는 경쾌한 발소리를 크게 울리며 힘차게 병원 거리를 지났고

윔폴 가, 할레 가, 위그모어 가를 지나서 옥스퍼드 가로 나갔다. 15분 만에 우리는 알파 술집이 있는 블룸스베리 구에 도착했다. 그 가게는 여관을 겸한 조그만 술집이었다. 블룸스베리 구에서 홀번 구 쪽으로 몇 갈래의 길이 나 있었는데 알파 술집은 그중 한 갈래의 모퉁이에 서 있었다. 홈 즈는 술집의 문을 밀어 가게 안으로 들어갔다. 그리고 하얀 앞치마를 두 른 붉은 얼굴의 주인에게 맥주 두 잔을 주문했다.

"이 집 맥주라면 틀림없이 맛있겠죠? 거위도 맛있으니까."

홈즈가 주인에게 말을 걸었다.

"우리 집의 거위라고요?"

가게의 주인은 놀란 듯했다.

"30분 전에 헨리 베이커 씨랑 그 이야기를 했소. 그 사람이 이 가게의 거위 클럽 회원이라던데."

"아아! 그야 그렇죠. 하지만 선생님, 우리 가게의 거위가 아닙니다."

"정말이오? 그럼 어디서 온 거위입니까?"

"그러니까 코벤트 가든 시장에 있는 어느 가게에서 스물네 마리를 사 들였지요."

"그곳 상인이라면 나도 몇 명을 알고 있는데, 누구지?"

"브레킨리지입니다."

"그렇군! 그 사람은 잘 모르겠는데. 어쨌든 주인 양반, 당신의 건강과 가게의 번성을 위해서 건배하겠소. 그럼 안녕히."

홈즈는 뒤이어 이렇게 말했다.

"그럼 브레킨리지에게 가 보세."

우리는 코트의 단추를 채우며 밖으로 나왔다. 살을 에는 듯한 추위가 기승을 부렸다.

"이번 사건은 두 가지 일이 연결되어 있어. 한쪽에는 하찮은 거위 이야기가 있지만, 다른 한쪽에는 한 사내가 있다네. 왓슨, 만약 우리가 무죄를 증명하지 못하면 그 사내는 7년 형을 선고받게 될 거야. 잊어서는 안 돼. 어쩌면 우리의 조사 결과, 그 사내가 유죄라는 사실이 확실해질 수도 있고. 어쨌든 우리는 경찰이 놓친 수사의 실마리를 쥐고 있다네. 그러니 이 실마리야말로 우리에게 유일한 기회를 주고 있는 거라고. 이것을 끝까지 따라가 보세나. 서둘러 가자고, 남쪽으로!"

우리는 홀번 구를 가로질렀고 엔델 가를 지나 구불구불한 빈민굴을 빠져나가서 마침내 코벤트 가든 시장에 이르렀다. 커다란 가게에 브레킨리지라는 간판이 붙어 있었다. 가게의 주인은 말을 닮은 얼굴을 하고 있었다. 날카로운 얼굴에 구레나룻을 길렀고 수염은 깨끗하게 손질이 되어 있었으며 어린 점원과 함께 가게 문을 닫는 중이었다.

"안녕하세요. 날이 무척 춥군요."

홈즈가 말을 걸었더니 주인은 고개를 끄덕인 뒤 이상하다는 듯 내 친구를 가만히 바라보았다.

"거위는 다 팔렸나 보죠?"

홈즈는 대리석을 늘어놓은 진열대를 가리키며 말을 이었다. 그 위에는 아무것도 없었다. 주인이 입을 열었다.

"내일 아침이 되면 500마리라도 팔 수 있도록 가져다 놓게습니다."

"그건 좀 곤란한데."

"선생님, 아직 가스등이 켜진 가게로 가 보세요. 거기라면 물건이 남아 있을 겁니다."

"하지만 나는 당신 가게 물건이 좋다는 말을 듣고 온 거라오."

"누구한테요?"

"알파 술집의 주인장한테."

"아, 그렇습니까? 거기에는 스물네 마리를 배달한 적이 있습죠."

"그때 거위도 정말 훌륭했소. 그런데 이 가게의 거위는 어디서 들여오는 거요?"

홈즈가 이렇게 물은 순간, 놀랍게도 주인은 갑자기 화를 내기 시작했다.

"이보슈, 선생."

가게의 주인은 얼굴을 휙 쳐들더니 두 손을 허리에 대고 팔꿈치를 양 옆으로 벌린 채 홈즈에게 말했다.

"대체 뭘 알고 싶으신 거요? 똑똑히 말해 보쇼."

"나는 이미 똑똑히 말했소. 당신이 알파 술집으로 배달한 거위를 어디서 샀는지 알고 싶은 거요."

"흥, 그건 가르쳐 줄 수 없소. 자, 이젠 됐지요?"

"가르쳐 줄 수 없다면 나도 어쩔 수 없지. 이렇게 별것도 아닌 일로 당신이 왜 그렇게 화를 내는지 모르겠군."

"화를 낸다고! 선생이라도 나처럼 시달림을 당한다면 화를 낼 거요. 물건을 받고 그 값을 치르면 거래는 끝나는 거 아뇨? 그런데 '그 거위는 어디에 있냐?'는 둥 '그 거위는 어디서 샀냐?'는 둥, 이래저래 귀찮게 하는 건 무슨 짓거리인지! 그 거위 때문에 이렇게 소동을 벌이니 남이 들으면 이 세상에 거위는 그거 한 마리뿐인 줄 알겠소."

"난 그렇게 물어 보고 다니는 무리들과는 전혀 관계가 없소."

홈즈가 전혀 모르는 일이라는 듯이 말을 계속했다.

"가르쳐 주지 않겠다면 내기고 뭐고 다 끝이오. 어쩔 수 없지. 사실 나는 거위 이야기만 나오면 바로 내기를 걸지. 자신 있거든. 내가 저번에

먹은 거위는 시골에서 기른 거위라는 쪽에 5파운드를 걸어 두었소."

"아아, 그래요? 그럼 선생은 5파운드를 잃은 셈이구먼. 그 새는 도시에서 기른 거니까."

가게의 주인은 이렇게 단언했다.

"그럴 리 없소."

"내가 그렇다고 하는데?"

"믿을 수 없소."

"선생, 새에 대해서 나보다 더 잘 알고 있단 말이오? 나는 어렸을 때부터 이 바닥에서 산전수전 다 겪은 사람이오. 다시 한 번 말하지만 그 알파 술집에 가져다 준 거위는 전부 도시에서 키운 거요."

"당신이 아무리 그렇게 이야기해도 난 믿을 수 없소."

"그럼 선생, 내기하시겠소?"

"돈을 버리는 것과 다를 바 없는 일일 텐데. 누가 뭐래도 내가 옳으니까. 그렇다면 1파운드 걸겠소. 똥고집만 부리는 당신을 좀 혼내 준다는 의미에서."

가게 주인이 킬킬거리며 소년에게 명령했다.

"빌, 장부를 가져오너라."

소년이 얇고 작은 장부 한 권과 표지가 기름범벅이 된 커다란 장부 한 권을 가지고 와서 매달려 있는 램프 밑에 늘어놓았다. 그러자 가게의 주인이 홈즈에게 말했다.

"여길 보시오, 잘나신 선생. 가게의 거위를 몽땅 판 줄 알았더니 아직 한 마리가 더 남아 있었군그래. 지금부터 장부를 살펴보면 무슨 말인지 알게 될 거요. 이 조그만 장부가 뭔지 아시겠소?"

"내가 어떻게 알겠소?"

"이건 내가 물건을 들여오는 거래처로, 양계업자들의 명단이오. 한번 보시오. 여기. 이 페이지에 시골 업자들의 이름이 적혀 있고 그 뒤에 숫자가 적혀 있소. 그 숫자가 가리키는 페이지를 커다란 장부에서 찾아보면 그 업자와의 거래 내역을 알 수 있지. 여기 있군! 이 페이지에 빨간 잉크로 적혀 있는 것이 보이시오? 이게 도시 양계업자들이오. 자, 선생, 빨간 잉크로 적은 페이지의 세 번째를 보고 그 이름을 소리 내서 읽어 보시오."

"옥숏 부인, 브릭스턴 거리 117번지, 249."

"그렇소. 이번에는 커다란 장부에서 그 페이지를 보시오."

홈즈가 장부의 249페이지를 펼쳤다.

"아아, 여기 있군. 옥숏 부인 브릭스턴 거리 117번지, 달걀 및 가금류."

"그리고 마지막에 뭐라고 쓰여 있소?"

"12월 22일. 거위 스물네 마리, 7실링 6펜스."

"맞소. 거보시오. 그 밑에는?"

"알파 술집의 윈디게이트에게 12실링에 판매."

"이래도 더 할 말 있소?"

셜록 홈즈는 분해 죽겠다는 표정을 지었다. 그리고 주머니에서 1파운드짜리 금화를 꺼내더니 대리석을 늘어놓은 판매대에 확 집어던졌다. 그러더니 약이 바짝 올라서 말도 못하겠다는 듯이 홱 등을 돌려 가게에서 나왔다. 몇 미터를 걸어가던 홈즈는 가로등 밑에서 발을 멈추고 웃음을 터뜨렸다. 아주 우스워 죽겠다는, 소리 없는 그만의 웃음이었다.

"저렇게 수염을 기르고 주머니에 〈핑컨〉[33]을 꽂고 있는 남자에게는 이런 방법이 최고야. 눈앞에 수백 파운드를 쌓아 놓아도 저렇게 자세히는 가르쳐 주지 않을 걸세. 그래서 내기를 하게 만든 거지. 왓슨, 우리 조사도 이제 거의 막바지에 다다른 듯해. 단 한 가지 망설여지는 부분이 있어. 조금 전에 알아낸 옥숏 부인을 오늘 밤 찾아갈까, 내일 찾아갈까 하는 문제야. 저 퉁명스러운 주인이 하는 말을 봐서는 우리만 이번 사건을 파헤치고 다니는 게 아니야. 그러니까……."

그때 갑자기 홈즈의 말이 끊겼다. 우리가 방금 나온 가게에서 큰 소동이 벌어졌기 때문이다. 돌아보니 쥐새끼처럼 생긴 한 작은 남자가 램프의 노란 불빛 바로 아래에 서 있는 게 보였다. 가게 주인인 브레킨리지가 가게 문을 가로막고 서서 무시무시한 기세로 주먹을 휘두르고 있었고 램프가 흔들렸다. 그러자 체구가 작은 사내는 몸을 웅크렸다.

---

33) pink'un. 스포츠, 특히 축구를 주로 다룬 신문.

"네놈도, 네놈의 거위도 이젠 질색이야!"

가게 주인이 외쳤다.

"빌어먹을! 또 그 따위 말을 지껄이면서 나를 괴롭히면 개를 풀어 놓겠어! 옥솟 부인을 데려온다면 그 사람하고는 이야기할 수 있지만 왜 상관도 없는 네놈이 끼어드는 거냐? 내가 네놈한테 거위를 산 것도 아닌데 대체 웬 참견이냐고!"

"그건 아니지만, 그 거위 중 한 마리는 제 것과 다를 바가 없습니다."

조그만 남자가 가엾은 목소리로 말했다.

"그럼 옥솟 부인에게 물으면 될 거 아냐?"

"부인이 당신에게 물어보라고 해서요."

"그럼 프러시아 왕에게 가서 물어봐! 난 모르니까. 이젠 신물이 나. 그만 가라니까!"

가게의 주인이 맹렬한 기세로 조그만 남자를 향해 다가가자 그 남자는 펄쩍 뛰듯 어둠 속으로 달아났다. 홈즈가 내게 속삭였다.

"브릭스턴 거리까지 가지 않아도 될 것 같군. 자, 가 보세. 저 사람의 정체를 알 수 있을 거야."

사람들은 가스등이 켜져 있는 가게 주위를 어정거렸고, 시장 곳곳에도 사람들이 모여 있었다. 홈즈는 그 사이를 뚫고 성큼성큼 걸어가서 재빨리 조그만 남자를 따라잡아 그의 어깨에 손을 얹었다. 남자는 깜짝 놀라며 홈즈 쪽을 돌아보았다. 가스등 빛에 비춰 보니 남자의 얼굴은 핏기가 하나도 없었다. 떨리는 목소리로 남자가 물었다.

"대체 누구십니까? 무슨 일이시죠?"

"이거 죄송합니다."

홈즈가 조용한 목소리로 말했다.

"조금 전에 저 가게에서 하던 말을 우연히 들었거든요. 내가 당신을 도울 수 있을 것 같은데."

"당신이? 당신은 누구십니까? 제 이야기를 당신이 알 수 있을 리가 없습니다."

"나는 셜록 홈즈요. 다른 사람이 알지 못하는 사실을 알아내는 것이 내 직업입니다."

"하지만 제가 알고자 하는 일에 대해서는 전혀 모르실 겁니다."

"미안하지만 나는 모든 사실을 다 알고 있습니다. 당신은 그 거위의 행방을 찾고 있죠. 브릭스턴의 옥숏 부인이 브레킨리지라는 가게에 판 그 거위 말입니다. 하지만 그 거위는 이미 알파 술집의 윈디게이트에게, 그리고 다시 거위 클럽에게 넘어갔습니다. 결국 그 거위는 클럽 회원인 헨리 베이커 씨의 손에 넘어갔죠."

"아아, 홈즈 선생님, 제가 지금까지 찾고 있던 사람을 바로 여기서 만나는군요."

남자는 두 팔을 벌리고 외쳤다. 그 손가락이 부들부들 떨렸다.

"그 거위의 행방이 제게는 얼마나 중요한지, 말로 표현할 수 없을 정도입니다."

셜록 홈즈가 지나가던 사륜마차를 커다란 소리로 불러 세우더니 남자에게 말했다.

"그렇다면 바람이 거칠게 불어 대는 시장보다 편안한 방에서 이야기하는 편이 나을 겁니다. 그런데 내가 돕게 된 분의 성함부터 좀 듣고 싶군요."

"존 로빈슨입니다."

남자는 순간 망설이다가 이렇게 말하고는 홈즈를 힐끗 쳐다보았다. 그러자 홈즈가 부드럽게 말했다.

"아니, 본명 말입니다. 가명을 쓰면 일이 복잡해집니다."

그러자 창백하던 그 낯선 사내의 얼굴이 붉어지며 대답했다.

"어쩔 수 없군요. 제임스 라이더입니다."

"역시. 코스모폴리탄 호텔의 사무장이군요. 자자, 마차에 오르세요. 당신이 알고 싶어 하는 내용은 나중에 빠짐없이 말해 드리죠."

조그만 남자는 나와 홈즈를 번갈아 바라보며 꼿꼿이 서 있었다. 그 눈동자에는 두려움과 희망이 반씩 섞여 있었다. 뜻밖의 행운이 찾아온 것인지, 파멸로 내몰린 것인지 알 수 없어 하는 듯했다. 그래도 남자는 결국 마차에 올랐고 30분 뒤에 우리는 베이커 가에 있는 홈즈의 거실로 돌아왔다. 마차를 타고 오는 동안 우리는 한 마디도 하지 않았다. 그러나 이제 막 알게 된 남자는 부산스럽고 괴로운 듯이 숨을 내쉬며 손을 접었다 폈다 했다. 아마도 내심 긴장하고 초조했던 것이리라. 우리는 차례차례 방으로 들어갔다.

"드디어 도착했군!"

홈즈가 커다란 목소리로 말했다.

"이렇게 추운 날에는 난롯불이 제격이지요. 라이더 씨, 추워 보이는군요. 등나무 의자에 앉으세요. 나는 잠깐 슬리퍼로 갈아 신고 그 다음에 당신의 문제를 해결하겠습니다. 자! 라이더 씨, 당신은 그 거위들이 어디로 갔는지 알고 싶은 거지요?"

"네."

"좀 더 정확히 말하자면 거위들이 아니라 그 거위의 행방이겠지요. 당신이 관심을 갖고 있는 것은 그중의 한 마리뿐이니까. 꼬리에 검은 줄무늬가 있는 그 거위 말입니다."

라이더는 흥분하여 몸을 떨며 이렇게 외쳤다.

"아아, 그게 어디로 갔는지 알고 계십니까?"

"여기에 왔습니다."

"여기에?"

"맞아요, 라이더 씨. 그리고 훌륭한 거위라는 사실을 알게 되었습니다. 당신이 관심을 갖는 것도 당연합니다. 이미 죽었는데도 그 거위는 알을 낳았으니까요. 조그맣고, 아름답고, 반짝이는 푸른 알이었습니다. 그런 알은 난생처음 봤어요. 내 박물관에 잘 넣어 두었습니다."

남자는 비틀비틀 일어서며 오른손으로 벽난로 선반을 짚었다. 홈즈가 금고를 열어 푸른 카벙클을 꺼내자 별처럼 차갑고 눈부신 빛이 사방팔

방으로 퍼져 나갔다. 라이더는 굳은 얼굴로 돌을 노려본 채 서 있었다. 자기 것이라고 말해야 할지 말아야 할지 망설이는 듯했다.

"라이더, 전부 끝났소."

홈즈가 조용히 말했다.

"정신 차려, 라이더. 그렇지 않으면 불 속으로 쓰러지고 말 거야. 왓슨, 라이더를 부축해서 의자에 앉혀 주게나. 배짱 좋게 중범죄를 저지를 만큼 뻔뻔한 사람은 아니로군. 브랜디를 한 모금 마시게 해 주게. 그래! 이제야 조금 나아졌어. 정말 잔챙이 같은 애송이로군!"

라이더는 비틀거리며 쓰러질 뻔했지만 브랜디 한 모금 덕분에 그 뺨에 붉은 기운이 감돌기 시작했다. 그는 의자에 앉은 채 자신의 죄가 들통 나는 건가 싶어서 겁먹은 눈길로 홈즈를 바라보았다. 홈즈가 라이더에게 이야기하기 시작했다.

"대부분의 사실은 다 파악했고, 필요한 증거도 전부 가지고 있어. 그러니 네가 이야기해 주어야 할 부분은 얼마 되지 않아. 어쨌든 그런 부분까지 확실히 해서 사건의 전모를 밝히는 것이 좋겠지. 라이더, 너는 이 모르카 백작 부인의 푸른 카번클에 대한 이야기를 알고 있었지?"

"캐서린 쿠삭이 이야기해 주었습니다."

라이더의 목소리는 가라앉아 있었다.

"그렇군, 백작 부인의 하녀 말이로군. 어쨌든 손쉽게 한 재산 모아 보려 했지만 너에게는 가능한 일이 아니었어. 너보다 머리가 훨씬 더 좋은 사람들도 그런 마음을 품고 있었으니까. 그래도 네가 쓴 수법은 너무 더러웠어. 정말 비열하더군. 그 호너라는 배관공에게는 전과가 있었으니 당연히 의심의 눈길이 그쪽으로 쏠리겠지. 자신이 무슨 짓을 한 건지 알고 있나, 라이더? 너희들, 그러니까 너와 공범인 쿠삭은 백작 부인의 방

에 사소한 문제를 만들어서 그 배관공을 들어가게 한 거야. 그리고 호너가 나간 뒤, 네가 보석 상자에서 보석을 훔치고 나서 보석이 사라졌다고 소란을 피운 거고. 그래서 불쌍한 호너가 체포되었어. 그리고 너는……."

그때 라이더가 갑자기 홈즈 앞으로 몸을 던지더니 카펫 위에 무릎을 꿇었다.

"제발, 제발 부탁입니다!"

라이더가 새된 소리로 말했다.

"저희 아버지를 생각해 주세요. 어머니도! 이 사실을 알게 되면 두 분 모두 가슴이 찢어질 겁니다. 지금까지 단 한 번도 경찰 신세를 질 만한 짓은 하지 않았습니다. 앞으로도 절대 하지 않겠습니다. 맹세합니다. 성경에 걸고 맹세하겠습니다. 제발 경찰에게는 알리지 말아 주십시오. 부탁입니다!"

"의자에 앉아! 여기서 넙죽 엎드려 굽실거리는 것도 좋은 방법이지. 한데 너는 누명을 쓰고 재판에 회부된 불쌍한 호너는 조금도 생각지 않는 것 같군."

홈즈가 엄한 목소리로 말했다.

"제가 달아나겠습니다. 이 나라를 떠나겠습니다. 그러면 그 사람도 풀려나게 될 겁니다."

"흠! 그 문제는 나중에 생각하기로 하지. 그보다 그 다음의 일을 솔직하게 말해 봐. 어째서 그 보석이 거위 배 속으로 들어가게 된 거지? 그리고 그 거위가 어떻게 시장에 팔리게 된 거고? 솔직하게 말해야 해. 너를 구할 방법은 그것밖에 없으니까."

라이더가 마른 입술을 혓바닥으로 축이며 말하기 시작했다.

"사실 그대로 말씀드리겠습니다. 호너가 체포되었을 때, 저는 보석을 가지고 바로 도망치는 것이 제일이라고 생각했습니다. 왜냐하면 경찰이 갑자기 저나 제 방을 수색할지도 모른다는 불안에 휩싸였기 때문입니다. 호텔 안에 보석을 숨겨 두기는 위험하다는 생각이 들었습니다. 그래서 볼일이 있는 것처럼 호텔에서 나와 누나의 집으로 갔습니다. 누나는 옥숏이라는 남자와 결혼해서 브릭스턴 거리에서 살고 있습니다. 거위를 길러 내다 팔죠. 제 눈에는 거기까지 가는 길에서 마주치는 사람들 모두가 경찰이나 형사로 보였습니다. 그래서 브릭스턴 거리에 도착했을 때는 얼굴이 땀에 흠뻑 젖어 있었죠. 누나가 제 창백한 얼굴을 보고 대체 무슨 일이냐고 물었습니다. 저는 그저 호텔에서 보석 도난 사건이 일어나는 바람에 놀라서 그런 거라고 대답했습니다. 그리고 뒤뜰로 가서 파이프를 피우며 가장 좋은 방법을 생각해 보았습니다.

제 친구 중에 모즐리라는 사람이 있는데, 평소 행실이 좋지 않은 그 친구는 나쁜 짓을 해서 얼마 전까지 펜턴빌 교도소에 있었습니다. 언제였던가 그와 이야기를 나누던 중에 물건을 훔치는 방법과 도난품을 처분하는 방법에 대해 들은 적이 있습니다. 그래서 저도 그 남자가 한 짓을 한두 가지쯤 알고 있으니 그 사람이라면 저를 절대로 배신하지 않을 것이라고 생각했습니다. 그래서 모즐리가 살고 있는 킬번으로 찾아가 비밀을 털어놓기로 했습니다. 그 친구가 보석을 처분하는 방법을 알려 줄 테니까요.

'그 사람에게 보석을 돈으로 바꾸는 방법을 배울 수 있을 거야. 하지만 그곳까지 안전하게 갈 수 있을까? 생각해 보면 호텔에서 여기까지 오는 동안에도 식은땀을 흘렸어. 언제 붙들려서 수색을 당하게 될지 몰라. 그러면 내 조끼 주머니에서 보석이 나올 거야.'

그때 저는 이런 저런 생각을 하면서 벽에 기댄 채 발밑을 뒤뚱뒤뚱 걸어가는 거위를 바라보고 있었습니다. 문득 좋은 생각이 떠올랐습니다. 아무리 뛰어난 형사라도 절대 눈치채지 못할 방법이었습니다.

몇 주일 전에 누나가 크리스마스 선물로 거위를 한 마리 가져가라고 했습니다. 누나는 언제나 약속을 지킵니다. 그래서 지금 이 자리에서 거위를 골라 그 안에 보석을 넣은 뒤 킬번으로 가져가자고 생각했습니다. 저는 꼬리에 줄무늬가 하나 들어간 크고 하얀 거위를 발견해 뒤뜰에 있는 창고 뒤로 몰았습니다. 그리고 그놈을 잡은 뒤 주둥이를 억지로 벌려 보석을 목구멍으로 밀어 넣었습니다. 손가락이 닿는 데까지, 아주 깊숙이요. 그러자 거위가 보석을 꿀꺽 삼켰습니다. 만져 보니 보석은 거위의 식도를 지나 모이주머니 안으로 내려가고 있었습니다. 그런데 거위가 날개를 퍼덕이며 몸부림을 치기 시작했습니다. 그 소리를 듣고 누나가 무슨 일인가 싶어 밖으로 나왔습니다. 제가 누나에게 말을 걸려는 순간 그 거위가 제 손을 뿌리치고 달아났습니다. 그러고는 허둥지둥 다른 거위들 사이로 섞여 들었습니다. 누나가 물었습니다.

'그 거위에게 무슨 짓을 한 거니, 젬?'

'크리스마스에 한 마리 준다고 했잖아. 어느 놈이 제일 통통한지 만져 본 거야.'

'어머, 네 거는 따로 골라 놨어. 젬의 거위라고 이름까지 붙여 두었는 걸. 저쪽에 있는 크고 흰 놈이 네 거야. 전부 스물여섯 마리인데 하나는 네 것, 하나는 우리 것이고 나머지는 다 팔 거야.'

'고마워, 매기 누나. 하지만 누나가 상관없다면 지금 잡았던 녀석이 마음에 드는데.'

그러자 누나는 이렇게 말했습니다.

'젬, 네 것으로 빼놓은 것이 적어도 1킬로그램은 더 무거울 거야. 너 주려고 내가 특별히 살을 찌웠으니까.'

'괜찮아, 나는 저 놈이 마음에 들었어. 지금 가져가도 되지?'

내가 이렇게 말했기에 누나가 약간 짜증을 내며 말했습니다.

'그럼, 네 맘대로 해. 어느 게 좋은데?'

'저기 꼬리에 줄무늬가 있는 하얀 놈. 저기, 한가운데에 있잖아.'

'알았어. 네가 알아서 잡아가렴.'

그렇습니다, 선생님. 저는 누나의 말대로 그 거위를 잡아서 킬번으로 가져갔습니다. 그리고 친구인 모즐리에게 제가 한 일을 이야기했습니다. 이런 일은 스스럼없이 밝힐 수 있는 사람이었으니까요. 모즐리는 숨이 넘어갈 정도로 웃었습니다. 그런 다음 저와 모즐리는 칼을 가져와 거위의 배를 갈랐습니다. 그런데 보석은 없었습니다. 저는 돌이킬 수 없는 실수를 저질렀다는 생각에 깜짝 놀랐습니다. 배를 가른 거위는 그냥 남겨 두고 저는 정신없이 누나의 집으로 달려가 뒤뜰로 뛰어들었습니다. 그런데 정원에는 거위가 한 마리도 없었습니다. 저는 큰 목소리로 누나에게 물었습니다.

'거위는 전부 어디로 갔지? 매기 누나!'

'상인에게 넘겼어, 젬.'

'어디 상인?'

'브레킨리지의 가게. 코벤트 가든에 있어.'

'그런데, 누나. 내가 고른 거위하고 아주 비슷하게 생긴 놈이 한 마리 있었지? 꼬리에 줄무늬가 있는 놈.'

'맞아, 젬. 꼬리에 줄무늬가 있는 놈이 둘이었는데 구분이 되지 않을 정도로 닮았어.'

누나의 대답을 듣고 모든 사실을 알 수 있었습니다. 저는 브레킨리지 라는 남자의 가게로 한달음에 달려갔습니다. 하지만 누나의 집에서 들여온 거위는 한꺼번에 전부 팔려 나간 뒤였습니다. 그리고 어디에 팔았는지 절대로 가르쳐 주려 하지 않았습니다. 오늘 밤 브레킨리지가 제게 하는 말을 들으셨죠? 지금까지 계속 그런 식이었습니다. 누나는 제 정신이 이상해진 것이 아닐까 걱정하기 시작했습니다. 그리고 저 스스로도 가끔 그런 생각이 들 때가 있습니다. 이제, 이제 제게는, 도둑의 낙인이 찍혀 버렸습니다. 하지만 지위며 명예도 전부 내팽개치고 어렵게 손에 넣은 보석에는 손도 대지 못했습니다. 어떻게 이럴 수 있습니까! 전 이제 어떻게 하면 좋을까요!"

라이더가 갑자기 두 손으로 얼굴을 가리고 흐느끼기 시작했다. 오랫동

안 모두가 입을 다물고 있었다. 괴로워하는 라이더의 숨소리와 셜록 홈즈가 탁자 끝을 손가락으로 두드리는 소리만 들려올 뿐이었다. 홈즈가 갑자기 자리에서 일어서더니 문을 활짝 열고 라이더에게 말했다.

"여기서 나가!"

"네? 아, 아, 정말 고맙습니다!"

"어서 나가! 다른 말은 필요 없겠지?"

홈즈의 말대로 그것이면 충분했다. 라이더가 갑자기 방 밖으로 뛰쳐나갔다. 그 다음에 계단을 달려 내려가는 발소리, 현관문을 쿵 닫는 소리, 그리고 거리를 분주히 달려가는 구두 소리가 들려왔다.

"결국에는 말이지, 왓슨."

이렇게 말하며 홈즈는 도자기 파이프로 손을 뻗었다.

"왓슨, 나는 머리 나쁜 경찰들을 돕기 위해 고용된 게 아닐세. 물론 호너가 피해를 입었다면 이야기는 달라졌을 거야. 하지만 라이더가 모습을 감춘 채 두 번 다시 호너에게 불리한 증언을 하지는 않을 테니 그 소송도 아마 취하될 걸세. 무거운 범죄를 저지른 녀석을 풀어 준 느낌이 들지만 그래도 녀석의 영혼은 구할 수 있겠지. 완전히 겁을 먹었으니 이제 그치는 두 번 다시 나쁜 짓을 하려고 들지는 않을 거야. 지금 저 사람을 교도소로 보내면 평생 전과자의 낙인을 지고 살 것이 아닌가. 게다가 지금은 커다란 은혜를 베풀어야 할 크리스마스니까. 보기 드물고 기묘한 사건에 맞설 기회를 얻었고, 또 그것도 해결했으니 고생한 보람이 있었다고 할 수 있겠지. 왓슨, 미안하지만 벨을 울려 주지 않겠나? 이제 우리는 다음 수사를 시작할 수 있을 것 같군. 오늘 저녁 메뉴도 새고기니 말일세."

8. 얼룩 끈

　지난 8년 동안 나는 친구인 셜록 홈즈가 해결한 70여 건의 사건을 연구하고 기록해 왔다. 그 공책을 대충 훑어보면 수많은 비참한 사건과 몇몇 유쾌한 사건, 그리고 기묘하다고 밖에는 달리 표현할 길이 없는 사건 등 여러 가지 사건들이 있었지만 평범하다고 부를 수 있을 만한 것은 하나도 없었다. 특별히 보기 드문 사건도 아니고, 어느 하나 특이한 구석이 없는 사건이라면 홈즈는 아예 손조차 대지 않으려 했기 때문이다. 그는 돈을 위해서 탐정 일을 하는 것이 아니라 사건 해결 자체를 즐겼다. 이렇게 다양한 사건들 중에서도 서리 주 스톡 모런에 살고 있던 유명한 로일럿 가문의 사건이야말로 그 예를 찾아보기 힘들 정도로 보기 드물고 기이했다.

　문제의 사건이 일어난 것은 내가 홈즈와 함께 살기 시작한 지 얼마 지나지 않은 때였다. 당시에는 나도 독신이었기 때문에 베이커 가의 방을 빌려 함께 살았다. 로일럿 가 사건을 공표하지 않은 까닭은 그때 사건을 비밀에 붙이겠다고 약속했기 때문이다. 그런데 우리에게 침묵의 맹세를 약속하게 했던 부인이 바로 지난달에 갑자기 세상을 떠나고 말았다. 그 덕분에 사건을 공표할 수 있게 된 것이다. 거기에 더해서, 나는 로일럿 가 사건의 진상을 확실하게 밝히는 편이 오히려 나을 것이라고 생각한다. 왜냐하면 세상에는 그림스비 로일럿 박사의 죽음을 둘러싼 여러 가지 소문이 떠돌고 있기 때문이다. 나도 그 소문들을 들은 적이 있는데 실제보다 훨씬 더 무시무시한 이야기로 둔갑해 버리고 말았다.

1883년 4월 초의 일이었다. 그날 아침, 내가 눈을 뜨자 셜록 홈즈가 내 침대 곁에 서 있었다. 벌써 옷도 갈아입은 상태였다. 평소 홈즈는 일찍 일어나는 편이 아니었는데 난로 위의 시계를 보니 겨우 7시 15분이었다. 깜짝 놀란 나는 눈을 깜빡이며 홈즈를 올려다보았다. 나는 언제나 일정한 시간에 일어났으므로 조금 화가 나기도 했다. 홈즈가 말했다.

"잠을 깨워서 미안하네, 왓슨. 오늘도 현관을 두드리는 소리에 허드슨 부인이 잠에서 깨어난 모양일세. 부인은 그에 대한 복수로 나를 깨웠고, 이번에는 내가 자네를 깨우러 온 거야."

"왜 그러나? 응? 불이라도 났나?"

"아니, 의뢰인이 왔어. 젊은 여자가 와 있지. 매우 흥분해서는 무슨 일이 있어도 나를 만나야겠다고 고집을 피운 모양이야. 지금 거실에서 기다리고 있네. 틀림없이 급한 일로 찾아왔을 거야. 이렇게 이른 아침에 젊은 여자가 런던 거리를 뚫고 나를 찾아와서는 잠들어 있는 사람을 깨울 정도이니 말일세. 흥미로운 사건이라면 자네도 처음부터 듣고 싶어 할 것 같아서 일단 알려 주려고 왔네."

"그렇다면 나도 놓칠 수 없지."

나에게는 홈즈가 탐정 일을 할 때 옆에서 그 모습을 지켜보는 것만큼 흥미로운 일은 없었다. 홈즈가 신속하게 추리해 나가는 모습을 지켜보면 감탄하지 않을 수가 없었으니까. 직감이 떠오르는 속도보다 빨리 추리하면서도 언제나 확실한 근거가 바탕이 되었다. 그렇기 때문에 이 방법으로 수많은 사건을 해결할 수 있었던 것이다. 나는 서둘러 옷을 갈아입고 2, 3분 만에 준비를 마쳤다. 그리고 홈즈와 함께 거실로 나갔다. 검은 옷을 입고 얼굴을 베일로 가린 여자가 창가에 있는 의자에 앉아 있었다. 우리가 거실로 들어서자 그 여자가 자리에서 일어났다. 홈즈가 빙그레 웃으며 인사했다.

"안녕하세요. 내가 셜록 홈즈입니다. 이 사람은 내 친구로 함께 일하고 있는 왓슨 박사입니다. 이 친구가 있다고 신경 쓸 필요 없어요. 나밖에 없다고 생각하고 말하면 됩니다. 오, 허드슨 부인이 우리를 생각해서 난로에 불을 피워 주었군. 이렇게 고마울 데가. 자, 불 옆으로 와서 앉으세요. 추워서인지 떨고 있군요. 뜨거운 커피를 부탁해야겠습니다."

"추워서 떠는 게 아니에요."

낮은 목소리로 이렇게 말한 여자는 홈즈가 권한 난로 옆 의자로 자리를 옮겼다.

"그럼 어째서입니까?"

"무서워서요. 선생님, 너무 무서워요."

이렇게 대답하며 여자는 베일을 들어올렸다. 가엾어 보일 정도로 큰 충격을 받은 듯했다. 두려움에 완전히 굳은 얼굴은 흙빛을 띠고 있었고 궁지에 몰린 동물처럼 공포에 떠는 눈빛에서는 차분함이 느껴지지 않았다. 얼굴과 몸매는 30대 여자임에 틀림없었지만, 벌써 새치가 보였고 완전히 여윈 모습이었다. 홈즈는 단숨에 그 여자를 아래위로 훑어보았다. 내 친구는 그것만으로도 많은 것을 알아낼 수 있는 사람이다. 그러더니

몸을 굽혀 여자의 손목 부근을 가볍게 두드리며 위로하는 목소리로 말했다.

"두려워하지 마세요. 제가 곧 문제를 해결해 드리겠습니다. 오늘 아침에 기차를 타고 오셨죠?"

"저에 대해서 이미 알고 계시나요?"

"아닙니다. 하지만 장갑을 끼고 있는 왼손에 기차 왕복표, 정확히는 돌아가는 표가 들려 있군요. 게다가 아침 일찍 집에서 나오셨나 봅니다. 이륜마차로 진흙길을 달리느라 역까지 나오는 데 꽤 시간이 걸렸네요."

깜짝 놀란 여자가 당황한 눈빛으로 홈즈를 바라보았다. 홈즈가 미소를 지으며 말을 이었다.

"조금도 이상할 게 없습니다. 손님의 상의 왼쪽 소매에 일곱 군데 정도 흙탕물이 튀었으니까요. 오래 전에 튄 게 아니라 채 마르지도 않았군요. 그리고 이런 식으로 흙탕물을 튀기는 건 이륜마차밖에 없죠. 마부 왼쪽에 앉았기 때문에 상의 왼쪽에 튀었고요."

"이유야 어쨌든 홈즈 선생님의 말씀은 전부 사실이에요. 아침 6시도 되기 전에 집에서 나왔고 6시 20분쯤에 레더헤드에 도착해서 첫차를 타고 워털루 역까지 왔어요. 이렇게 답답한 마음을 더 이상 견딜 수가 없었어요. 이대로는 정신이 이상해질 것 같아요. 하지만 제게는 문제를 상의할 만한 사람이 없어요. 저를 걱정해 주는 사람이 한 명 있지만 그 사람은 그다지 믿음직스럽지가 못해요. 그런데 패린토시 부인에게서 선생님 이야기를 들었어요. 부인이 커다란 곤경에 처했을 때 도움을 주셨다고 하더군요. 부인이 선생님의 주소를 알려 주었습니다. 저도 꼭 도움을 받고 싶습니다. 저는 지금 칠흑 같은 어둠 속에 빠져 있어요. 하다못해 희미한 빛이라도 비춰 주신다면 저에게 큰 도움이 될 거예요. 지금 당장은 사례할 수가 없지만 두어 달 뒤에 결혼을 하면 자유롭게 쓸 수 있는 돈이 생겨요. 그때가 되면 선생님도 제가 배은망덕한 여자가 아니라는 사실을 아실 겁니다."

책상 쪽으로 돌아앉은 홈즈가 열쇠로 서랍을 열어 조그만 사건 수첩을 꺼냈다.

"패린토시라……, 아, 그래 맞아. 생각났습니다. 오팔 머리 장식과 관련된 사건이었죠. 왓슨, 이때는 아직 자네와 함께 일하기 전이었네. 이것만은 말씀드려야겠군요. 나는 기꺼이 이 사건을 맡을 생각입니다. 손님의 친구인 패린토시 부인의 사건을 맡았을 때와 마찬가지로 성의를 다해서요. 나에게는 일이 곧 사례금입니다. 그래도 마음이 편하지 않다면 나중에 형편이 좋아졌을 때 내가 사용한 비용만 주시면 됩니다. 자, 우리에게 모든 것을 숨김없이 말해 주세요. 참고가 될 만한 것이라면 하나도 빠뜨리지 말고요."

"아, 정말 어떻게 해야 좋을지 모르겠어요. 저는 제 입장을 설명하는 것이 가장 두려워요. 왜냐하면 무엇이 두려운지 확실하게 말씀드릴 수가 없고, 제가 이상하게 여기는 것들도 전부 다른 사람들에게는 하찮아 보이기 때문이에요. 제게는 상의하고 의지해도 좋을 만한 남자가 한 명 있어요. 하지만 제가 무슨 말을 하든 그이마저도 신경이 예민한 여자의 공상에 지나지 않는다고 생각하는 듯해요. 직접  그렇게 말하지는 않았지만 저는 느낄 수 있어요. 그이가 내 시선을 피하고 어린애 달래듯이 위로하는 표정으로 대답하는 것을 보면 알 수가 있어요. 홈즈 선생님은 타인의 마음 깊은 곳까지 꿰뚫어 보고, 어떤 음모라도 전부 밝혀내신다고 들었어요. 저는 위험에 빠졌습니다. 도대체 어떻게 하면 좋을까요? 제발 가르쳐 주세요."

여자의 말에 홈즈가 대답했다.

"우선 어떻게 된 건지 이야기부터 들어 봅시다."

"아, 저는 헬렌 스토너라고 합니다. 의붓아버지와 함께 생활하고 있어요. 의붓아버지는 서리 주 서쪽 끝에 위치한 스톡 모런에서 대대로 살아온 로일럿 가의 후손이에요. 로일럿 가는 영국에서도 얼마 되지 않는 색슨 족[34]의 전통 있는 가문인데 의붓아버지는 그 마지막 혈통이에요."

홈즈가 고개를 끄덕이며 한마디 했다.

"그 이름은 나도 잘 알고 있습니다."

"한때는 로일럿 가도 영국의 유복한 집안 중 하나로 손꼽혔죠. 영지가 주 경계를 넘어서 북으로는 버크셔 주, 서로는 햄프셔 주까지 이어져 있었으니까요. 하지만 지난 한 세기 동안 4대에 걸친 가문의 장자들이 한결같이 낭비벽 있는 방탕한 사람들이었어요. 게다가 19세기 초의 섭정 시대[35]에는 도박을 좋아하는 상속자가 있어서 결국 로일럿 가는 완전히 몰락해 버리고 말았어요. 남은 것이라고는 몇 에이커의 땅과 지은 지 200년이나 된 낡은 저택뿐이었는데 그것도 여기저기에 저당 잡혀 있는 형편이었고요. 할아버지는 그 저택에서 간신히 생활했지만, 허울뿐인 귀족으로 비참하기 이를 데가 없었어요. 그의 외아들, 그러니까 제 의붓아버지는 집안을 다시 일으켜야겠다고 생각했지요. 그래서 친척에게서 돈을 빌렸고 그 돈으로 의학박사 학위를 취득했습니다. 의사가 된 의붓아버지는 인도의 캘커타로 옮겨갔고, 거기에서 실력을 발휘하며 열심히 산 덕에 커다란 병원을 개업했습니다. 그런데 집 안에서 자꾸만 무엇인가가 없어졌고 화가 난 의붓아버지는 감정을 다스리지 못하고 그만 인도인 집사를 때려 죽였어요. 간신히 사형은 면했지만 오랫동안 교도소에 갇혀 살았습니다. 그리고 다시 영국에 돌아왔을 때는 실의에 빠져 무뚝뚝하고 기력 없는 사람으로 변해 있었어요.

로일럿 박사는 인도에 있는 동안 스토너 부인과 결혼했습니다. 이 스토너 부인이 제 어머니예요. 어머니는 벵골 포병대의 스토너 소령과 결

---

34) Saxon. 한때 독일 서북부에 살았던 민족. 그중 일부가 5~6세기에 영국에 정착하였다.
35) Regency. 섭정攝政이란 통치할 능력이 없는 국왕을 대신해 그의 친족이나 신하가 나라를 다스리는 것을 말한다. 영국에서는 1811년부터 1820년까지 국왕 조지 3세를 대신해 왕세자 조지 4세가 국정을 돌본 시기를 섭정 시대라 한다.

혼했는데 젊은 나이에 남편을 잃었어요. 언니인 줄리아와 저는 쌍둥이로, 어머니가 재혼하셨을 때는 아직 두 살이었어요. 어머니의 재산은 연수입 1,000파운드가 넘었는데 돌아가실 때 유언으로 재산을 로일럿 박사에게 넘겨주었어요. 하지만 거기에는 조건이 있었답니다. 바로 저희 자매와 함께 사는 동안에는 1,000파운드 전액을 박사에게 주지만 저희가 결혼을 하면 그중 일부를 저희 둘이 받는다는 내용이었어요. 어머니는 영국에 돌아온 지 얼마 되지 않아서 돌아가셨어요. 8년 전 크류 근처에서 있었던 기차 사고로 돌아가셨죠. 당시 로일럿 박사는 런던에서 병원을 열 생각이었는데 어머니가 돌아가시자 그 계획을 접고, 우리를 데리고 조상 대대로 내려오는 스톡 모런의 저택으로 들어가 버렸어요. 어머니가 남겨주신 유산 덕분에 저희는 별 어려움 없이 생활할 수 있었어요. 그런 행복한 생활이 깨지리라고는 꿈에도 생각지 못했습니다.

그런데 그 무렵부터 의붓아버지가 전혀 다른 사람처럼 변해 버렸습니다. 친구를 사귀려고 하지도 않았고, 마을 사람들과도 교류하지 않았어요. 처음에는 마을 사람들도 로일럿 가의 스톡 모런 저택에 사람이 돌아왔다며 아주 기뻐해 주었는데 말이에요. 의붓아버지는 저택에만 틀어박혀 있다가 가끔 외출할 때면 닥치는 대로 마을 사람들을 붙들고 싸움을 하곤 했습니다. 로일럿 가 남자들은 대대로 광적일 정도의 난폭한 기질을 가지고 있는데 의붓아버지의 경우도 그러했어요. 원래 그런 성격인 데다 열대지방에서 오랫동안 생활한 탓에 성미가 더욱 격렬해진 것 같았죠. 싸움을 연달아 벌여서 두 번이나 즉결 심판소 신세를 지기도 했고요. 요즘에는 마을 사람들도 의붓아버지를 두려워해서 그분이 가까이 다가가기만 해도 줄행랑을 칠 정도예요. 의붓아버지는 굉장히 힘이 세고 일단 화를 내면 스스로도 자제심을 잃어버리거든요.

지난주에도 스톡 모런의 대장장이를 다리 난간 너머로 던져서 강물에 빠뜨렸어요. 제가 있는 돈 없는 돈 다 긁어모아서 대장장이에게 건네주고 사건을 무마했죠. 그렇게 하는 것 외에는 달리 방법이 없었어요. 의붓아버지에게는 떠돌이 집시들을 빼고는 친구가 전혀 없었는데, 그들에게 로일럿 가의 토지에서 야영해도 좋다고 허락했어요. 몇 에이커나 되는 가시나무 숲을 쓰라고 한 거죠. 그에 대한 보답으로 박사는 집시들의 천막에 초대받기도 하고 때로는 몇 주일씩 집시들과 방랑 하기도 해요. 그리고 의붓아버지는 인도의 동물들을 좋아해서 인도에 있는 지인에게 편지해서 인도의 동물을 보내 달라고 부탁하곤 합니다. 지금은 치타와 비비를 정원에 풀어놓고 기르고 있어요. 마을 사람들은 그 주인만큼이나 동물들도 무서워하고 있습니다.

이미 짐작하셨겠지만, 언니인 줄리아와 저는 그다지 즐겁지가 못했어요. 하인들도 집에 들어오려 하지 않아서 이미 오래전부터 언니와 제가 가사를 나눠서 하고 있었죠. 언니는 서른이라는 젊은 나이에 세상을 떠났어요. 그때부터 벌써 머리가 희끗희끗 세기 시작해서 지금의 저와 별반 다를 바가 없었죠.”

“그렇다면 언니는 벌써 돌아가셨단 말인가요?”

"맞아요. 정확히 2년 전의 일이에요. 제가 말씀드리고 싶은 것도 언니의 죽음이고요. 언니 줄리아와 저는 조금 전에 이야기한 대로 살고 있었어요. 그래서 나이나 신분이 비슷한 남자를 만날 수 있는 기회가 거의 없었지요. 단, 짧은 기간 동안이라면 가끔 이모를 찾아뵐 수는 있었어요. 이모는 어머니의 동생으로, 이름은 오노리아 웨스트페일인데 아직 독신이에요. 하로 근처에서 살고 있어요. 2년 전 크리스마스에 줄리아 언니는 이모 댁에 갔다가 거기서 휴직 중인 해병대 소령을 만나 약혼을 했습니다. 아버지는 언니가 스톡 모런의 저택에 돌아와서야 두 사람이 약혼했다는 사실을 알게 되었는데 결혼을 반대하시지는 않았어요. 그런데 결혼 2주일 전에 끔찍한 일이 벌어졌고, 그 바람에 저는 세상에서 하나뿐인 혈육을 잃고 말았죠."

의자에 앉아 있던 홈즈는 그때까지 몸을 뒤로 젖혀 몸을 깊숙이 묻고 있었다. 그리고 눈을 감은 채 머리에 쿠션을 베고 있었는데 이야기가 여기까지 진행되자 가느다랗게 눈을 떠 여자 손님을 흘끗 쳐다보았다.

"자, 아무리 사소한 일이라도 빼놓지 말고 정확하게 이야기해 주세요."

"그건 어렵지 않은 일이에요. 그때 벌어진 무시무시한 일을 하나도 빠짐없이 생생하게 기억하고 있으니까요. 아까 말씀드렸듯이 스톡 모런의 저택은 매우 낡아서 우리는 한쪽 건물만 사용하고 있어요. 건물의 1층을 침실로 쓰고 그 옆에 있는 방, 그러니까 건물 한가운데 있는 방을 거실로 쓰고 있어요. 거실에서 가까운 순서대로 로일럿 박사, 언니, 제 침실이 나란히 늘어서 있죠. 세 개의 침실은 하나의 복도로 연결되어 있고 복도를 통하지 않으면 서로 드나들 수가 없어요. 홈즈 선생님, 이해가 되시죠?"

"아주 잘 알겠습니다."

"세 개의 침실은 모두 창문이 잔디가 자라고 있는 정원 쪽으로 나 있어요. 언니가 목숨을 잃은 그날 밤, 로일럿 박사는 평소보다 빨리 침실에 들어갔어요. 하지만 바로 잠들지는 못한 듯했어요. 언제나 피우는 인도의 독한 담배 연기 때문에 언니가 더 이상 견디지 못하고 제 방으로 찾아왔을 정도니까요. 우리 둘은 의자에 앉아서 머지않아 있을 결혼식에 대해서 한동안 이야기를 나누었어요. 언니는 밤 11시쯤 돼서 자기 방으로 돌아가려고 자리에서 일어났어요. 그런데 방을 나서려다 말고 문 앞에 서서 이렇게 말하는 거예요.

'헬렌, 혹시 한밤중에 누군가 휘파람 부는 소리를 듣지 못했니?'

'못 들었는데.'

'설마 네가 자면서 휘파람을 분 건 아니겠지?'

'말도 안 돼. 그런데 왜?'

'지난 며칠 동안, 새벽 3시쯤 되면 언제나 휘파람 소리가 들려오거든. 낮지만 뚜렷한 소리야. 난 잠을 깊이 자지 못하잖아? 그래서 그 휘파람 소리를 들으면 눈이 떠져. 어디서 들리는 건지는 모르겠어. 옆방인 것 같기도 하고 정원인 것 같기도 하거든. 그래서 너도 그 소리를 들었는지 한번 물어본 거야.'

제가 언니에게 말했습니다.

'한 번도 못 들었는데. 숲속에 있는 그 기분 나쁜 집시들일 거야.'

'그럴지도 모르겠다. 하지만 정원에서 들려오는 소리를 네가 못 들었다는 것도 이상하지 않니?'

'어머, 듣고 보니 그렇네. 그래도 난 언니보다 깊이 잠드는 편이잖아.'

'어쨌든 중요한 일은 아니니까. 뭐 어때?'

이렇게 말한 언니는 방긋 웃으며 내 방문을 닫았어요. 곧 언니가 자기 방문을 잠그는 소리가 들려왔지요."

"그래요? 댁에서는 매일 밤 방문을 잠그는 습관이 있나요?"

홈즈가 말했다.

"네, 언제나 문을 잠가요."

"왜죠?"

"말씀드렸다 시피 로일럿 박사가 치타와 비비를 기르고 있어서 언니와 저는 문을 잠그지 않으면 걱정이 돼서 잘 수가 없었습니다."

"그렇겠군요. 자, 이야기를 계속해 보세요."

"그날 밤, 저는 좀처럼 잠들 수가 없었어요. 자꾸만 불길한 예감이 들어서요. 언니와 제가 쌍둥이라는 이야기는 조금 전에 했지요? 쌍둥이는 비슷한 점이 아주 많아서 이상할 정도로 마음이 잘 통해요. 궂은 날이었어요. 밖에서는 바람이 소리 내어 울고 있었고 빗방울이 창을 두드리는 소리가 들려왔어요. 요란스러운 바람 소리에 섞여서 갑자기 여자의 외침이 울려 퍼졌어요. 언니의 목소리였죠. 겁에 질려서 미친 듯이 소리 지르고 있었어요. 저는 침대에서 벌떡 일어나서 숄을 걸치고 복도로 뛰어 나갔어요. 방문을 여는 순간, 언니 말대로 낮은 휘파람 소리가 들렸고 뒤이어 쨍그랑 하는, 금속 덩어리가 떨어지는 소리가 울렸어요. 언니 방 앞으로 달려갔더니 빗장을 벗기는 소리와 함께 천천히 문이 열리기 시작했어요. 저는 너무 놀랐고, 누가 나올지 몰라 그저 멍하니 문을 지켜보고 있었어요. 잠시 후 복도 램프의 불빛을 받으며 빠끔히 열린 문 사이로 언니가 나왔어요. 언니 얼굴은 백짓장처럼 하얗게 질려 있었고, 두 팔을 앞으로 뻗어 도움을 청하고 있었어요. 몸은 술 취한 사람처럼 비틀거렸고요. 제가 달려가 언니를 안았지만 언니는 그 순간 무너지듯 바닥에 쓰러져 버렸어요. 격렬한 통증을 느꼈는지 몸을 뒤틀며 괴로워했고 사지

를 부들부들 떨고 있었어요. 처음에는 제가 온 것조차도 모르는 줄 알았는데, 제가 몸을 숙이자 제 얼굴을 본 언니가 갑자기 외쳤어요.

'아, 세상에! 헬렌, 끈이야! 얼룩 끈band!'

그 목소리를 저는 결코 잊을 수가 없어요. 언니는 계속해서 무엇인가 말하려 하며 박사의 방을 손가락으로 가리켰지만 다시 경련이 일어났기 때문에 말을 하지는 못했죠.

저는 큰 목소리로 의붓아버지를 부르며 그의 방으로 달려갔어요. 바로 그 순간, 실내복을 입은 아버지가 당황한 표정으로 방 안에서 뛰쳐나왔어요. 의붓아버지와 함께 언니가 있는 곳으로 갔을 때, 언니는 이미 의식을 잃은 상태였어요. 의붓아버지는 언니의 입에 브랜디를 흘려 넣었고 마을로 가서 의사에게 치료를 부탁했지만 아무 소용도 없었어요. 언니는 점점 기력을 잃더니 의식도 회복하지 못한 채 그대로 죽음을 맞이했어요. 제 소중한 언니는 그렇게 세상을 떠나고 말았습니다."

"잠깐만요. 휘파람 소리와 금속 덩어리가 떨어지는 소리를 분명히 들었습니까? 확실합니까?"

홈즈가 여자 의뢰인에게 물었다.

"취조할 때 주의 검시관도 같은 질문을 하더군요. 틀림없이 들었다고 생각하지만, 바람이 큰 소리를 내며 불고 있었고 집도 낡아서 바람에 삐걱거리고 있었어요. 그러니 어쩌면 제가 착각한 것일지도 모르죠."

"언니가 어떤 옷을 입고 있었습니까?"

"잠옷을 입고 있었어요. 오른손에는 타다 남은 성냥을, 왼손에는 성냥갑을 들고 있었고요."

"두려운 생각이 들어서 성냥불로 방 안을 살펴보려 했군요. 지나쳐서는 안 될 중요한 사실이에요. 그런데 검시관은 어떤 결론은 내렸죠?"

"박사는 난폭하기로 유명했고 검시관도 예전부터 그 사실을 알고 있었기 때문에 이 사건을 면밀히 조사해 주었어요. 하지만 확실한 사인을 밝혀내지는 못했습니다. 언니 방의 문은 굳게 닫혀 있었고 창문의 덧창도 전부 닫혀 있었어요. 그 두 가지 점에 대해서는 제가 확실하게 증언했어요. 덧창은 구형인데 폭이 넓은 걸쇠가 달려 있어요. 매일 밤 이 걸쇠를 단단히 걸어 두죠. 벽도 꼼꼼히 두드려 가며 조사했지만 이상한 곳은 전혀 없었어요. 바닥도 같은 방법으로 조사했지만 벽과 다를 바 없었고요. 굴뚝의 폭이 넓기는 해도 커다란 U자형 못 네 개를 박아 놓았기 때문에 그곳으로는 들어올 수가 없어요. 그러니 그때 언니는 틀림없이 혼자 방에 있었을 거예요. 이 점은 분명합니다. 그리고 폭행을 당한 흔적도 전혀 없었고요."

"독살의 흔적은 없었나요?"

홈즈가 물었다.

"의사 선생님이 독약 검사도 해 보았지만 독은 검출되지 않았습니다."

"정말 애석한 일이군요. 그럼 사인은 무엇이라고 생각합니까?"

"언니는 커다란 충격을 받아 완전히 겁에 질려 있었어요. 그것이 원인이 되어 죽었다고 생각해요. 선생님, 언니는 대체 무엇 때문에 그렇게 놀랐던 걸까요? 저는 도저히 알 수가 없어요."

"당시 숲속에 집시들이 있었나요?"

"글쎄요. 그 근처 어딘가에는 늘 집시 몇 명이 있었어요."

"참, 그리고 언니가 끈이라고 말했다고요? 그건 무슨 뜻이었을까요? 얼룩 끈이라니?"

"그때 언니는 제정신이 아니었어요. 그냥 되는 대로 이야기했다고 생각했는데, 끈band이라고 하면 밴드, 즉 몇 사람의 모임이라는 뜻도 되잖아요. 그래서 어쩌면 숲속에 모여 있는 집시를 뜻하는 게 아닐까 생각도 했어요. 그렇게 보기에는 얼룩이라는 말이 걸리지만, 집시들이 곧잘 머리에 두르고 다니는 얼룩무늬 수건을 말하는 걸 수도 있겠다는 생각이 들어요."

홈즈는 납득할 수 없는지 머리를 옆으로 흔들었다.

"그렇게 쉬운 문제는 아니군요. 이야기를 계속해 주세요."

"그로부터 2년이 지났어요. 언니가 살아 있을 때보다 더 외로운 나날을 보냈죠. 그런데 어떤 남자가 한 달쯤 전에 청혼해 주었어요. 오래 전부터 친구처럼 알고 지내던 아미티지, 퍼시 아미티지라는 사람이에요. 레딩에서 가까운 크레인 워터에서 사는 아미티지 씨의 차남이죠. 의붓 아버지인 로일럿 박사도 이 결혼을 전혀 반대하지 않았기 때문에 우리는 이번 봄에 결혼할 생각이었어요. 그런데 이틀 전의 일이었어요. 저택 서쪽에서 수리 공사를 시작했는데 실수로 제 침실 벽에 구멍을 뚫어 버렸어요. 그래서 저는 언니 방으로 옮겨 갔고, 언니가 쓰던 그 침대에서 잠을 자게 됐어요. 어젯밤, 침대에 누운 저는 언니의 끔찍한 최후를 떠올리고 있었어요. 그런데 밤이 깊어 주위가 조용해지자 언니가 죽던 날에 들었던 그 낮은 휘파람소리가 들려오는 거예요. 온몸의 털이 곤두서는 듯한 그 공포, 홈즈 선생님도 알고 계시지요? 저는 자리에서 벌떡 일어나 램프에 불을 붙였는데 방 안에는 아무것도 없었어요. 하지만 저는 너무나 무서워서 침대로 돌아갈 수가 없었어요. 그대로 옷을 갈아입고 날이 밝기를 기다렸다가 바로 저택에서 빠져나왔어요. 집 맞은편에 있는 크라운 호텔로 가서 이륜마차를 불러 타고 레더헤드로 달려갔어요. 그리고 선생님과 상의할 생각으로 바로 이곳에 달려왔습니다."

"아주 잘 하셨습니다. 이야기는 이게 전부인가요?"

홈즈가 말했다.

"네, 끝이에요."

"솔직히 말해 주시죠. 스토너 양은 로일럿 박사를 감싸 주고 있어요."

"감싸다니요? 왜 그런 말씀을 하시는 거죠?"

홈즈는 그 물음에 답하지 않았다. 그 대신, 스토너 양의 무릎 위에 올려놓은 손의 소매 끝에 달려 있는 검은 레이스 장식을 들어 올렸다. 하얀 손목에는 엄지와 네 개의 손가락 자국으로 보이는 다섯 개의 검푸른 멍이 또렷하게 찍혀 있었다.

"험한 일을 당하셨군요."

홈즈가 이렇게 말하자 스토너는 얼굴을 붉히며 멍이 든 손목을 가리고 말했다.

"아버지는 원래 엄격해서 무엇이든 적당히 하는 법이 없어요."

우리는 오랫동안 입을 다물고 있었다. 홈즈는 깍지 낀 양손 위에 턱을 올린 채 소리 내며 타오르고 있는 난롯불을 물끄러미 바라보았다. 드디어 홈즈가 침묵을 깼다.

"아주 까다로운 사건입니다. 앞으로 어떻게 해야 할지를 결정해야 하는데 그 전에 좀 더 자세히 알고 싶은 일들이 많습니다. 게다가 우물쭈물할 시간도 없고요. 오늘 우리가 스톡 모런의 저택에 간다면 로일럿 박사에게 들키지 않고 방들을 조사할 수 있을까요?"

"마침 아버지는 오늘 아주 중요한 일이 있어서 런던에 올 거라고 했어요. 밤이 되기 전에는 돌아오지 않을 테니 방을 조사해도 상관없을 거예요. 나이 든 가정부가 있지만 그다지 머리가 좋지 않아서 제가 잠시 내보낼 수 있어요."

"그거 아주 잘됐군요. 왓슨, 자네 역시 이 여행이 싫지는 않겠지?"

"물론이지."

"그럼 왓슨과 함께 가도록 하죠. 스토너 양은 어떻게 할 생각인가요?"

"두어 가지 런던에서 처리해야 할 일이 있어요. 하지만 늦어도 정오 기차로는 집으로 돌아가겠습니다. 그렇게 하면 두 분이 기다리시는 일은 없겠죠?"

"우리는 점심 때가 조금 지났을 무렵에 그곳에 도착할 겁니다. 나도 처리해야 할 일이 두어 가지 있거든요. 바쁘지 않으시다면 함께 아침 식사를 하는 건 어떻겠습니까?"

"아니에요. 그만 가 봐야 해요. 선생님에게 걱정거리를 전부 털어놓았더니 속이 한결 후련해졌어요. 그럼 오후에 뵙겠습니다."

스토너 양은 두꺼운 천으로 된 검은 베일로 얼굴을 가리고 미끄러지듯 방에서 나갔다. 의자에 앉은 채 등받이에 등을 기대면서 홈즈가 이렇게 물었다.

"왓슨, 조금 전에 들은 이야기에 대해서 어떻게 생각하나?"

"아주 불가사의하고 음험한 사건 같아."

"맞아, 말할 수 없을 정도로 불가사의하고 음험한 사건일세."

"하지만 만약 그 여자의 말대로라면 바닥이며 벽에도 아무 이상이 없었는데. 문, 창문 그리고 굴뚝까지 어느 곳을 통해서도 방으로 들어갈 수는 없고. 그렇다면 그 여자의 언니가 의문의 죽음을 맞이했을 때, 방 안에 혼자 있었다는 이야기가 아닌가?"

"그렇다면 한밤중에 들려왔던 휘파람은 어떻게 설명할 건가? 언니가 죽기 직전에 남긴 기묘한 말은?"

"글쎄, 나는 뭐가 뭔지 모르겠네."

"잘 생각해 보게, 왓슨. 몇 가지 힌트가 있어. 한밤중에 들려오는 휘파람, 나이 든 의사와 친하게 지내는 집시. 솔직히 말하자면 그 의사에게는 딸을 시집보내지 않는 편이 훨씬 더 이득이지. 누구라도 그렇게 생각할 거야. 언니가 죽기 직전에 했다는 '끈'이라는 말, 헬렌 스토너 양이 마지막에 들었다던 금속 덩어리가 떨어지는 듯한 소리. 어쩌면 그건 걸쇠에서 난 소리였을 수도 있어. 모든 덧창을 금속 걸쇠로 튼튼하게 잠갔다고 하지만 그중 하나가 떨어지면서 소리를 냈을 수도 있다는 말이지. 왓슨, 이 정도의 힌트만 있으면 충분하네. 이런 정황들을 바탕으로 수수께끼를 풀어 낼 수 있겠어."

"그렇다면 집시들은 어떻게 된 거지?"

"그건 잘 모르겠네."

"홈즈, 자네의 추리에 아직 미흡한 점이 많은 듯하네."

"나도 그렇게 생각해. 그래서 오늘 스톡 모런의 저택으로 가려는 게 아닌가? 내 추리가 완전히 빗나갔는지, 아니면 역시 내가 생각한 대로인

지 확인해 보고 싶네. 아니! 이 건 무슨 일이야?"

　친구가 갑자기 소리를 지른 것은, 방문이 벌컥 열렸고 문 앞 에는 거구의 사내가 떡 버티고 서 있었기 때문이다. 그 사람은 농부같기도 하고 신사같기도 한 기묘한 복장을 하고 있었다. 검 은 실크해트를 쓰고 있었고, 긴 프록코트를 입고 있었으며, 다 리에는 각반을 감고 있었고, 말 을 타고 사냥할 때 쓰는 채찍을 흔들면서 서 있었다. 모자 끝이 문틀 위에 닿을 만큼 키가 컸고, 양쪽 문 설주에 닿을 만큼 어깨가 넓었다. 주름투성이에 검게 그을린, 한눈에도 성질이 급하다는 것을 알 수 있는 커다란 얼굴이 우리를 번갈아가며 바 라보았다. 신경질적인 눈에 높고 커다란 코까지, 사냥감을 노리는 늙은 맹금류가 떠오르는 얼굴이었다.

"누가 홈즈지?"

"내가 홈즈입니다. 하지만 나는 당신이 누군지 모르겠는데요."

갑자기 뛰어든 사내가 따지듯 묻자 홈즈가 조용히 대답했다.

"스톡 모런에 사는 그림스비 로일럿 박사다."

"그렇습니까? 박사님, 들어와서 앉으시죠."

홈즈가 상냥하게 말했다.

"네 의자에 앉을 생각 따위는 없다. 여기에 내 딸이 왔었지? 내가 그

애 뒤를 쫓아왔다고. 딸이 무슨 말을 했나?"

"계절에 어울리지 않게 날이 너무 춥군요."

홈즈가 이렇게 말하자 노인이 화를 내며 벌컥 소리를 질렀다.

"딸애가 무슨 말을 했지?"

"크로커스도 곧 필 것 같다던데요."

내 친구는 계속해서 딴청을 피웠다.

"뭐야! 우물쭈물 넘어갈 생각인가? 응?"

남자가 한 발 앞으로 다가서서 손에 들고 있던 채찍을 흔들며 말했다.

"네 녀석에 대해서는 이미 다 알고 왔다, 이 악당 같은 녀석아! 벌써 옛날부터 이야기를 들었다고. 남의 일에 참견하기 좋아하는 녀석."

홈즈가 빙그레 웃었다.

"홈즈, 이 오지랖 넓은 놈!"

홈즈가 더욱 크게 웃기 시작했다.

"홈즈, 이 런던경찰국의 앞잡이 녀석. 건방 떨지 마!"

홈즈는 더 이상 참지 못하고 킬킬대며 웃기 시작했다.

"말씀을 아주 재미있게 하시는군요."

홈즈는 한마디 더 덧붙였다.

"돌아가실 때는 문을 꼭 닫고 가 주십시오. 틈새로 바람이 술술 들어오네요."

"이야기가 끝나면 가지 말래도 갈 거다. 잘 들어. 쓸데없이 내 일에 참견하지 말라고. 딸애가 여기에 왔었다는 걸 알고 있어. 다 지켜봤다고! 나는 그렇게 만만한 상대가 아니야! 내가 어떤 사람인지 보여 주지."

성큼성큼 우리 쪽으로 걸어온 거구의 사내는 부젓가락을 집어 들더니 검게 그을린 커다란 두 손으로 그것을 휘어 버렸다.

"알겠나? 내 눈에 띄지 않는 게 좋아."

이렇게 외친 거구의 손님은 부젓가락을 난로 안으로 집어 던지고는 다시 성큼성큼 걸어서 방 밖으로 나갔다.

"꽤 귀여운 양반이로군."

홈즈가 웃으며 말을 이었다.

"로일럿 박사만큼 거구는 아니지만 내 완력도 무시할 수는 없지. 조금만 더 시간이 있었다면 내 실력도 보여 줄 수 있었을 텐데."

이렇게 말하며 홈즈는 휘어진 부젓가락을 집어 들고 힘을 주어 원래대로 펴 놓았다.

"로일럿 박사가 나를 제멋대로 경찰의 앞잡이라고 부르다니. 하지만 박사가 와 준 덕분에 수사가 더 재미있어졌어. 우리 친구인 그 젊은 아가씨가 아까 그 난폭한 노인에게 더 이상 미행을 당하지 않았으면 좋겠군. 왓슨, 어쨌든 아침부터 먹자고. 그런 다음 나는 결혼 허가증이며 유언 같은 기록이 쌓여 있는 등기소에 가야겠네. 두어 가지 기록을 살펴봐야 하거든. 이번 사건을 해결하는 데 도움이 될지도 모르겠어."

셜록 홈즈는 오후 1시 가까이가 돼서야 집으로 돌아왔다. 손에는 마구 갈겨쓴 글자며 숫자가 적힌 푸른색 종이를 들고 있었다.

"죽은 로일럿 박사 부인의 유언장을 보고 왔네. 그 유언장에 적힌 유산이 현재 어느 정도의 가치를 지니고 있는지 보고 왔지. 그렇게 하지 않으면 유언의 의미를 정확하게 알 수 없거든. 부인이 세상을 뜰 무렵에는 유산에서 전부 1,100파운드에 달하는 돈이 나왔네. 하지만 지금은 농산물 가격이 내려가서 750파운드 이하로 떨어졌지. 딸들은 결혼을 하면 한 사람이 각각 250파운드씩 받을 권리가 생겨. 따라서 두 딸이 모두 결혼해 버리면 박사가 손에 쥐는 돈은 쥐꼬리만 한 금액으로 줄어들지. 둘

중 한 명만 결혼해도 박사는 상당한 타격을 입게 되네. 오전에 한 일이 헛수고는 아닌 듯싶어. 덕분에 박사에게 딸들의 결혼을 방해할 만한 아주 중요한 동기가 있다는 사실을 알게 되었으니까. 왓슨, 사태가 아주 심각해서 더 이상 이러고 있을 시간이 없네. 특히 우리가 관여하기 시작했다는 사실을 그 노인이 알아차렸으니 더욱 서둘러야 할 거야. 자네가 준비를 마치면 마차를 불러서 워털루로 가세. 권총을 주머니에 넣어 주게. 엘리 2번 권총이 좋을 걸세. 상대는 부젓가락을 휘어 버릴 만큼 힘이 강하니까. 거기에 칫솔 하나만 더 가져가면 충분할 걸세."

운 좋게도 홈즈와 나는 워털루 역에서 레더헤드 행 열차에 바로 오를 수 있었다. 그리고 레더헤드 역 앞에 있는 여관에서 마차를 잡아타고 서리 주의 싱그러운 시골길을 7, 8킬로미터 정도 달렸다. 더할 나위 없이 상쾌한 날씨였다. 태양이 내리쬐고 있었으며 하늘에는 뭉게구름이 곳곳에 떠 있었다. 수목과 길 옆 울타리에 심어 놓은 나무들도 이제 막 파란 이파리를 내밀기 시작했고 부드럽게 젖은 흙냄새가 주위에 가득했다. 봄기운이 느껴져 기분이 좋았다. 하지만 우리를 기다리고 있는 것은 흉악한 사건을 파헤칠 조사였다. 이렇게도 상반되는 일이 한꺼번에 일어나다니 참으로 기묘했다. 바로 그때 모자를 눌러쓴 채 생각에 깊이 잠겨 있던 홈즈가 자리에서 벌떡 일어나더니 내 어깨를 두드렸다. 그러고는 목장 건너편을 손가락으로 가리켰다.

"저기를 보게나."

넓은 지역에 걸쳐서 나무들이 완만한 경사를 이루며 펼쳐져 있었는데 언덕 위로 올라갈수록 빽빽해지다가 정상 부근에서는 작은 숲을 이루고 있었다. 나뭇가지 사이로 낡은 저택의 회색 맞배지붕과 지붕에 걸쳐 놓은 마룻대가 솟아올라 있었다. 홈즈가 마부에게 물었다.

"저게 스톡 모런의 저택인가?"

"네, 그림스비 로일럿 박사의 저택입니다."

"저쪽에 공사하는 곳이 보이지? 그곳으로 가고 싶은데."

"마을은 저쪽입니다."

마부가 이렇게 말하며 왼쪽을 가리켰다. 조금 떨어진 곳에 마을의 집들이 서 있는 것이 보였다. 마부가 계속해서 말했다.

"저 저택에 가실 거라면 저쪽 계단으로 올라가서 좁은 길을 따라 가는 편이 더 빠를 겁니다. 저기 여자가 걸어가는 게 보이시죠? 바로 그 길입니다."

홈즈가 태양빛을 피해서 그쪽을 응시했다.

"아, 저 여자는 스토너 양이 아닌가? 그래, 마부 양반의 말대로 하는 게 좋겠구먼."

우리가 삯을 지불하고 마차에서 내리자 마차는 방향을 돌려서 레더헤

드 쪽으로 덜컹거리며 달려갔다. 계단을 오르며 홈즈가 말했다.

"마부는 우리가 건축가나 공사 관계자인 줄 알 거야. 저 공사 때문에 여기에 온 것처럼 보이는 게 좋겠다고 생각했어. 어쨌든 저 마부 때문에 이상한 소문이 날 것 같지는 않군. 스토너 양, 안녕하세요? 약속한 대로 우리가 왔습니다."

그날 아침에 런던으로 찾아왔던 사건 의뢰인이 종종걸음으로 다가와 반가운 표정으로 우리를 맞아 주었다.

"언제 오실지 초조해서 견딜 수가 없었어요."

이렇게 말하며 스토너 양은 우리 손을 꼭 잡고 악수했다.

"모든 일이 생각대로 됐어요. 로일럿 박사는 런던에 가서 저녁까지 돌아오지 않을 거예요."

"영광스럽게도 박사와는 이미 인사를 나누었습니다."

홈즈가 아침에 있었던 일을 간략하게 설명했다. 이야기를 듣는 동안 스토너 양의 얼굴이 창백해지더니 결국에는 입술까지도 하얗게 질려 버리고 말았다.

"어머! 저를 미행했군요."

"그런 것 같습니다."

"아주 빈틈이 없는 사람이라 한시도 마음을 놓을 수가 없어요. 선생님, 의붓아버지가 돌아오면 뭐라고 할까요?"

"틀림없이 박사도 조심할 겁니다. 자신보다 한수 위인 사람이 미행하고 있을지도 모르니까요. 오늘 밤에는 방문을 꼭 잠그고 절대 박사가 안으로 들어오지 못하도록 하세요. 만약 박사가 폭력을 휘두를 것 같다면 하로의 이모님 댁으로 모셔다 드리지요. 그럼, 시간이 얼마 없으니 바로 방을 조사할 수 있도록 해 주세요."

스톡 모런의 저택은 석조 건물로 그 돌은 회색이었으며 여기저기 얼룩져 있었다. 건물은 중앙이 높이 솟아 있었고 그 양쪽으로 곡선을 그리며 두 개의 건물이 게의 집게발처럼 뻗어 있었다. 한쪽 건물은 유리창이 깨져 나무판으로 그곳을 막아 두었고, 지붕에도 일부 주저앉은 곳이 있어 을씨년스럽게 보였다. 중앙에 있는 건물은 어느 정도 손을 보기는 했지만 그래도 을씨년스럽기는 마찬가지였다. 이 두 건물에 비해서 오른쪽에 있는 건물은 그래도 깨끗해 보였다. 창에 덧창이 붙어 있고, 굴뚝에서 푸르스름한 연기가 피어오르는 것으로 봐서 일가는 왼쪽 건물에서 생활하는 듯했다. 오른쪽 끝에 있는 벽에 공사용 골조가 서 있었고 돌벽에는 구멍이 뚫려 있었다. 하지만 우리가 저택에 도착했을 때, 인부들의 모습은 보이지 않았다. 홈즈는 손질도 하지 않은 정원의 잔디밭을 천천히 오가며 건물 창의 바깥쪽을 꼼꼼히 조사했다.

　"이 오른쪽 끝에 있는 방이 당신이 쓰는 침실이고 가운데가 언니의 침실이죠? 그리고 그 다음 거실 바로 옆에 있는 방이 로일럿 박사의 침실이고요."

　"맞아요. 하지만 저는 지금 가운데에 있는 방을 쓰고 있어요."

　"오른쪽 방을 수리하는 동안만이겠죠. 그런데 오른쪽 끝에 있는 벽을 서둘러 수리하지는 않는 것 같군요."

　"네. 수리하는 모습을 본 적이 없어요. 제가 언니 방을 쓰게 하려는 의도인 것 같아요."

　"그래요? 거기에는 어떤 이유가 있는 것 같군요. 이 긴 건물 뒤편에 복도가 있고 각 방으로 들어가는 문은 전부 복도 쪽으로 나 있다고 했는데, 물론 복도에도 창은 있겠죠?"

　"네, 아주 조그만 창이 있어요. 크기가 워낙 작아서 사람이 드나들 수는 없어요."

"당신과 언니는 밤이면 문을 걸어 잠그니 복도 쪽으로는 아무도 방에 들어갈 수 없겠군요. 잠깐 방으로 들어가서 덧창의 걸쇠를 설어 주시겠습니까?"

스토너가 홈즈의 말대로 하자 홈즈는 우선 열려 있는 창을 면밀하게 관찰했다. 그런 다음 스토너가 걸쇠를 건 창을 어떻게든 열어 보려고 여러 가지로 시도했지만 전부 허사였다. 덧창에는 칼날 하나 들어갈 만한 틈도 없었기 때문에 이를 잡아 뜯기란 불가능했다. 홈즈는 돋보기를 꺼내 덧창의 경첩에 미심쩍은 부분이 없는지 조사해 보았다. 하지만 경첩은 단단한 철로 만들어졌으며 돌 벽에 튼튼하게 붙어 있었다.

"흠!"

홈즈가 조금 당황한 표정으로 턱을 긁적이며 말했다.

"내 추리도 난관에 부딪친 것 같군. 걸쇠를 걸어 놓으면 아무도 이 창문을 통해서 안으로 들어갈 수 없어. 수수께끼를 풀 열쇠가 방 안에 있는지 조사해 보도록 하세."

건물 옆으로 난 작은 문을 통해서 뒤쪽에 있는 복도로 들어갔다. 회반죽을 바른 복도의 하얀 벽면에 세 개의 방으로 통하는 문이 나란히 늘어서 있었다. 홈즈가 세 번째 방은 조사하려고도 하지 않았기에 우리는 바로 가운데에 있는 방으로 들어갔다. 가운데 방은 지금 스토너가 침실로 쓰고 있는 방, 즉 언니가 최후를 맞이한 방이었다. 안락해 보이는 조그만 침실이었다. 낮은 천장에 벽난로가 커다란 입을 벌리고 있는, 옛날 시골집 분위기를 살린 방이었다. 한쪽 모퉁이에 갈색 옷장이 있었으며 다른 쪽 모퉁이에는 하얀 시트를 씌운 좁은 침대가 놓여 있었다. 창 왼쪽으로는 화장대가 있었고 그것 말고 이 방에 있는 물건이라고는 조그만 등나무 의자 두 개와 방의 한가운데에 깔린 네모난 갈색 윌턴카펫[36]뿐이었다. 바닥에 깐 판자와 벽에 댄 판자는 갈색 참나무로 만든 것이었는데 모두 벌레 먹은 흔적이 있었을 정도로 집을 지은 뒤 한 번도 갈지 않은 것 같았다. 홈즈는 의자 하나를 한쪽 구석으로 가져가 거기에 앉아서는 아무 말 없이 사방을 둘러보고 방의 모습을 구석구석 살폈다. 드디어 홈즈가 입을 열었다.

"저 벨은 어디와 연결되어 있습니까?"

홈즈는 이렇게 말하며 침대 옆으로 늘어져 있는 벨의 끈을 가리켰다. 둥그렇게 묶어 둔 끈의 끝이 침대 머리맡까지 내려와 있었다.

"가정부의 방과 연결되어 있어요."

스토너가 대답했다.

"다른 물건들보다 새 것 같은데요."

"네. 한 2년 전에 달았어요."

"언니가 원해서 단 건가요?"

"아니요. 언니가 저걸 썼다는 이야기는 한 번도 들은 적이 없어요. 우린 평소부터 자기 일은 자기가 알아서 했으니까요."

"애초부터 이런 끈을 달아 둘 필요가 없었다는 이야기로군요. 이곳 바닥을 조사해 볼 테니 잠깐만 기다려 보세요."

이렇게 말한 홈즈는 돋보기를 손에 들고 바닥에 엎드렸다. 그 자세를 유지한 채 날렵하게 앞뒤로 몸을 움직여 바닥의 널빤지 사이사이를 꼼꼼하게 살펴보았다. 같은 방법으로 벽 안쪽에 붙여 둔 판자도 조사하기 시작했다. 조사를 마친 홈즈는 침대 쪽으로 다가가 한동안 그것을 바라

---

36) wilton carpet. 18세기 중엽에 영국 윌턴 시에서 짜기 시작한 카펫. 자카르 직기로 짜는데, 기계로 만든 것 중에서는 최고급품에 속한다.

보다가 벽 쪽으로 시선을 돌려 천장부터 바닥까지 구석구석 살피기 시작했다. 그리고 마지막으로 벨에 연결된 끈을 힘차게 잡아당겼다.

"뭐야? 장식이었나?"

홈즈가 말했다.

"안 울리나요?"

"네, 벨과 연결되어 있지도 않군요. 이거 아주 재미있는데요. 잘 보세요, 스토너 양. 환기구의 조그만 구멍 바로 위에 갈고리가 있고 끈을 거기에 묶어 놓은 게 보이시죠?"

"왜 이런 짓을 한 거죠? 전 지금까지 전혀 모르고 있었어요."

"이상한데."

끈을 잡아당기며 홈즈가 중얼거렸다.

"이 방에는 한두 군데 아주 이상한 점이 있어. 예를 들자면 환기구의 끝이 옆방과 연결되어 있는 것도 그렇지. 멍청이 중의 멍청이가 만든 것이 분명해! 이왕 뚫을 바에는 바깥쪽으로 뚫으면 그만 아닌가?"

"그 환기구도 최근에 뚫은 것이에요."

"벨의 끈도 그때 매단 건가요?"

"맞아요. 그때 세심하게 손을 본 곳이 네댓 군데쯤 돼요."

"뭔가 말 못할 이유가 있었던 듯하군요. 장식으로 달아 놓은 벨 끈이며 아무 짝에도 쓸모없는 환기구라니. 스토너 양, 괜찮다면 옆방도 좀 살펴보고 싶은데요."

그림스비 로일럿 박사의 방은 딸의 방보다는 조금 더 넓었지만 쓸데없는 가구가 놓여 있지 않은 점은 다를 바가 없었다. 접었다 폈다 할 수 있는 침대와 나무로 만든 작은 책장이 있었다. 책장에는 책들이 빼곡하게 들어차 있었는데 대부분이 전문 서적이었다. 침대 옆에는 팔걸이 달

린 의자가, 벽 쪽으로는 소박한 의자가 하나 놓여 있었다. 그 외에는 원탁과 커다란 철제 금고 정도만 눈에 띄었다. 홈즈는 천천히 방 안을 돌아다니며 가구를 하나하나 꼼꼼히 조사해 나갔다.

"여기엔 뭐가 들어 있죠?"

금고를 두드리며 홈즈가 물었다.

"아버지의 서류가 들어 있어요."

"그럼……. 스토너 양은 이 안을 본 적이 있습니까?"

"몇년 전에 딱 한 번요. 안은 서류로 가득 차 있었어요."

"이 금고 안에 고양이 같은 걸 기르지는 않겠죠?"

"그럴 리가 있겠어요. 정말 재미있는 생각을 하시네요."

"이걸 한번 보세요."

홈즈가 금고 위에 놓여 있던 우유가 든 접시를 집어 들었다.

"고양이는 키우지 않아요. 치타와 비비를 키우기는 하지만."

"그래, 맞아. 그랬죠. 치타라면 커다란 고양이라고 할 수도 있겠지요. 하지만 우유 한 접시로 배가 찰 것 같지는 않은데. 어쨌든 조금 더 확실히 알고 싶은 일이 한 가지 있습니다."

이렇게 말한 홈즈는 목제 의자 앞에 웅크리고 앉아 의자의 바닥 부분을 유심히 살피기 시작했다.

"이거 실례했습니다. 이제야 대충 알 수 있을 것 같군요."

이렇게 말한 홈즈는 자리에서 일어나 돋보기를 주머니에 넣었다.

"아, 여기에 재미있는 물건이 있네요."

홈즈의 눈에 띈 것은 침대 옆 한편에 걸어 둔, 개를 훈련할 때 사용하는 채찍이었다. 그런데 그 채찍은 뱀이 똬리를 튼 형태로 감긴 채 묶여 있었다.

"왓슨, 저것을 보고 어떻게 생각하나?"

"글쎄, 어디서나 흔히 볼 수 있는 채찍 아닌가? 그런데 왜 둥글게 말아서 걸어 두었을까?"

"어디서나 흔히 볼 수 있는 채찍이라고? 말도 안 돼. 아, 생각하기도 싫군! 영리한 사람이 그 머리를 나쁜 데 쓴다니 정말 끔찍한 일이야. 스토너 양, 방을 더 조사할 필요는 없을 것 같습니다. 괜찮다면 잔디밭 쪽으로 나가 보지요."

조사를 마친 우리는 로일럿 박사의 방에서 나왔다. 나는 이때처럼 쓸쓸하고 어두운 표정을 짓는 홈즈를 본 적이 없었다. 우리 세 사람은 한동안 잔디밭을 걸었는데 스토너와 나는 홈즈가 생각을 정리할 동안 그를 방해하지 않으려 노력했다. 홈즈가 입을 열었다.

"스토너 양, 무슨 일이 있어도 내 말대로 행동해야 합니다."

"반드시 그렇게 하겠습니다."

"생각보다 사태가 심각해서 조금도 망설일 수가 없어요. 내 말대로 하지 않으면 당신은 목숨을 잃을 수도 있습니다."

"무슨 일이 있어도 말씀하신 대로 행동할게요."

"우선, 오늘 밤에는 왓슨과 내가 당신 방에서 묵겠습니다."

스토너 양과 나는 넋을 잃고 홈즈를 바라보았다.

"꼭 그래야만 합니다. 자세히 설명하죠. 저쪽에 보이는 게 마을의 호텔 같은데요."

"네. 크라운 호텔이에요."

"좋아, 저 호텔에서도 스토너 양의 침실 창이 보이겠죠?"

"보일 거예요."

"박사가 돌아오면 당신은 머리가 아픈 시늉을 하고 침실로 들어가세요. 그리고 박사가 침대에 눕는 소리가 들리면 덧창을 열고 걸쇠를 벗긴 뒤 램프를 창틀에 올려놓으세요. 그게 우리들의 신호입니다. 그리고 스토너 양은 필요한 물건들을 정리해서 예전에 쓰던 오른쪽 방으로 옮겨 가세요. 지금 수리 중이기는 하지만 하룻밤 정도는 그곳에서 묵어도 상관없겠죠?"

"네, 걱정하지 마세요."

"나머지는 우리에게 맡겨 두시면 됩니다."

"홈즈 선생님, 어떻게 하실 생각이시죠?"

"스토너 양의 방에서 하룻밤 묵으면서 한밤중에 들려오는 그 소리의 정체를 밝힐 생각입니다."

"선생님, 벌써 결론을 내리신 듯하군요."

스토너가 홈즈의 소매를 잡으며 말했다.

"그런 것 같습니다."

"그럼, 부탁이니 언니가 왜 죽은 건지 그 원인을 알려주세요."

"그것을 말하기에 앞서서 좀 더 확실한 증거를 손에 넣고 싶습니다."

"그렇다면 제 생각이 옳았는지, 그것만이라도 알려 주세요. 언니는 무엇인가에 놀라서 죽은 건가요?"

"아니요. 내 생각은 조금 다릅니다. 더 복잡한 일이 일어났던 것 같아요. 스토너 양, 우리는 이만 가 봐야 합니다. 로일럿 박사가 돌아와서 우리가 여기에 있는 걸 보면 모든 일이 허사가 되고 말 테니까요. 안녕히 계세요. 힘내시고요. 내가 말한 대로 하면 아무 문제도 없을 겁니다. 당신이 느낀 두려움을 우리가 없애 드릴 테니 푹 쉬고 계세요."

셜록 홈즈와 나는 크라운 호텔로 가서 침실과 거실이 딸린 방을 얻었다. 방이 2층에 있었기 때문에 창을 통해서 스톡 모런 저택의 오솔길로 난 문과 가족들이 사용하고 있는 건물이 내려다보였다. 땅거미가 질 무렵 그림비스 로일럿 박사가 마차를 타고 지나가는 모습이 보였다. 마부석에 앉아 있는 조그만 소년 옆에 거구의 박사가 자리 잡고 있었다. 소년이 무거운 철문을 열려 했지만 좀처럼 열지 못하자 박사가 갈라지는 목소리로 주먹을 휘두르며 소년을 야단쳤다. 마차가 저택으로 들어간 지 몇 분이 지난 후, 거실의 램프 하나를 밝혔는지 나무 사이로 불빛 하나가 흘러나오기 시작했다. 땅거미가 내리고 있었다. 홈즈와 나는 아무 것도 하지 않은 채 멍하니 시간을 보냈다. 홈즈가 말했다.

"이보게 왓슨, 솔직히 말해서 오늘 밤에는 자네를 데려가고 싶지 않아. 위험을 감수해야 하거든."

"내가 있는 편이 낫지 않겠나?"

"자네가 옆에 있어 주면 고맙지."

"홈즈, 그렇다면 당연히 나도 가야지."

"정말 고맙네."

"자네, 금방 위험하다고 했지? 그 두 방에서 내가 보지 못한 것을 본 것 같군."

"아니, 나는 그저 자네보다 조금 더 추리력을 발휘했을 뿐이네. 내가 본 건 자네도 전부 봤을 테니 말이야."

"특별히 눈에 띈 것은 벨에 달아 놓은 끈뿐이었는데. 하지만 솔직히 말하자면 왜 그 끈을 달아 놓았는지 감도 못 잡겠어."

"환기구도 봤겠지?"

"물론 봤지. 작은 구멍이 방 두 개를 연결하고 있다고 해서 특별히 이상할 건 없지 않나. 너무 작아서 쥐새끼 한 마리 드나들 수 있을 것 같지 않던데."

"스톡 모런의 저택에 오기 전부터 나는 환기구가 있을 거라고 짐작하고 있었네."

"뭐라고?"

"잘 생각해 보게. 스토너 씨가 말하기를, 언니가 로일럿 박사의 담배 냄새 때문에 자기 방으로 건너왔다고 하지 않았나? 그것을 듣고 두 방 사이에 조그만 구멍이 뚫려 있다는 사실을 바로 알 수 있었지. 그것도 아주 조그만 구멍일 것 같았어. 그렇지 않다면 검시관이 조사했을 때 그 점을 지적했을 테니까. 나는 환기구일 것이라고 생각했네."

"하지만 환기구가 있어서는 안 된다는 법도 없지 않은가?"

"그렇긴 하지만 묘하게 시간이 일치한단 말이야. 환기구를 뚫고 벨의 끈을 달았는데 그 침대에서 자던 여자가 죽었다. 여기까지 듣고 뭔가 떠오르는 게 없나?"

"글쎄, 나는 그것만 가지고는 잘 모르겠는데."

"그리고 그 방 침대 말인데, 왓슨. 아주 특이한 점이 있다는 사실을 알아차리지 못했나?"

"전혀."

"꺾쇠로 바닥에 고정해 두었다네. 침대를 그런 식으로 고정해 둔 걸 본 적이 있나?"

"없네."

"언니는 침대를 움직일 수가 없었어. 침대, 환기구, 벨 끈은 언제나 일정한 위치에 놓여 있었다는 이야기지. 그러니까 벨 끈은 그냥 밧줄이라고 불러도 좋을 거야. 벨을 울리는 데 사용하려고 매단 게 아니니까."

"홈즈, 자네가 하고 싶은 말이 무엇인지 어렴풋하게나마 알 수 있을 것 같네. 교묘하고 무시무시한 범죄를 막기 위해 우리가 가까스로 때를 맞춰 왔다는 이야기군."

"참으로 교묘하고, 무시무시하지. 의사가 나쁜 마음을 먹기 시작하면 최고의 범죄자가 되는 법일세. 의사란 대담하면서도 지식이 풍부하니까. 아내와 형제를 독살한 팔머, 아내와 새어머니를 독살한 프릿차드 같은 녀석들은 의사로서도 최고였어. 로일럿 역시 그 두 사람에게 뒤지지 않을 정도야. 하지만 왓슨, 우리는 그 의사를 이길 걸세. 어쨌든 오늘 밤에는 굉장히 무서운 일을 당하게 될 거야. 조용히 담배를 피운 다음 두어 시간 정도는 좀 더 즐거운 일을 생각하면서 기분 전환을 하세."

밤 9시경, 나무 사이로 보이던 불빛이 꺼지자 저택은 암흑 속으로 사라졌다. 그로부터 두 시간 정도 지루한 시간이 흘렀다. 밤 11시를 알리는 시계의 종소리가 들리기 시작했을 때 갑자기 불빛 하나가 오른쪽에서 빛을 발했다.

"신호다."

홈즈가 자리에서 일어났다.

"저건 가운데 방의 창에 켜 놓은 불이야."

호텔을 나서면서 홈즈는 여주인에게 잠깐 말을 건넸다. 밤늦게 친구를 만나러 가니 오늘 밤에는 거기서 묵게 될 것 같다는 말이었다. 그런 다음 우리는 바로 호텔에서 나왔다. 밤길을 걷다 보니 차가운 바람이 얼굴에 와서 부딪쳤다. 어둠을 뚫고 앞쪽에서 노란 불빛이 반짝이고 있었고 우리는 그것을 보면서 우울한 일을 처리하기 위해 앞으로 나아갔다.

정원을 둘러싸고 있는 울타리는 낡아서 여기저기 틈새가 있었지만, 수리하지 않은 채 그냥 내버려 두었기 때문에 우리는 별 어려움 없이 저택 안으로 들어갈 수 있었다. 수목에 몸을 숨겨 가며 정원의 잔디밭이 있는 곳까지 접근한 우리는 잔디밭을 가로질러 창을 통해서 방 안으로 들어가려 했다. 그때였다. 조그만 월계수 나무가 늘어서 있는 곳에서 갑자기 못생긴 어린아이 같이 끔찍한 부엇인가가 뛰쳐나왔다. 그것은 풀 위에 누워 사지를 건들건들 흔들더니 다시 일어나 재빠르게 잔디밭 건너편의 어둠 속으로 사라져 버렸다. 내가 작은 목소리로 물었다.

"세상에! 자네도 봤겠지?"

그 순간, 홈즈도 나만큼 놀랐는지 내 손목을 있는 힘껏 쥐었다. 하지만 곧 낮은 목소리로 웃으며 내 귀에 대고 이렇게 말했다.

"저것도 이곳의 멋진 가족 중 하나지. 비비라네."

나는 박사가 기묘한 동물을 기르고 있다는 사실을 까맣게 잊고 있었다. 그러고 보니 박사는 치타를 기르고 있다고 했다. 어쩌면 그 치타가 등 뒤에서 우리를 덮칠지도 모를 일이었다. 솔직히 말해서 나는 홈즈를 따라 구두를 벗고 침실 안으로 들어가서야 마음을 놓을 수 있었다. 홈즈는 소리가 나지 않도록 가만히 덧창을 닫았다. 그리고 램프를 탁자 있는 곳으로 가져오더니 방 안을 한 바퀴 둘러보았다. 모든 것이 낮에 본 그대로였다. 발소리를 죽여서 내게 다가온 홈즈가 두 손을 둥글게 말아 내 귀에 대고 가만히 속삭였다. 간신히 알아들을 수 있을 정도로 작은 소리였다.

"조금이라도 소리를 내면 우리 계획은 엉망이 되네."

알았다는 신호로 나는 고개를 끄덕였다.

"우리는 불을 끄고 가만히 기다리고 있어야 하네. 환기구를 통해 스며든 불빛으로 박사가 눈치를 챌지도 모르니까."

나는 다시 고개를 끄덕였다.

"잠들면 안 돼, 왓슨. 목숨이 걸린 일이야. 만약을 위해서 권총을 준비해 두게나. 나는 침대에 앉아 있겠네. 자네는 저쪽에 있는 의자에 앉아 있으면 되겠어."

나는 권총을 꺼내서 탁자 한쪽에 올려놓았다. 홈즈는 얇고 기다란 지팡이를 가지고 있었는데 그것을 침대 위에 올려놓았다. 그리고 그 옆에 성냥갑과 짧은 초를 올려놓은 다음 램프를 껐다. 우리는 칠흑 같은 어둠 속에서 그대로 조용히 앉아 있었다.

이 소름끼치는 불침번을 나는 결코 잊지 못할 것이다! 아무 소리도, 심지어 숨소리조차 들리지 않았다. 하지만 홈즈는 내게서 1미터도 떨어지지 않은 곳에서 눈을 뜬 채로 자리를 지키고 있을 것이다. 그는 긴장해서 신경이 날카로워져 있었으며 나도 마찬가지로 잔뜩 긴장해 있었다. 덧창이 안으로 들어오는 빛을 완전히 차단하고 있었기 때문에 우리는 새까만 어둠 속에서 기다려야만 했다. 밖에서 때때로 밤새의 울음소리가 들려왔고 우리가 있는 방의 창가 부근에서는 고양이 울음소리 같은 소리가 한 번 들렸다. 그 소리를 듣고 박사가 진짜로 치타를 풀어서 기르고 있다는 사실을 알 수 있었다. 저 멀리서 15분마다 때를 알리는 교회의 종소리가 굵고 낮게 울려 퍼졌다. 그 15분이 왜 그렇게도 길었는지! 12시, 1시, 2시, 3시. 그래도 우리는 묵묵히 앉아서 무슨 일이 일어나기만을 기다리고 있었다.

천장의 환기구에서 갑자기 불빛이 번쩍했다. 하지만 그것은 곧 사라져 버렸다. 뒤이어 기름이 타는 냄새와 금속이 뜨거워졌을 때 나는 냄새가 코를 찌르기 시작했다. 옆방에서 누군가가 갓을 씌운 램프에 불을 붙인 것이다. 무엇인가 조용히 움직이는 소리가 들리는가 싶더니 다시 조용해졌다. 그러는 동안에도 냄새는 더욱 강렬해졌다. 30분 동안 나는 가만히 귀를 기울이고 있었다. 갑자기 새로운 소리가 들려오기 시작

했다. 아주 희미하고 조심스러운 소리로, 주전자가 쉴 새 없이 수증기를
뿜어 올리는 듯한 소리였다. 그 소리를 듣는 순간 홈즈가 침대에서 벌떡
일어나더니, 성냥불을 켜고 미친 사람처럼 지팡이로 벨 끈을 내리치기
시작했다.

"왓슨, 보이나?"

홈즈가 소리쳤다. 그리고 다시 한 번 외쳤다.

"그것을 보았나?"

하지만 내 눈에는 아무것도 보이지 않았다. 홈즈가 성냥불을 켠 순간
낮고 뚜렷한 휘파람 소리를 들었지만, 어둠에 익숙해져 있던 눈에 불빛
이 너무 밝아서 홈즈가 무엇을 그렇게 미친 듯이 때리고 있는지 보이지
않았다. 단, 홈즈의 얼굴은 볼 수 있었다. 그의 얼굴은 죽은 사람처럼 하

얗게 질려 있었고 공포와 혐오로 가득했다.

홈즈가 손을 멈추고 환기구를 올려다볼 때였다. 갑자기 온몸의 털이 곤두설 만큼 끔찍한 비명 소리가 밤의 정적을 찢어 놓았다. 평생 그런 비명 소리는 처음이었다. 그 갈라진 신음 소리는 점점 커졌는데, 괴로움과 공포와 분노가 한데 섞여 있는 끔찍한 외침이었다. 나중에 들은 이야기지만 저택에서 내려다보이는 마을과 멀리 떨어져 있는 목사 저택에까지 그 소리가 울려 퍼져 사람들의 잠을 깨웠다고 한다. 그 소리를 들은 우리는 몸이 얼어붙는 것 같았다. 나는 자리에서 일어나 홈즈를 바라보았고 홈즈도 나를 바라보았다. 드디어 외침의 마지막 울림이 밤의 어둠 속으로 빨려 들어갔다.

"어떻게 된 거지?"

내가 간신히 홈즈에게 물었다.

"모든 것이 끝났네. 결국 이것이 제일 잘된 것일지도 모르겠군. 권총을 들고 따라오게. 함께 로일럿 박사의 방으로 가 보세."

홈즈가 긴장한 표정으로 램프에 불을 붙이더니 앞장서서 복도를 지나 옆방으로 갔다. 박사의 침실 문을 두 번 두드렸지만 대답이 없었다. 홈즈는 문의 손잡이를 돌려 안으로 들어섰다. 나도 손에 장전한 권총을 들고 홈즈의 뒤를 따라 들어갔다.

기괴하기 짝이 없는 광경이 우리 눈앞에 펼쳐졌다. 탁자 위에 갓을 씌운 랜턴이 놓여 있었는데, 그 갓이 반쯤 벗겨져 있었다. 거기에서 나온 불빛은 문이 조금 열려 있는 철제 금고를 눈부시게 비추어 주었다. 탁자 옆에 나무 의자가 있었고 그림스비 로일럿 박사는 거기에 앉아 있었다. 그는 긴 회색 실내복을 입고 있었는데 그 끝으로 발목이 드러나 보였다. 맨발에 빨간 터키식 슬리퍼를 신고 있었다. 무릎 위에는 우리가 오늘 낮

에 본 그 긴 채찍의 손잡이가 옆으로 놓여 있었고 박사는 턱을 앞으로 내민 채 무시무시한 눈빛으로 천장의 한쪽 모퉁이를 가만히 바라보고 있었다. 눈썹 부근에 갈색 얼룩무늬가 들어간 기묘한 노란색 끈이 단단히 감겨 있었다. 우리가 방으로 들어섰는데도 박사는 손 하나 까딱하지 않았고 아무 소리도 내지 않았다.

"끈! 얼룩 끈이야!"

홈즈가 중얼거렸다. 내가 박사 쪽으로 한 걸음 다가선 순간, 박사의 머리에 감겨 있던 기묘한 끈이 움직이기 시작했다. 그 끈은 박사의 머리카락 속에서 평평한 마름모꼴의 커다란 머리를 들어 올려 부풀어 오른 목을 내밀고 있었다.

"연못 독사다!"

홈즈가 외쳤다.

"인도에서도 가장 위험한 뱀이지. 박사는 저 뱀에 물린 지 10초도 안 돼서 죽었을 거야. 타인에게 해를 가하면 자신에게 그것이 돌아오고, 타인을 함정에 빠뜨리려 하면 그것이 자신의 무덤이 된다는 말도 있지 않은가? 우선 이 녀석을 우리 안에 넣어 두세. 그런 다음에 스토너 양을 다른 안전한 곳으로 데리고 가자고. 이 모든 일이 끝난 다음에 주 경찰에 알려도 늦지는 않을 거야."

이렇게 말하면서 홈즈는 죽은 사람의 무릎 위에 놓여 있던 채찍을 얼른 집어 끝에 매듭을 하나 만들었다. 그리고 그 매듭을 뱀의 머리 쪽으로 던져 시신의 머리 위에 있던 뱀을 바닥으로 끌어 내렸다. 홈즈는 뱀이 가까이 오지 못하도록 하면서 철제 금고까지 끌고 가 금고 안으로 집어던지고는 문을 닫아 버렸다.

이상이 스톡 모런 저택의 그림스비 로일럿 박사의 죽음에 대한 진상이다. 이야기가 너무 길어졌으니 그 이후의 경과에 대해서 길게 늘어놓지 않겠다. 두려움에 떨고 있던 젊은 여자에게 이 슬픈 소식을 전하고 그날 아침 기차로 하로까지 가서 그녀를 다정한 이모님 댁으로 데려다 주었다. 수사에 혼선을 빚던 경찰은 결국 박사가 위험한 애완동물과 놀다가 부주의로 죽음을 맞이하게 된 것이라는 결론을 내렸다. 나는 이 사건에 대해서 몇 가지 이해할 수 없는 점들이 있었는데 이튿날 집으로 돌아오는 기차 안에서 홈즈가 그 궁금증을 풀어 주었다.

"나는 완전히 잘못된 결론을 내리고 있었네, 왓슨. 어떤 경우라도 불충분한 자료를 바탕으로 추리하는 게 얼마나 위험한 일인지 다시 한 번 뼈저리게 느꼈어. 그 가엾은 여자가 '끈'이라고 말했다고 했지? 잔뜩 겁에 질려서 성냥불에 비춰 본 것을 '끈'이라고 표현한 것이네. 거기에 집시들이 있었다는 말도 했지. 이 두 가지만 듣고 나는 잘못된 추리를 했어. 하지만 창이나 문을 통해서는 절대 안으로 들어가 방에 있는 사람을 해칠 수 없다는 사실을 알자마자 바로 내 추리를 수정했다는 점만은 자랑해도 좋을 듯하네. 예전에도 말했듯이, 환기구와 침대 위로 늘어져 있는 벨 끈이 가장 먼저 눈에 띄었네. 살펴보니 끈은 장식에 불과했고 침대는 바닥에 고정되어 있더군. 그 사실을 안 순간, 뭔가 좀 이상한 느낌이 들었어. 끈은 환기구의 구멍에서 침대까지 무엇인가를 내려 보내기 위한 다리가 아닐까 하는 생각이 들더군. 그때 머리에 뱀이 떠올랐지. 거기다 박사가 인도의 동물들을 구해다가 기른다는 말도 들었으니, 드디어 내 추리의 앞뒤가 맞아떨어지기 시작했네. 로일럿 박사는 머리가 좋고, 냉혹하며, 동양에서 의사 생활을 한 사람일세. 화학적인 검사로도 발견되지 않는 독살법이라고 하면 당연히 뱀이 떠오르지 않겠나? 그리고 그런 종류의 독은 효과가 매우 빠르다는 점도 박사에게는 몹시 유리했지. 아주 날카로운 검시관이 아니면 뱀에 물린 검고 조그만 이빨 자국 두 개를 발견해 낼 리도 없고. 그리고 다음에는 휘파람을 떠올렸다네. 박사는 날이 밝기 전에 독사의 희생양이 된 사람의 방에서 뱀을 불러들여야만 했지. 그래서 박사가 불러들이면 되돌아오도록 뱀을 훈련시켰을 거야. 아마 우리가 봤던 그 우유를 이용했을 걸세. 적당한 시간을 노리고 있다가 뱀을 환기구 안으로 들여보내면 뱀은 끈을 타고 내려와 정확히 침대 위에 이르게 되네. 뱀이 여자를 물 수도 있고 물지 않을 수도 있어. 하지만 언젠가는 희생양이 될 수밖에 없지."

홈즈가 계속해서 말했다.

"박사의 방에 들어가기 전까지 이런 결론들을 내리고 있었네. 방 안으로 들어가 의자를 살펴보니 박사가 자주 의자 위에 올라갔다는 사실을 알겠더군. 의자에 올라가지 않으면 환기구에 손이 닿지 않았겠지. 금고, 우유가 담긴 접시, 둥글게 말아 놓은 채찍, 이런 것들을 보니 더 이상 의심의 여지가 없더군. 스토너 양이 들었다던 금속이 떨어지는 듯한 소리는 금고의 문을 닫는 소리였을 걸세. 박사가 금고 속에서 기르고 있던 소름끼치는 짐승을 서둘러 그 안에 가두어 버린 거지. 이런 결론을 내린 뒤에 내가 어떤 방법으로 사건을 해결했는지는 자네도 잘 알고 있겠지? 왓슨, 틀림없이 자네도 들었을 거라 생각하네. 뱀이 쉭쉭하며 움직이던 소리 말이야. 나는 바로 불을 켜고 뱀을 공격했지."

"그렇게 해서 뱀을 환기구 안으로 다시 몰아넣은 건가?"

"맞아. 환기구 너머에 있는 주인에게 되돌아가게 했네. 뱀은 내 지팡이에 수도 없이 얻어맞았어. 그 바람에 자신의 소굴로 가던 중에 본능이 머리를 쳐들었지. 그래서 처음 만난 사람에게 덤벼들었을 거야. 그러니 그림스비 로일럿 박사의 죽음에는 간접적이나마 내 책임도 있다네. 그렇다고는 해도 양심의 가책이 그리 심하지는 않군."

9. 기술자의 엄지손가락

셜록 홈즈와 내가 친하게 지낸 지도 벌써 여러 해가 지났다. 그 사이에 홈즈는 수많은 사건들을 맡아 해결했다. 그 사건들 가운데서 내가 홈즈에게 소개한 것은, 해설리 씨의 엄지손가락 사건과 미치광이 워버턴 대령 사건 딱 두 건이었다. 아마 미치광이 대령 사건은 누구도 흉내 낼 수 없을 만큼 날카롭고 독창적인 관찰자 홈즈에게 더 좋은 추리의 장을 제공했겠지만, 해설리 씨의 엄지손가락 사건은 그 시작부터가 아주 기묘했고 한시도 긴장을 늦출 수 없을 정도로 여러 가지 일들이 일어났다. 그 까닭에 홈즈도 사건을 해결하며 평소의 그 놀라운 추리력을 마음껏 발휘한 것은 아니지만 그래도 역시 해설리 씨 사건은 기록해 둘 만한 가치가 있을 듯하다. 그의 엄지손가락 사건은 신문에도 두어 번인가 실린 적이 있었으나 이런 종류의 사건이 늘 그렇듯 반 단 정도의 간단한 기사에 불과했다. 그렇게 해서는 이야기의 재미도 줄어들고 만다. 독자의 눈앞에서 사건이 천천히 흘러가면서, 새로운 사실이 하나 발견될 때마다 의문이 조금씩 풀리고, 마침내 사건의 진상이 밝혀지는 전개라면 독자도 훨씬 더 즐겁게 이 사건을 접할 수 있을 것이다. 당시 나는 해설리 씨의 사건에서 강한 인상을 받았고, 2년이 지난 아직까지도 그 인상은 전혀 흐려지지 않았다.

지금부터 이야기하려는 사건은 1889년 여름, 내가 결혼한 지 얼마 되지 않았을 때 일어났다. 나는 병원을 열어 운영하기 시작하면서 홈즈의 곁을 떠났으나 그는 변함없이 베이커 가의 방에서 살고 있었다. 하지만 나는 그를 자주 찾아갔으며, 친구에게 자유롭게 사는 것도 좋지만 가끔은 우리 집으로 놀러와도 좋지 않겠느냐고 잔소리를 늘어놓기도 했다. 내 병원을 찾는 환자도 점점 늘어나기 시작했다. 마침 패딩턴 역에서 그리 멀지 않은 곳에 개원했기에 진찰을 받으러 오는 철도 직원이 몇 명 있었다. 그 가운데에는 통증이 심하고 쉽게 낫지 않는 병으로 고생하는 남자가 있었다. 그는 나한테서 치료를 받고 건강을 되찾았는데 그때부터 내가 실력이 좋은 의사라고 여기저기 선전을 해 주었고, 새로운 환자를 데리고 와 주기도 했다. 어떤 환자든 그에게 걸리기만 하면 내게 끌려오고야 말았다.

어느 날 아침, 7시가 조금 안 된 시간이었다. 하녀가 문을 두드리면서 나를 깨우더니 패딩턴 역에서 온 두 남자가 진찰실에서 기다리고 있다는 것이었다. 그때까지의 경험에 의하면 역에서 오는 환자들은 대부분 치료가 쉽지 않은 사람들이었기에 나는 다급히 옷을 입고 서둘러 아래층으로 내려갔다. 그러자 나이 든 차장, 다시 말해 나를 좋게 봐 주는 그 남자가 진찰실에서 나왔다. 차장은 뒤쪽의 문을 탁 닫았다.

"여기에 가둬 두었습니다."

차장이 엄지손가락으로 어깨너머의 진찰실을 가리키며 속삭이며 덧붙였다.

"이제 안심입니다."

"무슨 일입니까?"

내가 물었다. 왜냐하면 차장이 무슨 기묘한 동물을 진찰실에 가둔 것처럼 말했다는 느낌을 받았기 때문이다. 차장이 조그만 목소리로 말했다.

"새로운 환자입니다. 제 손으로 저 사람을 데려와야겠다고 생각했습니다. 그러면 슬쩍 도망치지는 못할 테니까요. 저기에 확실히 가둬 두었으니 전 그만 돌아가야겠습니다. 선생님과 마찬가지로 저도 할 일이 있는 사람이니까요."

그렇게 말하고 차장은 내가 고맙다는 인사를 하기도 전에 병원에서 나가 버렸다. 참으로 열심히 환자를 데려와 주는 사람이었다.

진찰실로 들어가 보니 탁자 옆 의자에 어떤 남자가 앉아 있었다. 차림은 수수했으며 여러 가지 색으로 짠 트위드 양복을 입고 있었다. 헝겊으로 만들어진 부드러운 모자는 내 책 위에 놓여 있었다. 한쪽 손에는 피로 물든 손수건이 감겨 있었다. 나이는 기껏해야 스물네 살쯤 되었으리라. 다부진 체구에 남자다운 얼굴이었지만 안색이 매우 창백했다. 꽤나 큰일을 당했는지 애써 마음을 가라앉히려 하는 듯했다.

"이렇게 이른 아침에 찾아와서 죄송합니다, 박사님."

청년이 말했다.

"하지만 어젯밤에 큰일을 당해서요. 오늘 아침 기차를 타고 패딩턴에 도착했습니다. 역에서 이 근처에 의사가 없느냐고 물었더니 고맙게도 친절한 분이 저를 여기까지 데려다주셨습니다. 제 명함은 하녀에게 건네주었습니다. 그 보조 탁자 위에 놓는 것 같던데요."

나는 명함을 집어 바라보았다.

빅터 해설리. 수력 기사. 빅토리아 가 16A (3층)

이것이 그날 아침에 불쑥 찾아든 환자의 이름, 직업, 주소였다.

"기다리게 해서 죄송합니다."

이렇게 말한 나는 책상 앞의 의자에 앉았다.

"여행에서 지금 막 돌아오신 모양이네요. 야간 여행은 따분하죠?"

"따분하다고요? 아, 저는 어젯밤에 그럴 틈이 전혀 없었습니다!"

해설리 씨가 웃었다. 그것도 의자에 기댄 채, 옆구리를 흔들며 높다랗게 웃기 시작했다. 나는 의사의 직감으로 큰일 났구나 하는 심정으로 외쳤다.

"그만해요! 마음을 가라앉히세요!"

그리고 물통의 물을 따라서 해설리 씨에게 내밀었지만 소용이 없었다. 이미 해설리 씨는 발작하듯이 웃고 있었다. 성격이 강한 사람이 커다란 위험을 겪고 나면 이런 식으로 웃는 법이다. 해설리 씨는 곧 차분함을 되찾았는데 매우 지친 모습이었다.

"부끄러운 모습을 보여 드렸습니다."

해설리 씨가 얼굴을 붉히고 숨을 몰아쉬며 말했다.

"아닙니다. 자, 이걸 마셔요!"

나는 조금 전에 따라놓은 물에 브랜디를 약간 섞어서 마시게 했다. 그러자 창백했던 해설리 씨의 뺨에 붉은 기운이 감돌기 시작했다.

"기분이 좋아졌습니다! 그럼 박사님, 저의 엄지손가락, 아니 지금까지 엄지손가락이 붙어 있던 곳을 살펴봐 주세요."

해설리 씨는 그렇게 말하면서 손수건을 풀고 내 앞으로 손을 내밀었다. 그것을 본 순간, 여러 환자들을 보아 왔기에 웬만한 일에는 강심장이

된 나조차도 몸서리치고 말았다. 손가락은 네 개밖에 없었으며, 엄지손가락이 있어야 할 곳은 평평했고 빨갛게 부어올라서 참으로 끔찍해 보였다. 엄지손가락은 뿌리 부분부터 완전히 잘려 나갔거나 찢겨 나간 듯했다. 나는 해설리 씨에게 말했다.

"세상에 이럴 수가! 아주 큰 상처입니다! 출혈이 매우 심했겠어요."

"네, 출혈이 너무 심해서 쓰러졌습니다. 꽤 오랫동안 정신을 잃고 있었던 듯합니다. 깨어나 보니 상처에서 여전히 피가 흐르고 있더군요. 그래서 손수건으로 손목을 힘껏 묶고 작은 나뭇가지로 단단히 조였습니다."

"잘하셨습니다! 외과의를 해도 되겠어요."

"수력학을 응용했습니다. 제 직업이니까요."

나는 상처를 잘 살펴보고 말했다.

"굉장히 무겁고 날카로운 물건에 잘렸군요."

"손도끼 같은 것이었습니다."

"사고였나요?"

"아니요, 아닙니다."

"이렇게 잔인한 짓을 하다니!"

"그러게 말입니다."

"정말 끔찍한 일이로군요, 해설리 씨."

나는 상처를 닦아 내고 소독한 다음 약을 발랐다. 그리고 마지막으로 솜으로 감싼 뒤 소독한 붕대로 감았다. 해설리 씨는 의자에 등을 기댄 채 때때로 입술을 씹기는 했으나 그래도 아프다며 손가락을 뒤로 빼지는 않았다.

"어떻습니까?"

상처를 치료한 뒤 내가 물었다.

"괜찮습니다! 상처를 치료받았고, 브랜디까지 마셔서 다시 기운이 납니다. 다른 사람이 된 것 같아요. 조금 전까지는 몸이 쇠약해져 있었지만 이제는 사건의 뒤처리를 할 마음이 들기 시작했습니다."

"아직은 사건 이야기를 하지 않는 것이 좋습니다, 해설리 씨. 아무래도 신경에 거슬릴 테니까요."

"아, 네, 지금은 말고요. 곧 경찰을 찾아가서 이번 일을 이야기해야 합니다. 박사님에게만 드리는 말씀인데, 이 상처가 없었다면 경찰도 제 말을 믿지 않을 겁니다. 왜냐하면 아주 기묘한 일이라 그것을 뒷받침할 만한 증거라고는 이 상처밖에 없거든요. 게다가 설령 경찰이 믿어 준다 할지라도 제가 말할 수 있는 단서는 모호하기 그지없습니다. 그러니 사건이라고 다루어 줄지 어떨지도 모릅니다."

"그렇군요! 해설리 씨, 사건에 휘말리셨군요. 그 수수께끼를 풀고 싶다면 경찰에 신고하기 전에 먼저 제 친구인 셜록 홈즈를 찾아가 보시는 건 어떨까요?"

"아, 그분의 이름이라면 들어 본 적이 있습니다. 만약 홈즈 선생님이 사건을 해결해 주신다면 더할 나위 없이 기쁠 겁니다. 물론 경찰의 손도 빌려야겠지만요. 그분에게 소개장을 써 주시겠습니까?"

"그것보다 더 좋은 방법이 있지요. 지금 저와 함께 홈즈를 만나러 가면 됩니다."

"정말 감사합니다."

"마차를 불러서 같이 타고 가시죠. 홈즈와 가볍게 아침을 먹기에 딱 좋은 시간이 될 겁니다. 해설리 씨, 그래도 괜찮겠지요?"

"네. 제가 겪은 이야기를 마치기 전에는 저도 안정을 되찾을 수 없을 것 같습니다."

"그럼 하인에게 마차를 불러 달라고 하겠습니다. 저도 곧 돌아오지요."

나는 2층으로 달려 올라가 아내에게 대충 사정을 설명했다. 그리고 5분 뒤, 그날 아침에 알게 된 남자와 함께 마차를 타고 베이커 가로 향했다. 셜록 홈즈는 실내복을 걸친 차림이었고 내 짐작대로 아직 아침을 먹기 전이었음에도 거실에서 파이프를 피우며 한가롭게 〈타임스〉의 사설 광고란을 읽고 있었다. 그가 이때 피우는 담배는 전날 피우고 남은 꽁초나 코담배를 정성스럽게 말려서 난로 구석에 모아 둔 것이었다. 홈즈는 상냥하게 우리를 맞아 주었다. 그리고 바로 베이컨 에그를 주문하여 우리와 함께 든든한 아침을 먹었다. 식사가 끝나자 홈즈는 남자를 소파에 눕히며 머리 밑에 베개를 대 주고 브랜디에 물을 섞어 남자의 손이 닿는 곳에 놓아 주었다. 홈즈가 말했다.

"한눈에 알아보았습니다, 해설리 씨. 큰 사건을 겪으셨죠? 아무것도 신경 쓰지 말고 거기에 편하게 누우세요. 나야 되도록 많은 이야기를 듣고 싶지만 해설리 씨가 피곤해지면 잠시 말을 멈춰도 됩니다. 자, 한잔 마시고 기운을 내세요."

"감사합니다. 하지만 박사님이 상처를 치료해 주셔서 이제는 살 것 같습니다. 게다가 여기서 아침까지 먹고 완전히 기력을 되찾았습니다. 귀중한 시간을 내주셨으니 바로 본론으로 들어가서 이 기묘한 사건을 짧게 말씀드리겠습니다."

홈즈는 자신의 커다란 팔걸이의자에, 나는 그의 맞은편에 앉았다. 홈즈는 눈꺼풀이 무거워져서 귀찮다는 표정을 지었지만 그저 그렇게 보일 뿐이었다. 왜냐하면 홈즈는 원래 예민해서 일을 대충 처리하는 성격이 아니기 때문이다. 해설리 씨는 자신의 이야기를 시작했고, 우리는 말없이 들었다.

"먼저 말해 두겠습니다. 제 부모님은 이미 돌아가셨고 저는 아직 독신이기 때문에 런던에서 혼자 하숙 생활을 하고 있습니다. 수력 기사가 제 직업인데, 이 방면에서 꽤나 유명한 베너 앤 매티슨 상회에서 7년이나 일을 배웠으니 경험은 제법 풍부합니다. 2년 전에 수습 기간이 끝났고, 그 무렵 아버지를 잃었습니다. 아버지는 상당한 유산을 남겨 주셨기에 저는 혼자 사업을 시작하기로 결심하고 빅토리아 가에 제 사무실을 열었습니다.

누구나 그렇겠지만 독립해서 처음 사업을 시작할 때는 어려움을 겪는 법입니다. 한데 제 경우는 어려움 정도가 아니었습니다. 2년 동안 상담이 세 건, 조그만 일이 한 건밖에 없었으니까요. 보수를 받을 수 있었던 것은 겨우 이것뿐이었습니다. 수입은 전부 합쳐서 27파운드 10실링. 매일 아침 9시부터 사무실에 나와 작은 방에서 손님을 기다렸습니다. 오후 4시가 되면 기분이 점점 우울해지면서 오늘은 결코 아무 일도 들어오지 않으리라는 생각이 들 정도였습니다.

그런데 어제, 사무실에서 집으로 돌아가려던 참이었습니다. 사무원이 제 방으로 들어와서는 어떤 신사가 저를 만나 일을 의뢰하고 싶다며 기다리고 있다고 말했습니다. 그러면서 그 신사의 명함도 가지고 왔는데 거기에는 '라이샌더 스탁 대령'이라고 인쇄되어 있었습니다. 사무원의 뒤를 따라서 대령 본인이 들어왔습니다. 대령은 체격은 컸지만 깜짝 놀랄 정도로 말랐더군요. 그렇게 마른 사람을 본 것은 처음이었습니다. 어쨌든 얼굴에 살이 붙은 곳은 없었으며 코와 턱만 오뚝 솟아 있는 느낌이었습니다. 튀어나온 광대뼈에 뺨의 피부가 딱 들러붙어 있었습니다. 말랐다고는 해도 특별히 병에 걸린 것은 아니고, 원래부터 그렇게 마른 체형인 듯했습니다. 그 증거로 대령의 눈은 활기로 반짝였고 발걸음도 가벼웠으며 동작에도 힘이 있었습니다. 말쑥한 차림의 신사로 나이는 마흔 살 가까이 되어 보였습니다. 대령이 독일어 억양이 섞인 영어로 말했습니다.

'해설리 씨입니까? 당신은 일을 잘할 뿐만 아니라 신중하고 입이 무거운 분이라고 소개받았소.'

저는 기뻐서 머리 숙여 인사했습니다. 젊은 사람이라면 그런 말을 듣고 누구나 그런 기분이 들 것입니다. 그래서 물어보았습니다.

'저를 그렇게 칭찬해 주신 분은 대체 누구입니까?'

'아아, 지금은 말하지 않는 편이 좋을 듯하오. 그 사람에게서 듣자하니 해설리 씨 부모님은 이미 돌아가셨다고 하더군요. 독신으로 런던에서 혼자 생활하고 있다면서요?'

'그렇습니다. 실례입니다만, 그런 사실이 수력 기사인 제 자격과 어떤 관계가 있는지요? 일과 관련해서 오신 줄 알았는데요.'

'그렇소. 틀림없이 일에 관한 이야기를 하러 왔소. 하지만 그런 말을 한 데도 다 이유가 있소. 해설리 씨에게 일을 하나 의뢰하고 싶소만, 비밀을 굳게 지켜야 한다는 것이 첫 번째 조건이오. 그런 일인 만큼, 잘 아시겠지만 가족과 함께 생활하는 사람보다는 혼자 생활하는 사람이 비밀을 더 잘 지킬 수 있을 것이오. 그렇게 생각하는 것이 당연하지 않겠소?'

'만약 제가 비밀을 지키겠다고 약속한다면, 믿고 안심하셔도 됩니다.'

대령은 제가 이야기하는 동안 제게서 눈을 떼지 않고 유심히 바라보았습니다. 그처럼 의심이 많고 사람을 살피는 눈빛은 태어나서 처음 보았습니다. 대령이 드디어 입을 열었습니다.

'그럼 약속할 수 있소?'

'네, 약속하겠습니다.'

'일을 하기 전에도, 일을 하는 동안에도, 그리고 일을 마친 뒤에도 결코 한마디도 하지 않겠다고 약속할 수 있겠소? 그리고 이 일에 관해서는 입으로도 편지로도 무엇 하나 묻지 않겠다고 말이오.'

'대령님, 이미 약속하지 않았습니까?'

'알겠소.'

대령은 자리에서 벌떡 일어서더니 번개처럼 방의 문 쪽으로 달려가서는 다짜고짜 문을 힘껏 열었습니다. 복도에는 아무도 없었습니다.

'이젠 됐소.'

그러더니 그는 자리로 돌아와서는 제게 말했습니다.

'사무원 녀석들이란 때때로 사장이 하는 이야기에 관심이 많은 법이니까. 이제 안심하고 이야기할 수 있겠소.'

대령은 의자를 제 바로 옆까지 끌고 왔습니다. 그러고는 다시 생각에 잠겨서 저를 탐색하듯 살펴보았습니다. 그 깡마른 사내의 괴상한 행동에 불길한 예감이며 섬뜩한 기분이 들기 시작했습니다. 손님을 잃을지도 모른다는 생각에 두렵기도 했으나 저는 더 이상 참을 수가 없었습니다.

'용건을 말씀해 주시죠. 저는 시간을 낭비하고 싶지 않습니다.'

신께서 이 무례한 마지막 불평을 용서하시길! 결국 제 입에서는 그런 말이 나오고야 말았습니다. 그러자 대령이 물었습니다.

'하룻밤 상담료로 50기니를 드리면 되겠소?'

'아주 좋습니다, 대령님.'

'하룻밤이라고 했지만 실제로 일을 하는 것은 한 시간 정도일 거요. 수압기 상태가 이상해서 전문가의 의견을 듣고 싶소. 기계의 어디가 이상한 건지 그것만 가르쳐 주면 우리가 수리할 수 있소. 이걸 의뢰하고 싶은데, 어떻소?'

'일은 아주 쉬운 듯한데 상담료는 넉넉하군요.'

'그렇소. 오늘 밤 마지막 열차로 와 주었으면 하오.'

'어디로 말입니까?'

'버크셔의 아이퍼드로. 옥스퍼드셔와의 경계 부근에 있는 작은 마을로 레딩에서 11킬로미터 정도 떨어진 곳이오. 패딩턴 역을 출발해서 11시 15분쯤에 도착하는 기차가 있을 거요.'

'마침 잘됐군요.'

'그 역까지 내가 마차로 마중을 나가겠소.'

'역에서 다시 마차를 타고 가야 합니까?'

'그렇소. 우리가 살고 있는 작은 마을은 외진 곳으로 아이퍼드 역에서 11킬로미터나 떨어져 있소.'

'그렇다면 대령님, 거기에 도착하는 것은 한밤중이 됩니다. 돌아올 기차가 끊겨 버릴 테니 그곳에서 하룻밤 묵어야겠습니다.'

'그렇소. 누추할지도 모르겠으나 침대를 하나 준비해 두겠소. 대수롭지 않은 일이오.'

'이해할 수가 없군요. 좀 더 편한 시간에는 안 될까요?'

'늦게 오는 것이 가장 좋으리라 생각하오. 불편한 점도 있겠지만 그에 합당한 보수를 드리겠소. 당신처럼 젊고 이름도 없는 기사에게 일류 수력 기사만큼의 상담료를 지불할 생각이니까. 물론 이번 일에서 손을 떼고 싶다면 지금이라도 늦지 않았소.'

저는 50기니가 저에게 얼마나 커다란 도움이 될지 생각했습니다.

'설마, 그럴 리가 있겠습니까? 대령님의 말씀대로 하겠습니다. 하지만 대령님, 의뢰하고 싶으신 일을 조금 더 자세히 알고 싶습니다.'

'물론 그렇겠지. 그렇게까지 비밀을 지키겠다고 약속하게 했으니 당신이 알고 싶어 하는 것도 당연하오. 일을 해 줄 사람에게 아무 말도 안 할 생각은 없었소. 누군가 엿들을 염려는 없겠지?'

'전혀요.'

'그렇다면 사정을 이야기하겠소. 잘 알고 있겠지만, 천을 표백할 때는 산성백토라는 흙을 사용하오. 귀중한 물건으로 영국에서도 한두 군데에서만 나오지.'

'그런 이야기를 들은 적이 있습니다.'

'얼마 전에 나는 그리 넓지 않은 땅을 샀소. 레딩에서 15킬로미터도 떨어져 있지 않은 곳이오. 운 좋게도 내 땅의 일부에서 산성백토층이 발견되었소. 그런데 살펴보니 내 땅에 묻혀 있는 산성백토는 얼마 없었고 나머지는 양쪽의 토지, 이웃 사람들의 땅에 넓게 퍼져 있소. 그 사람들은 너무 태평해서 자기네들 땅에 금광만큼 귀중한 것이 묻혀 있다고는 꿈에도 생각지 못하고 있소. 양쪽 이웃이 그 참된 가치를 알기 전에 땅을 사들이면 나는 큰 이익을 얻게 되겠지만 안타깝게도 그것을 사들일 만한 자금이 없소. 그래서 두어 명의 친구들에게 은밀히 이 이야기를 했더니, 눈에 띄지 않게 조용히 내 땅에 묻혀 있는 산성백토를 파내서 그것으로 자금을 모으면 양옆의 땅도 사들일 수 있다고 가르쳐 주었소. 지금 그 작업을 하고 있소. 그 작업을 위해서 수압기를 달았는데 조금 전에 설명한 대로 그 기계 상태가 이상해졌소. 그래서 당신이 그걸 좀 봐 줬으면 하는 거요. 우리 동료들은 비밀이 새어 나가지 않도록 신경 쓰고 있소. 그런데 수력 기사가 보잘것없는 우리 집에 왔다는 사실이 알려진다면, 이웃 사람들은 사정을 캐내려 할 거고 그들도 산성백토에 대해서 알게 될 것이오. 그러면 이웃의 땅을 손에 넣으려던 계획은 전부 물거품이 되지. 그래서 당신에게 약속을 지키겠다는 맹세를 받아 낸 거요. 약속대로 오늘 밤 아이퍼드로 간다는 사실을 아무에게도 말하지 않았으면 하오. 이제는 사정을 잘 알겠지?'

'그렇습니다, 대령님. 하지만 한 가지 이해되지 않는 점이 있습니다. 산성백토를 캐내는 일은 자갈을 채굴하는 것과 같은 작업 아닙니까? 그런데 수압기를 대체 어디에 쓰신다는 겁니까?'

제가 묻자 대령이 무뚝뚝하게 말했습니다.

'아아. 우리는 다른 곳에서는 찾아볼 수 없는 특이한 방법으로 작업하고 있소. 흙을 벽돌 상태로 압축해서 사람들이 알아볼 수 없도록 산성백토가 아닌 것처럼 위장한 다음 운반하고 있소. 하지만 그런 건 별로 중

요하지 않소. 해설리 씨, 이것으로 나는 당신을 믿고 있다는 사실을 증명해 보였소.'

이렇게 말하며 대령은 자리에서 일어났습니다.

'아이퍼드에서 밤 11시 15분에 기다리고 있겠소.'

'꼭 가겠습니다.'

'그럼 해설리 씨, 아무에게도 비밀을 말해서는 안 되오.'

마지막으로 대령은 다시 탐색하

는 눈빛으로 저를 빤히 쳐다보더니 악수를 하고 서둘러 돌아갔습니다. 대령의 손은 차가웠고 축축하게 젖어 있었습니다. 대령이 돌아간 뒤, 저는 냉정하게 방금 전의 이야기를 되새겨 보았습니다. 그런 식으로 갑자기 일을 의뢰받다니 이상하지 않습니까? 홈즈 선생님과 왓슨 박사님, 두 분도 그렇게 생각하지 않으십니까? 그러나 한편으로 50기니라는 상담료를 떠올리면 기쁘기도 했습니다. 대령이 지불하겠다고 한 금액은 그 정도의 일로 청구할 금액의 10배는 되니까요. 게다가 그 일을 계기로 일이 점점 늘어날지도 모른다고 생각했습니다. 그러나 대금을 지불하기로 한 대령의 얼굴이나 태도는 불쾌했습니다. 게다가 어째서 밤늦게 아이퍼드에 가야 하고, 바깥으로 비밀이 새어 나가지 않도록 해야 하는지 산성백토에 관한 이야기만으로는 납득할 수가 없었습니다. 그러나 저는 불안한 마음을 떨쳐 버리고 저녁을 배불리 먹은 뒤 패딩턴 역까지 마차로 가서 기차를 타고 아이퍼드로 출발했습니다. 아무에게도 비밀을 말하지 말라는 명령을 굳게 지키면서 말입니다.

레딩에 도착하고 보니 기차를 갈아타야 했습니다. 게다가 그 기차를 타려면 다른 역까지 걸어가야 했죠. 어쨌든 아이퍼드로 가는 마지막 열차에 올랐고 11시 조금 넘어서 어둑어둑하고 조그만 역에 도착했습니다. 그 역에서 내린 승객은 저뿐이었습니다. 승강장에는 졸린 얼굴로 랜턴을 들고 있는 역무원 하나만 있었습니다. 개찰구 밖으로 나와 보니 길 건너편의 어두운 곳에 사무실로 찾아왔던 대령의 모습이 보였습니다. 대령은 아무 말도 하지 않고 서둘러 제 팔을 잡아 문이 열려 있던 마차 안으로 저를 밀어 넣었습니다. 대령이 양쪽 창문을 닫더니 마차의 목조부를 톡톡 두드렸습니다. 그러자 우리를 실은 마차가 전속력으로 달리기 시작했습니다."

여기서 홈즈가 입을 열었다.

"말은 한 마리뿐이었나요?"

"네."

"말이 무슨 색인지 보셨나요?"

"네, 마차에 오를 때 옆에 램프를 켜 두어서 볼 수 있었습니다. 밤색이었습니다."

"말이 지쳐 보이던가요, 아니면 건강해 보이던가요?"

"건강해 보이는 말이었고 털빛도 아주 좋았습니다."

"고맙습니다. 이야기를 방해해서 죄송합니다. 그럼, 이야기를 계속하시죠. 매우 흥미로운 이야기입니다."

해설리 씨는 말을 이었다.

"마차는 계속해서 달렸습니다. 적어도 한 시간은 타고 있었을 겁니다. 라이샌더 스탁 대령은 11킬로미터라고 했지만 그 정도의 속도로 그렇게나 오래 걸렸으니 틀림없이 20킬로미터 가까이 될 겁니다. 대령은 제 옆자리에 앉아서 입을 다문 채 한마디도 하지 않았습니다. 두어 번 대령 쪽을 쳐다보니 대령은 저를 가만히 바라보고 있었습니다. 시골의 울퉁불퉁한 길이었는지 마차가 심하게 흔들렸고 몸이 한쪽으로 쓰러질 뻔한 적도 있었습니다. 대체 어느 부근을 달리고 있는 건지 알고 싶어서 창문으로 밖을 내다보았지만 창문에는 불투명한 유리가 끼워져 있었습니다. 그래서 때때로 흐릿하게 지나가는 불빛만 보일 뿐, 그 외에는 아무것도 알 수 없었습니다. 너무 지루해서 때때로 대령에게 말을 걸어보았으나 아주 짧은 대답만 돌아왔고 대화는 이루어지지 않았습니다. 그러는 사이에 드디어 울퉁불퉁한 길이 끝난 듯했습니다. 왜냐하면 저택 같은 곳에서 흔히 볼 수 있는, 자갈을 깔아 둔 길을 달리고 있는 것처럼 승차감이 좋아졌기 때문입니다. 그러다가 곧 마차가 멈췄습니다. 라이샌더 스탁 대령이 마차에서 먼저 뛰어내렸고 저도 뒤이어 내렸지요. 그랬더니 눈앞에 바로 현관이 있었고 저는 급히 문 안으로 떠밀려 들어갔습니다. 현관까지 가는 곳에 계단이 있기는 했지만 말씀드린 대로 마차에서 내린 뒤 정신없이 현관 안으로 떠밀려 들어갔기에 그 집을 정면에서 볼 틈도 없었습니다. 현관 안으로 들어선 순간, 뒤에서 문 닫히는 소리가 묵직하게 들리더니 마차가 덜컹거리는 바퀴 소리를 희미하게 울리며 돌아갔습니다.

집 안은 새카만 어둠에 잠겨 있었습니다. 대령이 조그만 소리로 중얼거리면서 성냥을 찾았습니다. 그때 반대편 입구가 열리더니 빛이 한 줄기 슥 스며들었습니다. 마치 금 막대기가 튀어나온 것 같았습니다. 그 불빛이 점점 넓어지면서 사람의 모습이 보이기 시작했습니다. 검은 옷을 입은 아름다운 여성이 손에 든 램프를 머리 위로 올리고 입구에서 머리를 내밀어 저희 쪽을 내다보고 있었습니다. 그 옷이 램프 불빛에 반짝이는 것을 보고 그녀가 고급스러운 천으로 만든 옷을 입고 있다는 사실을 알 수 있었습니다. 여자는 무엇인가를 묻는 듯한 어조로 외국어를 두어 마디 했습니다. 대령은 그 물음에 잠긴 목소리로 아주 짧게 한마디 던졌습니다. 그러자 여자는 깜짝 놀랐는지 하마터면 램프를 떨어뜨릴 뻔했습니다. 스탁 대령은 여자에게 다가가 귀에 대고 무엇인가를 속삭이더니 여자를 방으로 밀어 넣었습니다. 그러고 나서 램프를 들고 제가 있는 곳으로 다가왔습니다.

'잠시만 이 방에서 기다려 주시오.'

이렇게 말하며 대령은 여자가 나온 방과는 다른 방의 문을 가리켰습니다. 방은 깨끗하고 잘 정돈되어 있었는데 가운데 둥근 탁자가 있었고 그 위에 독일어 책이 네댓 권 흩어져 있었습니다. 스탁 대령은 문 옆에 있는 조그만 오르간 위에 램프를 놓았습니다. 그는 곧 돌아오겠다고 하고는 어둠 속으로 모습을 감춰 버리고 말았습니다.

저는 탁자 위에 있던 책을 잠깐 훑어보았습니다. 독일어는 몰라도 두 권은 과학 논문이고 나머지는 시집이라는 사실을 알 수 있었습니다. 저는 바깥 풍경이라도 구경할까 싶어서 안쪽에 있는 창문으로 다가갔지만 떡갈나무로 만든 덧문이 내려져 있었고 튼튼한 빗장으로 채워져 있었습니다. 놀랄 정도로 조용한 집이었습니다. 낡은 시계가 복도나 어딘가에서 째깍째깍 돌아가는 소리가 들렸지만 그것을 빼면 쥐 죽은 듯 고요했습니다. 저는 왠지 모를 불안감에 휩싸였습니다. 그 독일인들은 무엇을 하는 사람들일까? 이렇게 외진 낯선 땅에서 무엇을 하고 있는 것일까? 그건 그렇고 여기는 대체 어디일까? 제가 아는 것은 아이퍼드에서 15킬로미터 정도 떨어져 있다는 것뿐이었습니다. 게다가 아이퍼드의 북쪽인지 남쪽인지, 그것도 아니면 동쪽인지 서쪽인지도 전혀 알 수가 없었습니다. 그 정도 반경이라면 레딩은 물론이고 다른 커다란 마을이 몇 개쯤은 들어갈 겁니다. 그러니 아주 후미진 시골은 아닐지도 몰랐습니다. 하지만 주위에서는 아무 소리도 들리지 않고 고요했으니 역시 외진 곳임에는 분명했습니다.

저는 방 안을 서성이며 불길한 기운을 쫓아보려고 조그만 소리로 콧노래를 불렀습니다. 그리고 용기를 내서 무슨 일이 있어도 50기니의 상담료를 받아야 한다고 스스로에게 말했습니다. 갑자기 방문이 천천히 열렸습니다. 노크도 없이, 아무런 소리도 들리지 않고, 이상할 정도로 조용히 열렸어요. 그쪽을 바라보니 복도의 어둠을 뒤로 하고 조금 전 만났던 여자가 문 앞에 서 있었습니다. 방 안 램프의 노란 불빛에 깊은 생각에 잠긴 듯한 아름다운 여자의 얼굴이 비쳤습니다. 그런데 자세히 살펴보니 그 얼굴은 너무나도 두려움에 질린 나머지 아주 창백하더군요. 저까지 오싹한 한기를 느낄 정도였습니다. 여자는 떨리는 손가락 하나를 세워서 아무 말도 하지 말라고 제게 주의를 주었습니다. 그리고 서툰 영어로 두어 마디 속삭였습니다. 하지만 그러는 동안에도 겁먹은 말처럼 뒤쪽의 어둠을 이리저리 둘러보았습니다.

'나라면 여기서 나갈 거예요.'

여자는 침착하게 말하려고 애를 썼습니다.

'나라면 나갈 거예요. 나라면 여기에 있지 않겠어요. 당신은 여기 있으면 안 돼요.'

'하지만 저는 아직 일을 하지 않았습니다. 일을 하려고 여기에 왔거든요. 기계를 살펴보기 전까지는 여기서 나갈 수 없습니다.'

여자가 말을 이었습니다.

'기다릴 필요 없어요. 이 문으로 나갈 수 있어요. 지금 아무도 없어요.'

그래도 저는 웃으며 머리를 옆으로 흔들었습니다. 그러자 여자는 더 두고 볼 수 없다는 듯이 앞으로 한 걸음 나서서 맞잡은 두 손을 흔들었습니다.

'제발 부탁이에요! 더 늦기 전에 여기서 나가세요!'

그러나 저는 원래 고집스러

운 편이어서 시작한 일이 잘 풀리지 않으면 오히려 더 의욕을 불태웁니다. 50기니의 상담료, 지루했던 여행, 그리고 앞으로 맞이할 불쾌한 밤. 그 고생을 했는데 여기에서 포기하라는 말인가 하고 생각했습니다. 의뢰받은 일도 처리하지 않았고, 또 당연히 받아야 할 돈도 받지 않았는데 어떻게 나갈 수 있겠습니까? 이 여자는 보이는 것과는 달리 편집광일지도 몰랐고, 그래서 무엇인가에 홀린 것처럼 이상한 흉내를 낸다고 생각했기에 저는 단호히 고개를 저었습니다. 여기서 나가지 않겠다는 분명한 태도를 보인 겁니다. 하지만 솔직히 말해서, 그 여자의 모습을 보고 저도 마음이 조금 흔들리기는 했습니다. 그래도 그런 모습을 보이기는 싫었습니다. 여자가 다시 한 번 제게 돌아가라고 부탁하려던 참에 위층에서 문이 쿵 닫히는 소리가 들렸고 곧 발소리가 이어졌습니다. 그러자 여자는 그 소리에 귀를 기울이더니 이제 끝장이라는 듯이 갑자기 두 손을 들어 올렸습니다. 그 순간, 여자는 들어왔을 때와 마찬가지로 소리도 내지 않고 슥 모습을 감춰 버렸습니다.

그 다음에 방에 들어온 것은 라이샌더 스탁 대령과 땅딸막한 사내였습니다. 땅딸막한 사내는 겹턱의 주름 사이로 친칠라[37] 같은 수염을 길게 기르고 있었습니다. 대령은 그 사내를 퍼거슨이라고 소개했습니다.

'내 비서 겸 매니저를 맡고 있는 사내요. 아까 나갈 때 이 문을 닫고 간 줄 알았는데. 해설리 씨, 춥지 않았소? 문틈으로 바람이 들어왔겠군.'

'아닙니다. 제가 문을 열었습니다. 좀 답답한 기분이 들어서요.'

대령은 그 의심 많은 눈빛으로 저를 힐끗 바라보며 말했습니다.

'슬슬 일을 시작하는 것이 좋을 듯하오. 퍼거슨과 내가 기계가 있는 곳

---

37) chinchilla. 친칠라 과 동물. 몸의 길이는 25cm 정도이고 토끼와 비슷하다. 가죽은 모피로도 이용되며 생김새가 귀엽고 성격이 온순하여 애완용으로도 기른다.

으로 안내하겠소.'

'모자를 쓰고 가는 편이 좋겠지요?'

'아니, 아니오. 기계는 집 안에 있소.'

'네? 대령님은 집 안에서 산성백토를 캐냅니까?'

'그런 건 아니오. 거기서는 산성백토를 압축하고 있을 뿐이오. 아무튼 그런 건 중요하지 않소! 당신은 그저 기계를 점검해서 어디가 고장 났는지 가르쳐 주기만 하면 되니까.'

대령은 그렇게 말을 끝냈습니다. 맨 앞에 램프를 든 대령이 서고 그 다음에는 뚱뚱한 비서, 그리고 제가 그 뒤를 따랐습니다. 우리 셋은 계단을 올라갔는데 낡은 집에서 흔히 볼 수 있는, 미로 같은 통로가 계속되었습니다. 복도, 좁은 나선형 계단, 쪽문 같은 작은 문. 그런 것들이 몇개씩이나 복잡하게 얽혀 있었습니다. 작은 문의 턱은 몇 대에 걸쳐서 많은 사람들이 밟고 다녔기 때문에 꽤 닳아 있었습니다. 2층부터는 복도에 카펫도 깔려 있지 않았으며 가구 하나 보이지 않았습니다. 그리고 벽에는 회반죽이 발라져 있었는데 습기 때문에 벗겨져서 지저분한 녹색 얼룩이 생겨 있었습니다. 저는 애써 태연한 척했지만 그 여자가 제게 주의를 줬던 사실을 떨쳐낼 수가 없었습니다. 두 남자에게 신경을 쓰지 않는 체하면서 방심하지 않고 눈을 떼지도 않았습니다. 퍼거슨은 성격이 까다롭고 말이 없는 사람이었으나 잠깐 말을 할 때의 말투를 들어 보니 영국 사람임이 분명했습니다. 드디어 라이샌더 스탁 대령이 조그만 문 앞에 멈춰서더니 열쇠로 문을 열었습니다. 그곳은 작고 네모난 방이었는데 우리 세 사람이 들어가면 꽉 찰 정도로 작은 크기였습니다. 퍼거슨은 방 밖에 남고 대령이 저를 안내해 안으로 들어갔습니다. 대령이 설명했습니다.

'여기는 수압기의 내부요. 누군가가 수압기를 움직이면 당신과 나는 끔찍한 일을 당하게 되오. 이 방의 천장이 곧 수압기 피스톤의 머리 부분이 되는 셈이오. 따라서 피스톤을 내리면 저 천장이 그대로 내려오지. 그리고 이 금속으로 된 바닥에 몇 톤이나 되는 힘으로 부딪치게 되오. 피스톤은 방 밖에 연결되어 있는 여러 개의 가느다란 물관에서 전해지는 힘으로 움직이고 있소. 물의 압력이 물관을 따라 가는 동안 몇 배나 커진다는 사실은 수력 기사인 당신이 더 잘 알고 있을 거요. 이 기계는 움직이기는 하지만 어딘가 이상이 있는 듯 충분한 힘을 내지 못하고 있소. 잘 살펴보기 바라오. 그리고 수리할 방법을 알려 주시오.'

저는 대령에게서 램프를 받아들고 수압기를 구석구석 살펴보았습니다. 무지막지하게 큰 수압기로, 만들 수 있는 힘이 엄청났습니다. 그런데 방 밖으로 나가서 거기에 있는 조작 레버를 내려 보니 슉 하는 소리가 들렸습니다. 물이 조금 새는 바람에, 그것이 원인이 되어 사이드 실린더 중 하나로 물이 역류하고 있었던 것입니다. 드라이빙 로드라는 금속 봉의 끝에 붙어 있는 고무 중 하나가 닳아서 물이 새고 있었습니다. 다시 말해서 그 드라이빙 로드가 소켓 안을 빈틈없이 내려오도록 되어 있는데 고무가 닳아 버리자 소켓과 드라이빙 로드 사이에 틈이 생겨서 그곳으로 물이 샌 겁니다. 저는 수압기의 힘이 약해진 원인을 대령과 퍼거슨에게 설명했습니다. 두 사람 모두 제 말을 아주 열심히 듣고 나서는 실제로 수리할 때 필요한 것들을 두어 가지 질문했습니다. 설명이 완전히 끝나자 저는 수압기의 압착실, 그러니까 그 조그만 방으로 돌아갔습니다. 그리고 궁금한 점이 생겨서 가만히 방 안을 살펴보았습니다. 산성백토 이야기는 그저 꾸며 낸 것이었습니다. 기계를 본 순간 한눈에 알 수 있었죠. 왜냐하면 산성백토를 압축하는 간단한 일에 그처럼 엄청난 힘

을 내는 엔진을 쓴다면 어리석기 짝이 없는 짓이니까요. 평범한 사람이
라면 그렇게 할 리가 없습니다. 사방의 벽은 판자였지만 바닥은 철을 깔
아서 방 전체가 커다란 철판처럼 되어 있었습니다. 자세히 살펴보니 그
철판 표면을 두꺼운 금속 막이 덮고 있었습니다. 이 막이 대체 뭘까 싶
어서 몸을 웅크려 긁어 보았습니다. 그때 뭔가 놀란 듯 중얼거리는 독일
어가 들려서 그쪽을 바라보니 대령이 창백한 얼굴로 나를 내려다보고
있었습니다.

'거기서 뭐하는 거지?'

대령이 그처럼 교묘한 거짓말로 저를 속였다는 사실에 저는 부아가
치밀었습니다.

'대령님 댁에서 나오는 산성백토에 감탄하고 있습니다. 저 기계를 어
디에 쓰시는지 분명히 말씀해 주시죠. 그러면 좀 더 도움이 되는 조언을
할 수 있을 테니.'

이렇게 말한 뒤 저는 곧 아차 하고 후회했습니다. 대령의 얼굴은 굳어
있었고 그의 회색 눈은 혐오스럽게 번득였습니다.

'그래, 이 기계의 모든 것을 가르쳐 주지.'

대령은 한 걸음 물러서더니 조그만 문을 힘껏 닫고는 자물쇠를 채워
버렸습니다. 저는 문으로 달려가 손잡이를 당겨 보았으나 아주 튼튼해
서 발로 차고 밀어도 꿈쩍하지 않았습니다. 저는 커다란 소리로 외쳤습
니다.

'대령님! 대령님, 제발 내보내 주세요!'

주위는 고요함에 잠겨 있었는데 갑자기 어떤 소리가 들렸습니다. 수압
기를 움직이는 조작 레버를 덜커덩 내리는 소리였습니다. 저는 심장이
멎어 버리는 줄 알았습니다. 대령이 수압기를 움직인 것이었습니다. 제

가 철판의 막을 살펴볼 때 사용한 램프가 그대로 바닥 위에 놓여 있었습니다. 그것으로 비춰 보니 검은 천장이 천천히 내려오는 것이 보였습니다. 1분도 지나지 않아서 그 커다란 힘이 제 몸을 어떻게 만들어 버릴지 저는 누구보다 잘 알고 있었습니다. 짓눌려서 형체도 없는 납작한 무언가가 되어 버릴 게 분명했습니다! 문에 몸을 부딪쳐 보기도 하고, 손톱으로 열쇠 구멍을 긁어 보기도 했고, 내보내 달라고 대령에게 커다란 목소리로 애원도 해 보았습니다. 그러나 기계 레버가 여기저기서 굉음을 냈고, 매정하게도 그 소리가 제 목소리를 집어삼켰습니다. 천장은 이미 머리에서 50센티미터 정도 되는 곳까지 내려와 있어서 손을 뻗으면 딱딱하고 거친 천장에 닿았습니다. 그 순간, 죽을 때 어떤 자세로 있으면 좋을지 생각해 보았습니다. 자세에 따라서 느끼는 고통도 크게 달라질 것만 같았으니까요. 만약 엎드려 있으면 척추 뼈가 점점 으스러지겠죠. 그 끔찍한 순간을 상상하자 몸서리가 쳐졌습니다. 모르긴 몰라도 위를 보고 누워 있는 게 더 편하겠지, 하지만 누워서 검은 죽음의 그림자가 천천히 내려오는 것을 올려다볼 수 있을지 자신이 없었습니다. 그런데 마침내 똑바로 서 있을 수 없을 정도가 됐을 때, 제 눈이 무엇인가를 발견해 냈고 살아날 수도 있다는 희망이 솟아올랐습니다.

앞서 말씀드린 대로 튼튼한 바닥과 천장은 철로 되어 있었으나 벽은 판자였습니다. 이제 이것으로 끝났구나 하고 주위를 슥 둘러본 순간, 두 장의 판자 사이로 노란 광선이 보였습니다. 그런데 조그만 판자가 뒤쪽으로 밀려나면서 점점 빛이 넓어졌습니다. 말하자면 그곳은 죽음에서 벗어날 탈출구였습니다. 저는 도저히 믿을 수가 없었지만 곧바로 나뒹굴듯이 그 두 장의 판자 사이를 빠져나왔습니다. 그리고 압착실 밖에서 거의 정신을 잃은 상태로 쓰러져 있었습니다. 그 판자 사이의 틈은 제가 나오자마자 바로 좁아졌고, 방 안에서 램프가 박살나는 소리가 들렸습니다. 이삼 초쯤 뒤에는 금속판 두 개가 철컹 부딪치는 소리가 들려왔습니다. 지금 와서 생각해 보면 위기일발의 순간에 얼마나 아슬아슬하게 그곳을 빠져나온 것인지 모를 정도입니다.

누군가가 손목을 있는 힘껏 잡아당겨서 정신이 들었습니다. 저는 돌로 된 좁은 복도 바닥에 쓰러져 있었습니다. 눈을 떠 보니 여자가 내 위에 웅크리고 앉아 오른손에는 촛불을 들고 왼손으로 저를 잡아끌고 있었습니다. 멍청한 저에게 친절히 충고해 주던 아름다운 여자였죠. 그녀가 숨을 몰아쉬며 외쳤습니다.

'이리 오세요! 어서! 당신이 그 방에 없다는 것을 알고 그 사람들이 여기로 올 거예요. 어서요. 시간이 없어요. 망설이지 말고 이리로 오세요!'

이번에는 여자의 충고를 무시하지 않았습니다. 비틀비틀 일어난 저는 여자와 함께 복도를 달리기 시작했습니다. 나선형 계단을 내려가자 약간 넓은 곳이 나왔습니다. 우리가 거기에 도착한 것과 동시에 누군가가 달리는 발소리며 고함 소리가 들려왔습니다. 대령과 퍼거슨이 소리치며 서로를 부르는 것 같았습니다. 우리가 있는 층과 그 밑에 층, 양쪽에서 목소리가 들려왔습니다. 저를 안내하던 여자는 멈춰 서서 어찌할 바를 모르고 주위를 둘러보았습니다. 그러더니 갑자기 방문 하나를 열었습니다. 그곳은 침실이었는데 그 창 너머로 달이 밝게 빛나고 있었습니다.

'저 창문밖에 없어요. 당신이 달아날 수 있는 길은 저기밖에 없어요. 조금 높지만 저기로 뛰어내릴 수 있을 거예요.'

여자가 이렇게 말하는 동안, 복도 끝에 불빛이 떠올랐습니다. 라이샌더 스탁 대령의 마른 몸이 저를 향해서 달려드는 것이 보였습니다. 한손에는 랜턴을, 다른 한손에는 고기 써는 칼 같은 흉기를 들고 있었습니다. 저는 순간적으로 침실을 가로질러 창문을 열고 밖을 내다보았습니다. 달빛을 받은 정원은 참으로 조용하고 아름다우며 평화로웠습니다. 창문에서 지면까지는 9미터쯤 되었을 겁니다. 저는 창문으로 기어올랐습니다. 그러나 저를 구해 준 여자와 뒤따라온 악당 사이에 무슨 일이 일어날지, 그것을 알기 전에는 뛰어내릴 수가 없었습니다. 만약 그 여자가 위험에 처하게 된다면 되돌아가서 어떻게 해서든 도와야겠다고 결심했습니다. 그런 생각을 하고 있는데 대령은 벌써 문가에 와 있었습니다. 그리고 여자를 밀치고 방으로 들어오려 했습니다. 하지만 여자는 대령에게 매달리다시피 하여 그를 막으려 애썼고 영어로 소리 질렀습니다.

'프리츠! 프리츠! 지난번에 했던 약속을 생각해 보세요. 두 번 다시 그런 일 하지 않겠다고 했잖아요. 저 사람은 비밀을 지킬 거예요! 걱정할 것 없어요!'

'엘리제, 당신 미쳤군그래!'

대령은 여자의 손을 뿌리치려 몸부림쳤습니다.

'너 때문에 우리도 모두 파멸하고 말 거야. 저놈은 너무 많은 걸 봤어! 비키라니까!'

대령은 여자를 옆으로 밀쳐 내더니 창문을 향해서 달려왔습니다. 그러면서 묵직해 보이는 흉기를 제게 휘둘렀습니다. 저는 이미 창밖으로 뛰쳐나갔지만 창틀은 손가락으로 잡고 있는 상태였습니다. 그 순간, 대령이 손도끼를 내리찍었습니다. 둔탁한 아픔이 느껴졌고 창틀을 잡고 있던 손이 미끄러져 저는 정원으로 떨어졌습니다. 땅에 떨어졌을 때는 깜짝 놀랐지만 부상을 입지는 않았습니다. 뛰어내리고 나서 저

는 전속력으로 수풀을 빠져 나갔습니다. 아직 완전히 빠져나온 것 같지가 않았기 때문입니다. 얼마 못 가서 갑자기 심한 현기증과 구역질이 느껴졌습니다. 손이 욱신욱신해서 쳐다보니 엄지손가락은 잘려 나갔고 상처에서 피가 솟아오르고 있었습니다. 그 사실을 그제야 깨달은 것입니다. 손수건으로 상처를 감싸려 했으나 갑자기 귀가 울리는가 싶더니 장미 덤불에 쓰러져 정신을 잃고 말았습니다.

얼마나 오랫동안 쓰러져 있었는지 모르겠습니다. 틀림없이 상당히 긴 시간이 흘렀을 겁니다. 정신을 차리고 보니 달은 기울었고 이미 날이 밝아 오고 있었습니다. 옷은 이슬에 흠뻑 젖어 있었고 웃옷 소매는 엄지손가락의 상처에서 흘러나온 피로 끈적끈적했습니다. 상처에서 지독한 통

증이 느껴지면서 순간 어젯밤의 일들이 한꺼번에 떠올랐습니다. 순간, 저는 아직 쫓기고 있다는 생각이 들어 황급히 일어났습니다. 그런데 세상에, 아무리 주변을 둘러봐도 그 집과 정원은 어디에서도 찾아볼 수가 없었습니다. 넓은 길 옆에 있던 산울타리 구석에 쓰러져 있었는데, 거기서 약간 아래쪽의 나지막한 곳에 기다란 건물이 있었습니다. 가까이 다가가 보니 전날 밤, 제가 기차로 도착한 아이퍼드 역이었습니다. 제 손에 끔찍한 상처만 없었다면 간밤의 그 무시무시한 사건은 죄다 악몽으로 생각했을지도 모릅니다.

약간 어지러운 상태로 역으로 가서 아침 기차가 있느냐고 물었더니 레딩으로 가는 기차가 약 한 시간 뒤에 있다고 했습니다. 어젯밤 제가 그 역에 도착했을 때 있었던 짐꾼이 눈에 띄어 라이샌더 스탁 대령을 아느냐고 물어보았으나 들어본 적도 없다고 했습니다. 그러고 나서 저는 두어 가지를 더 물어보았습니다.

'어젯밤 저를 데리러 온 마차가 있었는데, 그 마차를 보았습니까?'

'글쎄, 못 봤소.'

'이 근처에 경찰서는 없습니까?'

'5킬로미터쯤 떨어진 곳에 있소.'

저는 힘도 없었고 몸 상태도 좋지 않았기에 그곳까지 갈 수는 없었습니다. 경찰에 신고하는 것은 런던으로 돌아간 뒤로 미루자고 생각했습니다. 런던에 도착하고 보니 아침 6시가 조금 넘은 시각이었습니다. 우선은 손의 상처를 치료받았고, 그런 다음에 친절하신 박사님이 여기까지 데려다주셨습니다. 홈즈 선생님께 이 사건을 맡겼으니 이제부터는 선생님의 말씀대로 하겠습니다."

해설리 씨의 말이 끝난 뒤 한동안 나와 홈즈는 모두 입을 다물고 있었다. 그만큼 기괴한 이야기였다. 셜록 홈즈가 자리에서 일어나 책장에 나란히 꽂혀 있는 묵직한 비망록 중에서 한 권을 뽑았다. 거기에는 오려낸 신문들이 스크랩되어 있었다. 홈즈가 해설리 씨에게 말했다.

"여기 있는 광고를 보면 당신도 흥미를 느낄 겁니다. 지난 1년 사이에 모든 신문에 실린 광고입니다. 내용은 이렇습니다. '이번 달 9일에 실종. 제레마이어 헤일링, 26세, 수력 기사. 밤 10시에 하숙을 나간 뒤 소식이 끊겼음. 복장은…….' 흠! 보아하니 이때도 그 대령이 수압기를 점검한 모양입니다."

내 환자가 고함을 지르듯 외쳤다.

"아니! 이제 그 여자의 말뜻을 알겠군요."

"틀림없을 겁니다. 참으로 분명한 사실 아닙니까? 대령은 매우 냉혹한 사람으로 자신의 하찮은 계획을 누구에게도 방해받지 않겠다고 결심한 겁니다. 배를 빼앗고 나면 그 배에 탄 사람을 모두 죽이는 해적과 같지요. 자, 1초도 허비할 수 없습니다. 당신만 괜찮다면 곧바로 런던경찰국에 들렀다가 아이퍼드로 갈 준비를 합시다."

그로부터 세 시간쯤 지났을 무렵, 우리는 모두 기차에 올라 있었다. 레딩을 거쳐서 버크셔의 조그만 마을로 가는 길이었다. 셜록 홈즈, 수력 기사인 해설리 씨, 런던경찰국의 브래드스트리트 경위, 사복 형사, 그리고 나까지 총 다섯 명이었다. 브래드스트리트 경위는 이 지방의 육지 측량 지도를 좌석 위에 펼쳐놓고 아이퍼드를 중심에 둔 채 컴퍼스로 열심히 원을 그리고 있었다. 경위가 말했다.

"자, 됐습니다. 이 마을을 중심으로 해서 반경 15킬로미터를 나타내는 원입니다. 우리가 찾고 있는 것은 이 선 부근의 어딘가가 틀림없습니다. 15킬로미터라고 했죠, 해설리 씨?"

"마차로 한 시간은 달렸습니다."

"그렇다면 해설리 씨, 당신이 정신을 잃은 동안 그 사람들이 당신을 15킬로미터나 옮겨 두었다고 생각합니까?"

"분명히 녀석들이 그랬을 겁니다. 제 기억이 확실하지는 않지만 누군가가 저를 들어 올려서 어디로 옮긴 기억이 희미하게 남아 있습니다."

내가 끼어들었다.

"잘 이해가 되지 않는데요. 당신이 정신을 잃고 정원에 쓰러져 있는 것을 봤을 텐데, 어째서 녀석들은 당신을 죽이지 않은 걸까요? 설마 그 악당들이 여자의 간절한 애원에 넘어간 것일까요?"

"그렇지는 않을 겁니다. 그렇게 냉혹한 얼굴은 처음 보았으니까요."

해설리 씨가 말을 마치자 경위도 입을 열었다.

"곧 모든 사실을 알게 될 겁니다. 어쨌든 원을 그렸습니다. 이 원의 어딘가에 우리가 찾고 있는 녀석들이 있을까요? 제가 궁금한 것은 그것뿐입니다."

"그 장소가 어딘지 손가락으로 짚어 줄 수도 있습니다."

홈즈는 대수롭지 않게 말했다.

"정말입니까? 지금 여기서? 벌써 생각을 정리했군요! 그럼 이렇게 합시다. 홈즈 선생님과 같은 의견을 가진 사람이 있는지 모두의 생각을 들어 보는 겁니다. 우선 제 생각에는 남쪽일 것 같습니다. 남쪽에 외진 곳이 많으니까요."

경위 다음에는 내 환자인 해설리 씨가 의견을 내놓았다.

"저는 동쪽입니다."

사복 형사가 이어 말했다.

"저는 서쪽으로 하겠습니다. 그쪽에 조용하고 조그만 마을이 서너 개 있거든요."

이번에는 내 차례였다.

"그럼 저는 북쪽을 고르겠습니다. 해설리 씨는 마차가 언덕을 오른 기억이 없었다고 했고 거기에는 언덕이 하나도 없으니까요."

경위는 웃었다.

"이거 의견이 완전히 제각각이로군요. 남, 동, 서, 북. 순서대로 서로 다른 방향을 주장했습니다. 홈즈 선생님, 결정권이 있는 당신의 표를 누구에게 던지겠습니까?"

"모두 틀렸습니다."

"하지만 네 사람이 모두 틀렸을 리는 없지 않습니까?"

"아니, 그럴 수도 있습니다. 내가 생각한 곳은 여기니까."

홈즈는 원의 중심에 손가락을 놓았다.

"그 녀석들은 여기에 있습니다."

"그렇다면 마차를 타고 20킬로미터나 달린 것은 어찌된 일입니까?"

해설리 씨가 놀라며 물었다. 홈즈는 대답했다.

"10킬로미터를 갔다가 10킬로미터를 돌아온 겁니다. 아주 간단한 일이죠. 해설리 씨, 당신이 마차에 올랐을 때 말은 건강해 보이고 털빛도 아주 좋았다고 했죠? 만약 험한 길을 20킬로미터나 달려왔다면 그럴 리가 없지 않겠습니까?"

"참으로 녀석들이 쓸 만한 수법입니다. 물론 놈들이 어떤 녀석들인지는 의심의 여지도 없어요."

경위는 신중하게 자신의 생각을 말했고, 홈즈가 대답했다.

"맞습니다. 의심할 여지는 전혀 없습니다. 녀석들은 대량의 위조화폐를 찍어 내는 놈들입니다. 그 기계는 은 대신 쓰는 아말감을 만들기 위한 거지요."

홈즈에 이어 경위도 말했다.

"머리 좋은 녀석들이 위조화폐를 만든다는 사실은 얼마 전부터 경찰국에서도 눈치채고 있었습니다. 그 녀석들은 반 크라운짜리 은화를 수천 개나 만들었죠. 경찰국에서도 레딩 부근까지는 녀석들의 행적을 뒤쫓았지만 더 이상은 알아내지 못했습니다. 행적을 감춘 방법으로 봐서 상당히 노련한 놈들인 듯합니다. 하지만 이번에야말로 기회를 잡았습니다. 이건 고마운 일입니다. 녀석들에게 뜨거운 맛을 보여 주겠습니다."

그러나 경위가 생각한 대로는 되지 않았다. 왜냐하면 이 범인들은 결국 올바른 심판을 받지 않았기 때문이다. 우리가 탄 기차가 아이퍼드 역으로 미끄러져 들어갔을 때 연기가 보였다. 역 근처에는 조그만 숲이 있었는데 그 너머에서 뭉게뭉게 피어오르는 연기가 커다란 타조 깃털 같은 모양으로 주위의 풍경을 뒤덮고 있었다. 기차가 소리 높여 증기를 내뿜으며 돌아간 뒤 경위가 역장에게 물었다.

"민가에 불이 났습니까?"

"네, 그렇습니다."

"언제부터요?"

"한밤중에 났다고 들었습니다. 불길이 점점 더 번져서 주위는 아주 불바다입니다."

"누구의 집이죠?"

"베커 박사의 집입니다."

수력 기사인 해설리 씨가 경위와 역장의 대화에 끼어들어 물었다.

"죄송하지만, 베커 박사가 독일인에 아주 마르고 긴 코가 오뚝한 사람입니까?"

역장이 크게 웃었다.

"아니요, 베커 박사는 영국 사람입니다. 게다가
우리 교구에서 그렇게 큰 조끼를 입는 사람은 박
사가 유일할 정도로 뚱뚱하지요.
하지만 그 집엔 신사 한 분도 같
이 살고 계신데, 제가 본 대로라
면 외국인 환자인 듯합니다. 게
다가 아주 말라서 품질 좋은 버
크셔 소라도 한 마리 드셔야 할
듯한 분입니다."

　역장의 말이 채 끝나기도 전에
우리는 불이 난 곳으로 서둘러 발
걸음을 옮겼다. 오르막길이 낮은 언덕의 정상까지 이어져 있었다. 우리
가 정상에 올라서자 그 앞에 크고 당당한 하얀 집이 서 있었다. 그 건물
의 모든 창문과 틈새에서 불길이 뿜어져 나오고 있었다. 정원에서 소방
펌프 세 대가 필사적으로 불을 끄고 있었으나 별 소용이 없는 듯했다.

"저기다!"

해설리 씨가 크게 흥분해서 외쳤다.

"자갈을 깔아 놓은 길이며 장미 덤불. 저기에 제가 쓰러져 있었습니
다. 그리고 저기 두 번째 창문이 바로 제가 뛰어내린 곳입니다."

홈즈가 말했다.

"그럼 해설리 씨, 어쨌든 당신은 그 녀석들에게 복수는 한 셈입니다.
화재의 원인은 당신이 가지고 있던 램프였을 겁니다. 램프가 수압기에
눌리면서 그 순간 나무 벽에 불이 옮겨 붙은 거예요. 하지만 녀석들은

당신을 쫓느라 정신이 없었겠죠. 여기 모여 있는 사람들 중에 어젯밤을 당신과 함께 보낸 친구들이 있습니까? 눈을 크게 뜨고 잘 찾아보세요. 하지만 벌써 수백 킬로미터나 떨어진 곳으로 도망치지나 않았을지 그게 걱정입니다."

홈즈가 걱정한 대로였다. 그날부터 오늘까지 그 아름다운 여자도, 냉혹한 독일인도, 까다로운 영국인 남자도 행방을 알 수가 없었다. 그날 아침, 어느 농부가 레딩을 향해 질주하는 짐마차 한 대를 보기는 했다. 거기에는 두어 명쯤 타고 있었는데 아주 커다란 상자가 여러 개 실려 있었다고 한다. 그러나 도망친 자들의 행방은 전혀 알 수가 없었다. 천재라 불리는 홈즈가 모든 지혜를 동원해 보았으나 작은 단서 하나 찾아내지 못했다.

소방수들은 불에 탄 건물 안에서 기묘한 기계가 발견되었다며 소란을 피웠지만, 2층 창문 주변에서 이제 막 잘려 나간 사람의 엄지손가락이 나오자 커다란 소동이 벌어지고 말았다. 그래도 소방수들의 노력 덕분에 해가 지기 전에 간신히 불을 끌 수 있었으나 건물은 지붕까지 무너져 내려서 더 이상 쓸 수 없었다. 남은 것이라고는 뒤틀린 실린더와 철로 된 파이프뿐이었고, 수압기는 흔적조차 찾아볼 수 없었다. 불행히도 우리 친구 해설리 씨는 그 기계 때문에 커다란 희생을 치른 셈이었다. 따로 서 있던 창고에서 니켈과 주석이 대량으로 발견되었으나 동전은 하나도 없었다. 앞서 이야기한 것처럼 짐마차에 커다란 상자가 실려 있었다고 하니 그것의 정체가 바로 그 동전이었으리라.

수력 기사인 해설리 씨가 그 집 정원에서 정신을 차린 곳까지 어떻게 옮겨졌는지는 영원한 수수께끼로 남을 뻔했다. 그러나 부드러운 정원 흙 위에 희미하게 남아있던 발자국 덕분에 그것은 아주 간단하게 밝혀졌다. 두 사람이 해설리 씨를 옮긴 것이 분명했다. 발자국을 보니 두 사람 중 한 명은 발이 아주 작았으며, 다른 한 명은 상상을 초월할 정도로 발이 컸다. 아마도 과묵한 영국인은 동료인 대령보다 겁이 많았거나 동료만큼 잔인하지는 않았던 모양이다. 영국인이 그 여자의 도움을 받아 정신을 잃은 수력 기사를 안전한 곳까지 옮겼으리라 추측된다.

우리는 런던으로 돌아오는 기차에 올랐다. 자리에 앉자마자 해설리 씨가 원망스럽다는 듯이 말했다.

"제게는 정말 커다란 일이었습니다! 엄지손가락을 잃었고, 상담료로 주겠다던 50기니도 받지 못했어요. 전 대체 무엇을 얻은 거죠?"

홈즈가 웃으면서 말했다.

"경험이죠, 해설리 씨. 이번 사건은 당신에게 퍽 값진 재산이 될 겁니다. 앞으로 남은 일생 동안 그 이야기를 풀어놓기만 하면 당신은 훌륭한 사장으로 인정받을 테니까요."

10. 독신 귀족

　세인트사이먼 경의 결혼과 뜻밖의 파경이, 그 불행한 신랑이 속한 상류계급의 입에 오르내린 것은 꽤 오래 전의 일이 되었다. 새로운 스캔들이 쉴 새 없이 일어났고 더욱 자극적인 사건이 화제에 오를 뿐, 사람들은 4년 전의 사건 따위는 어느새 잊고 만 것이다. 그러나 경이 겪은 사건에 대한 진상이 세상에 온전히 알려지지 않은 것은 분명했다. 친구인 셜록 홈즈가 힘을 빌려 주지 않았다면 그 사건은 해결되지 않았을 테니, 그의 사건 수첩을 제대로 채워 넣기 위해서라도 간단하게나마 이 놀라운 사건을 기록해 두고 싶다.

　내가 결혼하기 몇 주 전, 아직 홈즈와 베이커 가에서 하숙하던 때의 일이다. 오후 산책에서 돌아온 홈즈는 책상 위에 놓인 편지에 시선을 고정시켰다. 나는 그날 하루 종일 방에 들어앉아 있었다. 비가 내리기 시작했고 가을바람도 세차게 불고 있었으며 게다가 아직 다리에 박힌 채 아픈 간 전쟁의 기념이 된 제자일 탄 때문에 다리가 욱신욱신 쑤셨기 때문이

다. 나는 안락의자에 앉아 다른 의자에 한쪽 발을 얹은 채 신문 더미에 묻혀 있었다. 마침내 그날의 뉴스를 전부 읽어 버리고 나서 신문을 한쪽으로 치웠다. 그리고 책상 위에 있는 커다란 봉투에 찍힌 문장敎章과 이름의 첫 글자들을 합쳐 하나로 도안한 모노그램을 바라보며 어딘가의 귀족이 편지를 보냈구나 하고 멍하니 생각했다. 그때 홈즈가 방으로 들어왔고 내가 말을 걸었다.

"편지가 왔다네. 아주 고귀한 양반이 보낸 것 같더군. 아침에 온 편지는 생선 장수와 세관 직원이 보낸 것이었지?"

홈즈가 빙그레 웃으며 말했다.

"그렇다네. 다양한 사람에게서 편지를 받으니 꽤 재미있다니까. 그런데 신분이 낮은 사람이 보낸 편지일수록 더욱 흥미로운 법이지. 아무래도 이 편지는 사교계에서 온 반갑지 않은 초대장인 듯하군. 고작해야 따분하기 짝이 없는 사람이거나 거짓말을 늘어놓는 사람이 보낸 편지일 거야."

홈즈는 봉투를 뜯어 대충 훑어보았다.

"음, 이거 재미있어지겠는데."

"초대장이 아니었나?"

"그래. 사건을 의뢰하는 편지야."

"그럼 의뢰인은 귀족인 모양이군."

"영국에서도 일류 귀족일세."

"그럼, 축하한다고 말해야겠군."

"이보게, 왓슨. 내가 고마운 마음을 느끼는 것은 재미있는 사건 때문이라네. 의뢰인의 신분 따위는 별로 상관없어. 어쨌든 이번 새로운 조사는 흥미로울 것 같아. 그건 그렇고, 자네는 요즘 신문만 읽는군그래."

"맞아. 달리 할 일이 없으니까."

진절머리가 난다는 표정으로 나는 방구석에 쌓여 있는 신문을 가리켰다.

"그렇다면 최신 정보에 훤할 테니 다행이군. 내가 읽는 건 범죄 기사와 사람을 찾는 광고뿐이라서 말이야. 사람을 찾는 광고에는 배울 점들이 가득 들어 있지. 어쨌든 자네는 신문에서 최신 뉴스를 자세히 읽었으니 세인트사이먼 경과 그의 결혼에 관한 기사도 읽었겠지?"

"그래, 아주 재미있었네."

"그것 잘됐군. 이 편지는 세인트사이먼 경이 보낸 것일세. 읽어 줄 테니 신문 더미를 뒤져서 관계가 있어 보이는 기사라면 무엇이든 찾아 주지 않겠나? 부탁하네. 편지를 들어보게나."

친애하는 셜록 홈즈 선생

백워터 경이 선생의 판단력과 신중함은 믿을 만하다며 추천해 주셨소.
이에 내 결혼식에 얽힌 슬픈 사건을 상의하고자 선생을 찾아가기로 결심
했소. 이미 런던경찰국의 레스트레이드 씨가 조사하고 있으나 그가 선생
의 협력을 구해도 괜찮다고 했으며, 그도 선생의 역할이 도움이 될지도
모른다고 생각하는 듯하오. 오후 4시에 방문할 예정이니 그때 다른 약속
이 있다면 부디 그 일은 뒤로 미루어 주셨으면 하오. 이 문제는 매우 중요
한 것이오.

로버트 세인트사이먼

"그로브너 저택에서 보낸 편지야. 거위 깃털 펜으로 썼어. 이런, 이 양
반 좀 보게. 새끼손가락 바깥쪽에 잉크를 묻혔군."

편지를 접으며 홈즈가 말했다.

"4시라고? 벌써 3시 아닌가? 한 시간만 있으면 오겠는데."

"그동안 자네가 도와준다면 사건을 정리할 수 있다네. 신문 더미를 뒤
져서 문제의 기사를 순서대로 놓아 주지 않겠나? 나는 그동안 의뢰인의
신상을 조사해 보겠네."

홈즈는 난로 위 선반에 꽂혀 있는 참고 자료들 중에서 빨간 표지의 책
한 권을 꺼냈다.

"아아, 여기에 있군."

의자에 앉은 홈즈는 무릎 위에 책을 펼쳐놓으며 말했다.

"로버트 월싱엄 드 비어 세인트사이먼 경, 발모럴 공작의 차남. 그렇
군! 문장은 청색이고 가운데의 검은 띠 위에 군주에게 속해 있음을 뜻
하는 마름쇠 세 개가 있다. 1846년 출생. 그렇다면 올해로 마흔한 살이니

결혼은 상당히 늦은 편이군. 전 내각에서 식민 차관을 지냈다. 아버지 발모럴 공작은 전 외무부 장관을 역임했고. 부계는 플랜태저넷 왕가[38]의 직계 후손이며 모계로는 튜더 왕가[39]의 혈통을 이어받았다. 아아, 이것뿐이라니 아무런 도움도 되지 않겠는데, 왓슨. 제대로 된 정보는 자네에게 맡길 수밖에 없겠어."

"자네가 원하는 정보라면 금방 찾을 수 있네. 아주 최근의 일이고 강한 인상을 준 사건이었으니까. 하지만 자네에게는 일부러 말하지 않았어. 자네는 다른 사건으로 바빠 보였고 사건을 처리하는 중에는 그 사건과 관계없는 일을 듣고 싶어 하지 않으니까."

"그로브너 스퀘어의 가구 운반 마차 사건을 말하는 거지? 그건 벌써 해결했다네, 물론 처음부터 진상은 알고 있었지만. 그럼, 추려 낸 기사를 읽어 주기 바라네."

"이게 첫 번째 기사일세. 〈모닝 포스트〉의 소식란에 실린 거야. 여기 보이는 대로 몇 주일 전의 신문일세. '발모럴 공작의 차남인 로버트 세인트사이먼 경은 미국 캘리포니아 주에 사는 앨로이시어스 도런 씨의 외동딸인 해티 도런 양과 약혼했다. 곧 결혼식을 올릴 예정이라고 한다.' 이게 전부일세."

"간단하지만 내용은 명확하군."

홈즈는 가늘고 긴 다리를 난롯불 쪽으로 뻗으며 말했다.

"같은 주의 사교계 신문에 좀 더 자세한 기사가 실렸을 텐데. 아, 여기 있군."

나는 기사를 읽었다.

---

38) Plantagenet. 노르만 왕조의 뒤를 이어 1154년부터 1399년까지 약 250년 동안 영국을 지배한 왕가.
39) Tudor. 1485년부터 1603년까지 사이 잉글랜드를 다스린 왕가. 영국 절대 군주제의 최전성기를 이루었다.

결혼 시장에서 보호 정책을 요구하는 목소리가 들려오는 듯하다. 왜냐하면 오늘날의 자유무역주의 덕분에 영국 제품의 판로가 매우 좁아졌기 때문이다. 대영제국 귀족 가문의 안주인 자리는 차례차례 대서양을 건너오는 아름다운 사촌들의 손에 넘어가고 있다. 지난주에도 매력적인 침입자들이 새로운 상품을 손에 넣었다. 20년이 넘도록 큐피드의 화살을 피해 오던 세인트사이먼 경이 미국 캘리포니아 주에 사는 백만장자의 아름다운 딸 해티 도런 양과 곧 결혼할 예정이라고 발표한 것이다. 도런 양은 웨스트버리 저택의 축하연에서 정숙한 동작과 미모로 주목을 받았는데, 외동딸로서 지참금도 60만 파운드가 훨씬 넘을 것이며 미래에는 더 큰 재산을 상속받는다고 한다. 지난 수년 동안, 소장하던 그림까지 팔아야 할 정도로 발모럴 공작의 형편이 나빠졌다는 사실은 공공연한 비밀이었으며 세인트사이먼 경의 재산도 버치무어에 있는 작은 영지가 전부이다. 이 결혼으로 캘리포니아 출신 상속녀의 신분이 공화국 시민에서 단번에 영국 귀족으로 뛰어 오른다 할지라도 이득을 보는 사람은 그녀뿐만이 아닐 것이다.

"그 외에는?"

홈즈가 하품을 하며 물었다.

"아직 잔뜩 있다네. 〈모닝 포스트〉에는 다른 기사가 실렸어. 결혼식장은 하노버 스퀘어의 세인트 조지 교회고, 식은 조용히 올릴 예정이며, 친한 친구 여섯 명 정도만 초대받았다고 하네. 그리고 식이 끝나면 참석자 전원이 앨로이시어스 도런 씨가 가구까지 포함해서 구입한 랭커스터 게이트의 집으로 갈 것이라는 내용도 있어. 그 이틀 뒤, 즉 지난주 수요일 신문에는 결혼식이 열렸다는 사실과, 피터스필드 근처에 있는 백워터 경의 저택에서 신혼여행을 즐길 예정이라는 기사가 작게 실려 있다네. 신부가 사라질 때까지의 기사는 이것이 전부일세."

"뭐가 어떻게 될 때까지라고?"

홈즈가 놀라서 물었다.

"신부가 사라졌다네."

"언제?"

"피로연 때."

"그래? 이거 생각했던 것보다 재미있는데. 정말 극적이군."

"맞아, 나도 보통일은 아니라고 생각했네."

"신부가 결혼식 전에 사라지는 일은 흔히 있고, 신혼여행 중간에 모습을 감추는 일도 더러 있지. 하지만 결혼식이 끝나고 나서 그렇게 빨리 모습을 감추었다는 소리는 들어 본 적이 없네. 왓슨, 이야기를 자세히 들려주게나."

"하지만 사전 경위가 상당히 애매한 기사일세."

"모자란 부분은 내가 조금 더 명확히 할 수 있을 걸세."

"어제 조간에서 크게 다루었지만 꽤나 어중간한 기사야. 어쨌든 읽어 주겠네. 제목은 〈상류사회의 결혼식에서 벌어진 괴사건〉이라네. 잘 듣게."

로버트 세인트사이먼 경 일가는 결혼식 도중에 일어난 기묘한 비극 때문에 놀라움과 당혹스러움을 감추지 못하고 있다. 어제 각 신문에서 간단히 보도한 대로 결혼식은 그저께 아침에 열렸다. 그 후 괴상한 소문이 돌았으나 이제야 드디어 소문의 진위가 사실로 확인되었다. 세인트사이먼 경의 친구들은 소문을 가라앉히기 위해 노력했으나 이 사건은 이미 세상의 이목을 끌고 있다. 사람들의 입에 오르내리게 된 이상, 아무리 감추려

해도 소용없을 것이다.

걸혼식은 하노버 스퀘어
의 세인트 조지 교회에서 매
우 소박하게 열렸다. 참석자
는 신부의 아버지인 앨로이
시어스 도런 씨, 발모럴 공
작 부인, 백워터 경, 신랑의
남동생인 유스터스 경, 신랑
의 여동생인 클라라 세인트
사이먼 양, 그리고 앨리시어
휘팅턴 양뿐이었다. 식이 끝
난 후 하객들은 모두 피로연
이 준비되어 있는 앨로이시

어스 도런 씨의 랭커스터 게이트 집으로 향했는데, 그때 신원 미상의 한
여성이 소동을 일으켰다. 그녀는 세인트사이먼 경에게 할 말이 있다며 참
석자들의 뒤를 쫓아 억지로 집에 들어가려 했다. 한동안 언쟁이 벌어졌으
나 집사와 하인이 그녀를 간신히 내쫓았다.

다행스럽게도 불쾌한 소동이 일어나기 전에 집으로 들어가 다른 사람
들과 함께 피로연이 열릴 자리에 앉아 있었던 신부는 갑자기 속이 좋지
않다며 자기 방으로 들어갔으나, 그 이후로 모습을 드러내지 않아 사람들
이 걱정하기 시작했다. 그러자 신부의 아버지가 방을 들여다보러 갔는데,
하녀의 말에 의하면 신부는 방에 잠깐 들르기만 하고 외투와 커다란 모자
를 들고 서둘러 복도를 나갔다고 한다. 또 다른 하인은 그런 복장을 한 여
성이 집 밖으로 나가는 모습을 보았으나 여주인은 피로연 자리에 있을 것

이라고만 생각했기에 그 여성이 신부일 줄은 꿈에도 생각지 못했다고 했다. 앨로이시어스 도런 씨는 딸의 실종을 확인한 뒤 신랑과 함께 경찰에 신고했으며 현재 경찰에서 전력을 기울여 수사하고 있으니 이 기괴한 사건도 곧 해결될 것이다. 그러나 어젯밤 늦게까지도 사라진 신부의 행방은 무엇 하나 밝혀지지 않았다. 이번 사건이 범죄와 관련 있다는 소문도 돌고 있다. 한편, 경찰 당국은 처음에 소동을 일으킨 여성이 질투심이나 다른 동기에 영향을 받아 신부의 기묘한 실종에 관여했을 것이라 생각하고 그 여성을 체포했다는 이야기도 전해졌다.

"그것이 전부인가?"

"다른 조간에서도 짧은 기사를 실었다네. 이건 참고가 될 것 같군."

"그건 뭔가?"

"플로라 밀러 양, 즉 소동을 일으킨 여성이 정말로 체포되었다는 기사일세. 원래는 알레그로 극장의 무용수인데 몇 년 전부터 신랑과 사귀었나 봐. 자세한 내용은 적혀 있지 않다네. 이것으로 사건 이야기는 다 했네. 신문에 실린 내용들뿐이지만."

"점점 더 재미있어지는군. 놓칠 수 없는 사건이야. 왓슨, 벨 소리가 들리는데. 시간도 4시가 약간 지났으니 아무래도 귀족 의뢰인이 온 것 같아. 아아, 왓슨. 자리를 피할 필요 없다네. 나도 자네가 있으면 기억을 확인할 때 도움이 되니까."

"로버트 세인트사이먼 경이 오셨습니다."

심부름하는 소년이 문을 활짝 열며 소리치자 얼굴이 하얗고 콧날이 높은, 교양 있고 느낌이 좋아 보이는 신사가 안으로 들어왔다. 그런데 입매를 보니 아무래도 성격이 급해 보였고 응시하는 듯한 눈에는 지금까지 사람들에게 명령을 내리거나 복종을 받아 온 사람 특유의 차분함이 있었다. 태도는 시원시원했으나 등이 약간 구부정했으며 걸을 때 무릎을 구부리는 버릇이 있었기에 어딘지 나이보다 늙어 보였다. 챙이 말려 올라간 모자를 벗자 허옇게 세기 시작한 머리카락이 보였다. 정수리 부근에도 숱이 많지 않았다. 높은 목깃, 검은 프록코트, 하얀 조끼, 노란 장갑, 에나멜 구두하며 옅은 색 각반까지 찬 복장으로 보아 멋 부리기를 좋아하는 모양이었다. 신사는 오른손으로 금테 안경의 끝을 만지작거리며 유유히 방 안을 둘러보았다. 홈즈가 자리에서 일어나 인사했다.

"어서 오십시오, 세인트사이먼 경. 자, 그 등나무 의자에 앉으세요. 이쪽은 제 친구이자 일을 도와주는 왓슨 박사입니다. 좀 더 난롯불 쪽으로 가까이 가세요. 천천히 이야기를 듣겠습니다."

"홈즈 선생, 당신이라면 잘 이해할 수 있겠지만 참으로 번거로운 문제가 일어났습니다. 애가 타들어 갑니다. 당신은 이처럼 미묘한 사건들을 여럿 다뤄 보았겠지요? 물론 이 정도 지위를 가진 귀족의 사건은 아니었을 테지만."

"그렇지 않습니다. 오히려 경보다 신분이 더 높은 의뢰인도 있었습니다."

"무슨 말씀이신지?"

"비슷한 사건이었는데, 얼마 전의 의뢰인은 한 나라의 왕이었습니다."

"그게 정말입니까? 뜻밖의 말이로군요. 어느 나라의 왕이었습니까?"

"스칸디나비아 국왕이었었습니다."

"그럴 수가! 왕비님도 사라졌다는 말입니까?"

"아시겠지만, 저는 이번 사건의 비밀을 지킬 것을 약속합니다. 이것은 다른 의뢰인에 대해서도 마찬가지죠."

"물론 알고 있습니다. 잘 알고 있습니다. 실례가 되는 질문을 했군요. 내 사건에 대해서 참고가 될 만한 사실은 무엇이든 솔직하게 이야기할 생각입니다."

"고맙습니다. 신문 기사라면 이미 숙지해 놓았지만 아직 그 이상의 다른 사실들은 모릅니다. 신문 기사는 사실입니까? 예를 들어서 이 신부 실종을 다룬 기사는 어떻습니까?"

세인트사이먼 경은 기사를 훑어보고 말했다.

"네, 이 기사들은 전부 사실입니다."

"하지만 이 정도의 자료만으로는 판단할 수가 없습니다. 전후 사정을 파악하기 위해 경에게 질문을 하는 것이 확실한 사실을 알 수 있는 데에 도움이 될 것이라 생각합니다."

"무엇이든 물어보시오."

"해티 도런 양과 언제 처음 만나셨습니까?"

"1년 전, 샌프란시스코에서 만났습니다."

"미국을 여행할 때입니까?"

"그렇소."

"결혼을 약속한 것도 그때였습니까?"

"아니오."

"그래도 두 분은 친밀한 사이가 되셨겠죠?"

"즐겁게 교제했습니다. 그녀도 내 마음은 알고 있었을 겁니다."

"그녀의 아버지가 상당한 부자라고 들었는데요."

"태평양 연안에서는 가장 큰 부자라고 합니다."

"어떻게 재산을 모으신 겁니까?"

"광산입니다. 몇 년 전까지는 빈털터리로 살았는데 어느 날 금광을 발견했습니다. 거기서 번 돈을 투자해서 단번에 큰 부자가 되었죠."

"그런데 아가씨의, 그러니까 부인의 성격은 어떻다고 생각하십니까?"

세인트사이먼 경은 안경의 줄을 돌리면서 난롯불을 물끄러미 바라보았다.

"홈즈 선생, 사실 아버지가 부자가 되었을 때 그녀는 이미 스무 살이 넘은 나이였습니다. 그때까지 아내는 광산의 캠프를 마음껏 뛰어다녔고, 숲이나 산을 쏘다니며 살았죠. 다시 말해서 아내를 가르친 교사는 학교 선생이 아니라 자연이었습니다. 말하자면 말괄량이 아가씨라고 해야겠죠. 기가 세고, 자유분방하고, 야성적인 성격입니다. 어떤 관습에도 얽매이기 싫어하고요. 충동적인, 아니 화산 같은 여자라고 하는 편이 옳을 겁니다. 결단력이 뛰어나며, 일단 마음먹은 일은 끝까지 해내는 성격입니다. 그렇지만 만약 아내가 고귀한 마음을 가진 여성이라고 생각하지 않았다면……."

여기서 경은 점잖게 헛기침을 하고 말을 이었다.

"나는 명예로운 가문의 성을 그녀에게 붙여 주지 않았을 겁니다. 나는 그녀가 헌신적인 아내가 될 수 있고, 불명예스러운 일은 참지 못하는 여성이라고 믿었습니다."

"부인의 사진은 가지고 계십니까?"

"이걸 가지고 왔습니다."

세인트사이먼 경이 로켓[40]을 열어 정면을 바라보고 있는 매우 아름다운 여성의 모습을 보여 주었다. 그것은 사진이 아니라 상아에 조각한 세밀화였는데 윤기 넘치는 검은 머리, 크고 검은 눈, 감수성이 풍부해 보이는 입술 등이 훌륭하게 표현되어 있었다. 홈즈는 그 초상화를 한동안 열심히 들여다보더니 잠시 후 뚜껑을 닫아 세인트사이먼 경에게 돌려주었다.

"그 다음에 아가씨가 런던으로 오자 다시 교제하셨군요."

"그렇소. 그녀가 내 장인이 되신 분과 함께 올해 런던 사교 시즌에 나타났습니다. 그 후 몇 번인가 만나서 약혼을 하고 얼마 전에 결혼을 한 겁니다."

"부인이 가져온 지참금이 상당하다고 하던데요."

"그렇다고 할 수 있습니다. 우리 집안의 내력을 생각해 보면 그렇게 많은 금액은 아니지만요."

"그 지참금은 물론 경의 것이 되겠지요? 결혼한 것은 사실이니까요."

"그 점은 아직 알아보지 않았습니다."

"그렇군요. 결혼식 전날에 도런 양과 만났습니까?"

"네, 만났습니다."

"기분은 어떻던가요?"

"아주 좋아 보였습니다. 앞으로의 우리 생활이 기대된다는 듯이 끊임없이 이야기했습니다."

"그렇습니까? 그것 참 흥미로운 얘기로군요. 그럼, 결혼식 날 아침에는 어땠습니까?"

"매우 명랑했습니다. 적어도 식이 끝날 때까지는요."

"그렇다면 경은 식이 끝나고 나서 신부가 좀 이상하다는 느낌을 받았

---

40) locket. 여성의 장신구로 사진이나 기념품, 머리카락 따위를 넣어 목걸이에 다는 작은 갑을 말한다.

습니까?"

"네, 솔직히 말해서 그녀는 약간 초조해했습니다. 하지만 특별히 문제 삼을 정도는 아니었습니다. 게다가 사건과는 관계없고요."

"그렇다 할지라도 말씀해 주십시오."

"정말 사소한 일입니다. 교회에서 대기실로 돌아가는 도중에 그녀가 부케를 떨어뜨렸습니다. 마침 제일 앞줄을 지나려 할 때였는데 꽃다발이 좌석에 떨어졌지요. 약간 당황하기는 했으나 자리에 있던 신사가 주워서 그녀에게 건네주었습니다. 꽃다발을 떨어뜨렸다고 해서 이렇다 할 일은 없었습니다. 그런데 나중에 그 사실을 말하자 아내는 아주 쌀쌀맞게 대답했고, 집으로 돌아가는 마차 안에서도 그 사소한 일로 무척 흥분한 듯했습니다."

"그랬군요. 제일 앞자리에 신사가 있었다고 말씀하셨죠? 그렇다면 일반인도 결혼식에 참석했나 보군요."

"그렇습니다. 교회 문은 열려 있으니 들어오는 사람들을 내쫓을 수도 없는 일 아닙니까?"

"그 신사는 부인의 친구가 아니었을까요?"

"아닙니다. 예의상 신사라고 표현했지만 아주 평범한 남자였습니다. 어떤 인물이었는지는 얼굴도 기억이 안 납니다. 그건 그렇고 사건과는 관계없는 이야기만 하고 있군요."

"그렇다면, 어쨌든 세인트사이먼 부인이 결혼식에서 돌아왔을 때는 출발했을 때보다 기분이 좋지 않았다는 말씀이시죠? 아버지 집으로 돌아온 후 부인은 어떻게 행동했습니까?"

"자기 하녀와 무언가를 이야기하더군요."

"하녀는 누구입니까?"

"앨리스라고 합니다. 미국 사람인데 아내와 함께 캘리포니아에서 살다가 영국으로 왔지요."

"부인은 앨리스를 믿고 있는 모양이군요."

"내 눈에는 지나쳐 보일 정도입니다. 하녀가 주인에게 제멋대로 행동하는 것 같기도 하고요. 물론 그런 점에서 미국인들은 우리와 사고방식이 다를 테지만."

"부인은 앨리스와 얼마나 오래 이야기를 나눴습니까?"

"2, 3분쯤이었을 겁니다. 나는 그때 다른 생각을 하고 있어서 분명히는 기억이 안 납니다."

"무슨 내용을 이야기하던가요?"

"'채굴권 횡령'인가 아무튼 그런 말을 했습니다. 아내는 미국식 속어를 쓰는 버릇이 있기 때문에 그들이 하는 말이 무슨 의미인지 나는 잘 모릅니다."

"미국 속어에는 정말 재미있는 표현이 많지요. 그렇다면 하녀와 이야기를 마친 후, 부인은 어떻게 하셨나요?"

"피로연 자리로 갔습니다."

"경과 팔짱을 끼고 나갔습니까?"

"아니요, 혼자서 갔습니다. 아내는 그런 사소한 습관에 얽매이지 않고 늘 자유분방하게 행동하니까요. 그런데 모두가 자리에 앉은 지 10분쯤 지났을 때 당황한 듯 일어서서 뭔가 변명을 하는가 싶더니 방에서 나갔습니다. 그러고는 아직도 돌아오지 않았습니다."

"그런데 하녀인 앨리스의 말에 따르면 부인은 방으로 돌아가서 웨딩드레스 위에 긴 외투를 걸치고 커다란 모자를 쓰고 나갔다고 하더군요."

"그렇습니다. 그 후, 플로라 밀러와 함께 하이드 파크에 들어가는 것을 봤다는 사람도 있습니다. 플로라 밀러는 지금 경찰에 구류되어 있는데 결혼식 날 아침에 도런 씨의 집에서 소동을 일으켰던 장본인입니다."

"아아, 그랬지요. 그 젊은 여성에 대해 알고 싶군요. 특히 경이 그 여성과 어떻게 아는 사이인지 들려주시기 바랍니다."

세인트사이먼 경은 어깨를 들썩이며 눈썹을 추켜올렸다.

"지난 몇 년 동안 친구였습니다. 정확하게는 아주 친하게 지냈다고 말해야겠죠. 알레그로 극장에 출연하던 여자인데 내가 관계를 딱 끊고 모르는 척하지는 않았으니 이제 와서 불평을 들어야 할 이유는 어디에도 없습니다. 하지만 선생, 여자란 정말 알 수가 없습니다. 플로라는 틀림없이 사랑스러운 여자였으나 쉽게 흥분했고 내게 심하게 집착했소이다. 내 결혼 이야기를 듣고는 협박하는 편지를 몇 통이나 보내오기도 했습니다. 결혼식을 조용히 치른 것도, 식장에서 불미스러운 일이 일어날까봐 걱정이 되었기 때문입니다. 우리가 도런 씨의 집에 도착했을 때 플로라가 달려왔습니다. 그리고 아내를 향해 더러운 말을 내뱉고, 욕하고, 협박까지 했습니다. 그런 일을 예상하고 사복 경찰 둘을 불러 두었기에 그녀는 바로 쫓겨났습니다. 소란을 피워 봤자 소용없다는 사실을 깨닫자 그녀도 곧 조용해졌죠."

"부인도 그 일을 알고 있었습니까?"

"다행스럽게도 아내는 아직 모릅니다."

"그런데도 그 후에 플로라 밀러와 부인이 함께 걷고 있는 것이 목격됐다는 말입니까?"

"그렇습니다. 런던경찰국의 레스트레이드 씨도 그 점을 중시하고 있습니다. 경찰은 플로라가 아내를 유인해서 끔찍한 덫을 놓았다고 생각하는 듯합니다."

"그렇게 생각할 수도 있겠군요."

"선생도 그렇게 생각합니까?"

"아니, 그렇게 생각할 수도 있다는 겁니다. 그런데 경은 그 점에 대해서는 어떻게 생각하시나요?"

"플로라는 파리 한 마리 죽이지 못하는 여자입니다."

"하지만 질투는 인간의 정신을 뒤틀어 버리기도 합니다. 그런데 경은 이번 사건이 어떻게 벌어졌다고 생각합니까?"

"당황스럽군요. 나는 선생의 의견을 들으러 왔지 내 의견을 말하러 온 것이 아닙니다. 그렇기 때문에 질문에 솔직히 답한 겁니다. 어쨌든 내가 보기에 아내는 이번 결혼으로 너무 흥분해서, 다시 말해서 사회적으로 높은 지위에 오르게 되어 신경이 예민해진 것이 아닐까 생각하고 있습니다."

"즉 경의 이야기는, 간단히 말해서 부인의 정신이 갑자기 이상해졌다는 말씀이십니까?"

"그렇습니다. 아내는 도망친 겁니다. 아니, 내게서 도망친 것이 아니라 많은 사람들이 진심으로 바라는 것에서 도망쳤다고 생각합니다. 그것 말고는 달리 생각할 길이 없습니다."

홈즈는 빙그레 웃으며 말했다.

"그렇군요, 그런 가설도 세울 수 있겠습니다. 자, 세인트사이먼 경, 이제 알고 싶은 이야기는 거의 다 들었습니다. 한 가지만 더 묻겠습니다. 피로연 때 경의 자리에서 창밖이 보였습니까?"

"네, 우리 자리에서는 도로 건너편과 공원이 보였습니다."

"그럴 줄 알았습니다. 이제 경에게 더 물어볼 사항은 없습니다. 나중에 연락하지요."

"행운의 여신이 사건 해결을 도와주기를 바랍니다."

이렇게 말하며 의뢰인은 자리에서 일어났다.

"아니, 벌써 해결했습니다."

"네? 뭐라고요?"

"벌써 해결했다고 말씀드렸습니다."

"그럼 내 아내는 어디에 있습니까?"

"자세한 내용은 나중에 알려 드리죠. 아니, 그렇게 오래 기다리실 필요는 없습니다."

"나나 당신보다 훨씬 더 명석한 두뇌를 가진 사람이 아니라면 이 사건을 해결할 수 없을 것이라는 생각이 드는군요."

세인트사이먼 경은 머리를 흔들며 근엄한 태도를 갖춘 구식 인사를 하고 방에서 나갔다. 그러자 셜록 홈즈는 커다란 소리로 웃었다.

"고마운 일이군. 세인트사이먼 경은 자신의 머리를 내 머리와 같은 수준으로 보아 주었네. 이것으로 반대심문도 끝났겠다, 시가를 피우며 위스키라도 한잔 할까? 왓슨, 나는 말일세, 의뢰인이 오기 전부터 사건의 진상을 파악하고 있었다네."

"정말인가, 홈즈?"

"예전에도 말했지만 나는 이와 비슷한 몇몇의 사건을 알고 있네. 하지만 조금 전에도 말한 것처럼 그렇게 빨리 신부가 사라진 예는 없었어. 그런데 세인트사이먼 경에게서 이야기를 듣고 추리는 확신으로 바뀌었다네. 상황증거만으로도 사건의 진상이 보일 때도 있어. 미국 사상가이자 문필가인 헨리 소로의 말을 빌리자면 우유에서 송어가 튀어 나오는 것[41]과 같지."

"하지만 자네가 알고 있는 사실이라면 나도 전부 들어서 알고 있지 않은가?"

"그렇지만 자네는 전례를 모르지 않는가? 내게는 그에 관한 지식이 커다란 도움이 되었다네. 몇 년 전, 애버딘에서 비슷한 사건이 있었고, 1870년에 프로이센-프랑스 전쟁이 터진 이듬해에도 독일 뮌헨에서 똑같은 사건이 일어났어. 이번 사건은……, 이런, 레스트레이드가 왔군! 아, 어서 와요. 컵은 그 찬장 위에 있고 저 상자에는 시가도 있습니다."

형사는 두꺼운 외투를 껴입고 목도리를 둘러서 아무리 봐도 뱃사람으로밖에 보이지 않았다. 게다가 그는 무명으로 만든 검은 가방도 하나 들고 있었다. 그는 가볍게 인사를 하고 자리에 앉더니 홈즈가 권한 시가에

---

41) 옛날 미국의 낙농업자가 우유 양을 불려 팔기 위해 우유에 강물을 섞어 팔았다. 의심은 받았지만 결정적인 증거가 없어 교묘하게 빠져 나갔는데, 어느 날 우유에서 송어가 나오는 바람에 모든 일이 명백해져서 그 낙농업자는 변명 한 마디 할 수 없었다고 한다. 이 사건에서 '우유에서 송어가 튀어나온다.'는 관용어가 생겼다.

불을 붙였다.

"무슨 일 있었습니까? 실망한 표정인데."

홈즈가 눈을 반짝였다.

"맥이 빠졌습니다. 이게 다 지긋지긋한 세인트사이먼 경의 결혼식 사건 때문입니다. 정말 종잡을 수 없는 사건이라니까요."

"정말인가요? 놀랍군요."

"이렇게 까다로운 사건은 처음입니다! 단서를 잡았다 싶으면 손가락 사이로 빠져나가고. 오늘은 하루 종일 단서를 따라다니다가 오는 길입니다."

"그래서 흠뻑 젖었군요."

홈즈가 뱃사람이 입는 재킷의 소매를 손으로 만졌다.

"네, 하이드 파크의 서펜타인 연못을 뒤졌습니다."

"왜요?"

"세인트사이먼 부인의 시체를 찾기 위해서죠."

셜록 홈즈는 의자에 기댄 채 껄껄 웃었다.

"런던 중심가에 있는 트래펄가 광장 분수도 찾아보았습니까?"

"어째서요? 무슨 뜻입니까?"

"부인의 시체가 발견될 가능성은 양쪽 모두에 있다는 뜻입니다."

레스트레이드가 홈즈를 노려보며 화난 듯 말했다.

"모든 것을 알고 있다는 말투로군요."

"아니, 조금 전에 이야기를 들었을 뿐입니다. 하지만 생각은 이미 정리되었소."

"그래요? 그럼 서펜타인 연못을 뒤져도 소용없다는 말입니까?"

"아마도요."

"그렇다면 연못에서 이런 물건들이 발견된 이유를 듣고 싶군요."

레스트레이드는 자루 주둥이를 열더니 비단 웨딩드레스, 하얀 새틴 구두 한 켤레, 신부의 화관, 면사포 등을 바닥에 쏟아 놓았다. 물건들은 전부 물에 젖어 색이 변해 있었다. 그는 수북이 쌓인 물건들 위에 만든 지 얼마 안 된 결혼반지를 올려놓았다.

"어떻습니까, 명탐정님? 이건 대체 어떻게 설명할 생각이십니까?"

홈즈가 파란 연기를 둥그렇게 내뿜었다.

"오, 이걸 전부 서펜타인 연못에서 건졌나요?"

"아니요, 연못가 한쪽에 떠 있는 걸 공원 관리인이 발견했습니다. 웨딩드레스는 부인의 것으로 확인되었습니다. 드레스가 있으니 시체도 근처에 있겠다고 생각한 겁니다."

"당신의 훌륭한 추리에 따르면 모든 시체는 옷장 근처에 있어야겠군요. 어쨌든 이 웨딩드레스에서 어떤 결론을 이끌어 냈습니까?"

"플로라 밀러와 세인트사이먼 부인의 실종 사이에 관계가 있다는 증거입니다."

"글쎄, 그게 증거가 될까요?"

레스트레이드가 못마땅하다는 듯이 말했다.

"아직도 그렇게 생각하십니까? 선생님의 추리나 추론은 별로 실용적이지 못하군요. 선생님은 겨우 2분 동안 어처구니없는 실수를 두 개나 저질렀습니다. 이 웨딩드레스와 플로라 밀러는 분명히 관계가 있음을 보여주고 있습니다."

"어떤 식으로 관계되어 있단 말입니까?"

"이 웨딩드레스에 달린 주머니에 명함집이 들어 있었습니다. 거기에 쪽지가 들어 있었고요. 알겠습니까? 이것이 그 쪽지입니다."

레스트레이드는 눈앞의 책상에 메모를 턱 올려놓았다.

"읽을 테니 잘 들어 보십시오. '준비를 마치면 만나기로 해요. 바로 와 줘요. — F. H. M.' 저는 처음부터 플로라 밀러가 세인트사이먼 부인을 꾀어냈다고 생각했습니다. 공범과 함께 부인을 어딘가로 유괴한 겁니다. 이 쪽지에는 그 여자의 머리글자가 쓰여 있습니다. 문가에서 신부에게 몰래 건네주고 밖으로 꾀어낸 것이 분명합니다."

"훌륭한 추리입니다, 레스트레이드. 정말 훌륭해요. 그 쪽지를 좀 보여 주시죠."

홈즈는 웃고 나서 별로 기대하지 않는다는 듯이 쪽지를 집어 올렸다. 그러다가 갑자기 쪽지에 시선을 빼앗겨 뚫어져라 처다보더니 만족스러운 목소리로 내뱉었다.

"정말 중요한 증거군."

"역시, 선생님도 그렇게 생각하십니까?"

"아주 중요합니다. 진심으로 축하해야 할 일입니다."

레스트레이드는 승리감에 젖은 듯 자리에서 일어나 홈즈가 들고 있는 쪽지를 들여다보았다.

"아니! 어째서 쪽지의 뒷면을 보고 있는 겁니까?"

"무슨 소리입니까. 이쪽이 앞입니다."

"앞이라고요? 머리가 어떻게 된 거 아닙니까? 보세요, 여기에 연필로 적혀 있지 않습니까?"

"이건 호텔 청구서에서 잘라 낸 것 같은데. 나는 이쪽에 더 흥미가 있어요."

"그게 뭐가 어때서요? 저도 내용은 확인했습니다. 10월 4일, 객실 이용료 8실링, 아침 식사 2실링 6펜스, 칵테일 1실링, 점심 2실링 6펜스, 셰리주 한 잔 8펜스. 이런 건 수사에 도움이 되지 않습니다."

"아마도 그렇겠죠. 그래도 아주 중요합니다. 쪽지도 중요하고요. 적어도 머리글자 정도는요. 그러니 역시 축하한다고 말해야겠네요."

"시간만 허비했습니다. 난로 옆에서 멋진 이론을 세우기보다는 발로 뛰며 조사하는 편이 훨씬 더 정확합니다. 안녕히 계십시오. 누가 사건의 진상을 파헤칠지 곧 알게 될 겁니다."

레스트레이드는 자리에서 일어나서 웨딩드레스 등을 그러모아 자루에 쑤셔 넣고 문 쪽으로 걸어갔다.

"힌트를 하나 주겠소, 레스트레이드. 사건의 진상을 가르쳐 주겠단 말입니다. 세인트사이먼 부인은 가공의 인물입니다. 그런 인물은 예나 지금이나 존재하지 않습니다."

홈즈가 방 밖으로 나서려는 경쟁자에게 느릿한 어조로 말했다. 레스트레이드는 딱하다는 눈초리로 홈즈를 바라본 뒤 나를 돌아보았다. 그리고는 이마를 톡톡 두드리더니 진지한 표정으로 머리를 흔들어 보이고는 얼른 밖으로 나갔다. 그가 문을 닫고 나가기가 무섭게 홈즈는 자리에서 일어나 외투를 입었다.

"저 사람이 말한 대로 발로 뛰는 수사가 더 확실할 때도 있지. 난 지금부터 외출해야 하니 자네는 잠시 신문을 읽으며 기다려 주게."

홈즈가 나를 방에 두고 나간 것은 오후 5시를 넘긴 시간이었으나 외로움을 느낄 여유는 없었다. 한 시간도 지나지 않아서 식품점의 점원이 매우 커다란 상자를 가지고 왔기 때문이다. 점원은 데리고 온 젊은이와 함께 상자를 열었다. 나는 어처구니가 없어서 바라보고만 있었는데, 하숙집의 초라한 식탁 위에 미식가들이나 먹을 법한 차갑게 식힌 진수성찬이 놓이기 시작했다. 차가운 도요새 한 쌍, 꿩 한 마리, 거위 간으로 만든 파이, 그리고 거미줄이 엉겨 있는 오래된 포도주 몇 병. 두 사람은 호화로운 요리를 늘어놓더니, '대금은 이미 치렀으며 여기에 놓고 가라는 부탁을 받았다.'라는 말만 남기고 《아라비안나이트》에 나오는 램프의 요정처럼 사라져 버렸다.

저녁 9시가 조금 못된 시각에 홈즈가 활기찬 발걸음으로 돌아왔다. 생각에 잠긴 표정이었으나 반짝이는 눈을 보니 기대했던 대로 만족할 만한 성과를 냈다는 사실을 알 수 있었다.

"음, 야식 준비를 전부 마쳐 두었군."

홈즈가 손을 마주 비볐다.

"손님이라도 오는 건가? 5인분을 차려 놓고 갔다네."

"그래, 손님이 몇 명 올 것 같아. 이상한데, 세인트사이먼 경이 아직 오지 않았다니. 아아, 이제야 계단을 올라오고 있는 것 같군."

아니나 다를까, 세인트사이먼 경이었다. 참으로 귀족다운 얼굴을 지니고 있었지만 매우 불안해하는 눈치였다. 안경 줄을 세게 휘두르며 분주한 발걸음으로 방 안에 들어섰다. 홈즈가 먼저 말했다.

"제가 보낸 심부름꾼을 만나신 모양이군요."

"편지를 읽고 깜짝 놀랐습니다. 편지에 쓰인 이야기가 확실합니까?"

"아마도 그럴 겁니다."

세인트사이먼 경은 의자에 주저앉아서 손으로 이마를 누르며 말했다.

"가문의 일원이 이렇게 수치스러운 일을 당했다는 사실을 알면 공작께서 뭐라고 하실지."

"어쩔 수 없는 일이었습니다. 그리고 수치스러운 일은 없었습니다."

"아아, 내 입장을 생각해 보십시오."

"그 누구의 탓도 아닙니다. 그녀로서도 어쩔 수 없었습니다. 단, 느닷없이 그런 행동을 한 것은 참으로 안타깝습니다. 어머니가 없었기 때문에, 운명의 갈림길에 선 순간에도 상의할 사람이 전혀 없었던 겁니다."

"모욕입니다. 그것도 공개적으로 모욕을 당했습니다."

세인트사이먼 경이 탁자를 손가락으로 두드리며 말했다.

"그 여성은 가엾게도 뜻밖의 상황에 처하게 된 것이니 경께서도 이해해 주셔야 할 것 같습니다."

"아니, 그럴 수 없습니다. 정말 화가 납니다. 큰 모욕을 당했으니까요."

"벨이 울렸나? 그렇군. 층계참에서 발소리가 들려. 세인트사이먼 경, 제가 경에게 누차 이번 일을 너그럽게 봐 주시길 바란다고 말씀드렸지만 소용이 없었나 봅니다. 이런 때를 대비해서 저보다 설득력 있는 변호인을 불렀습니다."

홈즈가 문을 열어 남녀 한 쌍을 맞아들였다.

"세인트사이먼 경, 프랜시스 헤이 몰턴 부부를 소개합니다. 몰턴 부인은 이미 알고 계시죠?"

방으로 들어온 두 사람을 보자마자 우리 의뢰인은 의자에서 벌떡 일어났다. 그렇게 버티고 선 채로 시선을 내리깔고 한 손을 프록코트의 가슴에 찔러 넣었다. 위엄에 상처를 입은 남자의 모습이었다. 여성이 한 걸음 앞으로 다가가 손을 내밀었으나 세인트사이먼 경은 완고한 태도를 견지하며 눈을 들지 않았다. 그러는 편이 좋았을 것이다. 그 애원하는 여자의 얼굴을 보았다면 경의 굳은 결의도 눈처럼 녹아 버렸을 테니까.

"화가 났군요, 로버트. 그렇게 화를 내는 것도 당연해요."

"변명 따위 듣고 싶지 않소."

세인트사이먼 경이 불쾌해하면서 말했다.

"알고 있어요. 당신을 난처하게 만들었을 뿐만 아니라 말도 없이 떠나 버렸으니까요. 하지만 나는 거기서 프랭크를 본 순간부터 어떻게 해야 좋을지, 어떻게 말을 해야 좋을지 정신을 차릴 수 없었어요. 제단 앞에서 정신을 잃고 쓰러지지 않은 게 이상할 정도예요."

"몰턴 부인, 부인께서 세인트사이먼 경에게 자초지종을 설명할 동안 나와 친구는 자리를 비키는 편이 좋겠지요?"

홈즈의 말을 듣고 낯선 신사가 끼어들었다.

"제가 잠깐 참견해도 괜찮을까요? 지금까지 우리는 너무 비밀스럽게 행동한 것 같습니다. 저는 사건의 진상을 유럽과 미국의 모든 사람들에게 알리고 싶습니다."

몰턴 씨는 몸집은 작아도 다부졌고 얼굴은 햇볕에 그을렸으며 눈매는 날카롭고 활기찬 사람이었다. 숙녀가 말을 이었다.

"그럼, 우리의 사연을 전부 이야기하겠습니다. 여기에 있는 프랭크와 나는 아버지의 광구鑛區가 있는 로키 산맥 부근의 맥과이어 광산 캠프에서 처음 만났습니다. 1884년이었죠. 아버지는 그 일대에서 채굴권을 따내셨고 우리는 결혼을 약속했어요. 그러던 어느 날, 아버지가 광맥을 발견해서 큰 재산을 손에 넣었지요. 그러나 프랭크가 가진 광구의 광맥은 점점 줄어들고 있었어요. 아버지의 재산이 늘어갈수록 가엾게도 프랭크는 점점 가난해져 갔습니다. 마침내 아버지는 저에게 프랭크와의 약혼을 취소하라면서 나를 샌프란시스코로 데려갔어요. 그래도 프랭크는 포기하지 않고 제 뒤를 따라서 샌프란시스코로 와 주었습니다. 우리는 몰래 만날 수밖에 없었어요. 아버지가 그 사실을 알았다면 크게 화를 냈을 테니까요. 그래서 모든 일을 단둘이서 처리할 수밖에 없었습니다. 프랭크는 돈을 벌어 오겠다며 우리 아버지에게도 지지 않을 부자가 될 때까지는 돌아오지 않겠다고 말했어요. 나는 언제까지고 기다리겠다는 약속을 했습니다. 그리고 그 사람이 살아 있는 한 누구와도 결혼하지 않겠다고 맹세했어요. 그러자 프랭크는 '그럼 우리는 지금 당장 결혼해도 되지 않겠소? 나도 당신을 더욱 가까이 느낄 수 있을 거요. 그리고 돌아올 때까지는 남편이라고 결코 떠들고 다니지 않겠소.'라고 말했어요. 그래서 우리 둘은 그렇게 하기로 했습니다. 프랭크가 일을 잘 처리해서 목사님도 입회했기에 우리는 그 자리에서 결혼했어요. 그런 다음 프랭크는 돈을 벌기 위해 떠났고 나는 아버지에게 돌아갔어요.

얼마 후, 프랭크가 몬태나에 있다는 소문을 들었습니다. 또 시굴을 위해 애리조나까지 갔고 나중에는 뉴멕시코에 있다는 소문을 들었어요. 그 후에 광산 캠프가 인디언 아파치 족의 습격을 받았다는 기사가 신문에 크게 실렸습니다. 그런데 살해당한 사람들의 명단에 프랭크의 이름도 있었어요. 나는 정신을 잃었고 몇 달이나 병으로 앓아누웠습니다. 아버지는 내가 폐병에 걸렸다고 생각하고 의사를 불렀어요. 샌프란시스코에 있는 의사의 절반은 나를 진료했을 거예요. 그때부터 1년 동안 프랭크의 소식은 들려오지 않았고, 나는 그가 죽었다고 믿게 되었습니다. 바로 그 무렵에 세인트사이먼 경이 샌프란시스코에 오셨어요. 그 후 우리는 런던에 왔고, 결혼이 결정된 거예요. 아버지는 매우 기뻐하셨지만 나는 가엾은 프랭크에게 마음을 주었으니 그 마음의 빈틈을 파고들 수 있는 남자는 이 세상에 아무도 없을 거라고 생각했습니다.

하지만 세인트사이먼 경과 결혼했다면 물론 나는 아내로서의 의무를 다했을 거예요. 애정과는 별개로, 아내로서의 의무는 마음만 먹으면 충분히 해낼 수 있으니까요. 세인트사이먼 경과 나란히 제단으로 다가섰을 때, 최대한 좋은 아내가 되자고 결심했어요. 그런데 제단의 난간까지 갔을 때, 제일 앞줄에 서서 나를 바라보고 있는 프랭크의 모습이 눈에 들어왔습니다. 그때의 내 기분을 상상해 보실 수 있나요? 처음에는 유령인 줄 알았어요. 다시 한 번 보았지만 역시 프랭크가 서 있었어요. 다시 만나게 돼서 기쁜지, 슬픈지 묻는 눈빛으로 나를 바라보고 있었어요. 정신을 잃지 않은 것이 이상할 정도였죠. 주변이 빙글빙글 맴돌기 시작했고, 목사님의 말씀은 벌의 날갯소리처럼 귓가에서 윙윙 울렸어요. 나는 어떻게 해야 좋을지 몰랐습니다. 식을 멈추게 하고 교회에서 소란을 피워야 할까? 나는 다시 한 번 프랭크를 돌아보았어요. 프랭크는 내가 무슨 생각을 하는지 알고 있다는 듯이, 손가락을 입술에 대고 얌전히 있으라는 신호를 보냈어요. 프랭크는 종이에 무엇인가를 썼어요. 내게 건네줄 쪽지라고 생각했습니다. 식장에서 나올 때 일부러 프랭크의 자리 앞에 꽃다발을 떨어뜨렸는데 다시 꽃다발을 받고 나니 그가 쓴 쪽지가 내 손 안에 있었어요. 때가 되면 신호를 할 테니 나오라는 말만 적혀 있었죠. 이렇게 된 이상, 프랭크에게 충실한 것이 가장 중요하다고 진심으로 믿게 됐어요. 무슨 일이든 프랭크의 지시에 따르기로 결심했습니다.

집에 돌아가자마자 나는 하녀에게 사실을 털어놓았어요. 그 애는 캘리포니아에 살 때부터 프랭크를 알고 있었는데 언제나 이 사람 편이었죠. 나는 그 애에게 비밀을 지켜 달라고 했고, 소지품 몇 가지와 긴 코트를 준비해 달라고 부탁했어요. 세인트사이먼 경에게는 사실을 밝혀야 한다고 생각했지만 경의 어머니나 여러 훌륭하신 분들 앞에서는 무서워서 도저히 밝힐 수가 없었어요. 우선은 달아났다가 나중에 이야기하자고 결심했지요. 연회석 식탁에 앉은 지 10분도 지나지 않았을 때, 창문 너머로 도로 건너편에 서 있는 프랭크의 모습이 보였어요. 그는 나에게 손짓을 한 뒤 하이드 공원 안으로 들어갔어요. 저도 자리에서 벗어나자마자 바로 준비해서 그의 뒤를 따라갔지요. 도중에 낯선 여자가 세인트사이먼 경에 대해서 이런저런 이야기를 하더군요. 거의 귀에 들어오지 않았지만, 세인트사이먼 경에게도 결혼 전에 작은 비밀이 있었다는 사실

을 알게 됐어요. 어쨌든 간신히 그 여자에게서 벗어나 프랭크를 따라잡을 수 있었어요. 우리는 마차를 잡아타고 프랭크가 빌려서 묵고 있던 고든 광장 부근의 하숙까지 갔는데, 그것이 오랜 세월 기다려 온 진짜 결혼식이었죠. 프랭크는 아파치 족의 포로가 됐다고 했습니다. 간신히 도망쳐서 샌프란시스코로 갔다가 내가 프랭크가 죽은 줄 알고 영국으로 갔다는 사실을 알게 되었대요. 그래서 나의 뒤를 따라 영국으로 건너왔고 내 두 번째 결혼식 날 아침에 드디어 만나게 된 거예요.”

이어서 미국인도 설명했다.

“신문을 보고 결혼식을 알게 되었습니다. 해티의 이름과 결혼식을 올리는 교회 이름은 실려 있었지만 어디에 사는지는 알 수 없었습니다.”

“그런 다음, 우리 둘은 앞으로 어떻게 해야 할지 이야기했어요. 프랭크는 모든 일을 사실대로 털어놓아야 한다고 말했지만 나는 스스로의 행동이 너무 부끄러워서 말없이 사라지고 싶은 심정이었어요. 두 번 다시 그분들 앞에 나서고 싶지도 않았고, 아버지에게는 내가 무사하다는 짧은 편지를 보내면 된다고 생각했어요. 그 귀족분들이 피로연 자리에서 내가 돌아오기를 기다린다는 생각만 해도 몸이 오그라드는 것 같았습니다. 결국은 프랭크가 내 행방을 감추기 위해 웨딩드레스 등을 모아 눈에 띄지 않는 곳에 버리고 왔지요. 우리는 내일 아침에 파리로 떠날 생각이었는데, 여기 계신 홈즈 선생님이 대체 어떻게 알아냈는지 오늘 밤에 우리를 찾아오셨어요. 내 생각이 틀렸고 프랭크의 생각이 옳으며 게다가 비밀스럽게 행동하는 것은 자기 잘못을 스스로 인정하는 것이라고, 홈즈 선생님은 친절하고도 분명하게 충고해 주셨어요. 게다가 세인트사이먼 경과 직접 이야기할 수 있는 자리를 만들어 주겠다고 하시기에 바로 찾아왔습니다. 자, 로버트. 이제 나는 모든 사실을 이야기했습니다. 당신을 괴롭게 해서 정말 죄송할 따름입니다. 하지만 제발, 나를 비열하고 천한 여자라고는 생각하지 말아 주세요."

세인트사이먼 경은 딱딱하게 굳은 얼굴을 펴지 않았다. 그러나 눈썹을 찌푸리고 입술은 굳게 다문 채 이 긴 이야기를 가만히 듣고 있었다.

"미안하지만, 나는 마음속의 사사로운 비밀을 다른 사람 앞에서 왈가왈부 하는 것이 익숙하지 않소."

"그럼 나를 용서해 주시지 않겠다는 소리군요. 작별의 악수도 안 해 주실 건가요?"

"아니, 하겠소. 당신이 원한다면."

세인트사이먼 경은 그녀가 내민 손을 차갑게 쥐었다. 그때 홈즈가 말했다.

"저는 이 우정을 다지는 저녁 만찬에 경을 초대하고 싶습니다."

"선생은 내게 좀 많은 것을 요구하는군요. 이렇게 된 이상, 말없이 물러날 수밖에 없을 테지만 축제에 참여할 마음은 들지 않소. 괜찮다면 이만 실례하겠습니다."

이렇게 대답한 세인트사이먼 경은 누구에게랄 것도 없이 고개를 꾸벅 숙여 보인 뒤 성큼성큼 방에서 나갔다.

"적어도 두 분은 우리와 함께 식사하실 생각이 있으시겠지요? 미국인과 이야기를 나누게 되어서 기쁩니다, 몰턴 씨. 예전에는 어리석은 국왕과 엉뚱한 짓을 해대는 신하가 있었습니다. 하지만 우리 자손들이라면 언젠가 영국 국기와 미국 성조기를 하나로 합친 깃발 아래에서 세계에 자랑할 수 있는 대국의 시민이 되리라고 믿는 사람들도 있습니다. 나도 그런 사람들 중 하나입니다."

손님들이 돌아간 뒤 홈즈가 말했다.

"이번 사건은, 언뜻 보기에는 전혀 이해할 수 없는 사건이라도 매우 간단하게 설명할 수 있다는 사실을 분명히 가르쳐 주었다는 점에서 퍽 재미있었네. 이처럼 이상한 사건도 없었어. 그런데도 그 여성의 이야기를 들으면 모든 일들이 아주 당연하게 비치지. 그렇지만 또 다른 사람, 예를 들어서 런던경찰국의 레스트레이드의 눈으로 보자면 이렇게 황당하게 끝나 버린 사건도 없을 거야."

"그렇다면 자네는 당황하지 않았다는 말인가?"

"처음부터 두 가지 사실이 명백히 보였으니까. 하나는 그녀가 결혼식을 진심으로 기뻐하고 있었다는 사실이고, 다른 하나는 그녀가 집으로 돌아가는 그 몇 분 사이에 결혼식을 후회하기 시작했다는 사실이지. 그날 아침에 무슨 일이 일어나서 마음이 바뀐 것은 분명했어. 도대체 무슨 일이었을까? 집을 나선 다음에는 아무하고도 이야기를 나누지 않았을 거야. 신랑과 계속 같이 있었으니까. 그렇다면 누군가를 본 것일까? 만약 그렇다면 미국에서 온 사람임에 틀림없었을 거야. 그녀는 영국에 온지 얼마 되지 않았으니, 얼굴 한 번 본 것만으로 자기 장래를 완전히 바꿔 버릴 만큼 강한 영향력이 있는 인물이 영국에 있을 리가 없어. 소거법을 사용해 보면, 만약 그녀가 누군가를 봤다면 그 대상은 분명히 미국인일 것이라고 생각한 거지. 그럼 그 미국인이란 대체 누구일까? 신부에게 어째서 그렇게 강한 영향력을 미쳤을까? 연인, 아니면 남편일지도 모른다고 생각했어. 왜냐하면 그녀는 소녀 시절에 거친 환경과 평범하지 않은 상황에서 자랐다고 했으니까. 이 정도는 세인트사이먼 경의 이야기를 듣기 전부터 알고 있었다네. 경을 만나서 알게 된 사실들은 이런 것들이었어. 교회의 좌석에 어떤 남자가 앉아 있었고, 갑자기 신부의 태도가 변했다는 사실, 꽃다발을 떨어뜨리는 뻔한 수법으로 쪽지를 건네받았다는 사실, 믿고 있는 하녀에게 무엇인가를 이야기했다는 사실, '채굴권 횡령'이라는 꽤나 깊은 뜻이 있을 듯한 말을 썼다는 사실 등이지. 그 속어는 광부들의 용어인데, 다른 사람이 선점한 채굴권을 빼앗는다는 뜻이야. 이런 사실들을 알고 나니 사정을 훤히 꿸 수 있었네. 그녀는 남자와 함께 모습을 감추었고, 그 남자는 연인이거나 전남편…… 아마도 전남편일 것이라고."

"그런데 어떻게 해서 두 사람을 찾아냈나?"

"그게 좀 어려운 문제가 될 뻔했는데, 우리 친구인 레스트레이드가 단서를 가져다주었어. 본인은 그 가치를 깨닫지 못했지만 말일세. 그 쪽지의 머리글자도 중요했지만, 남자가 며칠 전에 런던의 일류 호텔에서 계산을 치렀다는 점은 더욱 더 고마웠다네."

"일류 호텔이라는 걸 어떻게 알았지?"

"청구 금액이 비쌌으니까. 하룻밤에 8실링, 셰리 주 한 잔에 8펜스나 받다니 당연히 일류 호텔 아니겠나. 그렇게 비싼 호텔은 런던에도 그다지 많지 않다네. 두 번째로 찾아간 노섬벌랜드 가의 호텔에서 숙박부를 살펴보았더니 프랜시스. H. 몰턴이라는 미국인이 전날 호텔에서 나갔다고 되어 있더군. 그래서 장부를 살펴보니 그 계산서의 사본에서 내가 본 항목과 똑같은 것이 나왔다네. 남자에게 온 편지는 고든 광장 226번지로 전송하라고 되어 있기에 그곳으로 가 보았더니 고맙게도 둘 다 거기 있더군. 나는 아버지 같은 마음으로 충고했네. 어쨌든 두 사람의 입장을 세상과 세인트사이먼 경에게 분명히 밝히는 편이 좋을 거라고, 특히 경에게는 반드시 그렇게 해야 한다고 했어. 그래서 세인트사이먼 경과 여기서 만나도록 했고, 또 경에게도 여기로 와 달라고 부탁한 걸세."

"하지만 그다지 좋은 결과는 아닌 것 같더군. 세인트사이먼 경의 태도는 그다지 좋아 보이지 않았으니까."

내 말에 홈즈가 싱글싱글 웃으며 말했다.

"이보게, 왓슨. 힘들게 구애하고 결혼식 같은 귀찮은 일들을 겨우 끝낸 뒤에 정신을 차려 보니 아내와 재산이 송두리째 사라져 버렸다면 자네도 틀림없이 그런 반응을 보였을 걸세. 우리는 세인트사이먼 경을 동정해야 하지 않겠나? 그리고 절대 그런 일을 당할 일이 없는 우리 운명에 고마워하자고. 의자를 당겨서 내 바이올린 좀 집어 주게. 아직도 해결하지 못한 문제는 단 하나뿐일세. 우리는 이제 이 쓸쓸한 가을밤을 어떻게 보내야 할까?"

11. 녹주석 보관

어느 날 아침, 나는 창가에 서서 거리를 바라보고 있었다.

"이보게, 홈즈. 미치광이가 이쪽으로 오고 있어. 저런 사람을 혼자 밖에 내보내다니 정말 무책임한 집안이로군."

친구는 나른하다는 듯이 팔걸이의자에서 몸을 일으켜 실내복 주머니에 두 손을 찔러 넣은 채 내 어깨 너머로 거리를 내려다보았다. 눈부신 2월의 아침이었다. 너무 추워서 공기가 얼어붙은 것 같았고, 땅 위에는 어제 내린 눈이 수북이 쌓여 있어서 겨울 햇살에 반짝반짝 빛나고 있었다. 베이커 가 도로의 가운데에는 오가는 마차 때문에 눈이 튀어서 갈색 띠가 만들어져 있었지만 도로의 양 가장자리와 한 단 높은 보도의 끝에 쌓인 눈은 막 내렸을 때와 마찬가지로 흰 빛을 띠었다. 보도는 눈이 깨끗하게 치워져 바닥에 깔아놓은 회색 돌이 보였으나 그래도 미끄러워서 위험한 까닭에 평소보다 오가는 사람이 적었다. 이상한 행동을 하는 신사에게 시선이 끌린 것도 메트로폴리탄 역에서 오는 사람이 그 한 명밖에 없었기 때문이다.

그 신사는 쉰 살쯤 되어 보였는데 키가 크고 뚱뚱하며 체격이 당당했다. 이목구비가 번듯해서 한번 보면 잊을 수 없을 얼굴이었다. 검은 프록코트와 번쩍이는 모자, 단정한 갈색 구두 커버, 솜씨 좋게 만들어진 진주색 바지 차림을 한 그는 수수했으나 부유해 보였다. 이렇듯 복장이며 체격은 훌륭했으나 그의 행동은 이상할 만큼 딴판이었다. 열심히 달리다가 때때로 펄쩍 뛰어올랐다. 걸어서 돌아다닌 적이 별로 없어 다리가 지친 사람과 비슷한 행동이었다. 두 손을 위아래로 휘젓거나 머리를 흔들면서, 괴롭다는 듯 찌푸린 얼굴로 달려오고 있었다. 그 모습을 보면서 내가 말했다.

"대체 왜 저러는 거지? 번지수를 확인하고 있는데."

"여기에 오는 걸세."

홈즈가 손을 비비며 말했다.

"여기에 온다고?"

"그렇다네. 사건 때문에 상의하러 오는 거야. 저런 증상이라면 이미 알고 있지. 하! 내 말이 맞았지?"

그때 남자가 숨을 헐떡이며 하숙의 현관으로 달려오더니 벨 끈을 잡아당겼다. 요란스러운 소리가 집 안에 쩌렁쩌렁 울려 퍼졌고, 잠시 후에 그 남자는 방으로 안내되었다. 남자는 여전히 숨을 헐떡이며 알 수 없는 동작을 취하고 있었지만 그 눈에는 비통함과 절망의 빛이 강하게 어려 있었다. 우리도 처음에는 미소를 머금고 있었으나 그 눈을 보고 곧 그를 동정하게 되었고 나중에는 등줄기까지 오싹해졌다. 남자는 한동안 말을 하지 못했다. 궁지에 몰려서 정신이 이상해진 사람처럼 몸을 비틀기도 하고 머리를 쥐어뜯기도 했다. 그러다가 갑자기 자리에서 일어나는가

싶더니 머리를 벽에 세게 부딪쳤다. 우리는 당황하여 급히 달려가 방 한
가운데로 그를 끌고 왔다. 홈즈는 억지로 그를 팔걸이의자에 앉힌 뒤, 자
신도 옆에 앉아 가볍게 손을 두드려 주며 부드럽게 달래듯이 말을 걸었
다. 홈즈는 그런 방법을 아주 잘 알고 있었다.

"내게 할 이야기가 있어서 오셨군요. 너무 급히 오느라 지치셨나 봅니
다. 어떤 이야기라도 나중에 기꺼이 들을 테니 마음이 가라앉을 때까지
편안히 계세요."

남자는 1분 정도 가만히 앉아 있었는데 그동안에 격한 감정을 가라앉
히느라 가슴을 들썩였다. 잠시 후, 그는 손수건으로 이마를 닦더니 입을
굳게 다물고 우리를 향해 몸을 틀었다. 남자가 입을 열었다.

"제가 미쳤다고 생각하시겠죠?"

"큰 고민이 있으신 모양입니다."

"도저히 이해할 수 없을 겁니다! 너무나도 갑작스럽고 끔찍한 일을 당해서 정신이 이상해지는 것도 당연합니다. 지금까지 남들에게 손가락질 한 번 받은 적이 없었는데 공개적 망신을 당하게 생겼습니다. 설령 사회적 명예를 잃는다 해도 동요하지는 않을 겁니다. 모든 사람들에게는 각자 개인적인 고민거리가 있는 법이니까요. 그러나 그 두 가지가 한꺼번에, 그것도 무시무시한 형태로 나를 덮쳐 온다면 당연히 당황하고 말겠지요. 게다가 저 한 사람에게만 한정된 일이 아닙니다. 만약 이 끔찍한 사건의 해결책을 찾지 못한다면 우리나라에서 가장 고귀한 분까지 근심에 빠지게 될 겁니다."

"이제 마음을 가라앉히고 당신이 누구인지, 또 어떤 재난을 당했는지 말씀해 주세요."

방문자가 말하기 시작했다.

"저는…… 아마 이름은 들어 알고 계실 테지만 알렉산더 홀더라는 사람입니다. 스레드니들 가에 있는 홀더 앤 스티븐슨 은행을 경영하고 있습니다."

런던 금융가에 위치한 두 번째로 큰 민간 은행의 행장 이름은 귀에 익숙했다. 대체 무슨 일이 있었기에 런던의 일류 시민이 이처럼 가엾은 모습으로 쫓기고 있는 것일까? 우리는 호기심에 휩싸인 채 가만히 그의 이야기가 이어지기를 기다렸다. 잠시 후, 홀더 씨가 기운을 내서 이야기하기 시작했다.

"지금 이렇게 이야기하는 시간조차 아깝다는 생각이 듭니다. 런던경찰국의 경위로부터 선생님에게 협력을 구하라는 말을 듣고 한달음에 달려 왔습니다. 눈이 이렇게 쌓였으니 마차는 오히려 더 늦으니까요. 지하철로 베이커 가까지 와서는 날아오는 심정으로 여기까지 달려왔습니다.

평소에 거의 운동을 하지 않았더니 이렇게 숨이 차는군요. 이제 많이 안정되었습니다. 그럼, 되도록 짧고 분명하게 제 이야기를 털어놓도록 하겠습니다.

아시다시피, 은행을 경영할 때 거래처나 예금자를 늘리는 것도 중요하지만, 그에 못지않게 중요한 일은 유리하게 투자할 수 있는 곳을 찾아내는 것입니다. 우리 은행에서는 확실한 담보가 있는 상대에게 돈을 빌려주는 것이 가장 유리한 투자 방법이라고 생각하고 지난 수년 동안 이 방침을 고수해 왔습니다. 거액의 돈을 꾸러 오는 손님들 중에는 귀족들도 여럿 있습니다. 담보는 회화, 장서, 금은 식기 등입니다.

어제 아침의 일이었습니다. 은행 사무실에서 일하고 있는데 직원 하나가 명함을 들고 들어왔습니다. 그것을 보고 깜짝 놀랐습니다. 그분은 다름 아닌, 아니 선생님에게도 세상에서 모르는 사람이 없는 이름이라고만 말씀드리겠습니다. 아무튼 영국에서도 가장 신분이 높고, 가장 고귀한 이름 중 하나라는 것 정도만 말해 두기로 하겠습니다. 너무나도 명예로운 일이었기에 그분이 들어오시면 그렇게 말씀드릴 생각이었습니다. 그러나 그분께서는 내키지 않는 일을 얼른 처리하고 싶다고 생각하셨는지 바로 용건을 말씀하셨습니다.

'홀더 씨, 당신 은행에서 돈을 빌릴 수 있다고 해서 찾아왔소만.'

'저희 은행에서는 담보만 확실하다면 돈을 빌려드리고 있습니다.'

'이 자리에서 5만 파운드를 꼭 빌렸으면 하오. 물론 이보다 더 많은 금액이라 할지라도 얼마든지 친구에게 빌릴 수 있지만, 이 일은 업무상으로만 처리했으면 하고 나 스스로 하고 싶소. 당신도 이해할 수 있겠지만 나와 같은 지위에 있는 사람이 친구에게 은혜를 입는 것은 현명한 행동이 아니니까.'

'얼마 동안 대출할 계획이신지 여쭈어도 되겠습니까?'

'다음 주 월요일에 내 앞에 큰돈이 들어오기로 되어 있소. 그때라면 그쪽에서 적당하다고 생각하는 이자를 더해서 반드시 갚도록 하겠소. 하지만 무엇보다 중요한 건 지금 그 돈이 필요하다는 점이오.'

'가능하다면 다른 사람에게는 말하지 않고 제 돈을 빌려 드리고 싶지만, 워낙 큰 금액이라 저로서는 어쩔 수가 없습니다. 어쨌든 은행에서 돈을 빌려 주게 되면, 공동 경영자도 있기 때문에 고객의 신분이 아무리 높다 해도 다른 거래와 마찬가지로 보증을 받아야만 합니다.'

'나도 그러는 편이 좋소.'

그렇게 말씀하시며 그분은 옆의 의자에 놓았던, 모로코가죽으로 만들어진 네모난 상자를 집었습니다.

'녹주석 보관寶冠에 대해서는 알고 있겠지?'

'네, 영국의 가장 귀중한 보물 중 하나라고 들었습니다.'

'그렇소.'

그분이 상자를 열었습니다. 부드러운 살구색 벨벳에 묻힌 훌륭한 보석 세공품이 모습을 드러냈습니다. 말씀하신 그 보관이었습니다.

'여기에는 39개의 커다란 녹주석이 박혀 있소. 금으로 된 장식만 해도 그 가치를 가늠할 수 없을 정도이니 아무리 낮게 잡아도 이 보관의 가치는 내가 빌리려 하는 금액의 두 배는 될 것이오. 담보로 맡기기 위해 가져왔소.'

저는 그 귀중한 상자를 손에 쥐고 어떻게 해야 좋을지 생각하면서 그 고명한 의뢰인의 얼굴을 바라보았습니다. 그러자 그분은 다시 말씀하셨습니다.

'그 가치를 의심하는 것이오?'

'당치도 않습니다. 저는 단지⋯⋯.'

'보관을 담보로 맡기는 것이 괜찮을지 걱정하는 게로군. 안심하시오. 나흘 후에는 반드시 찾으러 올 수 있으니. 확실하지 않다면 어떻게 이런 짓을 할 수 있겠소? 나는 단지 형식을 지키고 싶을 뿐이오. 담보로 충분하겠지?'

'물론입니다.'

'홀더 씨, 내가 당신을 이렇게까지 신뢰하는 이유는 지금까지 들어 온 당신의 평판 때문이오. 당신은 신중하니, 이번 대출 건에 대한 소문이 나는 것을 막을 수 있을 거요. 무엇보다 이 보관을 안전하고 확실하게 맡아 주리라 확신하고 있소. 말할 필요도 없겠지만, 보관에 이상이라도 생기면 온 나라가 떠들썩해질 거요. 흠집 하나만 나도 없어졌을 때와 마찬가지로 엄청난 결과를 불러올 수 있소. 이 정도의 녹주석은 세계 어디에서도 찾을 수 없고 이를 대신할 만한 것도 없기 때문이오. 하지만 당신이라면 안심하고 맡길 수 있다고 생각해서 여기에 두고 가는 것이오. 월요일 아침에 내가 직접 가지러 오겠소.'

그 손님이 얼른 돌아가고 싶어 하는 것 같았기에 저는 그 이상 아무런 말도 하지 않았습니다. 출납계원을 불러 1,000파운드짜리 지폐 50장을 건네 드리라고 명령했을 뿐이지요. 그런데 혼자 앉아서 눈앞의 탁자 위에 놓여 있는 귀중한 상자를 바라보고 있자니 제가 떠맡게 된 중대한 책임이 느껴져 불안이 점점 심해지기 시작했습니다. 만일 무슨 일이 생기기라도 하면 엄청난 일이 벌어질 것이라는 사실은 불 보듯 뻔했습니다. 저는 그때 그 책임을 떠맡은 것을 후회했지만 이미 돌이킬 수 없는 일이었습니다. 저는 개인 금고에 상자를 넣고 다시 일을 시작했습니다.

저녁이 되었습니다. 그처럼 귀중한 물건을 사무실에 보관할 수는 없었습니다. 예전에도 은행가의 금고가 털린 적이 있었으니까요. 제 금고라고 그러지 않으리라는 법이 어디 있겠습니까? 만약 털리기라도 한다면, 제 처지가 얼마나 끔찍해지겠습니까? 며칠 동안 어디를 가든 상자를 들고 다니기로 결심했습니다. 그렇게 하면 상자는 언제나 제 눈에 띄는 곳에 있을 테니까요. 그래서 마차를 불러 보관을 손에 들고 스트레덤에 있는 제 집으로 갔습니다. 2층으로 올라가 옷방 안에 있는 옷장 속에 넣고 자물쇠를 채우니 그제서야 비로소 안심이 되더군요.

홈즈 선생님, 모든 상황을 정확하게 이해하려면 집안사람들에 대해서도 아셔야 할 것 같아서 말씀드리겠습니다. 마부와 급사는 출퇴근을 하니 고려하지 않아도 될 겁니다. 하녀는 세 명인데 오랜 세월 동안 일한 사람들로 전부 믿을 만합니다. 그 외에도 잔심부름을 하는 루시 파라는 꼬마애가 있는데 집에 온 지 아직 2, 3개월밖에 되지 않았습니다. 하지만 믿을 만한 추천장이 있었고 일도 잘 해 주고 있습니다. 다만 얼굴이 아주 미색이다 보니 그 애에게 마음이 끌린 남자들이 종종 집 주변을 맴돌곤 합니다. 루시의 결점은 그 정도이지만, 집안사람들은 어디를 봐도 흠잡을 데 없는 아가씨라 생각하고 있습니다.

고용인들에 대해서는 이 정도입니다. 가족은 몇 명 되지 않기 때문에 간단히 설명할 수 있습니다. 저는 아내와 사별해서 아서라는 외아들만 있습니다. 그런데 선생님, 그 아이는 제 기대에서 한참 벗어난 한심한 놈입니다. 다들 말하기를 제가 아이를 잘못 길렀다고 하더군요. 틀린 말은 아닐 겁니다. 아내가 세상을 떠났을 때, 이제 제가 사랑할 사람은 아들 하나밖에 없다고 생각해서 녀석의 말이라면 무엇이든 들어주었습니다. 아이 얼굴에 잠시라도 웃음기가 사라지는 걸 견디기 힘들더군요. 좀 더 엄하게 대하는 편이 우리 모두에게 좋았을지도 모르겠습니다. 하지만 저는 그 당시에는 그렇게 하는 것이 제일 좋다고 생각했습니다.

아들은 제 일을 물려받기를 원했지만 그 아이에게는 도통 사업가로서의 자질이 보이지 않았습니다. 자기밖에 모르고 변덕이 심합니다. 솔직히 말해서 녀석에게 큰돈을 만지게 할 마음이 전혀 들지 않았습니다. 아이가 좀 커서는 어떤 귀족 클럽의 회원이 되었는데 붙임성은 있어서 곧 돈을 펑펑 써 대는 부자들과 친해졌습니다. 카드게임에 푹 빠지기도 하고, 경마에 돈을 쏟아 붓기도 하고, 결국은 내기로 빚진 돈을 갚기 위해 용돈을 가불해 가는 일이 종종 있었습니다. 아들도 어떻게든 나쁜 친구들과의 관계를 끊으려 했으나 그때마다 조지 번웰 경이라는 친구에게 끌려가고 말았습니다.

하긴, 조지 번웰 경 같은 사람이라면 아들을 자기 마음대로 다룰 수 있었을 겁니다. 그자는 걸핏하면 우리 집에 들락거리는데 저조차도 그 아이에게 매료될 정도니까요. 아서보다 나이도 많고 세상을 아주 잘 알고 있습니다. 모르는 게 없고 말솜씨가 뛰어나며 굉장한 미남이죠. 하지만 외모에서 풍기는 매력을 빼고 냉정하게 생각해 보면, 비꼬는 말투나 눈매 때문에 도저히 믿음이 가지 않습니다. 그렇게 생각한 것은 저뿐만이 아니라 메리도 마찬가지였습니다. 성격을 한눈에 꿰뚫어 보는 여자의 직감이겠지요.

이제 메리 이야기만 하면 됩니다. 메리는 제 조카입니다. 5년 전에 저희 형님이 돌아가시자 그 아이 홀로 남았습니다. 저는 메리를 양녀로 삼아 친딸처럼 키워 왔습니다. 그 아이는 우리 집안의 태양입니다. 다정하고, 사랑스럽고, 아름답죠. 집안일은 전부 그 아이에게 맡겨 두었습니다. 게다가 아주 얌전하고 상냥하기 이를 데 없는 아이입니다. 제가 누구보다도 사랑하는 제 딸이죠. 그 아이가 없으면 저는 아무것도 할 수 없을 정도입니다. 그런데 지금까지 제 말을 듣지 않은 적이 딱 한 번 있습니다. 아들이 메리를 좋아하게 되어 벌써 두 번이나 청혼했지만 메리가 그때마다 거절한 것이지요. 내 아들을 성실한 인간으로 만들 수 있는 사람은 그 아이뿐이라고 생각했습니다. 결혼을 했다면 아들의 태도도 완전히 바뀌었을 테고요. 아아, 하지만 이젠 이미 늦었습니다!

선생님, 이것으로 집안사람들에 대해서는 잘 아셨죠? 이번에는 저의 참담한 이야기를 들어주시기 바랍니다.

어젯밤의 일이었습니다. 저녁 식사를 마친 뒤 저희는 응접실에서 커피를 마시고 있었습니다. 저는 아서와 메리에게 고객의 이름은 밝히지 않은 채 그날 있었던 일과 귀중한 보물이 우리 집에 있다는 사실을 이야기했습니다. 그때 커피를 날라 주었던 루시 파는 분명히 응접실에 없었습니다. 하지만 문이 닫혀 있었는지 어땠는지는 장담할 수 없습니다. 메리와 아서는 커다란 관심을 보이며 그 유명한 보관을 보고 싶어 했으나 저는 꺼내지 않고 내버려 두는 편이 좋겠다고 생각했습니다. 아서가 물었습니다.

'어디에 두셨어요?'

'내 옷장 안에 있다.'

'그럼 오늘 밤 도둑이 들어오지 않기를 빌어야겠네요.'

'열쇠로 잠가 놓았어.'

제가 대답했습니다.

'하지만 그 옷장은 낡은 열쇠로라도 열 수 있어요. 어렸을 때 헛방 문 열쇠로 연 적이 있거든요.'

아들은 가끔 엉뚱한 말을 하곤 했기 때문에 저는 그 말을 대수롭지 않게 생각했습니다. 하지만 그날 밤 아서는 매우 진지한 얼굴로 방까지 쫓아왔습니다. 그러더니 고개를 숙인 채 말했습니다.

'아버지, 200파운드만 주실 수 없으세요?'

'안 돼. 난 지금까지 네 씀씀이에 너무 관대했다.'

제가 엄한 목소리로 말했습니다.

'네, 정말 큰 은혜를 입었죠. 하지만 이번에는 그 돈이 꼭 필요해요. 그게 없으면 두 번 다시 클럽에 얼굴을 내밀지 못 할 거예요.'

'그거 잘 됐구나!'

저는 큰 목소리로 말했습니다.

'하지만 아들이 망신당하는 것을 바라지는 않으시겠죠? 저는 그런 치욕을 도저히 견딜 수가 없어요. 어떻게 해서든 돈을 마련해야 해요. 만약 아버지께서 돈을 주실 수 없다면 다른 방법을 쓸 수밖에 없어요.'

이번 달 들어서 벌써 세 번째 요구였으므로 저는 아주 화가 났습니다.

'한 푼도 줄 수 없다!'

제가 소리를 지르자 아들은 말없이 머리를 숙인 채 방에서 나갔습니다. 아들이 나가고 난 뒤 저는 옷장을 열어 보물이 잘 있는지 확인하고 다시 잠갔습니다. 그리고 문단속을 하려고 집 안을 한 바퀴 둘러보았습니다. 평소에는 메리에게 맡겨 두었지만 그날만은 직접 둘러보아야겠다고 생각했습니다. 계단을 내려가니 메리가 거실 옆의 창문 앞에 서 있는 것이 보였습니다. 제가 다가가자 메리는 창문을 닫고 걸쇠를 걸었습니다. 메리는 어딘지 불안해 보이는 얼굴이었습니다.

'저, 아빠. 오늘 밤에 하녀 루시의 외출을 허락하셨나요?'

'아니, 그런 적 없단다.'

'조금 전에 루시가 뒷문으로 들어왔어요. 누군가를 만나러 샛문까지 나갔다 온 것뿐이겠지만요. 그래도 문단속에 좋지 않으니 그러지 말라고 해야겠어요.'

'내일 아침에 네가 잘 말해 두렴. 말하기 어려우면 내가 직접 말할까? 문단속은 전부 끝난 거냐?'

'네, 전부 잠갔어요.'

'그럼, 잘 자라.'

저는 키스를 해 준 뒤 침실로 돌아와 곧 잠자리에 들었습니다.

홈즈 선생님, 저는 사건과 관계가 있을 듯한 일은 전부 이야기하고 있습니다. 궁금한 점이 있으면 질문해 주시기 바랍니다."

"아니요, 이해하기 쉽게 말씀하고 계십니다."

"지금부터 특히 잘 이해해 주셨으면 합니다. 저는 평소에도 깊이 잠들지 못하는 편입니다. 어젯밤에는 신경 쓰이는 일도 있었기에 평소보다 더 깊이 잠들지 못했지요. 새벽 2시쯤에 무슨 소리가 들려서 눈을 떴습니다. 또렷하게 정신이 들었을 때는 이미 소리가 그쳤지만, 어딘가의 창문이 살짝 닫힌 것 같은 느낌이 들었습니다. 저는 가만히 귀를 기울였습니다. 그런데 갑자기 옆방을 조용히 돌아다니는 발소리가 들려서 정말 놀랐습니다. 저는 두려움에 떨며 살짝 침대에서 빠져나와 옷방 문틈으로 안을 들여다보았습니다.

'아서! 이 천하에 몹쓸 놈! 감히 보관함에 손을 대다니!'

희미하게 켜둔 가스등 옆에 서 있던 아들의 손에 보관함이 들려 있었습니다. 한심하게도 녀석은 잠옷 바람으로 서 있었습니다. 마치 보관을 있는 힘껏 비틀거나 꺾으려는 듯이 보였습니다. 제가 고함치자 아들은

보관을 떨어뜨리고 죽은 사람처럼 창백한 얼굴이 되어 버렸습니다. 저는 보관을 주워 살펴보았습니다. 녹주석이 세 개 박혀 있던 금의 귀퉁이가 떨어져 나가고 없었습니다. 저는 화가 나서 소리를 질렀습니다.

'이 몹쓸 놈이 보관을 망가뜨렸구나! 내 얼굴에 잘도 먹칠을 했어! 훔친 보석은 어디에 두었느냐!'

'훔쳤다고요?'

아들도 커다란 소리로 말했습니다.

'그래, 너는 도둑놈이다!'

저는 아들의 어깨를 붙들고 흔들면서 외쳤습니다.

'아무것도 없어지지 않았어요. 없어졌을 리가 없어요.'

'녹주석이 세 개나 없어졌다. 어디에 둔 거냐? 도둑놈에다가 거짓말쟁이라는 말까지 듣고 싶은 거냐? 다른 보석까지 뜯어내려는 걸 내 눈으로 똑똑히 보았다!'

'아버지, 무슨 말씀을 그렇게 하세요? 이젠 됐어요. 이런 모욕을 당한 이상 더는 아무 말도 하지 않겠어요. 아침이 되면 이 집에서 나가 혼자 살겠어요.'

'네가 가야 할 곳은 경찰서야! 이번 일은 철저히 파헤치도록 하겠다.'

저는 노여움과 슬픔으로 제정신이 아니었습니다.

'저는 아무 할 말도 없어요. 경찰을 부르고 싶으면 부르세요. 저에게서 나올 것은 아무것도 없으니까요.'

격한 어조였습니다. 아들에게 그런 면이 있을 줄은 생각지도 못했습니다.

제가 분노에 휩싸여서 소리를 질러 댔기에 집안사람들 모두가 깨어나 몰려들었습니다. 가장 먼저 뛰어온 것은 메리였습니다. 보관과 아서의 얼굴을 본 순간 모든 것을 깨달았는지 정신을 잃고 바닥에 쓰러졌습니다. 저는 하녀를 경찰서로 보내 당국에 조사를 맡겼습니다. 형사가 경찰과 함께 찾아오자 그때까지 팔짱을 낀 채 말없이 서 있던 아서가 자신에게 죄를 뒤집어씌울 생각이냐고 제게 물었습니다. 망가진 보관이 국가의 재산이니 개인적인 문제가 아니라 사회적인 문제가 되었다고 저는 대답했습니다. 이미 법의 손에 모든 것을 맡기기로 결심했습니다. 그런데 아들이 말했습니다.

'지금 당장 저를 체포하게 할 생각은 아니시겠지요? 5분만 집 밖에 나갔다 오겠어요. 저뿐만 아니라 아버지를 위한 일이기도 하니까요.'

'도망칠 생각이냐? 아니면 훔친 물건을 숨길 생각이냐?'

그때 저는 제 입장이 얼마나 난처해졌는지 확실히 깨달았습니다. 저의 명예뿐만 아니라 훨씬 더 고귀한 분의 명예까지 위험에 처하게 됐다는 사실을 열심히 설명했습니다. 나라 전체를 혼란에 빠뜨릴 소동이 벌어질지도 모르지만, 없어진 세 개의 보석을 어떻게 했는지 이야기해 주기만 한다면 별일 없이 끝날 수도 있다고 설득했습니다.

'잘 생각해라. 너는 범행 현장을 들켰다. 자백해도 죄가 더 무거워지지는 않는다. 네가 사면받을 길은 녹주석의 행방을 이야기하는 것뿐이다. 말만 해 준다면 아무 일도 없었던 것처럼 용서해 주겠다.'

'그런 말은 훔친 사람에게나 하세요.'

아들은 이렇게 말하더니 사람을 무시하는 얼굴로 고개를 돌렸습니다. 그처럼 고집스러운 태도를 보이다니 더 이상 말해 봐야 쓸데없다고 생각했습니다. 내가 취할 수 있는 방법은 오직 하나뿐이었습니다. 저는 경위를 불러 아서를 넘겨주었습니다. 곧 수사가 시작되었고, 몸수색은 물론이고 아들의 방이며 집 안에 보석을 숨길 만한 장소는 죄다 샅샅이 살펴보았습니다. 그러나 보석의 그림자도 찾아볼 수 없었습니다. 성격이 비뚤어진 아들 녀석은 아무리 어르고 달래도 입을 열지 않았고요. 아들은 오늘 아침 유치장에 수감되었습니다. 저는 경찰에서 모든 절차를 마친 뒤 선생님을 만나기 위해 서둘러 이곳으로 달려온 것입니다. 부탁입니다. 부디 선생님의 힘으로 사건의 진상을 밝혀 주시기 바랍니다. 경찰에서는 아직까지 사건의 진상을 잡아내지 못했다고 솔직히 인정했습니다. 비용이라면 필요한 만큼 드리겠습니다. 이미 1,000파운드를 현상금으로 걸었습니다. 아아, 신이시여! 저는 어떻게 하면 좋단 말입니까! 하룻밤 사이에 명예와 보석, 그리고 아들까지 모조리 잃고 말았습니다. 아아, 이제 나는 대체 어떻게 하면 좋단 말이오!"

홀더 씨는 머리를 감싸 쥐고 앞뒤로 흔들며 말할 수 없을 만큼 비탄에 빠진 아이처럼 한숨을 내쉬었다. 셜록 홈즈는 눈을 가느다랗게 뜨고 난롯불을 바라본 채 한동안 아무 말 없이 앉아 있었다.

"댁에는 손님이 많이 오는 편입니까?"

홈즈가 말했다.

"그렇지는 않습니다. 공동 경영자가 가족과 함께 오거나 아서의 친구들이 가끔 찾아오는 정도입니다. 조지 번웰 경은 요즘 몇 번인가 왔습니다. 그 사람들 말고는 아무도 오지 않았을 겁니다."

"댁에서는 사교 파티에 자주 나가시나요?"

"아서는 자주 나가지만 메리와 저는 가지 않습니다. 우리는 모두 집에 있는 걸 좋아하거든요."

"어린 여성 치고는 좀 특이하네요."

"조용한 성격입니다. 게다가 이제는 그렇게 어리다고도 할 수 없습니다. 벌써 스물네 살이니까요."

"말씀을 들어보니 메리 양도 이번 사건으로 상당한 충격을 받은 듯하더군요."

"커다란 충격이었을 겁니다. 저보다 더 충격을 받은 모양입니다."

"두 분 모두 아드님이 범인이라고 믿고 계시지요?"

"누가 뭐래도 아들이 보관을 들고 있는 현장을 제 눈으로 보았습니다. 의심의 여지도 없습니다."

"그것이 결정적인 증거라고는 할 수 없습니다. 남아 있던 보관은 손상되어 있었나요?"

"네, 찌그러져 있었습니다."

"그렇다면 아드님이 보관을 원래대로 펴 놓으려 했던 걸지도 모르지 않습니까? 그런 생각이 들지는 않으셨나요?"

"아들이나 저를 위해서 고마운 말씀을 해 주시는군요. 후의에는 감사하지만, 그럴 것 같지는 않습니다. 그렇다면 아들은 방에서 대체 무엇을 하고 있었단 말입니까? 자기 행동이 의심받을 만한 것이 아니었다면 어째서 그렇다고 말하지 않았던 겁니까?"

"나도 그렇게 생각합니다. 하지만 아드님이 나쁜 짓을 하고 있었다면 어째서 그럴 듯한 구실을 만들어 내지 않았던 걸까요? 아드님이 입을 다물고 있는 데는 두 가지 의미가 있다고 생각합니다. 이 사건의 기묘한 점이지요. 당신은 무슨 소리가 들려 잠에서 깨어났다고 했는데, 경찰에서는 뭐라고 하던가요?"

"아서가 자기 침실의 문을 닫은 소리일 것이라고 했습니다."

"그런 말도 안 되는 소리가 어디 있습니까? 중죄를 저지르려는 사람이 문을 쿵 닫아서 집안사람들을 깨울 리가 있겠습니까? 그럼 사라진 보석에 대해서는 뭐라고 했습니까?"

"보석이 발견될지도 모른다는 생각에 아직도 바닥을 두드려 보거나 가구를 살펴보고 있습니다."

"집 밖도 살펴보았나요?"

"네, 아주 열심히 보더군요. 벌써 정원 구석구석까지 살펴보았습니다."

"어떻습니까, 홀더 씨? 이것으로 이번 사건이 당신이나 경찰이 처음 생각했던 것보다 훨씬 더 복잡하다는 사실을 아셨습니까? 당신은 간단한 사건이라고 생각했겠지만 나는 매우 복잡한 사건이라 여깁니다. 당신의 생각대로 하자면 이렇습니다. 침대에서 빠져나온 아들은 위험을 무릅쓰고 옷방 안으로 숨어 들어가 옷장을 열었습니다. 보관을 꺼내서는 그 일부를 힘으로 뜯어내고 어딘가 다른 장소로 가서 아무도 찾아낼 수 없도록 39개의 보석 중 세 개를 숨겼습니다. 그리고 들킬 위험이 큰데도 나머지 36개의 보석을 가지고 다시 옷방으로 돌아간 겁니다. 어떻습니까? 이것이 논리적인 이야기라고 생각하십니까?"

"하지만 달리 생각할 길이 없지 않습니까? 만약 의심받을 짓을 하지 않았다면 자신의 행동에 대해 왜 해명하지 않는 겁니까?"

은행가가 절망적인 몸짓을 하면서 외쳤다.

"그 이유를 밝혀내는 것이 우리의 일입니다. 자, 홀더 씨. 그럼 이제 댁의 집으로 가 봅시다. 한 시간 정도 조사해 보면 좀 더 자세한 내용을 알 수 있겠지요."

홈즈는 나에게도 같이 가 달라고 말했다. 이야기를 듣고 나는 깊은 동정과 호기심이 일어 기꺼이 따라나서기로 했다. 그러나 홈즈에게는 미안한 얘기지만, 마음속으로는 그 불행한 아버지와 마찬가지로 아들이 범인일 것이라고 생각하고 있었다. 그래도 나는 홈즈의 판단을 믿었으며 그가 지금까지의 사건에 대한 설명에 수긍하지 않은 데에는 다른 근거가 있기 때문일 것이라고 생각했다. 남쪽 교외로 향하는 동안 홈즈는 한마디도 하지 않았다. 단지 턱을 가슴에 묻고 모자를 깊이 눌러쓴 채 가만히 생각에 잠겨 있었다. 의뢰인은 홈즈의 말을 통해 희미하게 비치기 시작한 희망의 빛에 마음의 안정을 되찾았는지 내게 사건에 대해서 이것저것 이야기하기도 했다. 기차 여행은 그리 길지 않았다. 기차에서 내려 조금 걸으니 은행계의 거물이 살고 있는 검소한 집, 페어뱅크 저택이 보였다.

페어뱅크 저택은 도로에서 약간 들어간 곳에 있었으며, 하얀 석조 건물로 커다란 직사각형을 이루고 있었다. 눈이 쌓인 잔디 앞으로 마찻길 두 줄기가 길게 뻗어나가 굳게 닫힌 커다란 철문 앞까지 이어져 있었다. 철문 오른쪽에는 조그만 나무 쪽문이 달려 있었으며 깔끔하게 손질된 산울타리 사이를 지나는 좁은 길이 부엌까지 이어져 있었다. 그 문으로는 상인들이 드나들었다. 철문 왼쪽으로는 마구간과 연결된 길이 있었는데, 지나는 사람이 없기는 해도 길 자체는 사유 도로가 아니라 공용 도로였다. 홈즈는 현관에 있는 우리와 떨어져서 천천히 집 주위를 돌아다녔다. 그는 집의 정면을 가로질러 상인들이 다니는 길을 따라간 뒤 정원을 빙 돌아서 마구간과 이어진 길로 사라졌다. 홈즈가 좀처럼 돌아오지 않자 나와 홀더 씨는 식당으로 가서 난로 곁에 앉아 홈즈가 오기를 기다렸다. 우리 둘이 말없이 앉아 있는데 문이 열리며 젊은 여성이 들어왔다. 평균보다 좀 더 크고 마른 여자로 머리카락과 눈동자는 검은색이었다. 피부가 너무 창백해서 검은색이 더욱 눈에 띄었다. 얼굴이 그렇게 창백한 여자는 처음 보았다. 입술에도 핏기는 없으나 울었는지 눈은 빨갛게 충혈되어 있었다. 조용히 들어온 그 아가씨는 그날 아침에 본 은행가보다도 더 딱해 보였다. 한눈에도 자제력이 강하고 야무진 성격임

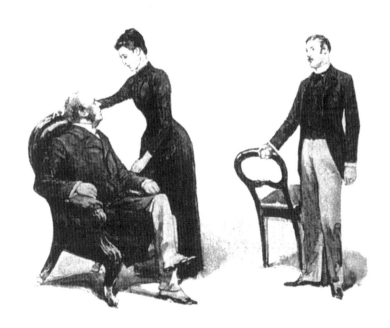

을 알 수 있었던 만큼, 그 애처로운 인상은 특히나 더 강하게 느껴졌다. 그 여성은 내가 있다는 사실은 전혀 신경 쓰지 않고 곧바로 홀더 씨에게 다가가더니 참으로 다정한 여성답게 가만히 머리를 쓰다듬었다. 그녀가 아버지에게 물었다.

"아빠, 아서를 석방해 달라고 말씀하셨나요?"

"아니. 얘야, 이번 사건은 철저하게 조사해야 한단다."

"하지만 아서는 죄가 없어요. 여자의 직감이에요. 아서는 아무 짓도 하지 않았어요. 너무 엄하게 대하시면 곧 후회하실 거예요."

"죄가 없다면 어째서 입을 다물고 있을까?"

"모르겠어요. 아빠에게 의심받는 것이 분해서 화가 났을지도 몰라요."

"내 눈으로 보관을 들고 있는 모습을 똑똑히 보았다. 어떻게 의심하지 않을 수 있겠느냐?"

"하지만 그저 보관을 보고 싶어서 집어 들었을 수도 있잖아요. 아빠, 제 말을 믿어 주세요. 아서는 아무런 죄도 없어요. 이제 신경 쓰지 마시고 더 이상 아무런 말씀도 하지 말아 주세요. 아서가 교도소에 들어가다니, 생각만 해도 끔찍해요!"

"보석이 발견되기 전에는 절대로 취하할 수 없어. 절대로 안 된다, 메리! 너는 아서만 걱정하고 있다만 나도 참으로 난처한 처지에 내몰리게 되었다. 사건을 덮어 버릴 수는 없어. 더 깊이 조사하기 위해 런던에서 어떤 분을 모셔 왔단다."

"이분이신가요?"

메리가 나를 돌아보았다.

"아니, 이분의 친구야. 혼자 있고 싶다고 하시더구나. 지금은 마구간 쪽의 길을 걷고 계신단다."

그녀가 검은 눈썹을 찌푸렸다.

"마구간 쪽의 길이라고요? 그런 곳에 뭐가 있겠어요? 아아, 오셨네요. 이분이시죠? 선생님이라면 제가 진실이라고 확신하는 것, 제 사촌 아서가 이번 범죄에 관여하지 않았다는 것을 증명해 주시겠죠?"

"내 의견도 아가씨와 같습니다. 그리고 무죄를 증명할 수 있을 것이라 생각합니다."

홈즈는 이렇게 말하며 매트 쪽으로 돌아가서 구두에 묻은 눈을 털었다.

"메리 홀더 양이죠? 한두 가지 질문을 해도 될까요?"

"네, 이 끔찍한 사건의 해결에 도움이 되는 일이라면 무엇이든 물어보세요."

"어젯밤에 아무 소리도 듣지 못했나요?"

"네, 아무 소리도 듣지 못했어요. 여기에 계신 작은아버지가 크게 소리를 지르서서 잠에서 깨어났어요. 그 소리를 듣고 나와 본 거랍니다."

"어젯밤 당신이 문단속을 했죠? 창문에 전부 걸쇠를 걸었습니까?"

"네."

"오늘 아침에도 전부 잠겨 있었나요?"

"네."

"댁의 하녀에게는 애인이 있죠? 어젯밤 그 사람이 몰래 애인을 만나러 밖에 나갔다는 얘기를 작은아버지에게 하셨다면서요."

"네. 응접실로 커피를 가져다 준 것이 그 아이예요. 작은아버지의 보관에 관한 이야기도 들었을지 모릅니다."

"그렇군요. 당신은 하녀가 애인에게 이야기하기 위해서 밖으로 나갔다가 둘이서 보관을 훔칠 계획을 세운 걸지도 모른다, 그렇게 생각하고 있군요."

이때 은행가가 화난 듯 커다란 목소리로 말했다.

"그런 모호한 추측들을 이야기한들 무슨 도움이 되겠습니까? 저는 보관을 손에 들고 있는 아서를 똑똑히 보았습니다."

"잠깐만요, 홀더 씨. 이 사실은 꼭 확인해 두어야만 합니다. 메리 양, 그 하녀 말인데요. 부엌에 있는 문으로 돌아오는 모습을 보았습니까?"

"네. 문단속을 하러 갔을 때 그 아이가 살짝 들어오는 것을 보았어요. 어둠 속에 있던 남자의 모습도 봤고요."

"그 남자를 아시나요?"

"물론이죠. 우리 집에 채소를 배달해 주는 청과물 가게 사람이에요. 이름은 프랜시스 프로스퍼입니다."

"그 남자는 부엌에 있는 문의 왼쪽에 서 있었죠? 그러니까 남자는 좁은 길을 따라서 문까지 왔다는 셈인데."

"네, 맞아요."

"나무 의족을 단 남자죠?"

젊은 여자의 검은 눈에선 공포와 같은 빛이 스쳐 지나갔다.

"어떻게 아셨죠? 마치 마술사 같네요."

메리는 미소를 지어 보였으나 홈즈는 조금도 웃지 않았다. 그의 마른 얼굴은 진지함으로 가득했다.

"다음은 2층을 보여 주세요. 집 주위도 다시 한 번 둘러봐야겠습니다. 2층에 가기 전에 아래층의 창문을 봐야겠어요."

홈즈는 차례대로 창문을 보며 돌아다녔다. 마구간으로 통하는 길이 보이는 현관홀의 커다란 창문에서 멈춰 서서는 창을 열더니 배율이 높은 확대 렌즈를 꺼내 창틀을 꼼꼼하게 살펴보았다. 마침내 홈즈가 말했다.

"그럼, 2층으로 갈까요?"

은행가의 옷방은 작은 편이었다. 회색 카펫과 커다란 옷장이 하나, 가로로 긴 거울이 하나 있는 소박한 방이었다. 홈즈는 가장 먼저 옷장 쪽으로 다가가더니 열쇠를 가만히 들여다보았다. 홈즈가 물었다.

"어느 열쇠를 사용해서 열었을까요?"

"아들이 말했던 열쇠는 헛방 문 열쇠입니다."

"그 열쇠를 가지고 있습니까?"

"탁자 위에 있습니다."

셜록 홈즈는 열쇠를 쥐더니 옷장을 열었다.

"열어도 소리가 나지 않는군요. 그러니 당신이 잠에서 깨어나지 않은 것도 당연합니다. 이 상자 안에 보관이 있군요. 잠깐 살펴보겠습니다."

　홈즈는 상자를 열고 보관을 꺼내서 화장대 위에 올려놓았다. 보석 장인의 손이 낳은 훌륭한 예술품이었다. 처음 보는 훌륭한 녹주석 36개가 붙어 있었다. 보관의 한쪽 면은 비틀어진 채 뜯겨 있었다. 지금은 사라지고 없는 곳에 보석 세 개가 붙어 있었던 것이다.

"홀더 씨, 이쪽 면은 떨어져 나간 부분과 같은 모양으로 되어 있습니다. 이곳을 뜯어내 보시겠습니까?"

　은행가는 깜짝 놀라 뒷걸음질 쳤다.

"무슨 말씀이십니까!"

"그럼 내가 해 보겠습니다."

　홈즈가 갑자기 있는 힘껏 비틀어 보았으나 보관은 꿈쩍도 하지 않았다.

"하, 조금은 휘어진 듯하군. 나도 손아귀 힘은 꽤 센 편인데 이것을 뜯어내려면 꽤나 고생해야 할 겁니다. 보통 사람이 할 수 있는 일이 아닙니다. 알겠습니까, 홀더 씨? 이걸 뜯어내면 어떻게 되겠습니까? 권총을 쐈을 때처럼 커다란 소리가 날 겁니다. 침대에서 얼마 떨어지지 않은 곳

에서 그런 소리가 났는데 아무 소리도 듣지 못했다는 겁니까?"

"저는 뭐가 뭔지 모르겠습니다. 마치 어둠 속에 있는 것 같군요."

"하지만 점점 밝아질 겁니다. 메리 씨, 당신은 어떻게 생각합니까?"

"저도 어떻게 된 일인지 모르겠어요."

"당신이 보셨을 때, 아드님은 구두도 슬리퍼도 신고 있지 않았다고 하셨죠?"

"네, 셔츠와 바지만 입고 있었습니다."

"고맙습니다. 이번 조사에는 커다란 행운이 함께한 듯합니다. 이것으로도 사건의 진상을 밝히지 못한다면 그것은 전부 우리의 책임입니다. 홀더 씨, 괜찮다면 밖으로 나가서 조사를 계속하고 싶은데요."

홈즈는 쓸데없는 발자국이 생기면 일하는 데 방해가 되니 혼자 갔으면 좋겠다면서 정말로 혼자 나갔다. 한 시간쯤 조사한 뒤 발에 눈을 잔뜩 묻힌 채 홈즈가 돌아왔다. 표정만 봐서는 무슨 생각을 하고 있는지 알 길이 없었다.

"이것으로 봐야 할 것은 전부 봤습니다. 이젠 집으로 돌아가겠습니다, 홀더 씨."

"그렇다면 선생님, 보석은 어떻게 된 겁니까? 보석은 어디에 있는 겁니까?"

"글쎄요."

은행가는 너무 슬픈 나머지 손을 쥐어짜듯 비틀며 외쳤다.

"두 번 다시 찾지 못할 거야. 그럼 아들은 어떻게 되는 겁니까? 희망은 있을까요?"

"내 의견은 전혀 바뀌지 않았습니다."

"그럼 가르쳐 주십시오. 어젯밤 우리 집에서 일어난 악행은 대체 어떻게 된 겁니까?"

"내일 아침 9시에서 10시 사이에 베이커 가에 있는 내 방으로 오십시오. 그때 모든 사실을 분명히 말씀드리겠습니다. 내가 보석을 되찾는 조건으로 당신에게 '백지 위임장'을 받지 않았습니까? 게다가 비용이 얼마든지 들어도 상관없다고 하셨고요."

"보석만 찾을 수 있다면 전 재산을 바쳐도 상관없습니다."

"알겠습니다. 내일 아침까지 조사해 두겠습니다. 이만 실례하겠습니다. 어쩌면 저녁 전에 다시 한 번 찾아올 수도 있습니다."

이번 사건에 대한 홈즈의 생각은 확실했다. 단, 어떤 결론을 내렸는지는 알 수가 없었다. 돌아가는 길에 어떻게 해서든 홈즈에게서 그 이야기를 들어 보려 했으나 그때마다 화제를 다른 곳으로 돌려 결국에는 포기하고 말았다. 집에 돌아왔을 때는 아직 오후 3시도 되지 않은 때였다. 홈즈는 도착하자마자 자신의 방으로 들어가더니 몇 분 후 천박한 부랑자의 모습으로 방에서 나왔다. 번질번질하게 빛나는 초라한 코트 깃을 세우고 닳아빠진 구두를 신고 있었다. 목에는 빨간 머플러까지 둘러서 아무리 봐도 여기저기 길거리를 배회하는 부랑자로만 보였다. 홈즈가 난로 위의 거울을 들여다보며 말했다.

"이 정도면 되겠지? 사실은 자네도 함께 가 주었으면 좋겠지만 그럴 수가 없다네, 왓슨. 사건의 실마리를 분명히 붙잡은 건지 아니면 사라져 버릴 도깨비불을 쫓는 건지 분명하지가 않아. 곧 알게 될 테지만. 아마 두어 시간쯤 뒤면 돌아올 거야."

홈즈는 찬장 위에 있던 소고기를 한 조각 잘라 내더니 둥근 빵 두 개 사이에 끼웠다. 그리고는 그 소박한 음식을 주머니에 찔러 넣고 모험에 나섰다. 내가 홍차를 막 마시고 났을 때 홈즈가 돌아 왔다. 낡은 고무장화를 손에 들고 있는 그는 참으로 기분이 좋아 보였다. 홈즈는 그 장화를 방구석에 내던지더니 직접 차를 끓였다.

"곧 다시 나갈 걸세. 아직 일하는 중이거든."

"어디로 갈 생각인가?"

"런던 제일의 번화가, 웨스트엔드 건너편이라네. 약간 시간이 걸릴지도 모르겠어. 늦어지면 먼저 자게나."

"일은 좀 어떤가?"

"그런대로 괜찮은 편일세. 좋지 않은 일은 일어나지 않았어. 스트레덤에 다녀왔지만 홀더 씨의 저택에는 가지 않았어. 이건 꽤나 재미있는 사건이야. 무슨 일이 있어도 해결해 보이겠어. 하지만 여기서 여유를 부리고 있을 수는 없네. 이 지저분한 옷을 벗어 던지고 멀쩡한 홈즈 씨로 돌아가야지."

그의 태도를 보면 자기가 말한 것보다도 훨씬 더 만족해하고 있다는 사실을 알 수 있었다. 눈은 반짝이고 있었으며 창백한 뺨에는 붉은빛이 살짝 감돌았다. 그는 서둘러 2층으로 올라갔는데 몇 분 뒤에 현관이 힘차게 닫히는 소리가 들려왔다. 타고난 사냥꾼의 외출이었다.

나는 한밤중까지 기다렸지만 홈즈가 돌아올 기미가 없어서 먼저 잠을 청했다. 정신없이 수사를 할 때면 홈즈가 며칠이고 돌아오지 않는 경우도 흔히 있었기에 귀가가 늦어지는 것 정도는 대수롭지 않게 여겼다. 몇 시에 돌아왔는지는 모르겠으나 아침이 되어 식사를 위해 아래층으로 내려갔더니 그가 있었다. 한손에는 커피 잔을, 한손에는 신문을 들고 있었는데 아주 기운이 넘쳐 보였다.

"잘 잤는가, 왓슨. 먼저 식사를 하고 있었다네. 오늘 아침에 그 의뢰인이 오기로 되어 있었지?"

"이런, 벌써 9시가 넘었군. 현관 벨 소리가 들리는 것 같은데 그 사람일지도 모르겠어."

역시나 그 은행가였다. 나는 그의 변한 모습에 깜짝 놀랐다. 크고 힘에 넘쳐 보이던 그 얼굴이 바싹 야위어 흙빛이 되어 있었고 머리카락도 약간 희끗해진 느낌이었다. 당장이라도 쓰러질 듯이 나약한 모습으로 방에 들어섰는데 어제 아침에 흥분하며 소리 지르던 모습을 봤을 때보다 더 가엾다는 생각이 들었다. 내가 팔걸이의자를 권하자 홀더 씨는 피곤하다는 듯 털썩 앉았다.

"이런 끔찍한 일을 당하게 되다니. 대체 제가 무슨 나쁜 짓을 했단 말입니까? 불과 이틀 전만 해도 무엇 하나 부족한 점이 없는 행복한 사람이었습니다. 아무런 걱정도 없었습니다. 아무래도 불행은 연달아서 찾아오는 모양입니다. 조카인 메리도 저를 저버리고 말았습니다."

"당신을 저버렸다고요?"

"그렇습니다. 오늘 아침, 탁자에 제게 남긴 편지가 놓여 있었습니다. 방에도 없었고 침대에는 잠을 잔 흔적조차 없었습니다. 어젯밤 저는 비탄에 잠겨 '네가 아서와 결혼해 주었다면 이런 일은 없었을 거다.'라며 그 아이에게 넋두리를 했습니다. 화를 내며 말한 건 아니었지만 정말 경솔한 말을 내뱉고 말았습니다. 이 편지에도 그 사실이 적혀 있습니다."

사랑하는 작은아버지

이번 사건으로 저는 작은아버지께 괴로움만 안기고 말았습니다. 제가 달리 행동했다면 이처럼 끔찍한 재난은 일어나지 않았을 것입니다. 이렇게 생각하고 있는 한, 작은아버지 댁에서는 결코 행복하게 지낼 수 없겠지요. 그러니 영원히 작별 인사를 드려야 할 것 같습니다. 앞일에 대해서는 준비해 두었으니 걱정하지 마시고, 부디 저를 찾지 말아 주세요. 찾으신다 해도 헛수고일 테고 저를 위한 일도 아니니까요. 살아서나 죽어서나 작은아버지를 사랑할 거예요.

메리

"홈즈 선생님, 이 편지는 대체 어떻게 된 걸까요? 자살이라도 할 생각일까요?"

"아니요, 절대 그렇지 않습니다. 아마도 이게 가장 좋은 해결책이었을 겁니다. 홀더 씨, 사건도 이제 끝나 가고 있습니다."

"네? 정말입니까? 무슨 말을 들으셨군요. 무엇인가 알아 낸 거예요! 보석은 어디에 있습니까?"

"그 보석이 하나에 1,000파운드라면 비싸다고 생각하십니까?"

"만 파운드라도 상관없습니다."

"그렇게 많이는 필요 없습니다. 3,000파운드만 있으면 충분해요. 아, 거기다 약간의 현상금도 있었지요. 수표는 가지고 계신가요? 여기 펜이 있습니다. 4,000파운드라고 써 주시지요."

은행가는 멍한 표정으로 홈즈가 말한 금액을 적었다. 홈즈는 자신의 책상으로 가서 보석 세 개가 달린 삼각형 금 조각을 꺼내 책상 위에 올려 두었다. 의뢰인은 너무 기쁜 나머지 비명을 지르며 달려들었다.

"찾아 내셨군요! 살았습니다! 이제 살았습니다!"

의뢰인이 숨을 헐떡이며 말했다. 슬픔이 날아갈 만큼 기뻐하는 모습도 이만저만한 것이 아니었다. 홀더 씨는 되찾은 보석을 가슴에 꼭 끌어안았다.

"홀더 씨, 당신에게는 빚이 하나 더 있습니다."

셜록 홈즈가 약간 엄격한 어조로 말했다. 은행가는 펜을 집었다.

"빚이라고요? 금액을 말씀해 주십시오. 바로 지불하겠습니다."

"아니, 상대는 내가 아닙니다. 당신은 그 품격 높은 청년, 즉 당신의 아드님에게 진심으로 사과해야 합니다. 이번 사건에서 아드님의 태도는 매우 훌륭했습니다. 만약 내 아들이 그렇게 행동했다면 틀림없이 자랑스럽게 생각했을 겁니다."

"그럼 아서가 훔치지 않았다는 말씀이십니까?"

"어제도 말씀드렸지만, 다시 한 번 말하겠습니다. 아드님은 훔치지 않았습니다."

"정말이십니까? 지금 당장 달려가서 진실을 알게 되었다고 말하겠습니다."

"이미 알고 있습니다. 사건을 전부 처리하고 난 뒤, 아드님을 만났지만 그래도 진상을 말하려 하지 않기에 털어놓게끔 했습니다. 그랬더니 아드님은 나도 몰랐던 몇 가지 세세한 점을 보완해 주었죠. 하지만 댁에서 오늘 아침에 일어난 일을 알려 주면 말할지도 모릅니다."

"제발 가르쳐 주십시오. 이 어처구니없는 사건에 숨겨진 것이 무엇입니까?"

"알려 드리죠. 또 어떻게 해서 한 걸음씩 진상에 다가갔는지도요. 먼저 이야기해 두어야 할 것이 있습니다. 참으로 꺼내기 어려운 말이고, 당신도 이 말을 들으면 가슴이 미어질 겁니다. 조지 번웰 경과 메리 양은 서로 마음을 허락한 사이로, 지금 그 둘은 함께 도망치고 있습니다."

"메리가? 믿을 수 없습니다!"

"안타깝지만 믿으셔야 합니다. 틀림없는 사실입니다. 당신과 아드님은 조지 번웰이라는 자의 본성도 모른 채 집 안에 드나들도록 허락했던 겁니다. 그는 영국에서도 가장 위험한 녀석입니다. 도박으로 신세를 망친 자인데, 그렇게 질이 나쁜 악당도 없지요. 남을 생각하는 마음이나 양심 따위는 눈곱만큼도 없습니다. 당신의 조카는 이 세상에 그런 사람이 있으리라고는 꿈에도 생각지 못했을 것입니다. 그래서 그자가 많은 여자들에게 한 대로 사랑의 맹세를 속삭였을 때, 그녀는 자기가 그의 마음을 사로잡았다고 믿어 버린 거죠. 무슨 말을 했는지는 악마밖에 모를 테지만 결국 그녀는 남자에게 눈이 멀어 매일 밤 만나고 있었습니다."

"설마! 저는 믿을 수 없습니다!"

은행가가 하얗게 질린 표정으로 외쳤다.

"그럼 사건이 일어난 그날 밤의 일을 이야기하죠. 그녀는 당신이 잠든 줄 알고 살그머니 아래층으로 내려가, 마구간으로 통하는 길 쪽으로 난 창에서 연인과 이야기를 나누고 있었습니다. 눈에 남자의 발자국이 뚜렷하게 남아 있었으니 상당히 오랫동안 거기에 서 있었을 겁니다. 그녀는 남자에게 보관 이야기를 꺼냈습니다. 그 말을 듣고 남자는 더러운 욕심에 사로잡혀 그녀를 설득했지요. 메리 양은 작은아버지를 사랑했습니다. 이건 분명합니다. 하지만 연인에 대한 사랑을 지키기 위해서 다른 사람들에 대한 애정의 불을 모조리 꺼 버리는 여성들이 있는데, 그녀도 그랬습니다. 남자가 지시를 마쳤을 때, 그녀는 당신이 내려오는 것을 보았습니다. 그래서 다급하게 창문을 닫은 뒤 하녀가 의족을 단 연인과 몰래 만나고 있다고 고자질한 것입니다. 물론 그 이야기도 거짓은 아니었습니다.

아드님은 당신과 이야기를 나눈 뒤 침대에 누웠으나 클럽에서 빌린 돈이 마음에 걸려 좀처럼 잠이 오지 않았습니다. 그러다가 한밤중에 방 앞을 살금살금 지나가는 발소리를 듣고 일어나서 복도를 내다보고는 깜짝 놀랐습니다. 메리가 발소리를 죽여서 당신의 옷방으로 들어가는 모습을 보았기 때문입니다. 놀라 당황하면서도 그는 얼른 옷을 걸치고 기묘한 사건의 경과를 지켜보기 위해 어둠 속에서 가만히 기다렸습니다. 잠시 후, 메리가 급한 발걸음으로 방에서 나왔습니다. 아드님은 복도에 있는 램프의 불빛으로 메리가 그 귀중한 보관을 손에 들고 있는 모습을 보았습니다. 메리는 계단을 내려갔습니다. 아드님은 놀라 공포에 떨면서도 메리의 뒤를 쫓아 당신 방 옆에 있는 커튼 뒤로 숨었습니다. 거기서는 아래층 홀의 모습을 볼 수 있었지요. 메리는 조용히 창문을 열어 어둠 속에 있는 누군가에게 보관을 건네주고 창문을 닫은 뒤, 아서가 숨어 있는 커튼 바로 옆을 지나쳐서 자기 방으로 돌아갔습니다.

아드님은 차마 사랑하는 여성의 놀라운 악행을 드러내지 못하고 그녀가 방에 들어갈 때까지 움직이지 않았습니다. 그러나 그녀가 방으로 들어간 순간, 그 일이 당신을 파멸시킬 것이라는 사실을 깨닫고 무슨 일이 있어도 보관을 되찾아와야겠다고 생각했습니다. 맨발로 계단을 달려 내려가 창문을 열고 눈 속으로 뛰어들었습니

다. 그는 달빛 속에서 사람의 검은 그림자를 발견하고 좁은 길을 달려 나갔습니다. 그 그림자의 정체는 조지 번웰 경이었습니다. 번웰 경은 달아나려 했으나 아드님에게 붙잡히고 말았습니다. 격투가 벌어졌고, 두 사람이 보관을 서로 잡아당기게 되었습니다. 그러는 동안에 아드님이 번웰 경의 눈을 때려 부상을 입혔는데, 그때 갑자기 무엇인가 부러지는 소리가 났습니다. 정신을 차리고 보니 아드님은 보관을 손에 들고 있었고 일단 달려 집으로 돌아와 창문을 닫고 윗방으로 올라갔습니다. 그런데 격투 도중에 보관이 휘었다는 사실을 깨닫고 똑바로 펴려던 순간에 당신이 들어온 것입니다."

"그게 사실입니까?"

은행가가 괴로워하며 말했다.

"아버지에게 고맙다는 말을 듣기는커녕 차마 입에 담지 못할 야단을 듣자 아드님은 울컥 화가 난 겁니다. 사실을 있는 그대로 설명하려면 메

리 양을 배신할 수밖에 없었죠. 결코 용서받을 수 없는 여성이지만 어쨌든 아드님은 기사도를 발휘하기로 마음을 먹고 그녀의 비밀을 지켜 준 것입니다."

"그렇게 된 것이로군요! 그래서 메리는 보관을 보고 비명을 지르며 기절한 거야. 아아, 어떻게 이런 일이! 내가 얼마나 어리석었단 말인가. 그래서 아서가 5분만 밖에 나갔다 오게 해 달라고 말했군요. 아서는 격투를 벌인 장소에 보관의 일부가 떨어져 있지 않은지 보러 가려고 했던 겁니다. 내가 너무 큰 오해를 했어!"

"나는 댁에 오자마자 바로 눈 위에 단서가 남아 있지 않은지 신중하게 살펴보았습니다. 눈은 전날 밤에 그쳤고 기온도 영하였으니 발자국은 꽁꽁 언 채로 남아 있었을 테니까요. 상인들이 드나드는 길을 살펴보았으나 여러 사람이 짓밟아서 발자국을 구분해 내지 못했습니다. 그러나 길이 끝나는 부엌 문 부근에서 여자와 남자가 이야기를 나눈 흔적을 발견했습니다. 남자의 한쪽 발이 둥그렇게 찍혀 있었기에 나무 의족을 달았다는 사실을 눈치챘습니다. 그리고 이야기를 나누던 중에 누군가가 나타났다는 사실도 알아냈지요. 여자의 발자국은 발가락 부분이 깊이 파여 있고 발꿈치 부분은 얕게 파여 있었습니다. 그녀가 서둘러 부엌으로 달려 돌아갔다는 증거죠. 의족을 한 사내는 한동안 기다리다 그곳에서 떠났습니다. 그때 당신이 말한 하녀의 연인일지도 모르겠다고 생각했는데, 조사해 보니 역시 그랬습니다. 정원을 한 바퀴 둘러보았지만 어지러운 발자국밖에 보이지 않아서 경관들의 것이라고 생각했습니다. 그런데 마구간으로 통하는 좁은 길을 따라가 보니 매우 길고 복잡하게 얽힌 이야기가 앞쪽 눈 위에 적혀 있었습니다.

우선 구두를 신은 남자의 발자국이 두 줄 있었습니다. 뒤이어 고맙게도 맨발로 돌아다닌 남자의 발자국도 발견되었습니다. 당신의 말을 떠올리고 그것이 아드님의 발자국이라고 확신했습니다. 구두 자국을 보니 왔다가 간 흔적이 분명했고, 맨발 자국은 달려갔으며, 곳곳에서 구두 자국과 겹쳐져 있었기에 구두를 신은 남자를 뒤쫓은 것임에 틀림없었습니다. 두 개의 발자국을 따라가 보니 현관홀의 창문까지 이어져 있었습니다. 구두를 신은 사내는 거기서 무엇인가를 기다린 듯 주변의 눈을 꽤나 밟아 놓았더군요. 나는 좁은 길을 따라 문 쪽으로 100미터 정도 돌아가 보았습니다. 구두를 신은 사내가 뒤로 돈 자국이 있었고, 격투라도 벌인 듯이 눈이 엉망으로 흩어져 있었습니다. 게다가 남아 있던 혈흔은 내 생각이 맞았다는 것을 증명해 주었죠. 그 뒤에 구두를 신은 사내는 좁은 길을 달려 나갔습니다. 그것을 따라 희미한 혈흔이 있어서, 구두를 신은 남자가 상처를 입었다는 것을 알았습니다. 구두를 신은 사내는 공용 도로를 건너갔는데 포장도로 위에 쌓인 눈은 치워져 있었기에 단서가 거기서 끊어지고 말았습니다.

기억하실 테지만, 나는 집으로 돌아와 현관홀의 창문으로 가서 돋보기로 창틀과 그 근처를 살펴보았습니다. 누군가가 창문으로 나갔다는 사실은 금방 알 수 있었고, 젖은 발로 들어온 흔적도 남아 있었습니다. 그 덕분에 무슨 일이 있었는지 마침내 짐작할 수 있게 된 겁니다. 남자가 창밖에서 기다리고 있었고 누군가가 보관을 건네주었는데, 그 범행을 아드님이 엿보고 있었습니다. 아드님은 도둑을 뒤쫓아 가 격투를 벌였습니다. 그런데 두 사람이 보관을 서로 잡아당기는 바람에 흠집이 생기고 말았습니다. 혼자서는 할 수 없는 것이죠. 아드님은 전리품을 들고 돌아왔으나 보관의 일부는 적의 손에 넘어간 상태였습니다. 여기까지는 알고 있었습니다. 이제 문제는 그 사내가 누구일까 하는 점과 누가 보관을 건네주었을까 하는 점이었습니다.

　있을 수 없는 일들을 제거하고 남은 사실은, 아무리 믿어지지 않더라도 그것이 곧 진실인 법입니다. 그런데 당신은 보관을 훔치지 않았고 나도 그것을 알고 있었습니다. 그렇다면 남은 것은 당신의 조카나 하녀들밖에 없습니다. 그러나 하녀라면 아드님이 죄를 뒤집어쓸 마음이 들지 않았을 테고 그 이유도 설명할 수가 없습니다. 하지만 아드님은 사촌인 메리 양을 사랑하고 있죠. 그녀의 비밀을 지켜 주려고 했다면 그 이유가 단번에 설명이 됩니다. 불명예스러운 비밀인 만큼 그 이유를 더 잘 이해할 수 있지요. 거기에 그녀가 창가에 있었다는 사실을 알아냈고 보관을 보고 기절했다는 말을 들으니 추측은 확신으로 바뀌었습니다.

　그렇다면 그녀의 공범은 누구일까? 연인이 분명했습니다. 그런 것 말고는 당신에 대한 애정과 감사의 마음을 잊게 할 만한 인물이 없을 테니까요. 당신은 외출도 거의 하지 않으며 교제하는 범위도 매우 한정되어 있습니다. 그런데 그 교제 안에 조지 번웰 경이 포함되어 있었죠. 예전에 나는 번웰 경이 여성들 사이에서 악명 높다는 말을 들었습니다. 구두를 신고 보관의 일부를 가지고 있는 사내는 번웰 경이 분명했습니다. 들키기는 했어도 아서는 홀더 가의 신용이 떨어질 것을 두려워해서 한마디도 하지 못할 것이고 따라서 자신은 안전할 것이라고 생각했겠지요.

　그 다음에 내가 어떻게 행동했을지는 눈치가 빠른 당신이라면 대충 짐작이 가실 겁니다. 나는 부랑자로 변장하고 번웰 경의 집으로 갔습니다. 하인을 잘 구슬려서 전날 밤 주인이 머리에 상처를 입었다는 사실을 알아냈고 번웰 경이 신던 헌 구두를 6실링에 샀습니다. 그 구두를 가지고 스트레덤으로 가서 발자국이 완벽하게 일치한다는 사실을 확인했습니다."

홀더 씨가 말했다.

"어젯밤, 마구간 좁은 길에 초라한 행색을 한 부랑자가 있었습니다."

"그랬겠지요. 그게 바로 나였습니다. 구두 신은 남자의 정체를 밝혀내고 나는 집으로 돌아와서 옷을 갈아입었습니다. 다음 일은 신중하게 처리해야 했습니다. 소문이 도는 것을 피해야 하니까 그를 고소할 수는 없었습니다. 게다가 그 영악한 놈은 당신이 그런 이유 때문에 섣불리 자신을 건드리지 못할 것이라는 점도 잘 알고 있었습니다. 나는 그자를 만나러 갔습니다. 물론 처음에는 딱 잡아떼더군요. 그러나 내가 사건의 전말을 자세히 이야기하자 고래고래 소리를 지르며 나를 협박할 생각으로 벽에 있던 호신용 지팡이를 쥐었습니다. 하지만 나는 그 녀석의 성품을 잘 알고 있었기에, 그가 지팡이를 휘두르기 전에 그의 머리에 권총을 들이밀었습니다. 그러자 조금은 고분고분해지더군요. 나는 하나에 1,000파운드씩 쳐서 보석을 사겠다고 제안했습니다. 그 말을 들은 순간 번웰 경은 처음으로 맥이 풀린 듯했습니다.

'뭐라고? 벌써 세 개 합쳐서 600파운드에 팔아 치웠는데!'

그래서 고소하지 않겠다는 약속을 하고 장물아비의 주소를 알아내 그를 찾아가 값을 깎고 또 깎은 끝에 한

개에 1,000파운드씩 주고 사들였습니다. 그런 다음 아드님을 면회해서 사건이 잘 마무리되었다는 사실을 알렸습니다. 하루 종일 쉬지 않고 움직여서 지칠 대로 지친 나는 새벽 2시가 되어서야 침대에 누웠습니다."

은행가가 자리에서 일어서며 말했다.

"선생님의 하루가 영국을 커다란 스캔들에서 구해 주었습니다. 뭐라 감사를 드려야 좋을지 모르겠군요. 이 은혜는 결코 잊지 않겠습니다. 제가 소문으로 들었던 것보다 훨씬 더 뛰어난 분입니다! 저는 지금 당장 아들이 있는 곳으로 달려가서 제 잘못을 사과해야겠습니다. 하지만 가엾은 메리의 이야기를 들으니 가슴이 아프군요. 선생님의 지혜로도 그 아이가 지금 어디에 있는지 알 수는 없겠지요?"

"이것만은 말씀드릴 수 있습니다. 메리 양은 조지 번웰 경이 있는 곳에 있을 겁니다. 또한 그녀가 무슨 죄를 지었든 간에, 그 두 사람은 곧 합당한 벌을 받게 될 것입니다."

12. 너도밤나무 집

"예술 그 자체를 위해 예술을 사랑하는 자는 아주 시시한 표현을 발견하고도 크게 기뻐하는 법이지."

셜록 홈즈가 〈데일리 텔레그래프〉의 광고 페이지를 옆으로 밀어놓으며 말했다.

"왓슨, 우리가 다룬 조그만 사건들을 기록하는 자네를 보면 그 진리를 잘 알고 있는 듯해서 정말 기쁘다네. 가끔 이야기를 지나치게 재미있고 친절하게 다듬어 기록하는 경향은 있지만, 내가 중요한 역할을 한 유명한 소송 사건이나 세상을 떠들썩하게 한 재판보다는 하찮은 사건처럼 보이는 쪽에 힘을 기울여 실력을 발휘하고 있어. 그런 사소한 사건에서 내가 자랑스럽게 여기는 연역법이나 추리의 종합을 잘 이용해 왔지만 말일세."

"그래도 그간 내 기록이 지나치게 선정적이라는 비난을 받아 왔는데 할 말이 없는 부분도 있는 것이 사실이네."

내가 빙그레 웃었다.

"자네의 실수는 아마……."

홈즈는 새빨간 숯을 부젓가락으로 집어 올려 기다란 벚나무 파이프에 불을 붙였다. 그는 명상보다 논의를 하고 싶을 때면 도자기 파이프 대신에 벚나무 파이프를 애용하는 습관이 있었다.

"자네의 실수는 아마 재미있게 기록하려고 하거나, 활기 넘치게 하려는 태도에 있을 거야. 그렇게 하지 말고 원인에서 결과에 이르는 엄밀한 추론을 충실히 기록하는 편이 더 좋겠어. 그것이야말로 사건을 부각시키고 있는 특징이니 말일세."

"기록에 관한 문제라면 자네가 섭섭하게 생각하지 않을 만큼 정당하게 다루고 있다고 생각하는데."

홈즈의 자기중심적 사고에 일침을 가하기 위해 나는 약간 차가운 어조로 말했다. 물론 그 자기중심적인 부분이 홈즈의 특이한 성격을 돋보이게 하는 요소임은 잘 알고 있었다. 그러나 홈즈는 늘 그렇듯이 내 마음을 꿰뚫어 보고 말했다.

"아니, 이기적인 생각이나 자만심에서 하는 말이 아닐세. 내 예술을 정당하게 다루어 주기를 바라는 것은 그것이 나만의 문제가 아니기 때문이야. 나 한 사람을 초월한 문제일세. 범죄는 어디에나 있지만 제대로 된 추론은 거의 없어. 그러니까 자네는 범죄보다 추론을 강조해야 해. 그런데 자네는 연속 강의가 되어야 할 것을 이야기 시리즈 정도로 만들고 있으니 문제일세."

이른 봄의 쌀쌀한 아침, 식사를 마친 뒤 우리는 베이커 가의 그 방에서 활활 타오르고 있는 난롯불을 사이에 두고 앉아 있었다. 진한 갈색으로 변색된 집들 사이로 짙은 안개가 천천히 흘러가고 있었다. 노란 안개의 소용돌이를 뚫고 맞은편 집의 창문이 거뭇하게 흔들리는 반점이 되어 흐릿하게 떠올랐다. 우리 방에 켜 둔 가스등 불빛을 받아 아직 치우지 않은 식탁의 테이블 크로스가 하얗게 빛났고, 도자기나 금속으로 만든 식기는 반짝거렸다. 셜록 홈즈는 그때까지 말없이 여러 신문의 광고란을 샅샅이 훑어보고 있었는데 결국은 이렇다 할 것을 발견하지 못한 모양이었다. 기분이 언짢아졌는지 이번에는 내 기록을 트집 잡기 시작한 것이다.

"그렇지만 말일세."

한동안 기다란 파이프를 피우며 난롯불을 바라보던 홈즈가 다시 말을 이었다.

"자네가 이야기를 왜곡하는 것은 아니야. 자네가 흥미를 느낀 사건 가운데 법적으로는 절대 범죄라고 할 수 없는 것들이 있으니까. 보헤미아 왕을 도운 그 작은 사건이나 메리 서덜랜드 양의 기묘한 경험, 입술 비뚝어진 남자를 둘러싼 수수께끼, 그리고 독신 귀족 사건도 역시 법의 테두리를 벗어난 것이었어. 단지 내가 걱정하는 것은, 자네가 선정적이라는 비난 때문에 지나치게 대중들의 인기를 피하려 한 나머지 사건 자체를 밋밋하게 만들어 버리는 것이 아닐까 하는 점일세."

"사건 자체는 그럴지도 모르겠지만 내 작법은 신선하고 흥미롭지 않았나?"

"그런가? 대중에게? 아무것도 모르는 우매한 대중이 아닌가? 치아를 보고도 직공織工임을 모르고, 왼손 엄지를 보고도 식자공임을 판단하지 못하는 대중이 분석과 추론의 미묘한 차이를 알 수 있을 리가 없지! 하지만 자네가 사건을 밋밋하게 만들고 있다고 해서 자네를 탓할 수도 없다네. 요즘에는 큰 사건이 전혀 없으니까. 범죄자들은 모험 정신과 독창성을 잃어버렸고, 내 소소한 직업도 이제는 잃어버린 연필을 찾아주거나 기숙학교 출신의 젊은 여성에게 충고하는 상담소 수준으로 떨어져 버린 것 같아. 나도 이제는 갈 데까지 간 것 같군. 이 편지는 오늘 아침에 왔는데 이것으로 우리 직업도 땅바닥으로 떨어졌다는 사실을 알 수 있다네. 한번 읽어 보게!"

홈즈가 꼬깃꼬깃해진 편지 한 통을 던져 주었다. 그것은 어젯밤에 몬태규 플레이스에서 부친 편지로 이런 내용이 적혀 있었다.

> 셜록 홈즈 선생님
> 꼭 상의하고 싶은 일이 있습니다. 가정교사로 오라는 곳이 있는데 가도 좋을지 망설이고 있습니다. 괜찮으시다면 내일 아침 10시 30분에 찾아 뵙겠습니다. 이만 줄입니다.
>
> 바이올렛 헌터

편지를 읽고 나서 내가 물었다.

"이 젊은 여성을 알고 있나?"

"아니, 모르네."

"곧 10시 30분일세."

"응. 벨 소리가 들리는군. 왔어."

"어쩌면 자네 생각보다 재미있는 사건일지도 몰라. 예전 〈푸른 카번클〉 사건도 처음에는 별것 아닌 줄 알았지만 중대한 수사가 되었으니 이번에도 그럴지 누가 알겠나?"

"제발 그랬으면 좋겠군! 곧 알 수 있겠지. 의뢰인이 찾아온 듯하니 들어 보세나."

홈즈가 말한 순간, 문이 열리며 젊은 여성이 들어왔다. 수수한 차림이었으나 단정했다. 물떼새 알 같은 주근깨가 잔뜩 뿌려진 얼굴은 밝고 영리해 보였으며 자신이 선택한 길을 걸어온 여성인 듯 태도도 시원시원했다. 홈즈가 자리에서 일어나 맞아들이자 그녀가 인사했다.

"폐를 끼쳐서 죄송합니다. 제가 좀 이상한 일을 겪게 되었는데 부모님이나 친척이 없어서 상의할 사람이 아무도 없습니다. 선생님이라면 어떻게 해야 좋을지 가르쳐 주시리라 생각해서 찾아왔습니다."

"자, 앉으세요, 헌터 양. 원하신다면 기꺼이 돕겠습니다."

홈즈는 새로운 의뢰인의 태도와 말하는 모습에서 호감을 느낀 모양이었다. 친구는 관찰하는 시선으로 그녀를 바라본 뒤, 눈을 감고 양손의 손가락 끝을 마주 대며 이야기를 듣겠다는 자세를 취했다.

"저는 지난 5년 동안 스펜스 먼로 대령 댁에서 가정교사로 일했습니다. 그런데 두 달 전에 대령님이 노바스코샤[42]의 핼리팩스로 전근을 가셨고 아이들도 함께 갔기 때문에 저는 졸지에 일자리를 잃고 말았습니다. 광고를 내 보았으나 뜻대로 되지 않았고, 결국에는 얼마 되지 않던 저금도 바닥을 드러내서 앞길이 막막했습니다.

웨스트엔드에는 웨스터웨이라는 유명한 가정교사 소개소가 있습니다. 일주일에 한 번 정도, 제게 맞는 일이 없는지 찾아가 보았습니다. 웨스터웨이는 그 소개소를 설립한 사람의 이름인데 실제로는 스토퍼 양이 운영하고 있습니다. 그녀는 조그만 사무실에 있고, 일자리를 구하는 여자들은 대기실에서 기다리다가 한 사람씩 방으로 불려 들어갑니다. 그러면 스토퍼 양은 장부를 보면서 적당한 자리가 있는지 살펴보지요.

지난주에도 그곳에 들렀어요. 평소대로 사무실로 불려 들어갔습니다. 그런데 스토퍼 양 말고도 다른 사람이 있었습니다. 뚱뚱하고 안경을 긴 남자였는데 턱 살이 몇 겹이나 됐고 목까지 늘어져 있었습니다. 스토퍼 양 곁에 앉아서 히죽히죽 웃으면서 들어오는 여자들을 아주 열심히 보고 있었습니다. 제가 들어가자 그 사람은 의자에서 펄쩍 뛰어오르더니 스토퍼 양의 얼굴을 바라보며 말했습니다.

'이 사람이야, 흠잡을 데 없어요. 이거 참 다행이군, 다행이야!'

그 사람은 아주 기쁘다는 듯이 손을 비볐습니다. 몹시 마음에 드는 모양이었습니다. 서글서글한 느낌이 들어서 보고 있던 저까지 기뻐질 정도였습니다.

'일을 찾고 계시죠?'

---

42) Nova Scotia. 캐나다 동부의 반도. 핼리팩스는 그곳의 주도州都이다.

'네, 맞아요.'

'가정교사 자리를 찾고 있습니까?'

'네.'

'급료는 얼마나 원하십니까?'

'예전에는 스펜스 먼로 대령 댁에서 일했는데 한 달에 4파운드를 받았습니다.'

'아아, 정말 터무니없는 급료로군. 정말 지독한 대접을 받았어요!'

그 사람은 화가 난다는 듯이 살찐 두 손을 높이 들고 외쳤습니다.

'이렇게 매력적이고 교양이 넘치는 여성에게 그런 쥐꼬리만 한 돈을 주다니!'

'제 교양은 선생님의 생각만큼 풍부하지는 않습니다. 프랑스어와 독일어를 조금, 거기에 음악과 그림을……'

'아니, 아니, 그런 건 문제되지 않습니다. 숙녀로서의 자질을 갖추고 있느냐 하는 점이 중요하죠. 바로 그것이 문제입니다. 만약 그런 자질이 없다면 장래 영국의 역사에 이름을 남길지 모를 아이를 교육할 자격은 없으니까요. 아가씨에게 그런 자질이 있다면 세 자릿수 이하의 금액을 지급하는 것은 모욕이나 마찬가지죠. 저라면 100파운드 드리겠습니다.'

이해할 수 있으시겠죠, 선생님? 저는 돈이 궁하기는 했지만 이상할 만큼 조건이 좋아서 믿어지지가 않았습니다. 그런데 그 신사가 제 마음을 읽었는지 지갑에서 지폐 한 장을 꺼냈습니다.

'이것은 저만의 방법입니다.'

신사는 활짝 웃어 보였습니다. 눈이 실처럼 가늘어져서 하얀 얼굴의 주름에 가려질 정도였습니다.

'젊은 여성에게는 급료의 절반을 미리 지불하고 있습니다. 그렇게 하

면 여비나 옷을 장만하는 데 쓸 수 있으니까요.'

그처럼 훌륭하고 배려 깊은 사람을 만나기는 처음이었습니다. 단골로 드나들던 가게에 외상을 한 상태였기에 선불을 받는다면 큰 도움이 될 게 분명했죠. 하지만 이야기를 듣고 있자니 괴이한 느낌이 들었습니다. 그래서 일을 하겠다고 약속하기 전에 몇 가지 확인을 해 두어야겠다고 생각했습니다.

'실례지만, 댁은 어디십니까?'

'햄프셔입니다. 시골이지만 매우 아름다운 곳이죠. 윈체스터에서 8킬로미터 떨어진 곳에 있는 너도밤나무 집에서 살고 있습니다. 아가씨, 거기는 정말 아름다운 시골이에요. 게다가 시간의 때가 묻은 저택이 얼마나 훌륭한지 모른답니다.'

'그렇다면 저는 어떤 아이들을 가르치게 되나요?'

'한 녀석만 가르쳐 주시면 됩니다. 여섯 살짜리 장난꾸러기예요. 아아, 정말이지 그 녀석이 슬리퍼로 바퀴벌레를 죽이는 모습을 보여 드리고 싶네요! 찰싹, 찰싹, 찰싹! 고 녀석은 아주 눈 깜빡할 사이에 세 마리를 잡아 버린다니까요!'

그 신사는 의자에서 몸을 뒤로 젖히고 웃었습니다. 가느다란 눈이 다시 얼굴 속으로 숨어 버렸습니다. 아이가 노는 방법을 듣고 깜짝 놀랐으나 아버지의 과장스러운 웃음을 보고 아마 농담이리라고 생각했습니다. 제가 다시 물었습니다.

'그렇다면 제 일은 그 아이의 공부를 봐 주는 것뿐입니까?'

'아니, 그렇지는 않습니다. 영리한 아가씨이니 벌써 눈치채셨겠지만 아내가 하는 말이라면 무엇이든 따라 주셨으면 합니다. 물론 숙녀분에게 실례되는 명령은 하지 않을 겁니다. 어떻습니까? 이 정도면 번거롭지

는 않겠죠?'

'제가 도움을 드릴 수 있다면 기꺼이 가겠습니다.'

'정말 고맙습니다. 예를 들어서 복장 말인데, 우리 취향이 좀 특이해서
요. 특이하다고는 해도 친절한 마음에서 그러는 겁니다. 어떻습니까? 우
리가 드리는 옷을 입어 주실 수 있겠습니까? 사소한 요청이니 들어주시
겠죠?'

'그렇게 하겠습니다.'

저는 내심 깜짝 놀랐지만 그렇게 대답했습니다.

'또…… 숙녀에게 여기 앉아라, 저기 앉아라 부탁해도 마음이 상하지
는 않겠지요?'

'네, 물론이죠.'

'그리고 우리 집에 오시기 전에 그 머리를 아주 짧게 잘라 주셨으면
합니다.'

저는 그 말을 듣고 귀를 의심했습니다. 홈즈 선생님, 보시다시피 제 머
리는 숱이 많아요. 갈색인데 이런 색을 가진 사람은 쉽게 찾아볼 수 없
지요. 그림에서나 볼 법한 머리라고 말하는 사람도 있습니다. 자르라고
해도 그렇게 쉽게 자를 마음이 들지는 않았습니다.

'죄송하지만 그건 어렵겠는데요.'

그 신사는 조그만 눈으로 저를 가만히 바라보고 있었는데 제 대답을
듣고 얼굴이 흐려졌습니다.

'그게 가장 중요합니다. 제 아내의 소소한 취향입니다. 하지만 아가씨
도 아실 겁니다. 여자의 취향에 맞춰 주지 않을 수도 없거든요. 어떻습니
까, 정말 머리를 자를 생각이 없습니까?'

'네, 절대로 자를 수 없어요.'

저는 분명하게 거절했습니다.

'그렇군요, 잘 알겠습니다. 그럼 이 이야기는 없었던 걸로 하지요. 정말 안타깝습니다. 다른 점에서는 전혀 흠잡을 데 없는 분이라서 더더욱 그렇군요. 그럼 스토퍼 양, 다른 분을 더 만나 보겠습니다.'

스토퍼 양은 그때까지 말없이 서류를 만지작거리고 있었는데 그때 아주 난처한 얼굴로 저를 물끄러미 바라보았습니다. 제가 거절하는 바람에 상당한 수수료를 받지 못하게 되어서가 아닐까 하는 생각이 들더군요. 스토퍼 양이 저에게 물었습니다.

'아직도 이름을 명부에 올려놓고 싶으세요?'

'네, 그렇게 해 주세요, 소장님.'

'하지만 쓸데없는 일 아닐까요? 이렇게 좋은 가정교사 자리를 거절하다니요. 이런 자리는 다시 없을 거예요. 그럼 오늘은 이만하기로 하죠, 헌터 양.'

그녀는 매정하게 말하더니 책상 위의 벨을 울렸습니다. 급사가 들어와서 저를 밖으로 내보냈습니다.

하지만 선생님, 하숙집으로 돌아와서 변변한 식기도 없는 찬장이며 탁자 위에 놓인 청구서 몇 장을 바라보고 있자니 제가 참으로 어리석은 짓을 했다는 생각이 들기 시작했습니다. 조금 특이했고 아주 이상한 일을 강요했지만 대신에 많은 보수를 주려고 했으니까요. 한 해에 100파운드를 받는 여자 가정교사는 영국 전체를 찾아봐도 거의 없을 겁니다. 게다가 이 머리카락이 무슨 도움이 되겠어요? 머리를 짧게 자르고 아름다워진 사람도 아주 많으니 저도 그럴 수 있잖아요? 이튿날, 저는 실수했다는 생각을 하기 시작했고, 그 다음 날에는 잘못했다고 확신했습니다. 부끄러움을 참고 직업소개소에 가서 그 자리가 아직 비어 있는지 물어보려고 길을 나서려던 참에 그 신사에게 편지가 왔습니다. 여기 있으니 읽어 보시기 바랍니다."

윈체스터 교외,
너도밤나무 집에서

헌터 양에게

스토퍼 양에게 주소를 듣고 이 편지를 씁니다. 전날의 이야기를 다시 생각해 보시면 어떻겠습니까? 아내에게 아가씨에 대해서 말했더니 매우 기뻐하며 꼭 와 주셨으면 좋겠다고 합니다. 우리의 자의적인 요청으로 폐를 끼치게 될 것을 사과하는 뜻에서 급료는 분기별로 30파운드, 즉 한 해에 120파운드를 드리겠습니다. 자의적인 요청이 있다고는 하나 그리 어렵지는 않습니다. 아내는 조금 특이한 짙은 청색을 좋아하기에 오전에 집에 있을 때는 그 색의 옷을 입어 주셨으면 좋겠다고 합니다. 하지만 아가씨가 일부러 돈을 들여 그런 옷을 살 필요는 없습니다. 지금은 필라델피아에 있는 딸 앨리스의 옷이 아가씨에게 꼭 맞을 테니까요. 또한 어디에 앉아 달라고 하거나 어떤 놀이를 하자고 할 수도 있지만 결코 실례가 되지는 않을 것입니다. 다만 머리카락 말인데, 저도 전날 한번 본 것만으로도 그 아름다움에 매료되었을 정도이니 정말로 미안하게 생각하고 있습니다. 그렇지만 그것만은 꼭 승낙해 주셨으면 하며, 그에 대한 보상으로 급료를 더 드리기로 한 것입니다. 아이를 봐 주는 일은 아주 간단합니다. 부디 와 주시기를 바랍니다. 기차 시간을 알려 주시면 윈체스터까지 이륜마차로 마중 나가겠습니다.

제프로 루캐슬

"홈즈 선생님, 이것이 얼마 전에 도착한 편지입니다. 저는 이 요구에 따르기로 결심했습니다. 하지만 확실하게 대답하기 전에 모든 사실을 이야기하고 선생님의 의견을 들어야겠다고 생각했습니다."

"알겠습니다, 헌터 양. 하지만 결심을 하셨다면 이제 와서 망설일 필요는 없지요."

홈즈가 생글생글 웃으며 말했다.

"거절하는 편이 좋다고는 생각지 않으시나요?"

"물론 내 동생이었다면 그런 자리는 별로 권하지는 않았을 겁니다."

"그게 무슨 말씀이신가요?"

"판단할 만한 재료가 없어서 뭐라고 말씀드릴 수는 없습니다. 헌터 양이야말로 뭔가 의견이 있으신 모양인데요."

"제게는 한 가지 생각밖에 없어요. 루캐슬 씨는 아주 친절하고 인품도 좋으신 분이지만, 부인은 정신병을 앓고 있는 거예요. 그런데 병원에 데려가고 싶지 않아서 조용히 집에 두고 싶어 하는 거죠. 그래서 발작이 일어나지 않도록 부인의 요구를 전부 들어주고 있다고 생각할 수는 없을까요?"

"그렇게 생각할 수도 있겠네요. 사실, 이야기만 들어서는 그렇게 생각하는 것이 타당해 보입니다. 그래도 역시 젊은 여성이 일하기에 적당한 가정은 아닙니다."

"하지만 선생님, 돈 문제가 있잖아요!"

"네, 틀림없이 급료는 좋습니다. 좋아도 너무 좋죠. 바로 그래서 더 걱정입니다. 어째서 1년에 120파운드나 지불하는 걸까요? 40파운드만 줘도 얼마든지 사람을 구할 수 있을 텐데. 거기에는 분명히 무슨 이유가 있을 겁니다."

"제 사정을 이야기해 두면 나중에 선생님의 도움을 구할 때 금방 이해하시겠죠? 저는 그렇게 생각했어요. 뒤에 홈즈 선생님이 계신다는 사실만으로도 저는 마음이 아주 든든해요."

"알겠습니다. 그렇게 생각하고 가세요. 아가씨의 이야기는 지난 몇 달 동안 의뢰받은 사건 중에서 가장 흥미로웠습니다. 몇 가지는 아주 신선했어요. 혹시라도 이상하다고 생각되거나 위험하다고 느껴지는 일이 있으면……."

"위험이라고요? 어떤 위험이 있을 거라 생각하세요?"

"알 수 있다면 그건 위험이 아니지요. 어쨌든 언제라도 상관없습니다. 밤이든 낮이든 전보를 보내면 바로 도우러 가겠습니다."

홈즈가 진지한 얼굴로 고개를 저었다. 헌터 양은 불안의 그림자가 깨끗이 사라진 얼굴로 의자에서 경쾌하게 일어났다.

"그거면 충분해요. 이제 안심하고 햄프셔로 갈 수 있겠어요. 지금 바로 루캐슬 씨에게 답장을 쓸 생각입니다. 오늘 밤 긴 머리와도 작별을 고하고 내일 윈체스터로 출발하겠어요."

그녀는 홈즈에게 감사의 말을 하고 인사한 뒤, 서둘러 돌아갔다. 계단에 울리는 야무지고 가벼운 발소리를 들으며 내가 말했다.

"적어도 저 아가씨라면 다른 사람에게 의지하지 않고 자신의 힘으로 끝까지 해내겠군."

"그랬으면 좋겠는데. 며칠 안으로 틀림없이 연락이 올 걸세."

홈즈는 걱정스러운 기색으로 말했고, 머지않아 그 예언은 맞아 떨어졌다. 2주일 뒤의 일이었다. 그동안 나는 때때로 헌터 양의 일을 떠올렸다. 외로운 여성치고는 매우 기묘한 인생의 갈림길에 들어서게 되었구나 싶어서 머리를 갸웃거렸다. 거액의 급료, 기묘한 조건, 간단한 일 등 모든 것이 어딘가 이상하게만 느껴졌다. 단순히 취향이 특이한 것인지 아니면 배후에 무엇인가가 있는지, 신사는 자선가인지 아니면 꿍꿍이가 있는 사내인지, 나로서는 도저히 판단할 길이 없었다. 홈즈는 곧잘 눈썹을 찌푸리고 멍한 표정으로 30분 동안이나 가만히 앉아 있곤 했다. 그럴 때 내가 헌터 양 이야기를 꺼내면 손사래를 치며 말하려 들지 않았다.

"자료, 자료, 자료가 없어! 왓슨, 아무리 나라도 진흙이 없으면 벽돌을 만들 수가 없네."

홈즈는 답답하다는 듯이 말했다. 그러면서 자신의 동생이었다면 그런 일을 하도록 두지는 않았을 것이라고 같은 말을 중얼거렸다.

어느 날, 밤늦게 전보가 왔다. 나는 슬슬 잠자리에 들어야겠다고 생각하던 참이었다. 홈즈는 진득하게 앉아서 화학 실험에 몰두하고 있었다. 그는 한번 빠지면 아예 밤을 새우는 적도 종종 있었으므로, 그럴 때면 나는 증류기나 시험관 위에 웅크리고 있는 친구를 신경 쓰지 않고 먼저 잠자리에 들었다. 그리고 이튿날 아침, 내가 식사를 하러 아래층으로 내려가면 홈즈가 같은 자세로 연구를 하고 있는 광경을 보는 것이다. 그러나 이날은 편지가 왔고, 그는 노란 봉투를 열어 내용을 읽더니 내게 던져 주었다.

"〈철도 여행 안내서〉에서 기차 시간을 좀 봐 주겠나?"

홈즈는 그렇게 말하더니 다시 화학 실험에 몰두했다. 전보는 짧았으나 긴박함이 느껴졌다.

내일 정오, 윈체스터 블랙 스완 호텔로 와 주시길 바람. 제발 부탁함.
어찌할 바를 모르겠음. —헌터

"같이 가 줄 텐가?"

홈즈가 얼굴을 들고 물었다.

"가고 싶군."

"그럼 기차 시간을 봐 주게."

"아침 9시 30분 기차가 있네."

나는 철도 여행 안내서를 훑어보며 대답했다.

"윈체스터에는 11시 30분에 도착하는 기차일세."

"그거 마침 잘 됐군. 그렇다면 아세톤 분석은 나중에 해야겠어. 내일 아침에 몸 상태가 나쁘면 곤란할 테니까."

이튿날 아침 11시 무렵, 우리가 탄 기차는 옛 영국의 수도였던 윈체스터 부근을 달리고 있었다. 홈즈는 조간신문만 내리 읽다가 햄프셔에 접어들자 신문을 내던지고 창밖의 풍경을 바라보기 시작했다. 화창한 봄날이었다. 아득하게 푸른 하늘, 조그맣고 하얀 양떼구름이 몇 개씩 서쪽에서 동쪽으로 흘러가고 있었다. 햇살은 밝게 빛났으나 상쾌하고 차가운 공기가 기력을 돋우었다. 앨더숏 마을의 완만한 언덕 부근까지 붉은 빛이나 회색빛의 농장 지붕들이 신선한 초록빛 나뭇잎 사이로 조그맣게 얼굴을 내밀고 있었다. 그야말로 전원 풍경이었다.

"정말 상쾌하고 아름다운 풍경이야."

베이커 가의 안개 속에서 막 빠져나온 내가 넋을 잃고 외쳤다. 그러나 홈즈는 걱정스럽다는 듯 머리를 흔들었다.

"이보게, 왓슨. 불행하게도 나 같은 사람은 무엇을 보든 자기 일과 연관 지어 버린다네. 자네는 여기저기 눈에 띄는 집들을 보고 아름다움에 감동하고 있어. 하지만 나는 같은 풍경을 보고도 집들이 저렇게 떨어져 있으니 완전 범죄도 가능하겠다는 생각밖에 들지 않는다네."

"세상에, 보기만 해도 마음이 편안해지는 저런 건물을 보고 범죄를 떠올릴 줄이야!"

"저런 건물을 보면 언제나 어떤 공포가 느껴지네. 이건 경험에서 얻은 확신인데, 런던의 지저분한 뒷골목보다도 이렇게 한가롭고 아름다운 전원에서 훨씬 더 끔찍한 범죄가 일어나는 법일세."

"자네는 정말 오싹한 소리만 하는군."

"아니, 원인은 분명하다네. 도시에서는 법률의 힘이 미치지 못하는 곳이라 할지라도 여론의 힘이 작용하고 있어. 아무리 지저분한 뒷골목에서라도 어린아이가 괴롭힘을 당해 비명을 지르거나, 술에 취한 사람이 난동을 부리면 근처 사람들이 동정하기도 하고 화를 내기도 하지. 거기에 치안 조직이 잘 짜여 있어서 고소하는 사람이 있으면 바로 조사가 시작되어 범죄자는 곧 쇠고랑을 차는 신세가 돼. 하지만 저 외로운 집을 보게나. 주위는 농지이고 집 안에는 대개 법률이라는 것을 알지도 못하는 무지한 사람들이 있네. 이런 곳에서 매해 잔혹한 범죄가 일어난다 해도 아무도 눈치채지 못할 거야. 우리 도움을 기다리고 있는 그 여성이 윈체스터의 도심에서 살고 있었다면 나도 걱정하지 않았을 걸세. 하지만 윈체스터에서 8킬로미터나 떨어진 시골이기 때문에 위험한 거야. 물론 그녀 자신이 위험에 빠진 건 아닐세. 그것만은 분명해."

"그건 그렇지. 우리를 만나기 위해서 윈체스터의 도심까지 나올 수 있으니까."

"맞아. 그녀는 자유롭게 행동할 수 있어."

"그럼 뭐가 문제란 말인가? 생각해 둔 것이 있나?"

"그에 대한 가능성은 일곱 가지나 생각해 두었어. 그 모든 것은 우리가 알고 있는 사실 범위 내에서는 모순되지 않는다네. 하지만 그중에서 어떤 것이 옳은지는 지금부터 손에 들어올 새로운 정보를 들어 봐야 알 걸세. 아, 대성당 탑이 보이기 시작했군. 곧 헌터 양의 이야기를 들을 수 있을 거야."

블랙 스완은 역 바로 근처에 있고 큰길가에 세워진 평판 좋은 호텔이었다. 헌터 양은 객실을 잡아 두고 식탁에 점심 식사까지 준비한 채 우리를 기다리고 있었다. 그녀가 진지한 얼굴로 말했다.

"정말 잘 와 주셨습니다. 두 분 모두 감사드립니다. 어떻게 해야 좋을지 몰라 망설이고 있었어요. 선생님께서 조언해 주신다면 큰 도움이 될 거예요."

"무슨 일이 있었는지 들어 봅시다."

"말씀드릴게요. 시간이 없어요. 오후 3시까지 돌아가겠다고 루캐슬 씨에게 말하고 나왔거든요. 오늘 아침에 시내에 나가겠다고 하고 허락을 받았지만 무슨 일 때문인지는 말하지 않았어요."

"처음부터 순서대로 말씀해 보세요."

홈즈는 기다란 다리를 난로 옆으로 뻗어 이야기 들을 자세를 취했다.

"미리 말씀드리지만, 루캐슬 부부는 저를 조금도 부당하게 대하지 않았어요. 이 사실을 말해 두지 않으면 그분들에게 불공평할 거예요. 하지만 저는 그분들을 이해할 수가 없고, 게다가 불안을 느끼고 있어요."

"무엇을 이해할 수 없다는 겁니까?"

"그분들의 행동을 이해할 수가 없어요. 어쨌든 있는 그대로 전부 말씀드릴게요. 제가 여기에 도착하자 루캐슬 씨가 마중을 나왔고, 이륜마차로 너도밤나무 집으로 갔어요. 듣던 대로 아름다운 곳이었지만 건물 자체는 그렇게 아름답지 않았어요. 회반죽을 바른 네모난 모양의 커다란 집인데 비바람에 시달려 완전히 더러워져 있었거든요. 집 주위는 세 방향은 숲이고, 나머지 한쪽은 사우샘프턴 가도를 향해 경사를 이루고 있는 초원이에요. 가도는 현관에서 100미터쯤 떨어진 곳에 있는데 굽이쳐 지나고 있어요. 정면의 토지는 저택의 소유지만 숲은 전부 사우서턴 경의 사냥터예요. 현관 맞은편에 너도밤나무 숲이 있어서 그 저택을 너도밤나무 집이라고 부릅니다.

저는 언제나 상냥한 주인을 따라 집으로 들어가 그날 밤에 부인과 아이를 소개받았어요. 선생님, 베이커 가로 찾아갔을 때 제가 한 추측은 완전히 빗나갔어요. 루캐슬 부인은 정신이 이상한 사람이 아니었어요. 창백한 얼굴에 아주 조용한 사람인데 루캐슬 씨보다 훨씬 젊어서 아직 서른 살도 되지 않았을 거예요. 루캐슬 씨는 아무리 젊게 봐도 마흔다섯 살은 됐을 텐데 말이에요. 두 사람의 대화를 통해서 결혼한 지 7년쯤 되었다는 사실, 루캐슬 씨는 재혼인데 전처가 낳은 딸은 필라델피아에 있다는 사실 등을 알 수 있었어요. 루캐슬 씨가 털어놓기로 그 딸은 이유도 없이 새어머니를 싫어해서 집을 나가 버렸다고 해요. 딸은 스무 살이 넘었을 테니 젊은 어머니가 있으면 아무래도 집에 있기가 거북했겠지요.

루캐슬 부인은 얼굴에도 특징이 없고 성격도 재미없어요. 호감이 가지도 않지만 싫다는 생각도 들지 않아요. 정말 평범한 여성인데 어딘가 좀 비현실적인 사람 같기도 해요. 하지만 남편과 아이를 진심으로 사랑하고 있지요. 언제나 가족들을 잘 지켜보고 있다가 뭔가 해 줘야 할 일은 없는지, 되도록 상대방이 말하기 전에 먼저 해 주려 하고 있어요. 남편도 행동이 거칠기는 해도 부인을 아껴 주고, 대체적으로는 행복한 부부처럼 보였어요. 그래도 부인에게는 뭔가 슬픈 일이 있는 모양이에요. 가끔은 아주 슬픈 표정을 지으며 가만히 생각에 잠기고는 해요. 눈물을 글썽이는 모습을 보고 깜짝 놀란 적도 몇 번 있었고요. 부인의 걱정거리는 아들이 아닐까 생각하기도 했어요. 그 아이처럼 응석받이로 자라서 비뚤어진 아이는 처음이거든요. 나이에 비해서 몸집은 작은데 머리만 커서 균형이 맞지 않아요. 떼를 쓰며 몸부림치거나 기분이 나쁜 듯이 입을 꾹 다물고 있기만 해요. 매일 그것이 일과처럼 되어 있어요. 자기보다 약한 생물을 죽이는 게 재미있는지 생쥐, 새, 곤충을 잡는 재능은 정말 뛰어나답니다. 하지만 아이 이야기는 이 정도로 해 둘게요. 제가 말하려는 일과는 관계가 없으니까요."

그녀의 말에 내 친구가 답했다.

"사소한 것까지 다 들려주세요. 관계없다고 생각하는 것이라도 괜찮습니다."

"중요한 부분은 빠뜨리지 않도록 할게요. 너도밤나무 집으로 간 지 얼마 되지 않았을 때부터 하인들의 풍채나 행동이 불쾌했어요. 하인은 톨러 부부, 두 사람뿐이에요. 남편은 머리카락과 구레나룻이 희끗희끗한 거친 남자인데 언제나 술 냄새를 풍겨요. 제가 같이 산 다음부터 두 번이나 술에 취해서 쓰러졌어요. 그런데도 루캐슬 씨는 전혀 신경 쓰지 않는 듯해요. 아내는 까다로워 보이는 얼굴에 키가 아주 크고 체격이 건장합니다. 그런데 루캐슬 부인만큼이나 말이 없고 붙임성 있게 살짝 웃음기를 보인 적조차 없어요. 부부는 모두 매우 불쾌한 사람들이지만, 다행히도 저는 대부분을 아이 방이나 그 옆에 있는 제 방에 있기 때문에 이야기를 나누는 경우는 거의 없어요. 참, 제 방은 건물의 구석 쪽에 있어요.

너도밤나무 집에 들어간 지 이틀 동안에는 아무 일도 일어나지 않았어요. 그런데 사흘째 되던 날, 아침 식사를 마치자마자 루캐슬 부인이 아래층으로 내려와 남편에게 무엇인가를 속삭였어요.

'그래, 알았소.'

루캐슬 씨는 그렇게 대꾸하더니 제게 이렇게 말했어요.

'우리의 무례한 요구 때문에 머리까지 잘라 주셔서 정말 고맙습니다, 헌터 양. 머리를 잘랐지만 아름다움은 조금도 변하지 않았어요. 그런데 짙은 푸른색 드레스가 어울리는지도 한번 보고 싶습니다. 방의 침대 위에 꺼내 놓았으니 입어 주셨으면 합니다.'

그 말을 듣고 방에 가 보니 특이한 색의 파란 옷이 있었어요. 모직물 같은 고급 천으로 만든 옷이었는데 예전에 누군가가 입어 본 것이 분명했습니다. 제가 옷을 맞춰도 이렇게 잘 맞을 수는 없겠다 싶을 정도로 몸에 꼭 맞았어요. 그런 저를 보고 루캐슬 부부는 매우 기뻐했는데 좀 지나치다 싶을 정도였어요. 두 사람은 응접실에서 저를 기다리고 있었습니다. 응접실은 건물의 정면 전부를 차지할 만큼 아주 넓어요. 거기에는 바닥까지 닿는 기다란 창이 세 개 달려 있고, 가운데 창문 옆에 의자가 창을 등지고 놓여 있었어요. 그분들은 저보고 그 의자에 앉으라고 했어요. 그리고 루캐슬 씨는 응접실 맞은편을 이리저리 걸으면서 처음 듣는 아주 재미있는 이야기들을 하기 시작했어요. 얼마나 재미있는지 모르실 거예요. 너무 웃어서 나중에는 온몸에 힘이 다 빠질 정도였죠. 그런데 루캐슬 부인은 미소 한 번 띠지 않고 무릎에 손을 얹은 채 슬픈 표정을 짓고 있었어요. 유머 감각도 없나 봐요. 한 시간쯤 지나자 갑자기 루캐슬 씨는 아이를 봐 줄 시간이 되었다면서 옷을 갈아입고 아들 에드워드의 방으로 가라고 말했어요.

이틀 뒤에도 완전히 똑같은 일이, 완전히 똑같은 상황에서 벌어졌습니다. 저는 옷을 갈아입고 다시 창가에 앉아서 정신없이 웃었지요. 루캐슬 씨는 우스운 이야기를 아주 많이 알고 있어요. 게다가 말솜씨도 아주 좋아요. 그런 다음 노란 표지의 통속 소설을 건네주더니 페이지에 그림자가 지지 않도록 의자를 약간 움직여서 그 책을 읽어 달라고 하지 뭐예

요. 책의 중간 부분부터 읽기 시작했고, 10분쯤 지나자 한 문장을 다 읽지도 않았는데 갑자기 이제 됐다면서 옷을 갈아입으라고 했어요.

선생님, 아시겠어요? 어째서 이처럼 기묘한 일을 시키는 건지 알고 싶어서 견딜 수가 없어요. 그런데 말이죠, 제가 보기에는 창문 쪽으로 제 얼굴이 보이지 않게 하려고 루캐슬 부부가 늘 신경 쓰는 것 같았어요. 저는 창밖에 무엇이 있는지 무척 궁금해졌죠. 처음에는 도저히 불가능해 보였지만 곧 좋은 생각이 떠올랐어요. 깨진 손거울이 하나 있었는데, 그 거울 조각을 손수건에 숨겨 둔 거죠. 그리고 다음번에 루캐슬 씨가 또 우스운 이야기를 해 줄 때, 배를 움켜쥐고 웃으면서 손수건을 눈앞으로 들어 올린 거예요. 각도를 조금만 바꿔도 뒤쪽을 전부 살펴볼 수 있었어요. 하지만 창밖에 아무것도 없어서 실망했어요. 아, 언뜻 본 순간에는 그렇게 생각했어요. 하지만 다시 한 번 보니 사우샘프턴 가도에 있는 어떤 남자가 보였어요. 회색 옷을 입고 턱수염을 기른 자그마한 남자였는데 우리 쪽을 바라보고 있는 듯했어요. 사우샘프턴 가도는 중요한 도로라서 사람들의 왕래가 끊이지 않아요. 하지만 그 사람은 저택의 땅인 초원의 목책에 기대서 가만히 우리 쪽을 바라보고 있었어요. 저는 손수건을 내리고 루캐슬 부인을 힐끗 쳐다봤어요. 부인은 의심하는 눈초리로 저를 보고 있었어요. 아무 말도 하지는 않았지만 손에 거울을 숨겨 뒤를 본 사실을 눈치챈 듯했습니다. 부인이 자리에서 벌떡 일어났어요.

'제프로, 저 길에 있는 남자가 헌터 양을 힐끔힐끔 보고 있어요.'

'헌터 양, 당신의 친구인가요?'

'아니요, 이 근처에는 친구가 없어요.'

'정말 무례한 남자로군! 뒤돌아서 손을 흔들어 쫓아 버리세요.'

'모르는 척하는 편이 낫지 않을까요?'

'아니요, 저 남자는 언제나 이 부근을 어슬렁대는 사람이에요. 뒤돌아서 손을 흔들어 쫓아 버리세요.'

저는 그 부부가 시키는 대로 손을 흔들었고, 그 순간 루캐슬 부인이 블라인드를 내렸어요. 이건 일주일 전의 일이에요. 그 후에는 한 번도 창가에 앉지 않았고 파란 옷을 입은 적도 없어요. 그리고 가도에 있던 남자도 보지 못했어요."

홈즈가 말했다.

"계속해 보세요. 이야기가 아주 재미있어질 것 같으니."

"종잡을 수 없는 이야기가 될지도 모르겠어요. 게다가 앞으로 이야기할 일은 서로 관계가 없을지도 몰라요. 제가 너도밤나무 집에 도착한 날, 루캐슬 씨가 부엌 근처에 있는 조그만 창고로 저를 데려갔어요. 다가가 보니 쇠사슬을 쩔그렁거리며 커다란 짐승이 움직이는 소리가 들려왔어요.

'한번 들여다보세요. 정말 멋진 놈이죠?'

루캐슬 씨가 벌어진 판자 틈을 가리키며 말했어요. 들여다보니 어둠 속에 커다란 생물이 웅크려 앉아 있었고, 두 눈이 번쩍번쩍 빛났어요. 제가 움찔 하는 것을 보고 그가 웃으면서 말했어요.

'무서워하지 않아도 돼요. 내가 기르는 마스티프 종의 개인데 이름은 카를로라고 합니다. 내 개라고 말하기는 했지만 저 놈을 다룰 줄 아는 사람은 사실 하인인 톨러밖에 없어요. 먹이는 하루에 한 번만 주는데 많이는 주지 않아요. 그래서 늘 기분이 나쁘고 예민한 야성 상태를 유지하죠. 매일 밤 톨러가 사슬을 풀어 주는데, 저택에 숨어드는 녀석이 있으면 카를로의 먹이가 되고 말 거요. 그러니 밤에는 정원에 나가지 말아요. 목숨을 잃을지도 모르니.'

그 경고는 사실이었어요. 이틀이 지난 날의 밤이었어요. 새벽 2시 무렵, 문득 침실에서 창밖으로 시선을 돌렸어요. 아름다운 달밤으로 집 정면의 잔디가 은빛으로 반짝여서 마치 한낮 같이 밝더군요. 그 평화롭고 아름다운 광경에 잠겨 있는데 너도밤나무 숲 그늘에서 무엇인가가 움직이고 있었어요. 그것이 달빛 아래로 뛰어나왔을 때 정체를 알았죠. 송아지만 한 커다란 개였어요. 턱 살이 늘어져 있고 코끝이 검고 얼마나 말랐는지 황갈색 몸에 커다란 골격이 그대로 드러나 있었어요. 개는 천천히 잔디밭을 가로질러 반대편 그늘로 사라졌어요. 말이 없고 무시무시한 보초병을 보자 온몸에 소름이 돋았어요. 그 어떤 강도를 만나도 그처럼 두렵지는 않을 거예요.

그리고 이런 이상한 일도 있었어요. 아시는 대로 저는 런던에서 머리를 짧게 잘랐고 자른 머리카락을 둥글게 말아서 트렁크 바닥에 넣어 두었어요. 어느 날 밤, 아이가 잠든 뒤에 반은 재미삼아 제 방의 가구들을 여기저기 살펴보기도 하고 가져온 물건들을 정리하기도 했어요. 방에는 낡은 서랍장이 있는데 위쪽 두 개는 빈 채로 열려 있었고 아래 서랍은 열쇠로 잠겨 있었어요. 셔츠와 속옷은 열려 있던 서랍에 넣었지만 그래도 정리하지 못한 것들이 아직 많이 남아 있었어요. 세 번째 서랍을 쓸

수가 없었기에 저는 어떻게 해야 좋을지 몰랐어요. 문득, 세 번째 서랍
을 잠가 두고 그 사실을 잊어버렸을지도 모른다는 생각이 들었어요. 그
래서 제가 직접 열쇠 꾸러미를 가져다가 열쇠 구멍에 넣어 보았어요. 운
좋게도 첫 번째 열쇠가 맞아서 서랍을 열어 보았죠. 그 안에 들어 있던
것이 무엇인지 두 분은 상상도 못하실 거예요. 세상에, 그건 제 머리카락
이었어요!

　저는 그것을 꺼내 살펴보았어요. 특이한 색깔이나 양으로 봐서 틀림없
이 제 것이었어요. 하지만 곧 그런 일은 있을 수 없다고 생각했어요. 열
쇠로 잠가 놓은 서랍에 제 머리카락이 있을 리가 없잖아요? 저는 떨리는
손으로 트렁크를 열고 안을 뒤져 제 머리카락을 꺼냈어요. 두 개의 머리
카락 뭉치를 나란히 놓았더니 저도 구별할 수 없었어요. 어떻게 그런 일
이 있을 수 있을까요? 아무리 생각해 봐도 도무지 영문을 알 수가 없었
어요. 저는 그 이상한 머리카락을 다시 서랍에 넣었지만 그 사실을 루캐

슬 부부에게는 말하지 않았어요. 잠가 놓은 서랍을 연 것은 제 잘못이라고 생각했기 때문이에요.

홈즈 선생님은 이미 알고 계실지 모르겠지만 저는 원래부터 세심한 편이에요. 너도밤나무 집에 도착하자마자 건물의 구조를 완전히 파악해 두었어요. 그 저택에는 아무도 살지 않는 별채가 있어요. 그곳의 출입구는 톨러 부부가 사는 곳의 출입구와 마주 보고 있는데 언제나 자물쇠가 걸려 있지요. 그러던 어느 날, 저는 계단을 올라가다가 그 문에서 나오는 루캐슬 씨와 마주쳤어요. 손에 열쇠 꾸러미를 들고 있었는데 그 얼굴은 평소의 명랑한 루캐슬 씨라고는 여겨지지 않을 정도였어요. 얼굴은 시뻘겋고 미간을 찡그리고 있었으며 분통이 터지는 듯한 표정이었죠. 너무 흥분한 나머지 관자놀이에는 힘줄이 돋아 있었어요. 루캐슬 씨는 문을 잠근 뒤, 제게 말을 걸기는커녕 쳐다보지도 않고 빠른 걸음으로 지나쳤어요.

불쑥 호기심이 고개를 쳐들었어요. 그래서 아이를 데리고 정원을 산책할 때 슬쩍 옆으로 빠져서 그곳의 창문이 보이는 곳까지 가 보았지요. 그곳에는 창문이 네 개 있었는데, 세 개는 아주 더러웠지만 네 번째 창문에는 덧문이 내려져 있었어요. 사람이 살고 있는 것 같지는 않았어요. 가끔 그 창문들을 올려다보면서 그 주위를 걷고 있자니 평소의 밝은 얼굴로 돌아온 루캐슬 씨가 다가왔어요.

'아아, 친애하는 숙녀 헌터 양. 아까는 인사도 없이 실례했습니다. 마음이 상하지는 않았겠죠? 내가 일 때문에 정신이 없어서요.'

저는 마음 상하지 않았다고 말했어요.

'그런데 여기에는 방이 꽤나 많은 것 같은데 다 쓰지는 않으시나 봐요. 한곳에는 덧문이 내려져 있고요.'

'사진이 취미라서요. 저 방을 암실로 쓰고 있습니다. 관찰력이 정말 뛰

어나시네요. 젊은 사람치고는 믿을 수 없을 정도예요. 정말 믿을 수 없을 만큼 관찰력이 뛰어납니다.'

농담을 던지는 어투였으나 저를 바라보는 눈은 결코 장난스럽지 않았고, 의심과 당혹해하는 빛이 역력했어요. 나란히 늘어서 있는 저 방에 남들에게 보이고 싶지 않은 무엇인가가 있다는 사실을 깨달은 순간, 저는 그것을 알아내고 싶은 마음을 억누를 수가 없었어요. 하지만 그것은 단순한 호기심은 아니었어요. 의무감이기도 하고 저 방들을 살펴보면 뭔가 좋은 일이 생길 것 같다는 생각에 사로잡혔어요. 여자의 직감이라는 말이 있잖아요? 그런 기분이 든 것도 여자의 본능 때문인지 모르겠어요. 어쨌든 저는 그런 기분이 들었고, 금지된 방에 들어갈 방법은 없을지 기회를 엿보고 있었습니다.

그런데 바로 어제의 일이었어요. 마침내 그 기회가 찾아왔죠. 루캐슬 씨는 물론이고 톨러 부부까지 그 인기척이 없는 방으로 들어가 무엇인가를 하고 있었어요. 언젠가 톨러가 크고 검은 자루를 들고 문으로 들어가는 모습을 본 적도 있었어요. 요즘 톨러는 술을 더 많이 마시고 어제 저녁에도 심하게 취해 있었어요. 그런데 제가 2층으로 올라갔을 때 그 문에 열쇠가 그대로 꽂혀 있지 뭐예요. 아마도 톨러가 깜빡한 모양이었어요. 루캐슬 부부는 아이와 함께 아래층에 있었으니 다시없을 기회였어요. 저는 가만히 열쇠를 돌려 문을 열고 살금살금 안으로 들어갔어요.

들어가 보니, 좁은 복도가 이어져 있었습니다. 벽은 도배를 하지 않았고 바닥에는 카펫도 깔려 있지 않았어요. 복도 끝은 직각으로 굽어 있었죠. 그곳으로 돌아 들어가자 나란히 문 세 개가 있었어요. 첫 번째와 세 번째 방은 잠겨 있지 않았는데 모두 먼지투성이에 음산한 느낌이 드는 빈방이었어요. 첫 번째 방에는 창문이 두 개, 세 번째 방에는 창문이 한 개 있었어요. 저녁 햇살이 먼지투성이 창문을 통해 희미하게 들어오고 있었죠. 그런데 가운데 방은 닫혀 있었고 문에는 쇠로 된 빗장이 채워져 있었어요. 철제 침대에 쓰이는 폭이 넓은 철판인데 그 한쪽 끝은 벽의 고리에 자물쇠로 고정되어 있고 다른 한쪽은 튼튼한 끈에 묶여 있었어요. 문에도 자물쇠가 채워져 있었는데 열쇠는 보이지 않았어요. 덧문이 내려져 있던 창문이 떠올랐어요. 바로 그 방이 굳게 닫힌 문 너머에 있다는 사실은 분명했습니다. 그런데도 방문 밑으로 불빛이 새어 나오는 것을 보니 방이 완전히 어둡지는 않은 듯했어요. 아마도 천장에 난 창문으로 빛이 들어왔던 거겠죠. 복도에 서서 기분 나쁜 문을 가만히 바라보며 어떤 비밀이 숨어 있을지 생각했어요. 그런데 갑자기 방 안에서 발소리가 들리기 시작한 거예요! 문 아래로 새어 나오는 희미한 빛이 흔들리는 걸 보니 사람이 방 안을 돌아다니는 게 분명했어요. 그것을 본 순간, 머리가 혼란스러워졌고 까닭 모를 공포에 휩싸였어요. 갑자기 팽팽하던 긴장감이 풀어졌고 저는 입구 쪽으로 달리기 시작했어요. 어떤 무시무시한 손길이 제 치마를 잡으려 쫓아오는 듯한 기분이 들어 달리기 시작한 거예요. 복도를 지나서 문 밖으로 달려 나갔는데, 저는 그만 밖에서 기다리고 있던 루캐슬 씨의 팔 안으로 뛰어들고 말았어요.

'역시 아가씨였군. 문이 열려 있기에 헌터 양일 것이라고 짐작하고 있었지만.'

루캐슬 씨가 빙그레 웃으며 말했어요.

'아아, 정말 무서웠어요.'

저는 숨을 헐떡였어요.

'오, 괜찮아요. 이젠 괜찮아요! 그런데 무엇이 그렇게 무서웠을까?'

루캐슬 씨는 생각할 수 없을 정도로 부드럽게 달래 주었지만 그 목소

리는 약간 간살스러웠어요. 억지로 내는 느낌이 들었죠. 저는 조심해야
겠다고 생각했어요.

'저런 빈방에 가다니 쓸데없는 짓을 했어요. 어둑어둑해서 <u>으스스한</u>
기분이 들고 불안하기도 하고, 무서워서 뛰쳐나오고 말았어요. 무서울
정도로 조용한 곳이에요!'

'그것뿐인가요?'

루캐슬 씨가 날카로운 눈으로 저를 바라봤어요.

'네? 무슨 말씀이시죠?'

제가 되물었어요.

'이 문을 왜 잠가 놓는지 알겠어요?'

'모르겠는데요.'

'쓸데없이 사람을 들이고 싶지 않아서예요. 알겠습니까?'

루캐슬 씨는 여전히 아주 상냥해 보이는 미소를 짓고 있었어요.

'제가 만약 그 사실을 알았다면…….'

'이젠 알았겠지요? 만일 또 여기에 들어간다면…….'

그때 루캐슬 씨의 얼굴에서 미소가 사라지더니 갑자기 격렬한 분노의 표정이 그대로 드러났어요. 저를 노려보는 얼굴이 꼭 악마 같았어요.

'당신은 마스티프의 먹이가 될 거요.'

너무 무서워서 다음부터는 제가 어떻게 했는지 기억이 나지 않아요. 아마도 루캐슬 씨의 옆으로 달려 나가서 방으로 달아났겠죠. 정신을 차리고 보니 침대에 누워 부들부들 떨고 있었어요. 저는 그때 선생님을 떠올렸어요. 상의할 사람이 없다면 그 집에는 더 이상 있을 수가 없어요. 그 집도, 주인도, 부인도, 하인들도, 아이까지도 무서워서 견딜 수가 없어요. 하나부터 열까지 무서워서 참을 수가 없다고요. 하지만 선생님이 제 이야기를 들어 주신다면 모든 일이 잘 풀릴 거예요. 물론 그 집에서 도망칠 수도 있었어요. 그렇지만 두려움과 함께 호기심도 있었어요. 곧바로 선생님에게 전보를 치기로 결심했어요. 저는 모자를 쓰고 외투를 걸친 뒤 800미터 떨어져 있는 전보국으로 갔지요. 전보를 치고 집으로 돌아가는 길에는 마음이 아주 편해지기 시작했어요. 그런데 집에 다가갈수록 끔찍한 의문이 들기 시작했어요. 마스티프를 풀어 놓은 것은 아닐까? 하지만 저녁에 톨러가 술에 취해 쓰러졌다는 사실을 떠올렸어요. 그 사람만 무시무시한 개를 다룰 수 있고, 다른 사람은 아무도 사슬을 풀어 줄 만큼 용기가 없어요. 저는 아무에게도 들키지 않고 집으로 들어가 침대에 누웠는데 선생님을 만날 생각을 하니 기뻐서 밤늦게까지 잠을 잘 수가 없었어요. 오늘 아침에 제가 윈체스터에 다녀오는 것에 대해서 그 부부는 아무 말도 하지 않았지만 오후 3시까지는 돌아가야 해요. 루캐슬 부부는 외출했다가 늦게야 돌아올 예정이기 때문에 아이를 돌봐주어야 하거든요. 홈즈 선생님, 제가 겪은 일은 전부 말씀드렸어요. 이게 대체 어떻게 된 일일까요? 그보다 저는 어떻게 하면 좋을까요? 부탁이니 가르쳐 주세요."

홈즈와 나는 그 놀라운 이야기에 매료되어 귀를 기울이고 있었다. 친구는 자리에서 일어나 심각한 표정을 지으며 주머니에 손을 넣고 주위를 서성이기 시작했다.

"톨러는 아직 취해 있습니까?"

홈즈가 물었다.

"네, 그 아내가 정말 어쩔 수 없는 사람이라며 루캐슬 부인에게 말씀드리는 것을 들었어요."

"그거 잘됐군. 그럼 헌터 양, 루캐슬 부부는 오늘 밤에 외출할 예정이라고요?"

"네."

"그 집에 튼튼한 자물쇠가 채워진 지하실이 있습니까?"

"네, 포도주 저장고가 있어요."

"헌터 씨, 당신은 이번 사건에서 무척 용감하고 이성적으로 행동했습니다. 다시 한 번 공을 세워 볼 생각은 없습니까? 당신이 뛰어난 여성이기에 부탁하는 겁니다."

"해 볼게요. 어떤 일이죠?"

"나는 밤 7시까지 친구와 함께 너도밤나무 집으로 가겠습니다. 그때쯤이면 루캐슬 부부는 외출했을 테고, 톨러도 아마 술에 취해 쓰러져 있을 거예요. 남은 사람은 톨러의 아내뿐인데 일을 시끄럽게 만들지도 몰라요. 그러니 뭔가 구실을 만들어 지하실로 내보낸 다음 밖에서 문을 잠가 가둬 주세요. 그렇게만 한다면 일이 한결 수월해질 겁니다.”

“해 볼게요.”

“고마워요! 그럼 사건을 자세히 살펴보기로 하죠. 물론 납득할 수 있을 만한 설명은 하나밖에 없어요. 당신이 그 집으로 들어가게 된 것은 누군가의 대역을 하기 위해서고, 그 사람은 어두운 방에 갇혀 있습니다. 여기까지는 의심의 여지가 없어요. 갇혀 있는 사람은 아마 필라델피아에 있던 딸 앨리스 루캐슬이겠죠. 당신을 고용한 것은 그녀와 키, 몸매, 머리카락 색이 비슷하기 때문입니다. 앨리스 루캐슬은 어떤 병에 걸렸거나 해서 머리를 짧게 잘랐고, 그렇기 때문에 당신에게도 머리를 자르라고 한 겁니다. 그런데 당신은 우연히도 앨리스의 머리카락 뭉치를 발견했어요. 그리고 길가에 서 있던 남자는 앨리스의 친구, 아마도 약혼자일 겁니다. 그녀와 아주 닮은 당신이 그녀의 옷을 입은 채 언제나 웃고 있었죠. 아마 그 남자는 당신의 행동을 보고 앨리스가 행복하게 살고 있으니 걱정할 필요가 없다고 믿었을 겁니다. 밤이 되면 개를 풀어 둔 이유는 그 남자와 앨리스가 서로 연락하는 것을 막기 위해서겠죠. 여기까지는 확실한 사실입니다. 한데 이번 사건에서 가장 눈여겨봐야 할 점은 아이의 성격입니다.”

“아이의 성격이 어째서 사건과 관계가 있다는 건가?”

나는 무심코 큰 소리를 내고 말았다.

“이보게, 왓슨. 자네는 의사이니 부모를 관찰해서 아이의 성격을 파악하지 않는가? 그렇다면 역으로 자식을 보고 부모를 이해할 수 있는 것도 가능하지 않겠나? 나는 지금까지 아이를 관찰해서 숨어 있는 부모의 성격을 꿰뚫어 본 적이 몇 번 있었다네. 루캐슬의 아들은 이상할 정도로 잔혹해. 아니, 잔혹함을 즐기고 있어. 그 성격은 언제나 생글생글 웃고 있는 아버지에게서 물려받은 듯해. 그럴 리는 없겠지만, 설령 어머니에게 물려받은 성격이라 할지라도 그들이 감금하고 있는 가엾은 앨리스에게는 매우 위험한 요소야."

"정말 그래요."

의뢰인이 커다란 목소리로 말했다.

"선생님의 말씀마다 짚이는 부분이 있어요. 자, 어서 가엾은 앨리스 양을 구하러 가요."

"신중하게 처리해야 합니다. 상대는 아주 교활한 사람이에요. 저녁 7시까지는 달리 손을 쓸 방법이 없습니다. 7시까지 당신이 있는 곳으로 가지요. 사건의 수수께끼를 푸는 데 그렇게 많은 시간이 걸리지는 않을 겁니다."

우리는 약속대로 정각 7시에 너도밤나무 집에 도착했다. 이륜마차는 도로변에 있는 술집에 맡겨 두었다. 헌터 양이 현관의 계단에 생글생글 웃으며 서 있었으나 저물어 가는 저녁 햇살을 받아 나뭇잎이 잘 닦인 금속처럼 반짝이는 너도밤나무 숲만 보아도 그곳이 우리가 목표로 삼은 집임을 알 수 있었다.

"일은 생각대로 됐습니까?"

홈즈가 물었다. 쿵, 쿵 하는 커다란 소리가 지하 어딘가에서 들려왔다.

"지하실에 있는 건 톨러의 아내예요. 남편은 부엌 깔개 위에서 코를 골며 자고 있어요. 이게 톨러의 열쇠 꾸러미이고, 루캐슬 씨가 가진 것과 같아요."

그 말을 듣고 홈즈가 기뻐하면서 외쳤다.

"정말 잘 처리했습니다! 그럼, 안내해 주세요. 이 흉악한 계획도 곧 끝장입니다."

우리는 계단을 올라가 그 문의 열쇠를 열고 복도로 들어갔다. 헌터 양이 말한 대로 굳게 닫혀 있는 문 앞에 섰다. 홈즈는 밧줄을 끊어 쇠로 된 빗장을 벗기고 몇 개의 열쇠를 시험해 보았으나 맞는 것이 없었다. 방안에서는 아무 기척도 느껴지지 않았다. 너무 조용했다. 홈즈의 얼굴이 흐려졌다.

"아직 늦지는 않았어요. 헌터 양, 안에 들어가는 건 우리에게 맡겨 두세요. 자, 왓슨, 어깨로 밀자고. 문이 부서지는지 한번 해 보세."

낡아서 흔들흔들하는 문은 우리 둘이 동시에 밀자 간단히 열리고 말았다. 우리는 일제히 방 안으로 들어갔다. 아무도 없었다. 지푸라기를 깐 조그만 침대, 작은 탁자, 속옷 등이 든 바구니를 빼면 다른 가구도 없었다. 머리 위 천장에 달린 문이 열려 있었고, 포로는 보이지 않았다. 홈즈가 말했다.

"악당이 이미 다녀간 모양이군. 헌터 양의 의도를 눈치 채고 앨리스 양을 빼돌린 거야."

"하지만 어떻게?"

"천장의 창문일세. 어떻게 해서 빼돌렸는지는 지금 보여 주겠네."

홈즈는 펄쩍 뛰어 천장의 창에 매달리더니 지붕 위로 나갔다. 그리고 외쳤다.

"이제 알겠군! 차양에 길고 가벼운 사다리가 걸려 있어. 이걸 사용한 거야."

"하지만 이상한데요. 루캐슬 부부가 외출했을 때 여기에 사다리는 없었어요."

헌터 양이 말하자 홈즈가 대답했다.

"되돌아와서 한 겁니다. 알겠습니까? 그 남자는 교활해요. 아아, 누군가가 계단을 올라오고 있군. 그자일 거야. 왓슨, 권총을 준비해야겠네."

홈즈의 말이 채 끝나기도 전에 한 남자가 문으로 모습을 드러냈다. 아주 뚱뚱했으나 체격이 건장했고 손에는 굵직한 지팡이를 쥐고 있었다. 헌터 양은 그 남자를 보자마자 비명을 지르며 뒷걸음질 치다 벽에 부딪쳤다. 그때 셜록 홈즈가 잽싸게 뛰어들어 그 남자와 마주 섰다.

"이 악당! 딸은 어디에 두었지?"

뚱뚱한 남자가 방을 둘러보더니 열려 있는 천장의 창문을 올려보았다.

"그건 내가 묻고 싶은 말이다."

남자가 대들었다.

"이 도둑놈들! 빈틈을 노리다니! 이제 도망칠 생각 말아라! 따끔한 맛을 보여 줄 테니!"

남자는 뒤로 돌더니 맹렬한 기세로 계단을 내려갔다. 헌터 양이 외쳤다.

"개를 풀어 놓을 생각이에요!"

"우리에게는 권총이 있어요."

내가 말했다.

"그래도 현관을 닫아야겠어!"

홈즈의 외침에 우리는 일제히 계단을 달려 내려갔다. 현관을 막 닫으려는데 개 짖는 소리가 들려오더니 뒤이어 고통스러운 비명이 귀를 찢었다. 개가 입에 문 사냥감을 흔들어 대는 소리는 듣기만 해도 온몸의 털이 곤두설 만큼 끔찍했다. 건물 옆쪽의 문에서 얼굴이 붉은 쉰 살쯤 되어 보이는 사내가 손발을 떨며 비틀비틀 다가왔다.

"큰일이야! 누군가가 개를 풀어 놓았어. 이틀이나 먹이를 주지 않았는데. 얼른, 얼른 말리지 않으면 죽고 말겠어!"

홈즈와 나는 밖으로 달려 나가 건물 모퉁이를 돌았다. 톨러도 뒤따라왔다. 크고 굶주린 짐승이 검은 콧등을 루캐슬의 목에 처박고 있었다. 루캐슬은 비명을 지르면서 땅바닥을 나뒹굴었고, 나는 달려가 개의 머리를 향해 방아쇠를 당겼다. 개는 쓰러졌으나 희고 날카로운 이빨은 루캐슬의 늘어진 목에 그대로 박혀 있었다. 우리는 한참을 고생한 끝에 간신히 루캐슬을 떼어 내서 집 안으로 옮겼다. 숨 넘어 가기 직전의 중상이었으나 아직 살아는 있었다. 그를 응접실 소파에 눕힌 뒤, 술이 깬 톨러를 보내 루캐슬 부인에게 알리도록 했다. 나는 그의 고통을 줄여 주려 여러 가지로 손을 써 보았다. 모두 루캐슬 주위에 모여 있을 때, 문이 열

리면서 키 크고 마른 여자가 들어왔다.

"톨러 부인이에요!"

헌터 양이 외쳤다.

"그래요, 아가씨. 주인어른이 돌아와서 나를 먼저 꺼내 주시고 당신들이 있는 곳으로 가셨어요. 아가씨, 무슨 계획인지 왜 제게 미리 이야기해 주지 않았어요? 쓸데없는 일이라고 가르쳐 주었을 텐데."

"오! 톨러 부인은 이번 사건을 가장 잘 알고 있는 것 같군."

홈즈가 톨러의 아내를 날카로운 시선으로 바라보았다.

"맞아요. 알고 있는 사실은 뭐든지 이야기하죠."

"그럼 여기에 앉으세요. 자, 이제 이야기를 들어 볼까요? 솔직히 말해서 아직 풀지 못한 점이 몇 가지 있으니까."

"이야기하면 금방 이해하실 겁니다. 제가 지하실에서 나올 수 있었다면 더 일찍 가르쳐 드렸을 텐데 말이에요. 만약 이번 사건을 경찰에서 수사한다면 저는 당신들 편, 앨리스 아가씨 편이 될 생각이었어요. 앨리스 아가씨는 주인어른이 재혼한 뒤부터 집에 있어도 행복해하지 않았어요. 천덕꾸러기 신세였고 모든 일에서 자기 의견을 말하지 못했죠. 앨리스 아가씨가 친구 집에서 파울러 씨를 만난 다음부터는 더 심해졌어요. 제가 아는 대로라면 아가씨에게는 유산이 있는데, 조용하고 인내심 강한 분이기에 그 일은 단 한 번도 입에 담지 않았다고 해요. 모든 것을 주인어른에게 맡겨 두었죠. 주인어른은 앨리스 아가씨에 대해서는 안심했지만, 아가씨가 결혼하면 그 남편이 법적인 재산을 요구할지도 모른다고 생각했어요. 그래서 그런 일이 벌어지지 않도록 해야겠다고 마음먹었죠. 그래서 아가씨가 결혼 한 뒤에도 주인어른이 아가씨의 돈을 마음대로 쓸 수 있게 하는 서류에 서명하게 했어요. 앨리스 아가씨가 거절하자 끈질기게 강요했지요. 결국 아가씨는 고열에 시달리다가 쓰러지고 말았어요. 6주일 동안이나 사경을 헤맸고 언제 죽어도 이상하지 않을 상태가 계속되었죠. 간신히 좋아지기는 했지만 완전히 야위었답니다. 머리도 그때 잘랐고요. 그래도 파울러 씨는 마음이 변하지 않았고, 남자답게 앨리스 아가씨를 사랑하고 있었어요."

"그랬군요. 부인의 이야기를 듣고 사건을 분명히 알게 되었습니다. 그 다음부터는 전부 추리할 수 있어요. 그래서 루캐슬 씨는 앨리스 양을 가두어 두었군요."

"네."

"헌터 씨를 런던에서 데려온 건 끈질기게 주위를 맴도는 파울러 씨를 내쫓기 위해서였고요?"

"그 말씀대로예요."

"그런데 파울러는 훌륭한 뱃사람처럼 인내심이 강했죠. 그는 이 집을 계속 감시했고, 톨러 부인을 만나 이런저런 수단을 써서 부인이 얻는 이익이과 자기가 얻는 이익이 같다며 설득했지요."

"파울러 씨는 절대로 거친 말을 하지 않았어요. 게다가 인심도 후한 사람이었습니다."

톨러 부인이 순순히 인정했다.

"파울러 씨는 부인을 설득해서 남편인 톨러를 술에 취해 쓰러지게 하고 루캐슬이 외출하면 바로 사다리를 준비해 달라고 부탁했지요?"

"전부 알고 계셨군요."

"톨러 부인, 고맙습니다. 부인 덕분에 몰랐던 부분까지 뚜렷하게 알게 됐어요. 아무래도 마을 의사와 루캐슬 부인이 온 모양이로군. 왓슨, 우리는 헌터 양을 데리고 윈체스터로 물러나는 게 좋겠어. 우리의 법적 위치가 상당히 애매해졌으니까."

이렇게 해서 정면에 너도밤나무 숲이 있는 음산한 저택의 수수께끼가 풀렸다. 루캐슬 씨는 목숨은 건졌으나 폐인이 되다시피 했으며, 부인의 헌신적인 간호로 간신히 살아가고 있다. 루캐슬 부부는 톨러 부부를 아직 하인으로 부리고 있는데 아마도 루캐슬의 과거를 너무 많이 알고 있기 때문에 해고하지 못하는 것이리라. 파울러 씨와 루캐슬 양은 달아난 이튿날 사우샘프턴에서 특별 허가를 얻어 결혼했다. 지금 파울러 씨는 아프리카 동쪽에 있는 모리셔스 섬의 관리로 근무하고 있다. 참으로 실망스럽게도 내 친구 홈즈는 바이올렛 헌터 양이 사건의 중심에서 멀어지자 그녀에 대한 관심을 완전히 잃고 말았다. 그녀는 지금 잉글랜드 중부 지역인 월솔에서 사립학교 교장으로 있다. 아마도 헌터 양은 훌륭한 교장이 되었을 것이다.